O Guia do Cavalheiro para o Vício e a Virtude

Mackenzi Lee

O Guia do Cavalheiro para o Vício e a Virtude

Tradução
Mariana Kohnert

1ª edição

— Galera —
RIO DE JANEIRO
2018

CIP-BRASIL. CATALOGAÇÃO NA PUBLICAÇÃO
SINDICATO NACIONAL DOS EDITORES DE LIVROS, RJ

Lee, Mackenzi
L518g O guia do cavalheiro para o vício e a virtude / Mackenzi Lee; tradução Mariana Kohnert. - 1. ed. - Rio de Janeiro: Galera Record, 2018.

Tradução de: A gentleman's guide to vice and virtue
ISBN: 978-85-01-11423-5

1. Ficção americana. I. Kohnert, Mariana. II. Título.

18-48688 CDD: 813
CDU: 821.111(73)-3

Título original em inglês:
A gentleman's guide to vice and virtue

Originalmente publicado por *Katherine Tegen Books* um selo da *HarperCollins Publishers*

Direitos de tradução negociados por *Taryn Fagerness Agency* e *Sandra Bruna Agencia Literaria, SL*

Texto revisado segundo o novo Acordo Ortográfico da Língua Portuguesa.

Editoração eletrônica: Abreu's System

Direitos exclusivos de publicação em língua portuguesa somente para o Brasil
adquiridos pela
EDITORA RECORD LTDA.
Rua Argentina 171 - Rio de Janeiro, RJ - 20921-380 - Tel.: 2585-2000,
que se reserva a propriedade literária desta tradução.

Impresso no Brasil

ISBN 978-85-01-11423-5

PARA BRIANA E BETH

*L'AMOUR PEUT SOULEVER DES MONTAGNES**

---

* (Nota do editor: O amor pode mover montanhas)

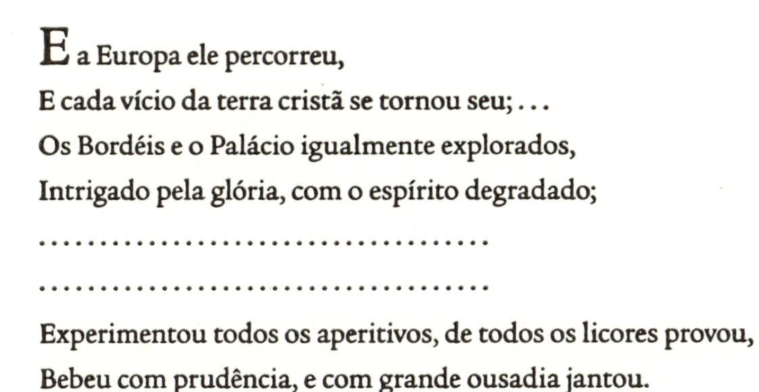

E a Europa ele percorreu,
E cada vício da terra cristã se tornou seu; . . .
Os Bordéis e o Palácio igualmente explorados,
Intrigado pela glória, com o espírito degradado;
. . . .
. . . .
Experimentou todos os aperitivos, de todos os licores provou,
Bebeu com prudência, e com grande ousadia jantou.

— Alexander Pope, *The Dunciad*

Deixe-me colocar desta forma: neste lugar, quem quer que pareça sério e tenha olhos para enxergar está fadado a se tornar um personagem mais forte.

— Goethe, *Italian Journey*

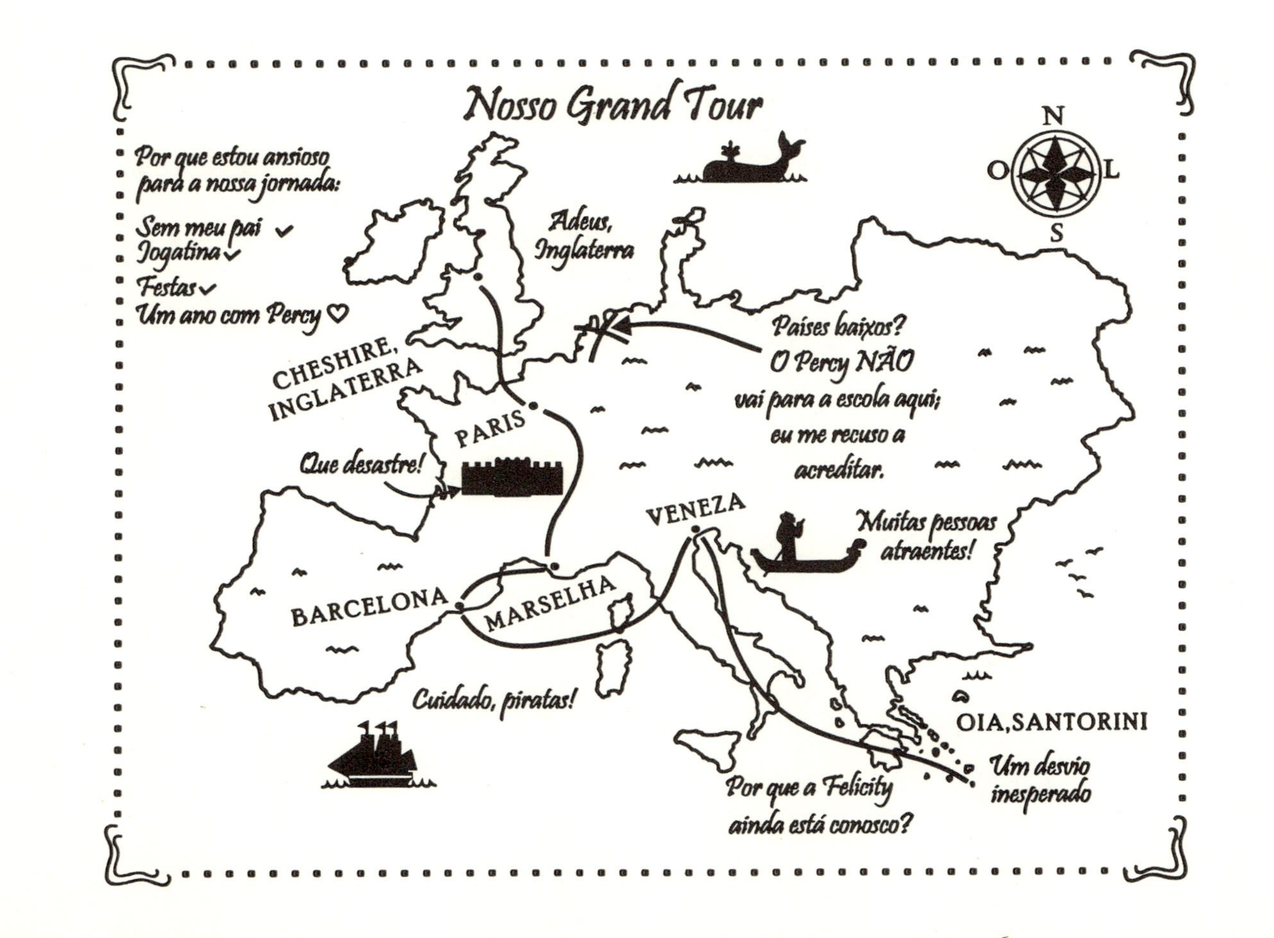
Nosso Grand Tour
N
O
L
S
Por que estou ansioso
para a nossa jornada:
Sem meu pai ✓
Jogatina ✓
Festas ✓
Um ano com Percy ♡
Adeus,
Inglaterra
CHESHIRE,
INGLATERRA
Países baixos?
O Percy NÃO
vai para a escola aqui;
eu me recuso a
acreditar.
PARIS
Que desastre!
VENEZA
Muitas pessoas
atraentes!
BARCELONA
MARSELHA
Cuidado, piratas!
OIA,SANTORINI
Um desvio
inesperado
Por que a Felicity
ainda está conosco?

Cheshire, Inglaterra

17—

Na manhã em que devemos partir para nosso *Grand Tour* do Continente, acordo na cama ao lado de Percy. Por um momento desorientador, não fica claro se *dormimos juntos* ou se apenas dormimos juntos.

Ele ainda usa todas as roupas da noite anterior, apesar de a maior parte não estar na condição ou no lugar em que estava quando originalmente vestida; e embora a colcha esteja um pouco amassada, não há sinal de bolinação. Então, por mais que eu esteja só de colete – que por alguma magia está abotoado às costas – e calçando apenas um sapato, parece seguro presumir que nós dois mantivemos nossas partes guardadas.

O que me dá um alívio estranho, porque gostaria de estar sóbrio da primeira vez em que ficarmos juntos. Se é que haverá uma primeira vez, pois está começando a parecer que isso nunca acontecerá.

Percy rola a meu lado, por pouco não me golpeando o nariz quando joga o braço sobre a cabeça. Ele acomoda o rosto na articulação do meu braço enquanto puxa bem mais do que a parte dele do lençol para o próprio lado, sem acordar. O cabelo de Percy fede a charuto e seu hálito está rançoso, mas, a julgar pelo gosto no fundo de minha garganta – um vestígio virulento de gim batizado e um perfume desconhecido –, o meu está pior.

Vindo do outro lado do quarto, ouço o barulho de cortinas sendo abertas. Em seguida sou agredido pela luz do sol e levo as mãos ao rosto. Percy acorda se debatendo, dando um grito que parece o de um corvo. Ele tenta rolar na cama, mas me encontra no meio do caminho. Ainda assim, continua rolando e acaba em cima de mim. Minha bexiga protesta ruidosamente contra isso. Devemos ter bebido um volume extraordinário na noite anterior se sinto pesar tanto sobre mim. E aqui estava eu, começando a ficar orgulhoso da habilidade de encher a cara até perder os sentidos na maioria das noites e conseguir ser uma pessoa funcional na tarde seguinte, desde que a tarde em questão comece o mais tarde possível.

E então percebo que é por isso que estou completamente destruído e ainda um pouco bêbado — não é de tarde, quando estou acostumado a acordar. É manhã e bem cedo, porque Percy e eu partiremos para o Continente hoje.

— Bom dia, cavalheiros — diz Sinclair do outro lado do quarto. Só consigo ver a silhueta dele contra a janela, pois ainda está nos torturando com a maldita luz do sol. — Milorde — continua ele, com o rosto inclinado na minha direção —, sua mãe me mandou acordá-lo. A carruagem está marcada para partir dentro da próxima hora, e o Sr. Powell e a esposa estão tomando chá na sala de jantar.

De algum lugar perto do meu umbigo, Percy solta um ruído de afirmação em resposta à presença dos tios no café da manhã — um ruído que não se assemelha a qualquer língua humana.

— E seu pai chegou de Londres na noite passada, milorde — acrescenta Sinclair para mim. — Ele deseja ver você antes da partida.

Nem Percy nem eu nos movemos. O sapato solitário ainda preso a meu pé se rende e cai no chão com um *tum* seco da sola de madeira batendo no tapete oriental.

— Deveria dar um momento para que os dois recobrem os sentidos? — pergunta Sinclair.

— Sim — dizemos Percy e eu em uníssono.

Ele sai — ouço o trinco da porta atrás dele. Do lado de fora da janela, consigo ouvir rodas de carruagem estalando na entrada de cascalho e os gritos dos cavalariços conforme puxam os cavalos.

Então Percy solta um gemido rouco, e começo a rir sem motivo. Ele tenta me bater e erra.

— O que foi?

— Você parece um urso.

— Bem, você está cheirando ao chão de uma taberna. — Percy desliza de cabeça para fora da cama, se enrosca nos lençóis e acaba de ponta-cabeça no tapete, com o corpo curvado e a bochecha apoiada. O pé dele me acerta no estômago, um pouco baixo demais, e minha gargalhada se transforma em um grunhido. — Se acalme aí, querido.

A ânsia de me aliviar é tão forte que não posso mais ignorá-la, então me arrasto para cima com uma das mãos na cortina da cama. Alguns dos fixadores estalam. Parece que me abaixar para encontrar o urinol sob a cama pode resultar em meu fim, ou pelo menos em um esvaziamento prematuro da bexiga, por isso acabo escancarando as portas francesas e mijando na sebe.

Ao me virar, ainda encontro Percy no chão, de ponta-cabeça, com os pés apoiados na cama. O cabelo dele se soltou da trança de fitas enquanto dormíamos, emoldurando o rosto como uma nuvem negra selvagem. Sirvo um copo de xerez do decantador na mesa de canto e o entorno em dois goles. Quase nenhum sabor consegue superar o gosto do que quer que tenha rastejado até minha boca e morrido ali durante a noite, mas a tonteira vai me ajudar a sobreviver à despedida de meus pais. E aos dias em uma carruagem com Felicity. Pelo amor de Deus, me dê forças.

— Como chegamos em casa ontem à noite? — pergunta Percy.

— Onde estávamos ontem à noite? Ficou tudo meio embaçado depois da terceira partida de *piquet*.

— Acho que você ganhou aquela partida.

— Não tenho certeza absoluta de que joguei aquela partida. Sejamos sinceros, eu bebi um pouco.

— Sejamos verdadeiramente sinceros, não foi só um pouco.

— Eu não estava *tão* bêbado, estava?

— Monty, você tentou tirar as meias por cima dos sapatos.

Com as mãos em concha, pego um tanto de água da bacia que Sinclair deixou e jogo em meu rosto, aproveitando para estapeá-lo algumas vezes — uma tentativa fraca de me preparar para o dia. Ouço um *flop* atrás de mim quando Percy rola o restante do corpo até o tapete.

Tiro o colete pela cabeça e o jogo no chão. Deitado de costas, Percy aponta para minha barriga.

— Tem algo peculiar aí.

— O quê? — Olho para baixo. Tem uma mancha de *rouge* vermelho forte abaixo do umbigo. — Ora, veja só.

— Então, como acha que isso chegou aí? — pergunta ele, com um risinho, conforme cuspo na mão e a esfrego.

— Um cavalheiro jamais deve contar.

— Foi um cavalheiro?

— Juro por Deus, Perc, se eu lembrasse, diria. — Tomo mais um gole de xerez direto do decantador e o apoio na mesa de canto, quase errando. O objeto bate com um pouco mais de força do que eu pretendia. — É um fardo, sabe.

— O quê?

— Ser tão belo assim. Não há vivalma que consiga manter as mãos longe de mim.

Ele ri com a boca fechada.

— Pobre Monty, que cruz você carrega.

— Cruz? Que cruz?

— Todos se apaixonam imediata e perdidamente por você.

— Bem, não se pode culpá-los. Eu me apaixonaria por mim se me conhecesse. — Então dou um sorriso a Percy que é vil, mas tem também covinhas joviais tão profundas que se poderia servir chá dentro delas.

— Tão modesto quanto belo. — Ele arqueia as costas ao se espreguiçar exageradamente, pressionando a cabeça contra o tapete e entrelaçando os dedos acima do corpo. Percy é exibido com relação a poucas coisas, mas faz um verdadeiro drama de manhã. — Está pronto para hoje?

— Acho que sim? Não estive muito envolvido com os planejamentos, meu pai fez tudo. Se algo não estivesse preparado, ele não nos mandaria.

— Felicity parou de gritar por causa da escola?

— Não tenho noção de como anda a cabeça de Felicity. Ainda não entendo por que precisamos levá-la junto.

— Apenas até Marselha.

— Depois de dois malditos meses em Paris.

— Você vai sobreviver a mais um verão com sua irmã.

Acima de nós, um choro de bebê fica mais alto — as tábuas do piso não chegam nem perto de ser o suficiente para abafar o som — e é seguido pelo ruído dos sapatos da ama, que dispara ao ouvir o chamado, como cascos de cavalos em paralelepípedos.

Percy e eu olhamos para o teto.

— O Trasgo acordou — comento calmamente. Em meio ao silêncio da manhã, o choro intensifica a dor latejante em minha cabeça.

— Tente não parecer tão feliz com a existência dele.

Vi muito pouco de meu irmãozinho desde que ele nasceu, há três meses. Foi apenas o suficiente para me maravilhar, em primeiro lugar, com o quanto parece estranho e enrugado, como um tomate que foi deixado ao sol no verão, e, em segundo lugar, com o quanto alguém tão minúsculo tem o potencial de arruinar minha maldita vida.

Chupo uma gota de xerez do polegar.

— Ele é uma ameaça e tanto.

— Não pode ser uma ameaça tão grande, é só deste tamanho. — Percy ergue as mãos para demonstrar.

— Ele aparece do nada...

— Não tenho certeza se pode dizer *do nada*...

— ... e então chora o tempo todo e nos acorda e ocupa espaço.

— Que audácia.

— Você não está sendo muito compreensivo.

— Você não está me dando muitos motivos para ser.

Atiro um travesseiro em Percy. Como ainda está muito sonolento para desviar a tempo, ele é atingido em cheio no rosto. Gargalho quando atira o travesseiro sem forças de volta para mim, então desabo de barriga na cama, com a cabeça pairando na beirada, acima do rosto dele.

Percy ergue as sobrancelhas.

— Que expressão séria. Está fazendo planos para vender o Trasgo a uma trupe itinerante de atores com esperanças de que o criem como se fosse deles? Fracassou com Felicity, mas quem sabe da segunda vez dá certo.

Na verdade, estou pensando em como esse Percy de cabelos desgrenhados, um pouco desprevenido e com cara de quem acabou de acordar é meu Percy preferido. Estou pensando que se Percy e eu vamos fazer essa última viagem juntos pelo Continente, pretendo enchê-la com tantas manhãs como esta quanto for possível. Estou pensando em como vou passar o ano ignorando o fato de que haverá um ano além dele — ficarei insanamente bêbado sempre que possível, flertarei com belas garotas com sotaques estrangeiros e acordarei ao lado de Percy, aproveitando o ritmo delicioso de meu coração sempre que estiver perto dele.

Abaixo a mão e toco os lábios de Percy com o anelar. Penso em piscar um olho também, o que é um pouco excessivo, admito, mas sempre achei que a sutileza fosse uma perda de tempo. A fortuna favorece os que flertam.

E a esta altura, se Percy não sabe o que sinto, é o culpado por ser tão estúpido.

— Estou pensando que hoje partiremos em nosso *Grand Tour* — respondo — e não vou desperdiçar um momento sequer.

Quando chegamos, o café da manhã está posto na sala de jantar e os empregados já se dispersaram. A luz nebulosa do sol da manhã tremula da varanda, entrando pelas portas francesas escancaradas e fazendo com que as cortinas de renda esvoacem para dentro conforme o vento bate. Os arabescos pintados de dourado brilham, reluzindo sob o calor da luz.

Mamãe, usando um vestido azul estilo jesuíta com os lindos cabelos pretos presos para trás em um perfeito coque *chignon*, parece já estar de pé há horas. Passo os dedos em meus cabelos, tentando arrumá-los com aquele estilo deliberadamente bagunçado que costumo favorecer, bonito de um jeito *eu acordei assim*. À mesa diante dela, estão os tios de Percy, com expressões fechadas e mudos. Há comida o suficiente para um batalhão ali, mas minha mãe cutuca um único ovo cozido em um porta ovo de porcelana de Delft — ela tem feito um esforço formidável para recuperar a silhueta desde o estrago do Trasgo — e nenhum dos guardiões de Percy toma mais do que café. É pouco provável que Percy e eu causemos um estrago notável à mesa também — meu estômago ainda não se acalmou e Percy é fresco em relação à comida. Faz um ano que ele parou de comer carne, como algum tipo de Quaresma estendida, alegando que é por uma questão de saúde, embora ainda passe muito mais tempo acamado do que eu. É difícil ser compreensivo; desde que adotou essa dieta, disse a ele que, a não ser que me dê uma explicação melhor, vou continuar achando isso um absurdo.

A tia dele estende o braço ao entrarmos e Percy toma a mão dela. Os dois têm as mesmas feições suaves que o pai de Percy nos retratos — o nariz pequeno e os ossos finos —, embora Percy tenha cabelos pretos espessos, com cachos grossos que desafiam perucas, tranças ou qualquer coisa próxima de estar na moda. Ele morou a vida inteira com a tia e o tio, desde que o pai retornou da propriedade da família em Barbados com uma febre da selva, o violino francês e um filho pequeno com a pele da cor de sândalo, morrendo poucos dias depois. Para a sorte de Percy, os tios o acolheram. Para minha sorte também, ou talvez jamais tivéssemos nos conhecido. O que seria um destino pior do que a morte.

Minha mãe ergue o rosto quando nos vê e alisa as rugas em torno dos cantos dos olhos como se fossem os vincos de uma toalha de mesa.

— Enfim os cavalheiros se levantaram.

— Bom dia, mãe.

Percy dá um leve aceno de cabeça a ela antes de se sentar, como se fosse uma visita de fato, o que é um gesto ridículo vindo de um rapaz que conheço melhor do que qualquer um de meus irmãos de verdade. E de quem também gosto muito mais.

A verdadeira irmã presente não demonstra perceber nossa chegada, pois está com um desses romances de amor cortês apoiado contra um pote de cristal de geleia, segurando o livro aberto com um garfo de servir entre as páginas.

— Isso vai derreter seu cérebro, Felicity — digo ao me sentar ao lado dela.

— Não tão rápido quanto gim — responde minha irmã, sem erguer o rosto.

Meu pai, graças a Deus, está ausente.

— Felicity — sibila minha mãe do outro lado da mesa. — Talvez deva tirar os óculos à mesa.

— Preciso deles para ler — diz ela, ainda com os olhos fixos naquela vergonha.

— Não deveria sequer estar lendo. Temos convidados.

Felicity lambe o dedo e vira a página. Mamãe olha com raiva para os talheres. Eu me sirvo da torrada de uma grelha de prata e me sento para observar as duas se indispondo. É sempre agradável quando é minha irmã sendo alfinetada em vez de mim.

Mamãe olha para Percy do outro lado da mesa — a tia dele está mexendo em uma queimadura de charuto bastante evidente no punho trançado do casaco do sobrinho —, então diz para mim, em tom de confidência:

— Uma de minhas aias encontrou uma de suas calças culote no clavecino esta manhã. Creio que seja a mesma com que saiu de casa na noite passada.

— Isso é... estranho — respondo, pois achei que a tivesse perdido muito antes de chegarmos em casa. Tenho uma lembrança súbita de tirar as roupas enquanto Percy e eu cambaleávamos pela sala de estar nas primeiras horas da manhã, espalhando-as atrás de mim como árvores caídas. — Por acaso não encontrou um sapato também, encontrou?

— Quer que a coloque na mala?

— Tenho certeza de que já tenho muitas.

— Queria que você ao menos tivesse visto o que foi empacotado.

— Por quê? Posso mandar enviarem qualquer coisa que eu tenha deixado para trás, e compraremos trajes novos em Paris.

— Fico ansiosa ao pensar em mandar suas coisas refinadas para algum apartamento francês desconhecido com criados estranhos.

— Papai arranjou o apartamento e os criados. Entenda-se com ele se está nervosa.

— Estou nervosa com relação a vocês dois sozinhos no Continente durante um ano.

— Bem, deveria ter mencionado essa preocupação um pouco antes do dia de nossa partida.

Ela contrai os lábios e volta a cutucar o ovo.

Como um demônio conjurado, meu pai aparece subitamente à porta da sala de jantar. Minha pulsação acelera e me enterro na torrada, como se a comida pudesse me disfarçar conforme o olhar dele percorre a mesa. Está com os cabelos dourados puxados para trás em uma trança arrumada, da forma que o meu provavelmente ficaria se não passasse a vida inteira sendo alisado pelos dedos de partidos interessados.

Sei que papai veio atrás de mim, mas primeiro ele volta a atenção para minha mãe, apenas por tempo suficiente para beijá-la no alto da cabeça antes de se virar para minha irmã.

— Felicity, tire esses malditos óculos do rosto.

— Preciso deles para ler — responde ela, sem erguer o rosto.

— Não deveria ler à mesa do café.

— Papai...

— Tire-os imediatamente ou os quebrarei ao meio. Henry, gostaria de uma palavra.

Meu nome de batismo saindo da boca de meu pai me atinge com tanta força que chego a encolher o corpo. Compartilhamos esse terrível *Henry*, e sempre que ele o diz, há uma leve careta entre dentes trincados, como se estivesse profundamente arrependido de ter me batizado assim. Eu meio que achava que também chamariam o Trasgo de "Henry", na esperança de passar o nome para alguém que ainda tivesse a chance de se provar digno dele.

— Por que não se senta e toma café conosco? — sugere minha mãe, colocando uma das mãos sobre as dele, apoiadas no ombro dela, e tentando arrastá-lo para a cadeira vazia ao lado. No entanto, ele se afasta.

— Preciso falar em particular com Henry. — Ele acena para os tios de Percy, mal olhando para eles: saudações adequadas não são para membros inferiores da nobreza.

— Os rapazes partirão hoje — lembra minha mãe, tentando de novo.

— Sei disso. Por que mais eu desejaria falar com Henry? — Ele franze o cenho em minha direção. — Então, se não se importa.

Jogo o guardanapo na mesa e o sigo para fora da sala. Quando passo por Percy, ele ergue o olhar para mim, curvando a boca em um sorriso de apoio. As leves sardas sob os olhos se erguem com o gesto e dou um peteleco afetuoso em sua nuca quando passo.

Sigo meu pai até o escritório. As janelas estão abertas, de modo que as cortinas de renda projetam sombras entrelaçadas no chão e o perfume nauseante das flores de primavera morrendo é soprado da trepadeira no jardim. Papai se senta à mesa, vasculhando os papéis empilhados ali. Por um momento, fico achando que vai retomar o trabalho e me deixar sentado, encarando-o como um imbecil. Assumo um risco calculado e pego o conhaque na mesa de canto, mas então ele diz:

— Henry. — E eu paro.

— Sim, senhor.

— Lembra-se do Sr. Lockwood?

Ergo o rosto e percebo que há um sujeito com aparência de acadêmico lá, de pé ao lado da lareira. Ele é ruivo, tem as bochechas rechonchudas e uma barba escassa decorando o queixo. Eu estivera tão concentrado em meu pai que não o tinha notado.

O Sr. Lockwood me dá um aceno breve com a cabeça; os óculos deslizam pelo nariz.

— Milorde. Tenho certeza de que nos familiarizaremos mais nos próximos meses, conforme viajarmos juntos.

Tenho vontade de vomitar nos sapatos de fivela dele, mas me contenho. Não queria um cicerone, principalmente porque não estou interessado em nenhuma das coisas acadêmicas que ele deve ter que ensinar aos pupilos e sou mais do que capaz de me divertir sozinho, especialmente com Percy ao lado.

Meu pai sela os papéis sobre os quais estava debruçado em um envelope de couro e o estende a Lockwood.

— Documentos preliminares. Passaportes, cartas de crédito, certificados de saúde, apresentações a meus conhecidos na França. — Lockwood enfia os papéis no casaco enquanto papai se vira para me encarar, com um cotovelo apoiado na escrivaninha. Deslizo as mãos entre minhas pernas e o sofá.

— Sente-se reto — dispara ele. — Já é esmirrado o bastante sem se curvar.

Com mais esforço do que deveria ser preciso, puxo os ombros para trás e o encaro. Ele franze a testa e quase me encolho de novo.

— Sobre o que acha que desejo falar, Henry? — pergunta.

— Não sei, senhor.

— Bem, tente adivinhar. — Abaixo o rosto, o que sei que é um erro, mas não consigo evitar. — Olhe para mim quando falo com você.

Ergo os olhos, fixando em um ponto acima da cabeça dele para que não precise fitá-lo diretamente.

— Queria discutir meu ano fora no *Tour*?

Ele revira os olhos de forma breve, mas dura o bastante para fazer com que eu me sinta um maldito parvo. Meu temperamento se descontrola — por que fazer uma pergunta tão óbvia se iria simplesmente debochar de mim quando eu respondesse? —, porém permaneço em silêncio. Como uma tempestade no ar, um sermão está tomando forma.

— Quero ter certeza de que compreende as condições desse *Tour* antes de partir. Ainda acredito que sua mãe e eu somos tolos por lhe conceder qualquer coisa além do que já concedemos desde sua expulsão de Eton. Mas, contra meu bom senso, darei este ano a você para que tome jeito. Entendeu?

— Sim, senhor.

— O Sr. Lockwood e eu discutimos o que achamos ser o melhor plano de ação para seu tempo fora.

— Plano de ação? — repito, olhando de um para o outro. Até então, havia achado que tínhamos acordado que este ano seria para que eu fizesse o que quisesse, com um tutor para organizar as coisas chatas como alojamento e comida, mas, exceto isso, Percy e eu estaríamos livres.

O Sr. Lockwood pigarreia ruidosamente, dando um passo até a luz que vem da janela e recuando imediatamente conforme pisca para afastar o brilho do sol dos olhos.

— Seu pai e eu discutimos sua situação, e determinamos que será melhor para você se tiver algumas restrições em suas atividades enquanto estiver no Continente.

Olho dele para o meu pai, como se um dos dois estivesse prestes a confessar que aquilo era uma piada, porque restrições certamente não faziam parte do acordo quando discuti o *Tour* pela primeira vez com meus pais.

— Sob minha vigilância — continua Lockwood —, não haverá jogatina nem charuto e o tabaco também será limitado.

Bem, isso está ficando um pouco ruim.

— Nenhuma visita a covis de imoralidade — emenda ele — ou qualquer tipo de estabelecimento sórdido. Nenhuma algazarra, nenhum relacionamento inapropriado com o sexo oposto. Nenhuma fornicação. Nenhuma indolência ou dormir até tarde excessivamente.

Está começando a parecer que ele está cobrindo os sete pecados capitais, em ordem ascendente até o meu preferido.

— E — acrescenta Lockwood, fincando o último prego no caixão — álcool apenas com moderação.

Estou pronto para protestar em alto e bom tom contra aquilo quando vejo o olhar severo de meu pai.

— Confio completamente no julgamento do Sr. Lockwood — diz ele. — Enquanto estiver viajando, ele falará por mim.

O que é exatamente a última coisa que preciso que me acompanhe para o Continente: um substituto de meu pai.

— Quando você e eu nos virmos da próxima vez — continua meu pai —, espero que esteja sóbrio e estável e... — Ele lança um olhar para Lockwood, como se não tivesse certeza de como colocar isso com sensibilidade. — Que seja discreto, no mínimo. Seus gritinhos ridículos por atenção devem cessar, e começará a trabalhar a meu lado no gerenciamento da propriedade e dos empregados.

Eu preferiria ter meus olhos arrancados por um garfo e servidos de volta a mim, mas talvez seja melhor não contar isso a ele.

— Montei o itinerário com seu pai — explica Lockwood, retirando um bloquinho do bolso e consultando-o de olhos semicerrados. — Começamos por Paris, onde passaremos o verão...

— Tenho alguns colegas que gostaria que visitasse lá — interrompe meu pai. — Será importante que mantenha esses contatos quando assumir a propriedade. E providenciei que acompanhe nosso amigo, o lorde embaixador Robert Worthington, e a esposa dele a um baile em Versalhes. Não me envergonhará.

— Quando envergonhei você? — murmuro.

Assim que falo isso, sinto que nós dois vasculhamos nossas bibliotecas mentais em busca de cada incidente no qual o envergonhei. É um catálogo extenso. Nenhum de nós diz isso em voz alta, no entanto. Não com o Sr. Lockwood ali.

De forma atrapalhada, Lockwood opta por quebrar o silêncio desconfortável, fingindo que ele não existe.

— De Paris, continuamos para Marselha, onde entregaremos sua irmã, Srta. Montague, à escola. Tenho acomodações providenciadas até então. Passaremos o inverno na Itália, onde sugeri Veneza, Florença e Roma, e seu pai concordou. Depois iremos para Genebra ou Berlim, dependendo da neve nos Alpes. Em nosso retorno, buscaremos sua irmã, e vocês dois estarão em casa para o verão. O Sr. Newton seguirá sozinho para a faculdade na Holanda.

O ar na sala está quente e me deixa petulante. Ou talvez eu tenha direito a uma certa petulância porque todo esse sermão parece uma despedida um pouco amarga e ainda estou meio em pânico com o fato de que, ao final de tudo isso, Percy vai para a maldita faculdade de direito na maldita Holanda e eu estarei realmente longe dele pela primeira vez na vida.

Mas então meu pai me lança um olhar gélido e abaixo a cabeça.

— Tudo bem.

— Como?

— Sim, senhor.

Ele me encara com rispidez, cruzando as mãos diante do corpo. Por um momento, nenhum de nós fala. Do lado de fora, na entrada, um dos criados de libré briga com um cavalariço para que se apresse. Uma égua relincha.

— Sr. Lockwood — diz meu pai —, por favor, posso ter um momento sozinho com meu filho?

Como se fossem um, todos os meus músculos se contraem em antecipação.

A caminho da porta, o Sr. Lockwood para a meu lado e me dá um breve tapinha no ombro, tão forte que me assusta. Estava esperando que um golpe viesse da direção completamente oposta e fosse significativamente menos amigável.

— Nós nos divertiremos muito, milorde — comenta Lockwood. — Ouvirá poesia e sinfonias, e verá os mais belos tesouros que o Continente tem a oferecer. Será uma experiência cultural que moldará o restante de sua vida.

Santo Deus. O destino realmente vomitou diante de mim na forma do Sr. Lockwood.

Conforme ele fecha a porta, meu pai estende a mão em minha direção e me encolho sem querer. No entanto, ele apenas pega o conhaque na mesa de canto, tirando-o de meu alcance. Por Deus, preciso pensar direito.

— Esta é a *última chance* que dou a você, Henry — avisa ele, com um pouco do velho sotaque francês escapulindo, como sempre acontece quando seu temperamento se exalta. Aquelas terminações suaves das vogais costumam ser meu primeiro aviso, e quase ergo as mãos em um ato de prevenção. — Quando voltar para casa, começaremos com os trabalhos na propriedade. Juntos. Você virá para Londres comigo e observará os deveres de um lorde. E se não conseguir retornar para casa maduro o suficiente para isso, então nem mesmo volte. Não haverá mais lugar para você nesta família ou em qualquer um de nossos negócios. Estará fora.

Bem na hora, a deserdação mostra sua cara. Contudo, depois de anos me ameaçando com isso — *tome jeito, fique sóbrio, pare de deixar que rapazes entrem em seu quarto pela janela à noite, senão...* —, pela primeira vez, nós dois sabemos que ele está falando sério. Porque, há alguns meses, se eu não herdasse a propriedade, ele não teria a quem passar adiante de forma a mantê-la na família.

No andar de cima, o Trasgo começa a chorar.

— Demonstre que me entendeu, Henry — dispara meu pai, e me forço a encará-lo de novo.

— Sim, senhor. Entendi.

Ele solta um suspiro longo, com os lábios contraídos como faria um homem desapontado ao ver os resultados irreconhecíveis de um autorretrato encomendado.

— Espero que um dia tenha um filho tão parasita quanto você. Vá, tem uma carruagem à espera.

Eu me levanto rapidamente, pronto para me livrar daquele cômodo abafado, mas antes de me afastar muito, meu pai diz:

— Uma última coisa. — Eu me viro com a esperança de que possamos nos falar de longe, mas ele flexiona o dedo em gancho até que eu concorde em me aproximar. É difícil estar tão perto dele sem sentir vontade de me abaixar. Papai olha na direção da porta, embora Lockwood tenha partido há muito tempo, então me adverte, em voz baixa: — Se eu sequer ouvir um pio sobre você se envolvendo com rapazes enquanto estiver fora ou depois que voltar, o deixarei sem um tostão. Permanentemente. Sem mais conversas sobre isso.

E esse é todo nosso adeus.

Do lado de fora, o sol ainda parece uma afronta pessoal. O ar está abafado, pois uma tempestade violenta começa a conspirar no horizonte. As sebes ao longo de nossa entrada refletem onde há orvalho; as folhas estão voltadas para a luz e estremecem quando o vento sopra entre elas. O cascalho estala conforme os cavalos o pisoteiam, selados e ansiosos para partir.

Percy já está na carruagem, de costas para a casa, o que me permite um momento de privacidade para admirar o traseiro dele — não que seja particularmente notável, mas é de Percy, o que faz a admiração valer muito a pena. Ele orienta um dos carregadores que estão guardando a parte de nossa bagagem que não seguiu na frente.

— Levarei esta comigo — diz ele, estendendo os braços.

— Tem espaço para guardá-la, senhor.

— Eu sei. Só prefiro tê-la comigo.

O carregador cede e entrega a Percy o estojo do violino, a única relíquia deixada por seu pai, o qual é aninhado nos braços dele como se temesse que jamais se vissem de novo.

— Seus tios se foram? — grito ao cruzar a entrada da casa na direção dele, fazendo-o erguer o rosto do estojo do violino que ainda acaricia.

— Sim, foi uma despedida simples. O que seu pai queria?

— Ah, o de sempre. Me disse para não partir muitos corações. — Esfrego as têmporas. Uma dor de cabeça começa a ferver atrás de meus olhos. — Minha nossa, como está claro. Partiremos logo?

— Lá estão sua mãe e Felicity. — Percy indica os degraus da entrada, onde as duas silhuetas se projetam contra a pedra branca como se fossem feitas de papel cortado. — É melhor se despedir.

— Um beijo de boa sorte?

Eu me inclino para perto, mas ele coloca o estojo do violino entre nós com uma gargalhada.

— Boa tentativa, Monty.

É difícil não deixar que isso magoe.

Com o rosto franzido devido ao sol, Felicity parece azeda e nada atraente, como é habitual. Está com os óculos *pince-nez* escondidos sob a frente do vestido Brunswick — minha mãe pode não ter notado, mas consigo ver a marca da corrente sob o tecido. Mal chegou aos 15 anos e já parece uma solteirona.

— Por favor — diz mamãe a ela, embora Felicity esteja encarando o sol como se estivesse mais interessada em ficar cega do que em ouvir conselhos maternos. — Não quero cartas da escola a seu respeito.

A escola de etiqueta era algo há muito previsto, mas minha irmã ainda está tão emburrada com isso que nem parece que passou todos os dias da vida provando a meus pais que, se um dos filhos precisava se tornar civilizado, esse filho era ela. Como é um ser realmente do contra, Felicity passou anos implorando por uma educação e, quando finalmente consegue isso, não quer sair do lugar como uma mula teimosa.

Mamãe abre os braços.

— Felicity, venha me dar um beijo de despedida.

— Prefiro não fazer isso — responde ela e sai pisando duro na direção da carruagem.

Minha mãe suspira, mas a deixa ir. Então se vira para mim.

— Escreva para mim.

— É claro.

— Não beba muito.

— Pode me dar um valor absoluto para definir *muito*?

— Henry — diz ela, com o mesmo suspiro que deu quando Felicity saiu intempestivamente. Daquele tipo *O que vamos fazer com você?* Estou familiarizado com ele.

— Certo. Sim. Não beberei.

— Tente se comportar. E não atormente Felicity.

— Mãe. Eu sou a vítima. Ela *me* atormenta.

— Ela tem 15 anos.

— A idade mais cruel.

— Tente ser um cavalheiro, Henry. Apenas tente. — Minha mãe me beija na bochecha, então dá um tapinha em meu braço como faria com um cachorro. A saia dela farfalha contra a pedra conforme se vira de volta para a casa. Eu tomo a direção oposta, seguindo pela entrada e levantando uma das mãos para proteger o rosto do sol.

Impulsiono o corpo para dentro da carruagem e o criado de libré fecha a porta atrás de mim. Percy está com o estojo do violino apoiado nos joelhos enquanto brinca com os trincos, e Felicity está encolhida em um canto, como se tentasse ficar o mais longe possível de nós. Já está lendo.

Deslizo para o assento ao lado de Percy e tiro o cachimbo do casaco.

Felicity revira os olhos de uma forma que deve dar a ela uma vista espetacular do interior do próprio crânio.

— Por favor, irmão, ainda nem saímos do país, não fume agora.

— Que bom que veio conosco, Felicity. — Travo o cachimbo nos dentes e vasculho o bolso em busca do isqueiro. — Lembre-me de novo: onde temos permissão de largar você na beira da estrada?

— Ansioso para abrir espaço na carruagem para seu harém de rapazes?

Fecho o rosto e minha irmã se enterra de volta no romance, parecendo um pouco mais arrogante do que antes.

A porta da carruagem se abre e o Sr. Lockwood sobe, sentando ao lado de Felicity, mas não sem antes bater com a cabeça no portal ao passar. Ela se encolhe um pouco mais para o canto.

— Então, cavalheiros. Dama. — Ele limpa os óculos nas abas do fraque, recoloca-os e nos olha com o que deveria ser um sorriso, mas tem dentes tão grandes que o efeito quase lembra um tubarão envergonhado. — Creio que estejamos prontos para partir.

Ouço um assobio do criado de libré, então os eixos rangem quando a carruagem dá um pinote súbito para a frente. Percy se segura em meu joelho.

E assim, partimos.

Minha bela e trágica história de amor com Percy não é nem bela nem uma verdadeira história de amor, e é trágica apenas pela unilateralidade. Também não é um monólito épico que me perturba desde que era menino, como é de se esperar. Na verdade, é simplesmente a história de como duas pessoas podem ser importantes uma para a outra durante a vida inteira, até que, certa manhã, sem intenção nenhuma, uma delas acorda e descobre que essa importância foi ampliada e se tornou um desejo súbito e intenso de colocar a língua na boca do outro.

Uma descida longa e vagarosa, depois um impacto súbito.

Ainda que a história com Percy — o relato *sans* amor e tragédia — seja duradoura. Desde que me lembro, ele faz parte de minha vida. Cavalgamos e caçamos e tomamos sol e festejamos juntos desde que começamos a andar; brigamos e nos reconciliamos e corremos soltos pelo campo. Compartilhamos todas as primeiras experiências — primeiro dente perdido, primeiro osso quebrado, primeiro dia na escola, primeira vez em que tivemos uma queda por uma menina (embora eu sempre tenha sido mais tagarela e apaixonado a respeito de meus amores do que Percy). Primeira vez bêbados, quando deveríamos ler na missa de Páscoa de nossa paróquia, mas nos embriagamos antes com vinho roubado. Estávamos apenas sóbrios o suficiente para achar que tínhamos conseguido ser sutis, e apenas altinhos o bastante para provavelmente termos sido tão sutis quanto uma sinfonia.

Até o primeiro beijo da minha vida, embora decepcionantemente não tenha sido com Percy, o envolveu, de certa forma. Eu beijei Richard Peele na festa de Natal de meu pai no ano em que completei 13 anos, e embora tenha achado que foi um beijo muito bom no que diz respeito a primeiros beijos, ele ficou com medo e abriu a boca para os pais, para os outros garotos de Cheshire e para todos que quisessem ouvir, dizendo que eu era pervertido e que o tinha beijado à força, o que não era verdade, pois eu gostaria que ficasse registrado que jamais fiz nada à força com ninguém. (Também gostaria que fosse registrado que todas as vezes, desde então, em que Richard Peele e eu tivemos uma transa, sempre foi mediante desejo dele. Não passo de um espectador com boa vontade.) Meu pai me obrigou a pedir desculpas aos Peele, enquanto lhes dava o discurso de *muitos garotos nessa idade brincam assim* — do qual tem feito bastante uso ao longo dos anos, ainda que a parte do *nessa idade* esteja se tornando cada vez menos relevante. Então, depois que os Peele foram embora, ele me bateu tão forte que cheguei a ver pontos pretos.

Passei uma semana andando por aí com um hematoma horrível e sentindo uma vergonha absurda, pois todos me olhavam de esguelha e faziam comentários de desprezo ao alcance de meus ouvidos. Comecei a ter certeza de que tinha voltado todos os meus amigos contra mim por causa de algo que não podia evitar, mas então, quando os garotos foram jogar bilhar na cidade, Percy acertou Richard na lateral do rosto com o taco com tanta força que ele perdeu um dente. Ele pediu desculpas, como se tivesse sido um acidente, mas foi uma vingança bastante óbvia. Percy tinha me vingado quando ninguém mais sequer me olhava na cara.

A verdade é que Percy sempre foi importante para mim, muito antes de eu ficar tão caidinho por ele que deu até para ouvir um ruidoso *crash*. Mas só ultimamente que o joelho dele esbarrando no meu debaixo de uma mesa de bar estreita me deixa sem palavras. É uma pequena alteração no campo gravitacional entre nós, mas subitamente todas as minhas estrelas estão desalinhadas e os planetas tirados de órbita e me vejo aos tropeços, sem mapa ou direção, em meio ao território assombroso de estar apaixonado por meu melhor amigo.

Se a Inglaterra inteira estivesse afundando no mar e eu tivesse o único barco com lugar para mais uma pessoa, salvaria Percy. E se ele já tivesse se afogado, eu provavelmente não salvaria ninguém. Porque provavelmente não haveria muito sentido em seguir em frente. Embora fosse aguentar firme porque possivelmente acabaria na França, e pelo que me lembro do último verão que minha família passou lá quando Felicity e eu éramos novos, há lindas mulheres na França. Alguns rapazes belos também, muitos dos quais usam calça culote bem apertada, embora eu não tivesse muita certeza do que achava disso aos 11 anos.

Conforme navegamos pelo Canal na direção de Calais, é nisso que estou pensando — Percy e eu e a Inglaterra afundando no mar atrás de nós, além de rapazes franceses e suas calças justas, hmm, mal posso esperar para chegar a Paris. E talvez também esteja um pouquinho bêbado. Furtei uma garrafa de gim de um bar antes de partirmos de Dover, e Percy e eu a estamos dividindo durante a última hora. Ainda restam alguns goles.

Não vi Felicity desde que embarcamos no paquete; também não vi muito de Lockwood — a maior parte do tempo em Dover, enquanto esperávamos a tempestade passar, ele esteve ocupado com bagagem, alfândega e correspondência. Então, depois que a barca deixou o porto, nosso tutor passou a se ocupar com vomitar por cima do parapeito, e nós com evitá-lo, o que são duas atividades perfeitamente compatíveis.

A água e o céu além da proa do paquete têm o mesmo cinza fantasmagórico, mas em meio à névoa consigo distinguir os primeiros sinais do porto piscando para nós — um elo de luzes douradas emoldurando a linha invisível da costa como uma corrente. As ondas estão fortes e, lado a lado, com os cotovelos apoiados no parapeito, Percy e eu esbarramos os ombros continuamente. Ao passarmos por um trecho revolto e ele quase cair, aproveito a chance para agarrá-lo pela mão e puxá-lo para que fique de pé de novo. Eu me tornei verdadeiramente escolado em manobras aparentemente inocentes para que a pele dele toque a minha.

É a primeira vez que estamos devidamente sozinhos desde Cheshire, e passei o tempo todo o inteirando sobre as restrições tirânicas impostas a nós por Lockwood e meu pai. Percy ouve com os punhos sobre o parapeito, apoiados um em cima do outro, e o queixo neles. Quando termino de falar, ele silenciosamente me entrega a garrafa de gim. Eu a pego com a intenção de secar seu conteúdo, apenas para descobrir que Percy foi mais rápido.

— Patife. — Ele gargalha e eu atiro a garrafa na água cinzenta, onde o objeto oscila por um momento antes de ser sugado para baixo pela proa do paquete. — Como foi que conseguimos o único tutor profissional que se opõe completamente ao verdadeiro propósito do *Tour*?

— Que é... lembre-me.

— Bebidas fortes e mulheres fáceis.

— Pelo visto será vinho fraco no jantar e dar um jeito em si mesmo no quarto depois.

— Nenhuma vergonha nisso. Se o Bom Senhor não quisesse que homens brincassem consigo mesmos, teríamos ganchos no lugar de mãos. Mesmo assim, preferiria não ser minha única companhia de agora até o próximo mês de setembro. Meu Deus, isso será um desastre. — Olho para ele, torcendo por algum tipo de desespero que seja no mínimo comparável ao meu... achei que estávamos todos agindo sob a compreensão mútua de que este ano seria para que Percy e eu fizéssemos como bem quiséssemos antes de ele partir para a escola e eu encher os bolsos de pedra para me atirar no oceano. Contudo, em vez disso, Percy parece preocupantemente satisfeito. — Espere aí, está animado para toda essa merda cultural?

— Não estou... *não* animado. — E então ele me dá um sorriso que acho que deveria parecer um pedido de desculpas, mas em vez disso parece muito, *muito* animado.

— Não, não, não, precisa ficar a meu lado nisso! Lockwood representa tirania e opressão e tudo isso! Não se deixe seduzir pelas promessas de poesia e sinfonias e... Meu Deus, serei sujeitado à *música* durante toda nossa jornada?

— Certamente será. E a única coisa que odiará mais do que ouvir a música selecionada por Lockwood será me ouvir falar sobre tal música. Às vezes falarei com Lockwood *sobre* música, e você *odiará* isso. Terá que ouvir a mim *e* a ele usando palavras como *atonal*, *cromático* e *cadenza*.

— *Et tu?*

— Ah, veja só você usando seu vocabulário latino. Eton não foi um total desperdício.

— Foi latim *e* história, então tome essa... sou muito bem-educado. — Viro o rosto para ele, ou, mais precisamente, para cima, na direção do rosto dele, pois Percy é mais alto do que a maioria; já eu não carrego o fardo da estatura excessiva. Portanto, embora jure que houve uma época em que tínhamos a mesma altura, isso ficou para trás e Percy tem vantagem aérea sobre mim atualmente. A maioria dos homens tem, e algumas moças também; Felicity é quase tão alta quanto eu, o que é vergonhoso.

Percy ajeita meu colarinho que foi para o outro lado, roçando os dedos na pele exposta de meu pescoço por um segundo.

— Como achou que seria este ano? Salões de jogos e prostíbulos o tempo todo? Vai se cansar disso, sabe. Fornicação com estranhos em becos que fedem a mijo perde o charme agridoce com o tempo.

— Imaginei que seríamos eu e você.

— Fornicando em becos?

— Não, seu parvo, mas... nós dois. Fazendo o que quiséssemos.
— Corrigir frases sem trair o coração está começando a parecer uma dança complicada. — Juntos.

— Ainda será.

— Sim, mas, sabe, será o último ano antes de começar a trabalhar com meu pai, de você ir para a faculdade de direito e de não nos vermos tanto.

— Sim. Faculdade de direito. — Ele volta o rosto para a costa de novo, então uma brisa leve sobe da água e solta algumas mechas do laço preto que amarra a trança dele. Há meses Percy está falando em cortar o cabelo curto para que caiba mais facilmente sob uma peruca, mas deixei claro que o assassinarei se fizer isso, pois adoro aquele emaranhado indomável.

Pressiono o rosto contra o ombro dele para fazer com que preste atenção em mim de novo, então solto um gemido dramático.

— Mas o maldito Lockwood com seus malditos passeios culturais estragaram isso.

Percy torce uma mecha de meu cabelo entre os dedos enquanto um leve sorriso brinca nos lábios dele. Meu coração acelera de novo, tanto que preciso prender o fôlego. Não é justo que eu quase sempre consiga perceber quando alguém está de olho em mim, exceto quando se trata de Percy, pois sempre fomos muito afetuosos um com o outro. Assim, é impossível depois de tanto tempo pedir a ele que não o seja sem admitir o motivo. Não posso encerrar uma conversa com um casual: *Ah, aliás, será que poderia não tocar em mim como sempre tocou porque a cada vez é como uma nova facada no meu coração?* Principalmente quando o que realmente gostaria de dizer é: *Ah, aliás, será que poderia continuar tocando em mim, e talvez o tempo todo, e como estamos falando nisso, não gostaria de tirar toda a roupa e cair na cama comigo?* Ambos têm o mesmo peso.

Percy dá um puxão em meu cabelo.

— Tenho uma ideia de como sobreviveremos ao ano. Fingiremos ser piratas...

— Ah, adorei.

— ... Invadindo algum tipo de fortaleza da cidade. Saqueando-a em busca de ouro. Como costumávamos fazer.

— Lembre-me de seu codinome pirata.

— Capitão Dois Dentes, o Terrível.

— Ameaçador.

— Eu tinha 6 anos e realmente apenas dois dentes na época. E é *capitão. Capitão* Dois Dentes, o Terrível.

— Perdoe-me, capitão.

— Tão insubordinado. Eu deveria mandá-lo para a prisão.

Conforme o paquete desliza com o bico apontado para a França, conversamos por um tempo, então não mais, e depois de novo, e sou lembrado de como a amizade com Percy é deliciosamente fácil, com partes iguais de silêncio confortável e de nunca ficarmos sem ter o que dizer um para o outro.

Ou melhor, *era* fácil, até eu a estragar ao perder o maldito controle toda vez que Percy faz aquela coisa de inclinar a cabeça para o lado quando sorri.

Ainda estamos ali, fazendo a corte na proa, quando os marinheiros começam a se dispersar pelo deque e, bem acima de nós, o sino soa, tocando uma nota grave e sombria *in continuum*. Passageiros surgem dos níveis mais baixos e se aglomeram nos parapeitos, como mariposas atraídas para o ouro de tolo que é o brilho da costa que se aproxima.

Percy apoia o queixo sobre minha cabeça com as mãos em meus ombros conforme também nos viramos para o litoral.

— Sabia... — começa ele.

— Ah, estamos jogando *você sabia*?

— Sabia que este ano não será um desastre?

— Não acredito.

— Não será um desastre — repete Percy, acima de mim — porque somos você e eu e um ano no Continente e nem mesmo Lockwood ou seu pai podem estragar isso por completo. Prometo.

Ele cutuca a lateral de minha cabeça com o nariz até que eu me permito encará-lo, e ele dá aquele sorriso com a cabeça inclinada de novo; juro por Deus, é tão adorável que até mesmo esqueço meu nome.

— França no horizonte, capitão — digo.

— Prepare-se, imediato — responde Percy.

Paris, França

Antes do fim de nosso primeiro mês em Paris, as violentas mortes bíblicas que vemos imortalizadas em quadros de uma infinita procissão de coleções particulares começam a parecer muito atraentes.

Os dias se tornam uma sucessão de desastres tediosos, apesar da segurança de Percy de que seria diferente. Lockwood é pior do que eu esperava. Primeiramente, não nos permite dormir até tarde, o que torna difícil reunir estamina suficiente para ficar a noite inteira na rua com Percy, que é o que eu preferiria fazer acima de tudo. Vivi a maior parte da vida de acordo com a filosofia de que um homem não deveria ver duas sete horas em um mesmo dia, mas na maioria das manhãs Lockwood manda Sinclair me acordar horas antes do que eu quero ser acordado. Então sou enfiado em trajes adequados e atirado à sala de jantar de nosso apartamento francês, onde sou obrigado a me sentar e tomar um café da manhã civilizado em vez de cair de cara nos ovos ou perfurar os olhos de meu tutor com os talheres.

Enquanto Felicity fica no apartamento, ele sai comigo e com Percy na maioria das tardes, às vezes para passeios insignificantes a fim de absorver a cidade como se fosse uma mancha, às vezes para reuniões formais, às vezes para visitar lugares que deveriam ser intelectualmente interessantes, mas em vez disso me fazem considerar fingir algum tipo de doença debilitante apenas para poder me retirar. As galerias todas começam a parecer idênticas — até mesmo o Palácio do Louvre, ainda cheio da arte que a família real francesa deixou ali quando se mudou para Versalhes, não detém minha atenção por muito tempo. Os colecionadores em si são os piores — a maioria deles é amigo de meu pai, sendo todos homens ricos e variações dele. Conversar com esses sujeitos me deixa tenso e nervoso, pois fico esperando que alguém me golpeie se eu disser algo errado.

A própria cidade é como uma amante cruel — Paris é um buraco de merda, com mais pessoas entulhadas dentro dele do que parece possível e um trânsito realmente inacreditável. Há o dobro de carruagens, carrinhos de mão e liteiras do que em Londres, lotando as ruas, e não há passeios de pedestres. Os prédios são mais altos do que em Londres também, e as ruas que os entremeiam são estreitas, feitas de pedras ásperas e úmidas. Esgoto cai das janelas quando urinóis são esvaziados, empesteando as sarjetas, onde enormes cães da raça mastim perambulam selvagemente.

Lockwood fica irritantemente encantado com o charme pútrido de tudo e o restante de nosso grupinho parece estar se divertindo com toda essa arte, passeios e essa maldita cultura, e começo a me perguntar se não sou burro demais para fazer o mesmo.

Em três semanas, Percy e eu ainda não conseguimos escapar das vistas do nosso *cicerone* tirano para uma noite sozinhos. São raras as noites em que não somos arrastados para leituras e espetáculos e para a maldita ópera (embora não para o teatro, o qual Lockwood nos diz ser um antro de sodomitas e janotas, o que parece mais de meu gosto). Tudo isso, ao lado das manhãs em que se acorda cedo demais, me esgota completamente e não consigo planejar nossas madrugadas com animação. A primeira vez que somos milagrosamente dispensados de uma saída noturna tratava-se de uma palestra chamada "A panaceia sintética: Uma hipótese alquímica";

no fim da tarde, Percy alega uma dor de cabeça e eu alego ter de observá-lo sentir dor de cabeça e Lockwood parece acreditar mais em Percy do que em mim.

Em vez de comermos juntos na sala de jantar como de costume, jantamos em intervalos. Percy e eu fazemos a refeição no quarto dele, então ficamos deitados, enroscados na cama, sonolentos e lânguidos conforme o céu se tinge das cores de um hematoma por causa do pôr do sol e da fumaça. A primeira vez em que saio durante a noite inteira é para ver se consigo importunar um dos empregados até que me dê uísque para a febre de Percy e para minha diversão. As lanternas ainda não foram acesas, e o corredor está tão envolto em sombras que quase me choco contra Felicity, que está pressionada contra a parede com os sapatos na mão, usando um vestido estilo Brunswick simples, com o capuz na cabeça, como um bandido vindo roubar a prataria.

Já saí às escondidas por vezes o suficiente na vida para saber exatamente o que ela está tramando.

Felicity se assusta ao me ver e abraça as botas contra o peito.

— O que está fazendo? — pergunta minha irmã, sibilando.

— Eu poderia perguntar o mesmo — respondo, muito mais alto do que é preciso, e ela agita uma das mãos. Na sala de estar, ouço Lockwood pigarrear. — Tentando escapar sem ser detectada, é?

— Por favor, não conte nada.

— Vai se encontrar com um garoto? Ou talvez com um *homem*? Ou anda passando as noites como uma daquelas garotas dançarinas com as ligas escarlate?

— Se disser uma palavra a Lockwood, contarei que foi você que bebeu aquela garrafa de vinho do porto da qual ele deu falta semana passada.

Então é minha vez de franzir o cenho, o que não fica bem em mim. Minha irmã cruza os braços e eu cruzo os meus, e nos olhamos entre as sombras em um impasse. Chantagem é irritante em circunstâncias normais, mas muito pior quando vem de uma irmã caçula.

— Está bem, ficarei calado — digo.

Felicity sorri, curvando as sobrancelhas em um ângulo verdadeiramente perverso.

— Maravilha. Agora seja um bom rapaz e distraia Lockwood para que ele não ouça a porta. Pode pedir para ele contar algo longo, em alto e bom som, sobre arquitetura gótica.

— Vão expulsá-la da escola caso se comporte assim.

— Bem, Eton levou anos para se dar conta de suas travessuras, e sou bem mais esperta, então não estou preocupada. — Ela sorri de novo e, nesse momento, todos os meus instintos infantis afloram, pois nada me agradaria mais do que dar um belo puxão no cabelo de minha irmã. — Aproveite a noite — diz ela, então desliza de meias pelo chão de pedra até a porta, de modo que mal precisa erguer os pés.

Lockwood, sem peruca e usando roupão oriental largo por cima do colete, está acomodado em uma poltrona diante da lareira. Ele ergue o rosto e franze a testa quando entro, como se apenas me ver já fosse motivo para consternação.

— Milorde. Posso ajudá-lo?

No corredor, ouço o clique baixinho da tranca da frente.

E se Felicity vai sair às escondidas, está mais do que na hora de Percy e eu fazermos o mesmo.

— Acho que iremos àquela palestra esta noite afinal — explico.

— Ah. Ah! — Lockwood estica o corpo. — Você e o Sr. Newton?

— Sim — respondo, oferecendo um pedido de desculpas silencioso a Percy caso a dor de cabeça dele seja real. — Pegaremos uma carruagem até Montparnasse, então não precisa vir junto, pois já está vestido para se deitar. E talvez jantemos depois. Então, não espere acordado.

E abençoadas sejam as meinhas de algodão de Lockwood, ele deve realmente acreditar no poder transformador que a viagem pode ter sobre um rapaz, porque engole aquela história.

Na verdade, mal chega a ser mentira — de fato *pegamos* uma carruagem até Montparnasse e *jantamos*. A janta consiste em meio litro de cerveja batizada, que entornamos no canto de um ringue de boxe fumacento e destilados que tomamos em um salão de música mais tarde.

O boxe é escolha minha, o salão de música é a de Percy — a condição dele para sair comigo apesar da dor de cabeça, que aparentemente era muito real, foi que pelo menos metade da noite fosse passada em algum lugar no qual homens não se agredissem e em que pudéssemos nos ouvir sem gritar. Mas o salão de música está lotado e é quase tão barulhento quanto as lutas. As paredes são cobertas de veludo esfarrapado com borla dourada, e o teto é pintado com um mural elaborado de querubins brincando com mulheres nuas em nuvens macias — os querubins parecem estar ali apenas para evitar que a imagem seja pornográfica. Há velas sobre as mesas — cobertas por vidro vermelho — que deixam o tom da luz corado.

Gastamos os proventos de nossas apostas vitoriosas em uma das cabines particulares na galeria mais alta, olhando para a multidão abaixo e para a névoa de fumaça de cachimbo acima. Torneios de gamão e faraó são travados nas demais cabines, gritos se elevam por causa de jogos de *piquet* e loto, mas Percy e eu apenas fazemos companhia um ao outro. Faz um maldito calor com todas aquelas pessoas tão amontoadas, e a cabine é privada o suficiente para que nós dois fiquemos apenas de camisa.

Entornamos quase 2 litros de destilados antes do interlúdio — Percy está bebendo mais do que o habitual, o que o faz rir com facilidade. Também sinto o mesmo — estou risonho e ousado, arrogante por estar na rua, sozinho com Percy e com a barriga cheia de gim e uísque morno.

Ele se aproxima para apoiar o queixo em meu ombro; um dos pés dele roça minha canela enquanto quica ao ritmo da música.

— Está se divertindo?

Mordisco a orelha dele — só queria me aproximar, mas calculo mal a distância e decido a meio caminho me comprometer com a ação. Percy dá um grito de surpresa.

— Não, mas você está.

Música não é uma arte que alego compreender ou gostar, mas Percy parece tão feliz naquele momento que também me sinto feliz, com um rompante súbito de alegria por estar vivo e ali com ele. Embora essa sensação seja atrapalhada pela ideia do tempo passando presa a esses últimos dias antes de Percy e eu nos separarmos. Nosso *Tour* subitamente parece um tempo impossivelmente curto.

Por um momento, brinco com a ideia de, ao fim de tudo, *não* voltar para casa. Fugir para a Holanda com Percy. Ou talvez simplesmente fugir. O que me deixaria sem nada. Sem dinheiro ou habilidades para obtê-lo. Sou inútil demais para ganhar a vida sozinho, não importa o quanto a vida escolhida para mim seja desprezível. Estou completamente preso a meu pai, sem ter como escapar nem querer coisas para meu futuro.

E o que você ia querer, mesmo que pudesse?, diz uma vozinha em minha mente.

E não tenho resposta, o que acende uma chama de pânico dentro de mim. Subitamente me sinto flutuando, fora até mesmo de meu próprio controle.

O que você quer?

Os músicos fazem uma pausa e um homem sobe ao palco para recitar algo de natureza poética. Algumas pessoas na multidão vaiam. Percy bate o ombro contra o meu quando me junto a elas.

— Pare com isso.

— Ele merece.

— Por quê? Coitado, é apenas um poeta.

— Precisa de mais motivos? — Ergo o pé sobre a mesa, calculo mal a distância e meu dedão acerta a beirada. Nossos copos vazios oscilam. — Poesia é a forma de arte mais vergonhosa. Acho que entendo por que todos os poetas se matam.

— Não é tão fácil.

— Claro que é. Veja só. — Acerto a nuca dele para obrigá-lo a prestar atenção em mim em vez de no palco. — Vou escrever um poema sobre você. — "Havia um sujeito chamado Percy" — começo, então hesito: — "O qual..." Maldição, o que rima com *Percy*?

— Achei que tivesse dito que era fácil.

— *Blercy*? Isso é uma palavra, não é?

Percy beberica o uísque, então apoia o copo no parapeito e diz, em ritmo alegre:

— Eu conhecia um jovem sujeito / Henry Montague, um homem de respeito.

— Ah, isso é injusto. Tudo rima com respeito. *Perfeito. Defeito. Afeito.*

— Tanta bebida entorna / Mas nada sente na cachola. — Ele faz uma pausa para um efeito mais dramático, então finaliza: — E dentro das calças leva um membro que provoca despeito.

Caio na gargalhada. Percy deita a cabeça no encosto da cadeira, com um sorriso, parecendo muito satisfeito consigo mesmo. Nada me deixa mais feliz do que imundícies saídas da sua boca. A maioria daqueles que o conhecem não acreditaria que um cara tão quieto e educado já me contou histórias que envergonhariam marinheiros.

— Ah, Percy. Isso foi lindo.

— De nada.

— Eu deveria compartilhar com Lockwood.

Percy ergue a cabeça.

— Não ouse.

— Ou pelo menos escrever para a posteridade...

— Juro por Deus, nunca mais falarei com você.

— Talvez repita comigo mesmo quando estiver indo dormir esta noite.

Ele chuta a perna de minha cadeira e quase caio.

— Besta.

Gargalho, e sai como um risinho bêbado.

— Faça outro.

Percy sorri para mim, depois se reclina para a frente com os cotovelos nos joelhos como se estivesse pensando muito.

— Monty está sempre mijado.

— Ora, dessa eu gosto muito menos.

— Mas é um prodígio no carteado.

— Melhor.

— Lockwood pode até ignorar, / Mas tem algo no ar / Pois todos o querem... — Percy para, ficando com as bochechas coradas num tom de vermelho forte.

Os cantos de minha boca começam a formar um sorriso.

— Vá em frente, Percy.

— O quê?

— Termine.

— Terminar o quê?

— Seu poema.

— Meu o quê?

— A rima, seu bobo.

— Isso rima? Não percebi. Ah, espere... — Percy finge revisar o verso na cabeça. — Agora percebi.

Eu me aproximo dele.

— Vamos lá, o que ia dizer?

— Nada. Não lembro.

— Lembra, sim. Vá em frente. — Ele solta um murmúrio com os lábios fechados. — Quer terminar ou quer que eu continue atormentando você?

— Ah. Que escolha difícil.

Toco a canela de Percy com o pé. A meia dele escorregou da calça e está embolada em volta do tornozelo.

— Todos querem o que, Percy? O que exatamente todos querem fazer comigo?

— Está bem. —Percy está realmente corado, coitado. Não tem a pele tão escura que não consiga ficar incrivelmente vermelho quando há motivos o suficiente. Ele expira brevemente, depois franze o nariz. Parece que está se esforçando muito para não sorrir. — Lockwood pode até ignorar, / Mas tem algo no ar / Pois todos o querem beijar.

Essa única palavra lança um impulso por minha coluna como se fosse relâmpago atingindo um para-raios. Percy gargalha e abaixa o queixo, subitamente envergonhado. Quero me recostar e dizer algo tímido para que possamos apenas rir como se fosse uma brincadeira — juro por Deus, quero mesmo. Mas então ele umedece os lábios e volta os olhos para minha boca de um jeito que parece fugir um pouco ao seu controle.

E eu quero. Muito, muito mesmo. Apenas pensar nisso faz todo o sangue deixar minha cabeça. E a bebida me afetou o suficiente para que aquela parte do cérebro que em geral se coloca no caminho de ideias terríveis e as impede com um racional *Calma lá, amigo, vamos pensar bem nisso* pareça ter tirado folga essa noite. Então, apesar de ter total compreensão do quanto é uma decisão terrível, eu me aproximo e beijo Percy na boca.

Realmente pretendia que fosse um roçar de lábios, bem levinho, como se estivesse fazendo aquilo apenas por causa da rima, não porque estou enlouquecendo de desejo há dois anos. Mas antes que consiga me afastar, ele coloca a mão em minha nuca e me puxa para si, e de repente não sou só eu o beijando, é Percy me beijando também.

Por talvez um minuto inteiro, fico tão chocado que só consigo pensar *Meu Deus, isso está acontecendo mesmo.* Percy está me beijando. Me beijando *de verdade.* Nenhum de nós está sóbrio, ou sequer perto da sobriedade, mas pelo menos ainda estou vendo direito. E, maldição, isso é tão *bom.* Tão bom quanto sempre imaginei que seria. Faz todos os outros beijos que já dei se transformarem em fumaça e sumirem.

E então não é apenas Percy me beijando — estamos beijando um ao outro.

Não consigo decidir se prefiro deixar as mãos no cabelo dele ou fazer algo quanto a tirar sua camisa do caminho — estou me sentindo descontrolado e atrapalhado, incapaz de me comprometer com um único lugar no qual colocar as mãos porque quero tocar Percy em ab-so-lu-ta-men-te *todos* os lugares. Aí ele empurra a língua para dentro da minha boca e fico momentaneamente distraído pela forma como a totalidade de meu ser se desfaz com essa sensação. É como ser incendiado. Mais do que isso — é como se estrelas explodissem, como se os céus estivessem em chamas. Beijar Percy é algo incendiário.

Puxo o lábio inferior dele com os dentes e o acaricio levemente, e Percy solta um suspiro alegre e pesado conforme desliza da cadeira para meu colo. As mãos dele passam para dentro da minha camisa, soltando-a da cintura da calça aos poucos, depois os braços de Percy percorrem meu corpo até me envolverem, e tenho dificuldades para me manter tranquilo, fico tentando pensar nas coisas menos estimulantes possíveis, mas simplesmente não funciona, porque Percy colocou uma perna de cada lado das minhas e está com a boca aberta contra a minha, e sinto as palmas das mãos dele para cima e para baixo pelas minhas costas.

Passo a língua pelo maxilar dele, tão entusiasmado que meus dentes o arranham, ao mesmo tempo em que trabalho com os dedos nos botões da calça dele até que o principal se abra. Percy inspira suavemente, com a cabeça voltada para cima, quando meus dedos tocam a pele dele. Enterrando as unhas em minhas costas, ele agarra minha camisa com os punhos. Sei que deveríamos tomar cuidado — é uma cabine particular, mas não *tão* particular assim, se alguém nos visse daquele jeito, poderíamos acabar seriamente encrencados —, mas não me importo. Não me importo com quem possa estar por perto ou com o pelourinho para sodomitas ou com a ameaça de meu pai quanto ao que acontecerá se eu for pego com um homem. Nada importa nesse momento além de Percy.

— Monty — diz ele, meu nome abrindo caminho em meio a um arquejo. Não respondo porque estou muito mais interessado em chupar o pescoço dele do que em falar, mas Percy segura meu rosto e o puxa para perto. — Espere. Pare.

Paro. Deve ser a coisa mais difícil que já precisei fazer. No entanto, é preciso considerar que não tive uma vida lá muito difícil.

— O que foi? — É ridículo o quanto estou sem fôlego, como se tivesse participado de uma corrida.

Ele me encara diretamente. Ainda estou com uma das mãos espalmadas como uma estrela no peito dele, e o coração de Percy bate forte contra as pontas de meus dedos.

— Isso é apenas uma brincadeira para você?

— Não — digo antes que consiga pensar direito. Então, quando os olhos dele se arregalam um pouco, acrescento, às pressas: — Sim. Não sei. O que quer que eu diga?

— Eu quero... Nada. Esqueça.

— Bem, por que parou, seu parvo? — Como acho que retomaremos de onde paramos, me aproximo de novo, mas Percy se abaixa e sai, e eu congelo com a mão pairando entre nós.

Em seguida ele diz, bem baixinho:

— Não.

O que não é algo especialmente interessante de se ouvir quando ainda estou com uma das mãos dentro da calça dele.

Eu não me afasto imediatamente — dou a Percy um momento para mudar de ideia e voltar para mim, embora esteja claro pela expressão dele que estou me enganando ao pensar que voltará. É um desafio manter o rosto sério, fingir que não tenho anos de desejo ligados a esse excelente beijo com o rapaz mais lindo que conheço, mas consigo dizer:

— Tudo bem. — E oculto o quanto essa única palavra parece ser a escotilha de um andaime se abrindo abaixo de mim.

Percy ergue o rosto.

— Sério? *Tudo bem?* — repete ele. — É tudo o que tem a dizer?

— Por mim tudo bem. — Eu o empurro para fora do meu colo, o que imagino que provavelmente faria se aquilo fosse uma brincadeira, mas acaba saindo com mais força do que pretendo, e Percy cai. — Foi você que começou. Você e seu poema bobo.

— Certo, é claro. — De repente, ele parece irritado enquanto mexe nos botões da calça, fechando-os de novo com mais força do que é necessário. — Isso é culpa minha.

— Eu não disse que era culpa sua, Perc, disse que você começou.

— Bem, você queria também.

— *Também?* Eu queria *também?*

— Sabe o que eu quis dizer.

— Não sei mesmo. E realmente não me importo. Meu Deus, foi apenas um beijo!

— Certo, esqueci que você beija qualquer coisa que tenha boca. — Percy se levanta cambaleando um pouco e encolhe o corpo.

Estendo a mão, embora esteja longe demais para ajudar.

— Você está bem?

— Você acabou de me empurrar e está perguntando se estou bem?

— Estou tentando agir decentemente.

— Acho que perdeu essa chance há muito tempo.

— Meu Deus, por que está sendo tão terrível?

— Vamos para casa.

— Certo — digo. — Vamos.

Então concluímos o que poderia ter sido o tipo de noite com fogos de artifício e poesia com a caminhada para casa mais desconfortável já compartilhada por duas pessoas em toda a história.

Faço um esforço louvável para ignorar Percy durante os dias seguintes. Ele também mantém distância — não consigo decidir se está me evitando ou apenas me dando espaço para me acalmar —, embora não tanta distância a ponto de eu não notar a marca bastante evidente no pescoço dele, que o colarinho da roupa não tem altura o suficiente para esconder. É um belo lembrete da coisa mais vergonhosa que já fiz.

Não alego ter um histórico perfeito quando se trata de investidas amorosas, mas a rejeição de Percy dói como sal em uma ferida aberta. Ela se repete em minha mente durante dias, diversas e diversas vezes, não importa o esforço que eu faça para afastá-la ou para me consolar com a lembrança de como foi bom antes de tudo ruir. As tentativas de apagá-la com uísque roubado da cozinha também não ajudam. Continuo ouvindo aquela única palavra — *não* — e revivendo o momento em que Percy me empurrou para longe.

Muitos garotos nessa idade brincam assim, ainda consigo ouvir meu pai dizendo, e parece um chute nos dentes todas as vezes. *Muitos garotos brincam. Principalmente quando está tarde e eles estão inebriados e longe de casa.*

Fico confortavelmente bêbado durante os dias seguintes, talvez no limite entre confortavelmente e delirantemente, pois esqueço por completo que meu pai planejou que acompanhássemos o lorde embaixador Worthington até Versalhes para um baile de verão até o momento em que Lockwood anuncia isso no café da manhã, com uma voz que deixa implícito que sou um imbecil por não ter lembrado. Mas, ainda que seja temporária, é uma distração para não pensar em Percy. E Lockwood não virá, então pode acabar sendo uma noite verdadeiramente boa.

Felicity parece cultivar o delírio de que sua presença não será requerida, apesar de ter comprado um traje junto comigo e Percy assim que chegamos. Ela faz uma atuação pouco convincente de um mal não identificado e soa chocada quando Lockwood não se comove. Quando finalmente concorda em se arrumar, sai do quarto dando a impressão de ter feito o mínimo esforço possível ao pôr um vestido francês ajustado para ela, o qual já era meio matronal. Não usa maquiagem e está com a mesma trança torcida nos cabelos que usou o dia todo. Nem mesmo limpou a tinta dos dedos — os resquícios de algum rabisco que andou fazendo nas margens do livro. A dama de companhia a segue, parecendo intimidada.

Lockwood dramaticamente contrai as bochechas para dentro, ao mesmo tempo em que dá batidinhas dramáticas com o pé, enquanto a avalia. Felicity cruza os braços e o avalia de volta. É uma criatura destemida e teimosa quando quer ser e, relutantemente admito, isso às vezes é glorioso.

— Parece — diz Lockwood, por fim — que vocês três não compreendem verdadeiramente suas posições.

— A verdade é que não vejo sentido em ser obrigada a comparecer esta noite — retruca minha irmã. — Pedi para ir às galerias com você, Monty e Percy, e assistir às palestras, mas você...

— Bem, para começar, devo dizer que acho inapropriado o quanto são informais uns com os outros — interrompe ele. — De agora em diante, quero ouvir se referirem um ao outro adequadamente; nada de nomes de batismo, por favor, ou esses apelidos aos quais parecem afeitos.

Quase caio na gargalhada. Não consigo imaginar chamar Percy de *Sr. Newton* com o rosto sério e não vejo Felicity fazendo o mesmo — a presença dele é tão frequente que poderiam muito bem ser irmãos. Certamente se dão melhor do que Felicity e eu. Embora me anime pensar que ela será obrigada a se referir a mim como *milorde*.

Lockwood vê meu sorriso antes que eu consiga segurá-lo e volta o olhar para mim.

— E você. Jamais vi um desprezo tão evidente pelo próprio privilégio. Sabe o que eu estava fazendo quando tinha sua idade? Tinha ingressado na marinha, arriscando a vida pelo rei e pela nação. Não tive a oportunidade ou os recursos para fazer uma viagem pelo Continente, e aqui está você, a quem a oportunidade é entregue sem qualquer sacrifício pessoal, desperdiçando-a.

Bem, essa situação eu certamente não antecipei. Não entendo por que sou eu ouvindo o sermão quando apenas Felicity está sendo beligerante.

— E — Lockwood se vira para Percy, então parece decidir que não há nada a respeito dele que valha o desgaste da contenda, recuando para fazer um anúncio coletivo — estejam de sobreaviso: terei muito pouca paciência para mais cenas de qualquer um de vocês. Fui claro?

— Estamos atrasados. — É tudo o que Felicity diz em resposta e é mesmo verdade. Lockwood fica imediatamente nervoso, chama nosso lacaio e nos enxota até a porta. A partida é tão apressada que minha irmã não é obrigada a trocar de roupa. O que não é justo.

— Você será o assunto da noite nesse traje — informo a ela ao oferecer minha mão para que entre na carruagem. — Diga-me, isso é juta de verdade ou apenas musselina simples?

— Ora, você já tem bastante fru-fru por nós dois — responde Felicity, ignorando minha mão. — Vai deixar as damas no chão.

Resisto ao anseio de arrancar parte da borda franzida do casaco cor de menta que até esse momento eu achava bem bonito. Minha irmãzinha herdou de meu pai o dom de me tornar um tolo envergonhado a respeito de tudo.

— Acho que está bonito — comenta Percy, o que me faz querer jogar algo nele e em seu casaco índigo com um brocado florido em torno dos punhos e calça culote de veludo combinando. Não é justo que estejamos nos desentendendo e ele ainda esteja com uma aparência fantástica.

Encontramos o lorde embaixador e a esposa aos portões do palácio. É um sujeito alto, usa uma peruca cinza cacheada e leva uma espada no cinto. A esposa é baixa e atarracada, embora o cabelo a deixe quase tão alta quanto o embaixador. Ela usa tanto pó que está pálida como leite, com uma linha visível no limite do cabelo onde a maquiagem não alcançou. Há também uma exagerada camada final de blush e um adesivo para esconder marcas de varíola sob cada olho. Naquela imitação sofrível da moda francesa, os dois parecem guloseimas na vitrine de uma confeitaria no fim do dia, esforçando-se demais para serem bonitos enquanto murcham.

— Lorde Disley. — O lorde embaixador me dá um aperto de mão firme ao nos encontrarmos, apoiando uma das mãos em meu cotovelo como se estivesse tentando me prender a seu lado. É um pouco difícil me desvencilhar. — Um prazer, milorde, muito prazer. Ouvi... muito a seu respeito, de seu pai.

O que abre a noite com um tom incrivelmente azedo.

O homem ignora Percy quando ele estende a mão, oferecendo, em vez disso, um olhar crítico e nada sutil da cabeça aos pés antes de se voltar para Felicity.

— E senhorita Montague. Se parece espantosamente com sua mãe. Uma mulher tão bela. Você será igualmente bela um dia.

Minha irmã franze a testa, como se estivesse tentando entender se o que ele disse foi ofensivo. Também não tenho certeza, mas o tal cenho franzido não ajuda em nada no quesito beleza.

— Ah, pare com isso, Robert, ela já é linda — intervém a esposa do embaixador, o que parece deixar Felicity ainda mais desconfortável. Lady Worthington a pega pelo braço e a faz girar uma vez, algo que minha irmã executa com passos hesitantes, como se não tivesse total certeza do que está acontecendo, mas tivesse certeza absoluta de que não gosta daquilo. — Que vestido interessante — observa a mulher, e não consigo conter um risinho ao ouvir isso. Worthington franze a testa para mim. E Percy também, o que é ainda mais irritante.

Enquanto uma dama admira e a outra se permite ser admirada, o lorde embaixador me puxa de lado e diz, com um sussurro de confidência:

— Seu... Quem é aquele, exatamente? — Ele acena para Percy, que finge de forma bastante óbvia e exagerada não entreouvir.

— Meu amigo — respondo, inexpressivamente. — Ele é meu amigo.

— Seu pai sabe? Ele não mencionou que traria...

— Percy está viajando comigo — explico. — Estamos fazendo o *Grand Tour* juntos.

— Ah. Ah, é claro. Sr. Newton. — O tom de surpresa na voz dele é tão brusco quanto um machado quando o homem se vira para Percy. — Conheço seu tio.

— É mesmo? — pergunta ele.

— Sim, velhos amigos. Ele acabara de ser nomeado para a corte do almirantado quando eu ainda era um mercador saído de Liverpool. Jamais mencionou que tinha um protegido que era... — O lorde embaixador tenta completar a frase, formando um círculo com a mão como se pudesse abanar um final apropriado em nossa direção, então, em vez disso, pergunta: — Vocês estão em Paris desde maio, não é? O que têm achado?

Como não falo nada, Percy responde:

— Muito interessante.

— Cidade muito, muito bela, Paris. Embora achemos que a comida está aquém de nosso paladar. A comida é melhor em Londres.

— Mas as camas são melhores em Paris — digo.

— Que tal entrarmos? — sugere Percy, rapidamente.

Os olhos do lorde embaixador se semicerram em minha direção, então ele segura meu ombro antes de nos levar escada acima. Corro para acompanhá-lo antes que Percy me alcance.

Versalhes é um lugar coberto em ouro, fantasioso e delirante. Cruzamos uma sala de carteado e seguimos até o corredor espelhado no qual o rei faz a corte, onde cada superfície que não está coberta por um espelho está emoldurada em ouro ou pintada com afrescos em tons de gemas. Cera escorre em filetes quentes e pegajosos dos candelabros. Com flocos coloridos refratados pelos cristais que cobrem as paredes, a luz é como ouro de tolo.

A festa se estende pelos jardins, onde o ar está quente e cheio de pólen que sobe em correntes douradas das flores quando tocadas. Sebes acompanham os passeios, moldadas em uma diversidade de formas e com rosas florescendo entre elas. As estrelas são silenciadas pela luminosidade intensa do palácio, e a luz dos candelabros que ladeiam as escadas se reflete como moedas reluzentes contra a seda luminosa que todos vestem. As pessoas vagueiam pelas trilhas e sob o domo aberto no centro do jardim Orangerie, no qual flores aveludadas e orquídeas de pétalas macias pressionam as folhas contra o vidro como se fossem mãos. As mulheres estão enfiadas em saias sustentadas por armações *pannier* que as deixam tão largas quanto são altas, e os cabelos de todos receberam pó e foram cacheados e esculpidos com rigidez. Percy e eu somos os dois únicos homens que não usam peruca. Meu cabelo é tão espesso e escuro e fica tão belo quando bagunçado que me recuso a cobri-lo até que deixe de ter todas essas características.

Ninguém repara em nosso anúncio. A atmosfera já está delirante demais.

A mulher do embaixador leva Felicity para longe de nós, deixando Percy e eu com o marido. Tento me afastar para garantir tanto uma bebida quanto alguém para admirar em meio à multidão — e prometo que o alguém acabará sem calça. Mas Worthington fica mais próximo de mim do que eu gostaria, fazendo apresentações a uma fila de nobres que parecem todos iguais com suas perucas e pó. Ele me obriga a ser um espectador de conversas educadas sobre o exílio do poeta Voltaire na Inglaterra, sobre se solteiros deveriam ser obrigados a pagar impostos mais altos, sobre o noivado rompido entre o jovem rei da França e a infanta espanhola e o que isso significa para as relações entre as casas de Habsburgo e Bourbon.

Isto será o resto de sua vida, diz uma voz baixinha no fundo de minha mente.

Nunca fui bom em fingir sinceridade ou em fingir ser versado em coisas que não sou, e não tenho ideia do que dizer a essas pessoas. Estou acostumado a passar festas como esta matando o tempo com Percy ou bebendo até encontrar outra pessoa com quem matar o tempo, mas Percy está sendo irritante e o lorde embaixador tem um hábito insuportável de gesticular em sinal de recusa aos criados com vinho e champanhe. Finalmente consigo colocar as mãos em uma taça, mas quando tento fazer com que a encham novamente, ele coloca a mão sobre a borda, sem tirar os olhos da dama com quem fala. Sobrevivo ao restante da conversa imaginando que pego a taça vazia e a enfio garganta abaixo ou traseiro acima dele.

— Soube que você tem um pequeno problema — diz o lorde embaixador quando a interlocutora dele se afasta. — O excesso não é lisonjeiro, meu jovem.

Prefiro bêbado cambaleante a tedioso contido em qualquer momento, mas dizer isso em voz alta não parece que vai me ajudar a ter a taça enchida novamente.

Percy fica conosco, embora um pouco afastado — pelo visto o desejo de manter a distância pós-beijo está batalhando com o desejo de não ficar sozinho naquela multidão. Se estou circulando na aba das conexões de meu pai ao estar ali, Percy está agarrado às costuras, pois não tem título, sua família é da baixa nobreza e a pele dele é a mais escura entre todos aqueles que não servem bebidas. A maioria das pessoas que conhecemos olha descaradamente como se Percy fosse uma obra de arte em exibição ou finge que ele não existe. Uma mulher chega a bater palmas de alegria ao vê-lo, como se tivesse acabado de testemunhar um cãozinho de orelhas caídas fazendo um belo truque.

— Sabe, estou muito envolvida com sua causa — comenta ela repetidas vezes enquanto o marido matraqueia para Worthington e para mim. Até que Percy finalmente pergunta:

— Que causa?

Ela parece chocada por ele ter precisado perguntar.

— A abolição do tráfico de escravos, é claro. Meu clube está boicotando cana-de-açúcar cultivada por escravos desde o inverno.

— Essa não é realmente minha causa — responde ele.

— Para onde vão a seguir? — pergunta o marido dela, e levo um momento para perceber que está se dirigindo a mim. Fico dividido entre querer socar as marcas de varíola do rosto da mulher e socar Percy porque ainda estou com raiva por conta do nosso beijo. Talvez eu consiga acertar os dois com um golpe longo.

— Marselha no fim do verão, não foi o que disse, Disley? — interfere Worthington, de prontidão.

— Sim — respondo. — Então para o leste, para Veneza, Florença e Roma. Talvez Genebra.

— Faz quanto tempo desde que veio da África? — pergunta a mulher e, com o tom de voz impressionantemente paciente, considerando o quanto ela está sendo irritante, Percy responde:

— Nasci na Inglaterra, madame.

— Deveria falar com meu clube antes de deixar Paris — diz ela, inclinando-se na direção dele como uma torre prestes a tombar.

— Não acho que...

— Estivemos em Veneza no início deste ano — conta o marido dela, me arrastando de volta para a conversa. — Lugar impressionante. Você deveria ver a igreja de San Bartolomeo enquanto estiver lá, os afrescos são melhores do que os de Saint Mark, e os frades o guiam até a torre do sino se estiver disposto a se desfazer de algumas moedas. Evite o Carnaval, é somente hedonismo e máscaras. Ah, mas a ilha afundando precisa ser visitada.

— Isso parece muito perigoso — diz o embaixador, franzindo a testa.

— Há uma ilha afastada da costa, com uma capela, não me lembro do nome, mas está afundando na Lagoa. Estará submersa no fim do verão.

— Meu clube se reúne nas noites de quinta-feira — continua a mulher, então Percy responde:

— Não acho que eu teria algo a dizer.

Mas ela insiste:

— Ter sido criado da forma como você foi! Em uma casa abastada, com filhos naturais...

Consigo sentir ondas de vergonha alheia emanando de Percy, como se eu estivesse perto demais de um forno, enquanto o cavalheiro que fala comigo enche a base do cachimbo de barro com batidinhas fora do ritmo da música, e eu quero tanto uma bebida que mal consigo pensar direito.

— É uma vista impressionante, em ruínas e já com metade imersa no mar — explica ele. O cachimbo se choca contra o anel com um ruído oco que me causa nervoso nos dentes. — Tomamos um barco até lá, embora não permitam que se chegue muito perto...

— Ora, isso parece a coisa mais divertida que posso imaginar — interrompo, mais alto do que pretendia, mas não me desculpo.

— Como?

— Sentar-se em um barco e ver uma ilha afundar lentamente no mar — digo. — Que divertido. Talvez enquanto estivermos a milhares de quilômetros de casa, também paremos para observar o chá fervendo.

O cavalheiro fica tão chocado que chega a recuar um passo de mim, o que é uma atitude um pouco dramática.

— Apenas uma sugestão, milorde. Achei que pudesse se interessar...

— Não creio — respondo, com o rosto impassível.

— Ora, então. Sinto muito por ter desperdiçado seu tempo. Com sua licença.

Ele toma o braço da esposa e, enquanto a leva para longe, ouço-a dizer:

— Negros são tão reservados. — Um final adequado para uma conversa que foi essencialmente uma vergonha prolongada para todas as partes envolvidas.

O embaixador parece prestes a me dar um sermão, mas se distrai quando a peruca dele se agarra na da mulher que passa e os dois são quase desperucados. Olho para Percy, esperando que mesmo que estejamos um pouco irritados um com o outro, ele possa me agradecer por tê-lo livrado de continuar conversando com aquela vaca, e então cochicharemos sobre o quanto essa noite está sendo insuportavelmente horrível. No entanto, ele está franzindo a testa para mim com quase a mesma intensidade que o embaixador.

— Qual é seu problema? — pergunto.

Percy suspira alto pelo nariz.

— Precisa desrespeitar todos a quem é apresentado?

— Era ele quem estava dando conselhos de viagem estúpidos.

— Você está sendo desagradável.

— Nossa, Perc. Quanta gentileza, não?

— Não pode fazer um esforço? Por favor? Embora não dê a mínima para o que os outros têm a dizer, são pessoas importantes. Pessoas que talvez fosse bom você conhecer. E mesmo que não sejam, deveria pelo menos tentar ser gentil.

Meu Deus, eu serraria o pé para que minha taça de champanhe magicamente se enchesse de novo nesse momento. Inclino o pescoço em busca de um criado.

— Realmente não me importo com quem sejam as pessoas aqui.

Ele me agarra pela manga da blusa, me puxando de frente para que fiquemos cara a cara. O dorso da mão dele roça a minha, e nos afastamos como cavalos assustados. Aquele maldito beijo está estragando minha vida.

— Bem, deveria.

— Que diferença faz para você? — disparo, puxando a mão da dele. A gravata *plastron* de Percy deslizou e consigo ver as marcas de meu dente subindo pelo pescoço dele, o que só piora mais as coisas.

— Porque nem todos podemos nos dar o luxo de não nos importar com o que as pessoas pensam de nós.

Faço uma careta.

— Deixe-me em paz. Vá falar com outra pessoa.

— Com quem eu poderia falar?

— Está bem, então vá servir as bebidas — solto e imediatamente desejo que não tivesse dito aquilo. Antes que Percy consiga responder, seguro o braço dele. — Espere, desculpe...

Ele se desvencilha de mim.

— Obrigado por isso, Monty.

— Eu não quis dizer...

— Mas disse — replica Percy, então sai batendo os pés. Todo o direito de me sentir indignado que eu vinha acumulando desde nosso beijo se derrete como manteiga ao sol.

Worthington aparece subitamente a meu lado, alisando a peruca. Uma pequena mancha de pó de amido surge nas mechas.

— Para onde foi o Sr. Newton?

— Não sei — respondo, resistindo ao anseio de virar a taça mais uma vez para me certificar de que não há uma última gota agarrada ao fundo.

— Venha, deve ser apresentado ao duque de Bourbon — diz ele, agarrando meu braço com força surpreendente e me girando para a frente de um homem que se aproxima de nós. É um sujeito atarracado e de aparência desagradável; usa uma sobreveste vermelha e dourada e uma peruca branca cacheada, que lhe envolve a cabeça como um furacão com chifres. — Tente ser civilizado. Esse é o ex-primeiro-ministro do jovem rei, acaba de ser dispensado por motivos desconhecidos. Ainda é um assunto delicado.

— Realmente não me importa — respondo, embora no fundo da mente consiga ouvir o conselho de Percy para tentar ser mais gentil ecoando como um címbalo. Sinto uma pontada de culpa e penso que talvez possa ser uma boa novidade aplicar algum esforço a essa coisa de modos sociais.

— Boa noite, milorde. — O embaixador dispara para a frente do duque, que parecia pronto para passar direto por nós, e oferece um curto aceno de cabeça.

— *Bonsoir, ambassadeur* — responde ele, mal se incomodando em fazer contato visual. — Você parece bem.

— Sempre um prazer. Uma bela noite, como é de costume por aqui. Que bom vê-lo. Não que seja uma surpresa. É claro que está aqui. — Bourbon parece querer se esquivar dessa conversa, mas o embaixador parece igualmente desesperado para mantê-lo preso. — Sua Majestade participará?

— Sua Majestade permanece indisposto — retruca o duque.

— Que pena. Todos rezamos para que tenha uma rápida recuperação, como sempre. Gostaria de apresentar o lorde Henry Montague, visconde de Disley, recém-chegado da Inglaterra.

Apenas tente, diz a voz de Percy em minha mente. Dou ao homem o sorriso mais sincero que consigo, usando as covinhas para efeito completo, e ofereço o mesmo aceno curto que o embaixador ofereceu. Parece uma imitação estranha, uma versão encenada da forma como vi outros homens se portarem.

— É um prazer.

— O prazer é meu — diz o duque, com o tom visivelmente desprovido de qualquer prazer enquanto ele me percorre com um olhar que poderia fixar um homem à parede. — É o mais velho de Henri Montague?

Sempre um terrível começo, mas mantenho aquele sorriso luminoso fixo.

— Sim.

— Henry está fazendo o *Tour* — explica o embaixador, como se isso pudesse de alguma forma iniciar uma conversa. Contudo, o duque o ignora e mantém aquele olhar calculista fixo em mim, o que arrepia os pelos de minha nuca. Não é um homem alto, mas é corpulento, e eu não sou nenhuma dessas coisas. Com aquele olhar de lâmina, me sinto significativamente menor do que o habitual.

— Como está seu pai? — pergunta o duque.

— Ah, sim. — O embaixador dá uma risada leve enquanto brinca com as abotoaduras da manga. — Seu pai é francês, não é, Disley? Tinha esquecido.

— Você dois são próximos? — questiona o duque.

Consigo sentir grandes gotas de suor pegajoso devido à pomada para cabelo escorrendo pela nuca.

— Eu não diria próximos.

— Você o vê com frequência?

— Bem, não ultimamente, pois temos o Canal da Mancha entre nós. — Eu me dou os breves parabéns por essa frase, inteligente, mas não impertinente. Talvez eu não seja tão terrível nisso quanto achei.

O homem não sorri.

— Está me escarnecendo?

O embaixador faz um ruído que se parece muito com um engasgo.

— Não — digo, rapidamente. — Não, de jeito nenhum. Foi uma piada...

— A minha custa.

— Foi a forma como disse...

— Há algo errado com a forma como falo?

— Não, eu... — Olho de um homem para outro. O embaixador me encara com o maxilar trincado. — Gostaria que eu explicasse?

O duque franze mais a testa.

— Acha que sou imbecil?

Por Deus, o que está acontecendo? Essa conversa subitamente se parece com um peixe se debatendo entre meus dedos e fugindo ao controle.

— Acho que desviamos do assunto em certo ponto — comento, oferecendo meu melhor sorriso de desculpas. — Estava perguntando sobre meu pai.

Ele não devolve o sorriso.

— Creio que tenha perdido o fio da meada.

Encolho o corpo mais alguns centímetros na direção do chão.

— Desculpe-me.

— Seu pai tem um senso de humor aguçado. Obviamente puxou a ele.

— Puxei? — Olho do duque para o embaixador de novo, embora nenhum dos dois pareça disposto a vir a meu resgate. — O que quer dizer com senso de humor aguçado?

— Gostaria que eu explicasse? — responde o duque, me imitando com amargura.

A melhor estratégia parece ser voltar ao auge dessa conversa superficial e fingir que nunca nos desviamos, então digo:

— Estava vendo bastante meu pai antes de partir para o Continente. Minha mãe acaba de ter um filho e isso o manteve em casa.

— Ah. — Ele tira uma caixinha de prata do bolso e cheira profundamente. — De acordo com a última notícia que tive, ele estava passando mais tempo na propriedade para ficar de olho em um filho delinquente que gostava de beber e de garotos mais do que gostava dos estudos em Eton.

Consigo sentir minha cor sumir do rosto. Algumas pessoas olham em nossa direção, pois frases cruciais naquela afirmativa chamam a atenção de olhos famintos por fofoca. O duque me lança uma expressão impassível, e estou absolutamente pronto para virar uma mesa ou desabar dramaticamente no chão. Talvez ambos em uma rápida sucessão. *Olhe, veja!* Eu gritaria para Percy se ele estivesse a meu lado. *Isso é o que acontece quando tento.*

O embaixador Worthington cria uma barreira verbal entre nós.

— Este é o filho de Henri Montague — observa ele, como se tivesse havido alguma confusão.

— Sim, eu sei — responde o duque, então se volta para mim e diz: — E de acordo com todos os relatos que ouvi, ele é um patife.

— Bem, pelo menos não fui dispensado de minha posição de cachorrinho de uma marionete inválida como o rei — retruco.

A arrogância dele se esvai como uma máscara mal presa. Pela primeira vez desde o início de nossa interação inflamada, ele dá a impressão de considerar me tratar de modo diferente em vez de me fazer parecer um tolo, ainda que agora pareça ser mais apropriado ele me estrangular com as próprias mãos no meio de companhias diversas.

— Cuidado com a língua, Montague — adverte o duque, com a voz baixa e contida, uma cobra venenosa espreitando na grama alta. Em seguida fecha a caixinha e sai pisando duro, deixando-nos olhando enquanto ele se vai como se fôssemos estátuas de cera.

Minhas orelhas ainda doem — não tenho certeza se papai está fazendo um esforço para falar mal de mim para todos aqueles de quem é íntimo e transformar minha humilhação em um banquete, ou se tenho uma reputação tão desprezível que o fedor me precedeu até aqui. E o pior, não tenho certeza de qual dessas opções é preferível.

Worthington ainda está com o rosto preso à máscara de sociedade educada quando se volta para mim, mas o vapor que sopra das orelhas dele é quase palpável. Espero um pedido de desculpas gaguejado, algum tipo de arquejo e bajulação e *pobre Monty, sinto terrivelmente por ele ter dito coisas tão odiosas a você.*

No entanto, ele diz, muito calmamente:

— Como ousa falar com o duque assim.

E então percebo que ele também não está do meu lado.

— Ouviu o que ele disse para mim? — indago.

— Ele é seu superior.

— Não me importo se é o maldito rei, ele insultou...

Worthington estende a mão para mim repentinamente, e meus braços se erguem como uma defesa involuntária. Contudo, ele só apoia a palma da mão em meu braço, quase com pena, e diz:

— Quando seu pai escreveu para pedir que eu fizesse suas apresentações, acreditei que estivesse exagerando sobre sua falta de caráter, mas vejo que foi um observador bastante astuto. Acredito que seu pai seja um sujeito de primeira classe, então não o responsabilizo. Ele sem dúvida fez o melhor possível, no entanto, algumas vezes, o joio é semeado em meio ao trigo. Mas essa atitude inconsequente que acredita ser tão encantadora, atirando suas conexões sociais na fogueira e escolhendo se associar com homens de cor como seu Sr. Newton...

— Vamos esclarecer uma coisa — interrompo, desvencilhando o braço da mão dele com tanta força que quase derrubo a mulher que está atrás de mim. — Você não é meu pai, não sou sua responsabilidade e não vim aqui para que meus defeitos fossem listados de acordo com o que ele pensa ou para que fosse condenado por aqueles com quem me associo, nem por você nem por aquele maldito duque. Então, embora tenha me divertido muito sendo tratado como uma criança a noite inteira, acho que já estou farto e posso seguir sozinho daqui em diante.

Assim, dou meia-volta, saio marchando e pego uma taça da bandeja de um criado que passa. Entorno a bebida na boca e recoloco o copo na bandeja antes que o homem perceba. Se meu pai está tão ansioso para contar a todos sobre o fardo que sou, fico feliz em agir de acordo com minha reputação. Não iria querer desapontá-lo.

Faço uma atuação impressionante no que diz respeito a saídas dramáticas, mas assim que deixo Worthington, percebo que essa saída dramática não tem rumo. Olho ao redor procurando Percy — estou pronto para me render em nosso impasse apenas pela companhia e talvez um ombro amigo também. Vejo-o perto do salão de dança e começo a entremear a multidão, mas percebo que ele está falando com alguém — um sujeito de peruca loira que parece um pouco mais velho do que nós, com sardas tão marcadas que consigo vê-las sob o pó do rosto. O homem usa um traje requintado de seda cinza franzida com fru-frus no colarinho que se agitam quando ele se aproxima de Percy para que o que quer que esteja dizendo seja ouvido acima da música. Percy diz algo em resposta e o rapaz gargalha de boca aberta e com a cabeça para trás. Percy dá um sorriso tímido, e o merdinha toca o braço dele, depois deixa a maldita mão ali por muito mais tempo do que é realmente necessário. Jamais quis quebrar os dentes de alguém tanto quanto nesse momento. E arrancar aquelas sardas idiotas do rosto dele.

O rapazote sardento gesticula para que um dos criados traga champanhe — um para ele e um para Percy —, então me viro e tomo a direção oposta.

Felicity está na varanda, destemidamente segurando uma parede entre duas janelas venezianas. Engulo meu orgulho e me junto a ela, pegando outra taça no caminho.

— Você parece esgotada — digo ao me recostar à pedra.

— E você parece irritado. Ainda está brigado com Percy?

— É tão óbvio assim?

— Bem, considerando que quase não se olham, pareceu lógico. Aonde foi o embaixador?

— Não sei. Estou me escondendo dele.

— E eu estou me escondendo da mulher dele. Um brinde por não sermos nada bons com festas.

— Costumo ser muito bom com festas. Acho que a culpa é da festa.

Um aglomerado de pessoas passa nos empurrando; a mulher à frente leva uma taça de vinho em uma das mãos e uma torta mousse de chocolate na outra. A cauda do vestido roça nossos pés conforme ela passa. Felicity e eu nos apertamos mais contra a parede.

— Com quem você e ele estavam falando? — pergunta minha irmã. — O cara corpulento.

— O duque de Bourbon. Acho que é esse o título dele. Tem o charme de um Genghis Khan idoso.

Para meu espanto, ela solta uma risada roncada bastante sincera. Isso nos pega de surpresa — a mão dela dispara para a boca e nós dois arregalamos os olhos. Então Felicity sacode a cabeça com um risinho cruel.

— *Genghis Khan idoso.* É, você me faz rir às vezes.

Entorno uma golada de champanhe. O gás faz minha língua parecer uma trama de tecido.

— O ex-primeiro-ministro do rei, embora aparentemente essa parte de *ex* ainda seja sensível, portanto não a mencione. Aprendi da forma mais difícil.

— O rei está aqui, não? Esta festa não é dele?

— Está enfermo. Quase perpetuamente, pelo visto. — Percebo subitamente o quanto parece às avessas estar no entorno da festa com minha irmã enquanto Percy está em algum lugar do outro lado. Tomo mais uma bebida e pergunto, apenas para ter o que dizer: — Então, para onde estava indo quando saiu de fininho na outra noite?

Felicity inclina a cabeça contra a parede de forma a encarar os arabescos acima de nós.

— Lugar nenhum.

— Foi se encontrar com um rapaz, não foi?

— Quando eu teria tido tempo de conhecer um rapaz? Mal tive permissão de deixar o apartamento desde que chegamos. Lockwood me faz ficar sentada quieta, costurando e tocando o clavecino dia e noite enquanto vocês passeiam pela cidade.

— Ah, eu dificilmente diria que *passeamos. Arrastados como prisioneiros*, talvez?

— Bem, está vendo muito mais de Paris do que me foi permitido.

— Então era isso que estava fazendo? Conhecendo a cidade na calada da noite?

— Se quer saber, eu estava naquela palestra.

— Que palestra?

— Aquela sobre alquimia. Aquela da qual você disse a Lockwood que participou.

— Ah. — Tinha me esquecido de tudo que aconteceu naquela noite fora o beijo desastroso. Quase olho em volta procurando por Percy de novo. — Você... se interessa por alquimia?

— Não particularmente. Não me entusiasma como um todo, mas a ideia de criar panaceias sintéticas de substâncias orgânicas existentes ao alterar o estado químico de equilíbrio delas... Desculpe, estou entediando você?

— Não, parei de ouvir há um tempo. — Minha intenção é que seja debochado e tolo, algo que possa fazê-la rir de novo, mas, em vez disso, um olhar de mágoa sincera percorre o rosto de minha irmã antes de ser acobertado com uma expressão irritada.

Estou prestes a pedir desculpas quando Felicity dispara:

— Se não está interessado, não pergunte.

Meu temperamento, ainda atiçado pela grosseria de Worthington, aflora novamente.

— Está bem. No futuro, evitarei. — Ergo a taça, que de algum modo está vazia. — Divirta-se aqui sozinha.

— Divirta-se evitando o embaixador — responde ela, e saio antes que consiga decidir se Felicity estava sendo cruel.

Por mais que goste de multidões e champanhe e dança, sinto como se estivesse começando a afundar nessa festa e a ser engolido por ela. Um pânico estranho oriundo de toda a pompa repousa bem no limite de minha mente. É o tipo de sensação que em geral eu combateria escapulindo com Percy e uma garrafa de gim. Mas ele está em algum lugar tendo o braço apalpado por aquele sujeito cujas sardas parecem varíola. Então, em vez disso, perambulo pela varanda, perdendo a conta do quanto bebi. Paro e apoio os cotovelos no parapeito. Cercado de todos os lados por cetim farfalhante e uma língua que mal falo, me sinto muito, muito sozinho.

De repente, alguém a meu lado diz:

— Você parece perdido.

Eu me viro e vejo uma mulher espantosamente linda de pé diante do parapeito, com sua ampla saia aberta entre nós como as páginas de um livro. Tem olhos escuros e grandes com um adesivo em um dos cantos; a pele está quase branca pelo pó, exceto por um círculo de blush em cada bochecha. A peruca loira rígida foi arrumada com galhos de junípero e um ornamento parecido com uma raposa, que tem as pontas das orelhas pintadas com o mesmo nanquim preto que cobre os cílios da mulher. Ela tem o pescoço mais incrível que já vi e, logo abaixo, há um par de seios fantástico.

— De maneira alguma — respondo, desarrumando os cabelos por instinto. — Estou apenas fazendo uma escolha cuidadosa pela melhor companhia, embora ache que a busca tenha terminado agora que você está aqui.

A mulher ri, o som é baixo e lindo como um sino; não me parece completamente genuíno, mas tenho certeza absoluta de que não me importo.

— Sou muito bem recomendada. Você está fazendo seu *Tour*?

— E eu aqui achando que estava me misturando bem.

— Sua observação cuidadosa da festa o destaca, milorde. Sua expressão pensativa é muito bonita.

E então ela toca meu braço levemente, assim como aquele rapaz com sardas apoiou a mão em Percy. Luto contra uma vontade súbita de procurá-lo na multidão. Em vez disso, ajusto o peso do corpo sobre o parapeito de forma que a plenitude de minha atenção esteja devotada a essa adorável criatura que parece muito interessada em mim.

— Tem nome, dama vulpina? — pergunto.

— Você tem? — replica ela.

— Henry Montague.

— Que simples — comenta a mulher, e percebo o erro ao omitir meu título. Devo estar um pouco mais bêbado do que achei se estou cometendo erros tão banais. — Seu pai deve ser francês.

— *Oui*, embora não seja possível adivinhar pelo meu francês deplorável.

— Que tal facilitarmos as coisas? — diz ela em inglês, com as palavras adornadas pelo sotaque. — Assim nos entenderemos melhor. Então, devo chamá-lo de Henry? Se abandonaremos a formalidade, pode me chamar de Jeanne. — A mulher abaixa o queixo e me olha através do véu formado pelos cílios. *Ora*, diz o olhar, *agora estou tímida*. — Aceitável?

— Divino.

Ela sorri, depois abre o leque de marfim que pende do pulso e começa a agitá-lo para cima e para baixo. A brisa sopra o único cacho que desce por aquela nuca que faria inveja a cisnes. Estivera mentalmente me parabenizando por manter os olhos no rosto dela durante todo o tempo em que tínhamos conversado, mas então os malditos me traem subitamente e mergulham direto para a frente do vestido.

Por um momento, acho que ela pode não ter notado, mas a seguir a boca da mulher se contrai para cima e sei que notou. Contudo, em vez de me dar um tapa ou me chamar de grosseiro e dar as costas, ela diz:

— Milorde, gostaria de ver... — Pausa significativa. Cílios batendo. — Mais de Versalhes?

— Sabe, creio que sim. Embora me falte um guia.

— Se me permitir.

— Mas esta festa parece começar a ficar animada. Detestaria tirar você dela.

— A vida é cheia de sacrifícios.

— Sou um sacrifício?

— Um que fico feliz em fazer.

Minha nossa, essa moça é divertida. E no momento preciso de um pouco de diversão. Para tirar da mente Worthington e o maldito duque e Percy e aquele belo canalha sardento passando as mãos nele. Ofereço o braço a ela.

— Mostre o caminho, milady.

Jeanne coloca a mão pequena e perfeita em meu cotovelo, então me direciona para um conjunto de portas francesas que se abre para o corredor. Ao cruzarmos o portal, minha determinação hesita por um único segundo e, como a mulher de Ló ao se tornar sal, olho por cima do ombro para ver se consigo encontrar Percy. Ele está exatamente onde estava antes — no entorno do salão de dança, mas está sozinho, olhando para mim de uma forma que sugere que o faz há um tempo. Quando nossos olhares se encontram, Percy se espanta e dá um puxão tímido no colarinho do casaco, depois me oferece um sorriso um pouco desapontado, do tipo que diz *eu não esperava nada diferente de você*, fazendo uma chama se acender dentro de mim.

Minha mente percorre rapidamente os tipos de olhares em resposta que mais o afetarão. Talvez olhos suplicantes — *Salve-me desta jovem que me arrasta contra minha vontade* — para ele vir correndo a meu resgate. Ou talvez uma expressão de escárnio com os lábios retraídos — *Com ciúmes? Bem, teve sua chance comigo e a perdeu.*

Eu me decido por um dar de ombros combinado com um sorriso de indiferença. *Tudo bem*, diz a expressão. *Se divirta aí que me divirto aqui.* E talvez um toque de *Não estou pensando nem um pouco no que se passou entre nós no salão de música na semana passada.*

E Percy vira o rosto.

Pelo visto Jeanne conhece o caminho pelo labirinto coberto de ouro que é o interior de Versalhes, vagueando como uma nuvem de perfume. Cada sala pela qual passamos está cheia de gente, e embora eu goste das multidões e do barulho e dos afrescos cujas cores são de uma tigela de frutas maduras, preferiria encontrar um lugar calmo para ficar sozinho com essa moça encantadora e os excelentes seios dela.

Ela me leva para uma ala deserta na qual tenho certeza de que não deveríamos estar, então para diante de uma porta pintada e desliza a mão para a fenda do bolso da saia, tirando de dentro uma chave dourada com fita preta.

— Ora, onde conseguiu isso? — pergunto, inclinando-me para a frente enquanto Jeanne destranca a porta, como se estivesse interessado, mas, na verdade, é para conseguir um ângulo melhor e olhar para dentro daquele vestido.

Ela sorri.

— Minha posição vem com privilégios.

O cômodo para o qual Jeanne me leva parece um aposento particular, a antecâmara da alcova de alguém. Três lustres de cristal projetam um brilho dourado nas paredes pintadas de um vermelho intenso e na mobília de mogno. Há uma lareira tão grande que mais parece um quartinho que pode ser incendiado com segurança, além de um tapete oriental tão espesso que faz com que me sinta instável ao caminhar. A janela está aberta para a propriedade, e a música e a conversa alegre da festa entram, embora soem abafadas e distantes.

Jeanne tira o leque do pulso, então espalma as mãos sobre a mesa de carteado revestida de feltro diante da lareira.

— Aqui é mais calmo, *non*? Versalhes pode ser um lugar intenso.

— Ah, acho somente tenso. — Ela gargalha e lanço o que sei por experiência própria ser um sorriso de fazer fraquejar os joelhos. — É bastante escandaloso trazer um cavalheiro desacompanhado para seus aposentos, madame.

— Uma sorte estes não serem meus aposentos. Por mais que seja lisonjeador você pensar que tenho aposentos tão grandiosos. São de um amigo meu — comenta ela, com ênfase o suficiente em *amigo* para que eu faça a inferência. — Luís Henrique.

— O rei?

— Há mais de um Luís na França, sabia. Esse é o duque de Bourbon.

— Ah, ele.

— Aparentemente já se conheceram.

— Sim, trocamos palavras. — Não menciono os detalhes do incidente, embora pensar nele faça com que eu me sinta pequeno e humilhado de novo.

Mas aqui estou, nos aposentos do duque.

A retaliação me chama.

Minha primeira ideia é mijar nas gavetas da escrivaninha, mas há uma dama presente, então furto me parece uma escolha melhor — algo fácil o bastante de levar, porém não tão óbvio que me ligue ao crime. A única tarefa restante é escolher alguma coisa que o deixará transtornado de irritação quando descobrir que sumiu, mas que não vá causar um incidente internacional.

Perambulo pela sala, mostrando que observo cada objeto, um ladrão casual. Consigo sentir Jeanne me olhando, então mantenho o queixo erguido, esperando que ela desvie o olhar para que consiga enfiar algo no bolso. Ainda que seja bem difícil desviar o olhar de mim — afinal, estou mostrando meu melhor ângulo a ela, do tipo que é digno de uma moeda.

Sobre a escrivaninha, há um conjunto de dados de marfim que considero roubar, assim como uma caixinha aromática com uma face de vidro límpido e uma tampa de prata de rosca. Objetos soltos refinados — tudo aqui é refinado —, mas comuns demais para obter o nível desejado de irritação. Na escrivaninha, flerto brevemente com a ideia de carregar o frasco de nanquim, até que percebo que seria desmesuradamente inconveniente carregá-lo pelo restante da noite, pois está cheio de tinta.

Mas, ao lado do frasco de nanquim, há uma pequena caixa de bijuterias feita de ébano lustroso e pouco maior do que meu punho. Na tampa, estão encrustados seis discos de opala, cada um gravado com a sequência do alfabeto. Quando passo o dedo pelos discos, eles giram e as letras mudam. As pedras são estranhamente mornas ao toque, como se tivessem ficado perto da lareira.

— Tudo bem, já viu o quarto — diz Jeanne atrás de mim. Ouço um farfalhar de saias conforme ela se acomoda. — Venha prestar atenção em mim agora.

Ergo o rosto para ver se ela me observa, mas já está sentada à mesa de carteado de costas para mim.

Vingança *e* uma moça bonita — a dupla está transformando essa noite inicialmente desastrosa em uma das melhores festas a que fomos em Paris. *Se ao menos Percy e eu não estivéssemos brigados*, penso, então esmago esse pensamento como uma aranha sob minha sola.

Coloco a caixinha no bolso — considero deixar um bilhete de resgate também, ou não tanto um bilhete de resgate, mas uma afirmação de quatro palavras: *Você é um idiota* — e deslizo para a cadeira diante de Jeanne à mesa.

— Vamos jogar? — pergunto enquanto ela embaralha as cartas entre as mãos.

Os olhos de Jeanne disparam para os meus.

— O que você joga?

— Todas as coisas. Qualquer coisa. O que *você* joga, madame?

— Bem, tenho gosto por um jogo no qual cada jogador recebe duas cartas, soma os números e o par cuja soma for mais próxima de treze vence.

— Por que treze?

— É meu número da sorte.

— Nunca ouvi falar desse jogo.

— É porque, caro milorde, acabo de inventá-lo.

— E faz-se uma aposta? Ou há uma consequência para o jogador com as cartas menos próximas?

— Ele deve sacrificar um artigo do vestuário.

Por. Deus. Mereço algum tipo de medalha pelo esforço que preciso fazer para não olhar para o decote quando Jeanne diz isso. Ela contrai os lábios, espalhando a tinta escarlate entre eles.

— Gostaria de jogar?

— Por favor. — Tiro o casaco e o jogo no sofá.

— Espere, ainda não começamos.

— Eu sei. Não quero dificultar muito para você. Detestaria que perdesse a dignidade.

— Não conte com isso, milorde.

É um jogo incrivelmente idiota. Nós dois sabemos. Ambos também sabemos que o verdadeiro jogo não está nas cartas, mas na retirada sedutora de cada peça de roupa. Jeanne tira um dos muitos anéis; eu removo os sapatos no que só pode ser descrito como o gesto mais sensual que um homem já fez com os calçados. Sou mais liberal ao me despir — quando estou somente de culote, Jeanne ainda está tirando joias, uma de cada vez, dolorosamente. Está com as bochechas rosadas sob o pó de arroz, mas mantém a compostura de forma admirável. Se a situação fosse inversa, eu teria perdido a cabeça a esta altura.

O preâmbulo é divertido, contudo começo a ficar impaciente para acabar com isso, como entornar rapidamente uma bebida azeda, o que não é uma sensação com a qual estou acostumado em relação a prazeres terrenos desse tipo. Na varanda, um pouco de algazarra pareceu terrivelmente magnífico, mas enquanto espero que Jeanne faça uma atuação teatral ao virar o próximo par de cartas, minha mente se prende à imagem de Percy e aquele rapaz próximos ao salão de dança, e fico me perguntando o que Percy falou que o fez gargalhar. Em seguida penso nos dedos dele percorrendo meus cabelos quando inclinei o corpo em sua direção e em Percy unindo nossas bocas. O tremor da respiração dele nos percorreu, como uma pulsação, e maldito seja se vou permitir que um beijo idiota com Percy me arruíne.

Da próxima vez que Jeanne perde, ela tira um único brinco de pérola em gota e o põe sobre a mesa, mas coloco minha mão sobre a dela antes que as cartas sejam distribuídas novamente.

— Um momento, milady. Brincos vêm em pares.

— E?

— E também saem em pares. Não proteste, tirei meus sapatos juntos.

— Estou começando a pensar que não é preciso muito para que retire suas roupas.

— Bem, não quero privá-la.

— Obrigada, milorde. Você é, de fato, um belo indivíduo.

Jeanne toca o lábio superior com a ponta da língua e um leve tremor de desejo percorre meu corpo, seguido de alívio por Percy não ter me destruído, afinal. Talvez isso ainda possa ser exatamente o que eu pretendia que fosse quando a segui dos jardins, e é com essa esperança em meu coração que me inclino na direção dela.

— Aqui, deixe-me ajudar com o outro brinco.

Estendo a mão e ela se aproxima. O tempo passa lenta e deliciosamente, segundos escorrendo como mel aquecido pelo sol. Enquanto abro a pérola, levo a boca para bem mais perto da pele de Jeanne do que é preciso. Meus dedos percorrem o pescoço dela — o fantasma de um toque —, então roço os lábios por seu maxilar.

E, como sabia que aconteceria, Jeanne leva o dedo até meu queixo, inclina minha boca para a dela e me beija.

No entanto, meu primeiro pensamento não é como é absolutamente maravilhoso que essa coisinha linda finalmente leve os lábios aos meus, e sim como foi muito melhor na semana anterior quando Percy fez o mesmo.

Quase golpeio o ar, como se isso pudesse afastar Percy de minha mente tal qual um mosquito. Mas, em vez disso, levo as mãos àqueles dois seios magníficos que me encararam a noite inteira e me distraio ao libertá-los das jaulas, e não penso em Percy, nem um pouco.

É preciso mencionar que damas aristocráticas usam uma infinidade de roupas. Principalmente em festas. Eu poderia me despir completamente em vinte segundos com a motivação adequada, e Jeanne é mais do que adequada, porém despi-la não é tão fácil quanto imaginei enquanto ela retirava cada peça. Minha boca ainda está sobre a dela conforme cambaleamos ao ficar de pé, mas nem mesmo tenho uma boa visão do que deveria retirar. Tento a sorte e puxo rendas até que algo estala e o corselete cai, o que pelo menos solta os seios daquela prisão onde estavam. Mas então há uma gaiola terrível em torno da cintura dela, com combinações e espartilhos e um *chemise* e, juro por Deus, há outro espartilho sob aquele, depois há toda uma outra camada criativa de sabe-se lá o que, só sei que com certeza está ali simplesmente para me manter longe da pele dela. Talvez a moda sirva apenas para reforçar a castidade de uma dama, na esperança de que a parte interessada perca a paciência e abandone qualquer tentativa de desfloração simplesmente devido a todas as vestes no caminho.

Em contraste, Jeanne precisa de apenas quatro botões na aba de minha calça para deslizá-la por meu quadril, o que não é justo. Os dedos dela percorrem minha espinha, e sou subitamente arrancado do momento pela lembrança das mãos de Percy ali, das palmas encaixadas em torno de meu tórax e de um toque que me fez sentir faminto e frágil. As pernas dele em torno de meu corpo.

O som da respiração curta e determinada de Percy quando levei os lábios ao pescoço dele.

Maldição, Percy.

Solto Jeanne apenas para abrir os botões na altura de meus joelhos e abaixar a calça até os tornozelos, em seguida chuto a peça de roupa para o sofá, formando um arco alto. Ela delineia meus lábios com a ponta da língua conforme o pó da pele dela envolve minha boca, e, pelo fogo do inferno, não estou pensando em Percy. Envolvo-a completamente com os braços, puxando-a para mim.

Então, atrás de nós, a tranca da porta estala e alguém diz:

— O que está acontecendo?

Tiro as mãos do vestido de Jeanne, quase perdendo um dedo no caminho, pois de alguma forma me emaranhei nos laços das costas do seu espartilho. O duque de Bourbon surge no portal do quarto, acompanhado de mais dois cavalheiros com ares de lorde. Todos estão boquiabertos, como peixes fora d'água.

Solto uma seleta palavra de cinco letras e tento me proteger com a imensa gaiola presa à cintura de Jeanne.

O duque semicerra os olhos para mim.

— Por Deus, Disley?

— Hã, sim. Boa noite! Bourbon, não era?

A expressão dele se desfaz.

— Que diabos está fazendo aqui?

— Para ser claro... — começo, me aproximando do sofá, onde minhas roupas estão jogadas, e me maldizendo por ter sido tão dramático ao atirá-las longe. Preciso puxar Jeanne comigo para me certificar de que permanecerei coberto. — *Aqui* em Versalhes? Porque certamente fui convidado.

— Em meus aposentos. O que está fazendo em meus malditos aposentos?

— Ah, com aqui quer dizer *aqui*.

— Seu libertino repulsivo, exatamente como seu... — O rosto de Bourbon fica vermelho e me preparo para uma reação, mas a atenção dele é atraída para Jeanne, ainda de pé com os seios expostos a meu lado. — Mademoiselle Le Brey, cubra-se, pelo amor de Deus — dispara ele.

Jeanne começa a puxar o espartilho, um gesto que faz menos para cobri-la e mais para enfatizar o fato de que não está coberta. Os outros dois homens estão olhando boquiabertos para os seios dela, e Bourbon parece prestes a cometer homicídio contra qualquer um à distância de um braço, e sou bastante versado em aproveitar oportunidades, portanto junto minhas roupas do sofá em um monte e fujo pela janela aberta.

E é dessa forma que acabo correndo pelos jardins do Palácio de Versalhes vestido apenas como a natureza me fez.

Dou a volta por uma sebe que ladeia o jardim Orangerie, percebendo que não tenho estratégia de fuga além de ter saído de cena o mais rapidamente que pude. Tenho a forte sensação de que estão me perseguindo e não tenho tempo de parar no gramado para me vestir. Tento vestir o culote conforme sigo, mas quase caio de cara nos arbustos, então escolho manter as roupas emboladas diante das partes mais vulneráveis e continuar correndo.

Margeio a parede do palácio, procurando evitar as janelas e permanecer entre as topiarias. Não há uma sala vazia — lugar nenhum para o qual eu poderia correr e me esconder ou me vestir de novo. Estou desorientado e distraído, por isso sigo para mais longe do que pretendia. Quando viro na esquina seguinte, vejo que estou no pátio, onde festejadores descem as escadas aos montes, indo em direção às luzes fortes. Paro subitamente, o que é um erro de cálculo fatal, pois uma mulher me vê e dá um grito esganiçado.

Então todos se viram para me encarar, o visconde de Disley, de pé no pátio, com os cabelos desgrenhados e pó feminino borrando o rosto como farinha. E, também, sem uma única peça de roupa no corpo.

Então, porque a sorte é uma cadela desalmada, ouço alguém atrás de mim dizer:

— Monty?

E, é claro, ali está Percy, de pé ao lado de Felicity, a qual, pela primeira vez em todos os dias desde que nasceu, parece chocada demais para dar risadinhas, e com eles, o lorde embaixador e a esposa. Todos nos olhamos boquiabertos. Ou melhor, eles me olham boquiabertos.

Não há nada a fazer a não ser fingir que estou completamente vestido e com a situação sob controle. Assim, caminho até Percy e digo:

— Acho bom partirmos.

Estão todos me encarando. O pátio inteiro me encara, mas são os olhares de Percy e Felicity que mais pesam. Minha irmã estampa uma boca de peixe, mas o choque de Percy começa a se dissipar e ele parece sentir... vergonha — de mim, por mim, é difícil dizer.

— Milorde — diz o embaixador, e me viro, ainda tentando parecer totalmente casual. A esposa dele dá um gritinho.

— Sim, senhor?

O rosto do homem está escarlate.

— Você tem... alguma explicação plausível para como está vestido?

— Despido — corrijo. — E muito obrigado pela noite agradável, foi bastante... revelador. Mas nos esperam em casa, então mande notícias em breve? Precisamos convidá-lo para jantar antes de seguirmos para o sul. Percy? Felicity? — Eu daria os braços aos dois, mas minhas mãos estão ocupadas, então ergo o queixo e começo a caminhar, pedindo a Deus para que me sigam. Os dois seguem, embora nenhum deles diga uma palavra.

Quando, por fim, estamos novamente acomodados na carruagem por criados de olhos muito arregalados, tiro da frente as roupas emboladas que protegem minhas partes e começo a vestir a calça. Felicity ergue as mãos com um grito agudo:

— Por Deus, Monty, meus olhos.

Arqueio as costas, tentando me vestir sem bater com a cabeça em uma das lanternas penduradas.

— É uma pena que não esteja usando aqueles óculos atraentes.

— O que estava fazendo?

— Olhe o que estou vestindo e dê um palpite educado. — Amarro o culote, então me volto para Percy, que está olhando para a frente, com a expressão impassível. — Qual é seu problema?

Ele contrai a boca.

— Está bêbado?

— Como?

— Está bêbado? — repete ele.

— Já o viu sóbrio? — comenta Felicity, sussurrando.

Percy continua sem olhar para mim, embora a expressão comece a parecer mais irritada.

— Não consegue se controlar? *Nunca*?

— Desculpe, mas está me dando um sermão para que me comporte? Você não é exatamente um candidato suficientemente santificado para vir com esse papo sobre moralidade, querido.

— Acha que eu poderia algum dia agir como você e sair impune?

— O que isso quer dizer?

— Olhe para mim e adivinhe.

— Sério? Quer ter *essa* conversa agora? Deixa todos pisarem em você porque sua pele é um pouco escura...

— Ah, pelo amor de Deus, Monty, pare — interfere Felicity.

— ... mas se criasse coragem, eu não precisaria defendê-lo porque faria isso sozinho.

Por um momento, ele parece chocado demais para falar. Minha irmã também me encara boquiaberta, e tenho a profunda noção de que falei algo muito errado, mas então Percy ergue o queixo.

— Se eu tivesse sido surpreendido nu com... uma pessoa no palácio, não me permitiriam sair andando daquele jardim como você acabou de fazer.

Começo a dizer algo, mas ele interrompe, com um tom agressivo:

— Não está cansado disso, não está cansado de ser esta pessoa? Parece um asno bêbado o tempo todo, *todo o maldito tempo*, e está ficando...

— Está ficando o quê, Percy? — Como ele não vai dizer, sugiro a palavra: — Vergonhoso? Tem vergonha de mim?

Ele não responde, o que é resposta o suficiente. Espero que meu corpo seja tomado pela ousadia, mas, em vez disso, também sou invadido por ela, aquela vergonha quente e rançosa que sobe como uma maré fétida.

— Quem era ela? — indaga Felicity. — Era "ela", não era?

Passo a camisa pela cabeça com um pouco mais de força do que é necessário. O colarinho agarra em meus cabelos.

— Uma jovem que conheci.

— E o que aconteceu com ela?

— Não sei, fugi.

— Foi pego com uma mulher e a deixou lá? Monty, seu depravado!

— Ela vai ficar bem. Não me perseguiram.

— Porque você é homem.

— E?

— É diferente para mulheres. Ninguém condena um homem por esse tipo de coisa, mas ela vai carregar isso consigo.

— Ela também queria!

As mãos de Felicity se fecham em punhos de cada lado do vestido; por um momento, acho que vai me dar um tapa por dizer aquilo, mas a carruagem passa por um buraco e quase somos derrubados. Em seguida, minha irmã se segura na cortina da janela e me olha com raiva de novo.

— Não ouse — diz ela, com a voz baixa e contida — repetir algo assim, jamais. Isso é culpa sua, *Henry*. De mais ninguém.

Olho de Felicity para Percy, mas ele está olhando pela janela, com o rosto petrificado, e percebo que foi um erro idiota achar que Percy se importava com o que eu estava fazendo com uma cortesã francesa em um quarto afastado. Afundo no assento e sinto um ódio intenso pelos dois. Fui traído: Felicity jamais esteve a meu lado, mas achei que podia contar com Percy. E, nesse momento, parece que o mundo inteiro foi revirado.

Minha intenção era dormir na manhã seguinte até não conseguir mais, contudo Sinclair me acorda cedo — o céu do lado de fora da janela ainda está opalino com o alvorecer. Preciso de um pouco mais de tempo para me arrastar para fora da cama. Por um lado, porque estou completamente destruído, por outro, porque estou me contorcendo só de pensar em encarar Percy e Felicity. Principalmente Percy. Também estou me sentindo pior do que esperava — não achei que tivesse bebido tanto, graças ao bloqueio do lorde embaixador, mas meu estômago não se acalma, e o corpo inteiro parece ter sido arrastado por uma carruagem.

Rolo para fora da cama depois de pelo menos meia hora e jogo no rosto água da pia, que fica no canto. Ao erguer a cabeça, sinto tonteira e desequilíbrio, o que me faz cambalear para os lados, pisando em cheio no casaco da noite passada embolado no chão. Uma dor lancinante atinge meu pé, então me sento bruscamente, gritando.

Pisei na caixa que peguei dos aposentos do duque; ainda está no bolso do casaco, com as pontas esgarçando a costura. É mais estranha à luz do dia e longe do brilho delirante da festa. Giro os discos, soletrando as primeiras letras de meu nome. Após a grande fuga, esqueci que a peguei, embora o mesmo tipo de prazer selvagem que senti na noite anterior ao colocá-la no bolso tenha retornado, o que é a única coisa boa dessa manhã até o momento. Enfio a caixa no bolso do casaco, como um lembrete de que sou de certa forma inteligente e de que nem tudo é terrível.

Quando finalmente me arrasto para fora do quarto, vejo que estamos fazendo as malas. Os criados dispõem baús abertos espalhados pela sala de estar. Outros são carregados para o andar de baixo. Felicity está à mesa de café da manhã, encarando o romance com determinação demais para ser natural, e Lockwood, vestindo um roupão oriental com estampado damasco por cima do traje, está ao lado dela com os olhos fixos na porta de meu quarto — esperando por mim. A notícia de minha cena certamente chegara a ele. Nada viaja tão rapidamente quanto fofoca.

O Sr. Lockwood fica de pé e amarra o roupão mais furiosamente do que jamais vi alguém amarrar qualquer coisa.

— Vejo que fui relapso demais com minha disciplina.

— *Disciplina?* — repito. As bagagens batendo causam uma dor latejante no fundo de meus olhos. — Estamos em nosso *Tour*. Deveríamos nos divertir.

— Divertir, sim, mas isto, milorde, é inaceitável. Você envergonhou seus anfitriões, que fizeram a bondade de levá-los a um evento social do qual deveria se sentir grato em participar. Manchou o bom nome de seu pai diante dos amigos dele. Cada uma de suas ações tolas afeta tanto ele quanto você. Você — conclui Lockwood, com a voz aguda tão contida quanto a testa dele está franzida — é uma vergonha.

Daqui a várias horas, certamente pensarei em uma réplica para isso, uma combinação perfeita de esperteza e ousadia que o deixaria no chão. Mas no momento não consigo pensar em porcaria nenhuma, então fico de pé ali, embasbacado, deixando que ele me passe um sermão como se eu fosse uma criança.

— Eu avisei — continua Lockwood —, assim como seu pai, que comportamentos inapropriados não seriam tolerados. Então você e eu retornaremos para a Inglaterra daqui.

Juro que o chão desaba sob meus pés ao pensar em ver meu pai de novo tão mais rápido do que tinha antecipado e sob circunstâncias tão sombrias.

— No entanto — prossegue ele —, como sou responsável por levar sua irmã à escola, partiremos para Marselha esta manhã para deixá-la antes de começarmos nosso retorno.

À mesa, Felicity estremece um pouco, mas Lockwood não repara.

— Depois que a senhorita Montague estiver acomodada, o Sr. Newton partirá para a Holanda e nós voltaremos para a Inglaterra, onde assumirá responsabilidade por suas ações diante de seu pai.

Nem mesmo volte, ainda consigo ouvi-lo dizer.

— Não quero ir para casa — respondo, e minha tentativa frágil de esconder o pânico faz com que as palavras saiam com muito mais petulância do que pretendia. — Não foi tão ruim assim.

— Milorde, seu comportamento foi uma desgraça. E é duplamente pior, pois nega a impropriedade. É uma vergonha para si e para o nome de sua família. — Ele está com o rosto vermelho e desequilibrado. Ao falar de novo, percebo que não tem a intenção de dizer isso, mas não importa, porque fala mesmo assim: — Não é à toa que seu pai não o quer por perto.

Quero achatar o nariz de Lockwood com um soco por dizer isso. No entanto, vomito nos chinelos dele, o que é apenas levemente menos satisfatório.

Nossa viagem para Marselha é desconfortável, tanto no sentido literal quanto abstrato da palavra. Lockwood claramente escolheu fugir dos resquícios em chamas de minha reputação em Paris antes que alguém tivesse tempo de sentir o cheiro da fumaça, então os preparativos da fuga foram improvisados. Sinclair é enviado na frente para encontrar alojamento em Marselha, mas estalagens ao longo do caminho são escassas, e frequentemente nos vemos catando alojamentos. Seria mais fácil, mas temos Felicity, e a maioria dos lugares não aceita moças — ou negros, e Percy é escuro o suficiente para que às vezes sejamos barrados por causa dele.

O progresso é lento, pois as estradas são mais árduas do que aquelas de Calais para Paris e quebramos um eixo nos entornos de Lyon, o que nos atrasa quase meio dia. Deixamos os criados parisienses e uma boa quantidade de bagagem para seguir depois — viajamos apenas com um valete e um cocheiro —, então faço muito mais de meus cuidados pessoais do que estou acostumado. Acordamos todas as manhãs com um sol incandescente, e estou ensopado de suor antes do meio-dia.

Nenhum de nós está se falando. Felicity mantém o nariz enfiado no romance, termina ao fim do primeiro dia e imediatamente o recomeça. Lockwood estuda *The Voyage of Italy*, de Lassels, o que parece apenas uma forma de me lembrar dos estragos que causei. Percy olha para todos os lados, exceto para mim, e quando paramos no alojamento na primeira noite, pede a Lockwood que nos arranje quartos separados, o que é o gesto de desprezo mais evidente que já recebi dele.

No quinto dia do tipo mais desconfortável de silêncio que já suportei, passamos de campos pastoris para florestas, onde há árvores retorcidas com galhos finos e desfolhados abrigando a estrada irregular do calor do verão. Os galhos raspam contra o teto da carruagem como dedos conforme passamos.

Vimos poucos outros viajantes na estrada da floresta, por isso os sons de cavalos e de vozes masculinas do lado de fora da carruagem assustam a todos. Felicity chega a tirar o rosto do livro enquanto Lockwood abre as cortinas para ver o caminho.

Nossa carruagem estremece até parar, de forma tão abrupta que Lockwood quase é arremessado para fora da janela. Eu me seguro em Felicity, que me empurra com o ombro.

— Por que paramos? — pergunta Percy.

As vozes ficam mais altas — um francês raivoso e insistente que não consigo entender. A carruagem oscila quando nosso cocheiro desce.

— Saiam! — grita uma voz. — Diga a seus passageiros que desembarquem ou serão forçados a fazê-lo. — A carruagem sacode novamente, então um estalo soa. Um momento depois, um de nossos baús passa caindo pela janela e se choca contra o chão.

— O que está acontecendo? — questiona Felicity, baixinho.

— Saiam, agora! — grita alguém do lado de fora.

Lockwood olha pela fenda nas cortinas e dispara para seu assento, com o rosto branco.

— Ladrões de estrada — sussurra ele.

— Ladrões de estrada? — grito, alto apesar de ele ter sussurrado. — Estamos realmente sendo roubados por genuínos ladrões de estrada?

— Não entrem em pânico — instrui Lockwood, embora sua aparência seja de pânico. — Li sobre o que fazer.

— Você *leu*? — repito. Meio que espero que Felicity salte em defesa da leitura, mas ela permanece de boca fechada, com os nós dos dedos pálidos em volta da lombada do livro.

— Cumpriremos todas as exigências deles — explica Lockwood. — A maioria dos ladrões de estrada está apenas em busca de dinheiro fácil e de fugir rapidamente. As coisas podem ser substituídas. — Um golpe alto soa na lateral da carruagem, como se alguém tivesse batido nela. Todos saltamos. A mão de Percy se fecha em volta de meu joelho. Lockwood empalidece, então ajeita o paletó. — Negociarei com eles. Não deixem esta carruagem a não ser que eu instrua.

E lá se vai ele pela porta.

Nós três ficamos imóveis do lado de dentro; o silêncio que cai é bastante ruidoso. A carruagem sacode conforme os ladrões de estrada soltam o restante dos baús do teto. Não levará muito tempo para que vasculhem o pouco de bagagem que temos e pilhem as coisas brilhantes. Aí nos soltarão. E seguiremos para Marselha com um pouco menos de bagagem e uma excelente história de guerra que impressionará os rapazes em casa. É isso que digo a mim mesmo, embora as instruções grosseiras do lado de fora pareçam significar o contrário.

De repente a porta se abre com um estrondo e o lado afiado de uma faca de caça é enfiado para dentro.

— Para fora! — grita um homem em francês. — *Sortez!* Saiam!

Estou tremendo como louco, mas tenho controle o suficiente para obedecer. Fora da carruagem, conto cinco homens, embora ache que possa haver mais do outro lado. Estão todos vestindo sobretudos e perneiras, com os rostos cobertos por lenços pretos. Além disso, estão munidos de uma variedade impressionante de armas, que parecem mais refinadas do que eu teria esperado de bandidos. Se a situação não fosse tão séria, comentaria o quanto se assemelham à quintessência de ladrões de estrada, como se tivessem pego emprestado os trajes do teatro.

Do outro lado da porta da carruagem, Lockwood está de joelhos e com as mãos na cabeça conforme um dos bem-vestidos ladrões de estrada aponta uma pistola para a nuca dele. Nosso cocheiro está estatelado na vala, e o solo em torno da cabeça dele está escurecido. Não tenho certeza se está morto ou apenas desacordado, mas a visão me paralisa.

— No chão! — grita um dos ladrões para mim. Tenho o histórico de reagir mal quando gritam comigo, principalmente quando são homens com sotaque francês, então congelo, paralisado a meio caminho de sair da carruagem, até que Percy, vindo atrás de mim, empurra minha coluna com os dedos. Cambaleio para a frente e caio de joelhos, erguendo as mãos sem ter a intenção de fazê-lo.

Nossa bagagem foi toda aberta e o conteúdo está espalhado pelo chão como um manto de folhas de outono. Vejo a mala de toilette de Lockwood com as gavetas todas abertas e com frascos estilhaçados até virarem areia reluzente. Pedaços de nosso tabuleiro de gamão estão espalhados pela clareira entre meias e roupas íntimas e gravatas retorcidos. Um dos homens chuta uma pilha de anáguas de Felicity, que se abrem como tulipas de ponta-cabeça.

Um dos ladrões empurra Percy para que fique de joelhos a meu lado, enquanto Felicity é colocada do outro. Outro deles entra na cabine em que estávamos sentados. Ouço-o revirar coisas, então o estalo de uma faca rasga o estofado. O homem ressurge com nada além do estojo do violino de Percy, o qual joga no chão e chuta para que se abra.

— Por favor, é apenas um violino! — grita Percy, estendendo a mão como se pudesse impedi-lo. Posso ver a mão dele tremendo.

O ladrão de estrada manuseia o instrumento com delicadeza, mesmo ao arrancar o feltro e abrir a caixinha de resina como se estivesse procurando por algo.

— *Rien!* — grita ele para o homem que está atrás de mim.

— Por favor, coloque-o de volta — diz Percy, baixinho. — *S'il vous plaît, remettre en place.* — E, para minha grande surpresa, o sujeito o recoloca. Ou é o bandido mais respeitoso de todos os tempos, ou quer manter o instrumento em bom estado para o penhorar.

Há um homem de pé no meio de tudo isso que parece estar no comando, com uma pistola pendente, frouxa, na lateral do corpo, enquanto os outros homens estão ansiosos em volta. Um anel de sinete dourado no dedo dele reflete a luz. É grande o bastante para que, mesmo de longe, eu consiga ver que há um brasão gravado nele contendo as três flores-de-lis. Ele me encara com determinação, e semicerra os olhos acima do lenço no rosto. Encolho o corpo. Alguém agarra o colarinho de meu casaco por trás e me levanta, mas o líder grita:

— *Attends, ne les tue pas tout de suite.*

Não os mate ainda.

AINDA? Quero gritar de volta ao homem. *O que quer dizer com* ainda, *como se nosso assassinato fosse o fim inevitável dessa cena?* Estamos todos mais do que dispostos a cooperar se apenas levarem nossas coisas e nos deixarem em paz.

O líder aponta a pistola em minha direção e toda a bravura em mim evapora.

— *Où est-ce?*

Felicity está de cabeça baixa, com os dedos entrelaçados atrás da cabeça, mas olha para mim. Não consigo fazer meu cérebro se lembrar de uma palavra em francês depois da declaração de nossa morte iminente, então gaguejo:

— O quê?

— *La boîte. Ce que vous avez volé. Rendez-le.*

Traduzo algumas palavras dessa vez.

— Onde está o quê? *Où est-ce quoi?* — Não faço ideia do que seja *volé.*

— *La boîte volée.*

— O quê? — Olho desesperadamente para minha irmã em busca de alguma assistência linguística. O rosto dela está branco.

— *Il n'y a rien!* — grita um dos ladrões do outro lado da carruagem.

O homem que me segura me joga de costas no chão para que eu olhe para cima. O líder dos ladrões de estrada pisa em mim, com a pistola oscilando preguiçosamente na lateral do corpo, de modo a cobrir a luz do sol. Meu pânico é algo vivo.

— *C'est où?*

— Não sei o que você está dizendo! — grito.

Ele dá um passo adiante, e a bota preta pesada aterrissa diretamente em minha mão, pressionando-a. Meus ossos começam a protestar.

— Está me entendendo agora, milorde? — diz o homem em inglês.

E nesse momento desejo que eu fosse corajoso. Meu Deus, como desejo isso. Mas estou tremendo, apavorado, e pelo canto do olho vejo o corpo de nosso cocheiro no chão, com sangue escorrendo da testa dele, e não quero morrer ou ter os dedos quebrados como galhos secos. Não tenho um osso corajoso no corpo — se soubesse o que estavam procurando, contanto que não fosse minha própria irmã, teria entregado sem pensar. Mas não faço ideia, e conforme o ladrão pressiona o pé contra meus dedos, só consigo pensar *Nada de ruim jamais aconteceu comigo antes. Nada de ruim jamais aconteceu em minha vida inteira.*

— Pare, não sabemos do que estão falando! — grita Felicity. — *Nous n'avons rien volé.*

O ladrão de estrada tira o pé de minha mão, mas continua falando comigo conforme caminha de costas até Felicity.

— E se eu arrancar os dedos dela? Talvez então me conte.

O homem puxa uma faca do cinto, mas subitamente, em um gesto de heroísmo inesperado saído diretamente de um livro de aventura, Percy pega o estojo do violino e o golpeia como se fosse um bastão. Ele acerta a cabeça do líder, que desaba no chão. Felicity parece tomar isso como deixa, pois pega uma das anáguas do chão e atira no rosto do homem que aponta a arma para ela, depois acerta o cotovelo entre as pernas do ladrão, fazendo mais um cair. Fico de pé com dificuldade e começo a cambalear para longe, sem saber para onde vou, apenas sei que preciso dar o fora desse lugar, só que então um dos ladrões de estrada agarra uma parte de meu casaco e me puxa para trás. Engasgo quando o colarinho se fecha em volta de meu pescoço. Meu primeiro instinto é desmaiar de medo, mas todo mundo está sendo corajoso e isso faz com que eu me sinta corajoso também. Assim, dou meia-volta e atiro meu primeiro soco da vida bem no queixo do homem.

E dói terrivelmente. Ninguém avisa que acertar o maxilar de um homem provavelmente machuca tanto quanto quem quer que leve o punho no rosto. Ele e eu praguejamos ao mesmo tempo, e curvo o corpo, justamente no momento em que uma arma é disparada e uma bala passa voando acima de minha cabeça. Sinto o chiado contra a nuca. No fim das contas, talvez dar um soco incrivelmente estabanado tenha salvado minha vida.

— Corram! — Ouço Lockwood gritar, então Percy me segura pelo pulso e me arrasta para fora da estrada e para o meio das árvores, com Felicity em nosso encalço. Ela está com uma parte da saia erguida até quase a cintura, e vejo muito mais das pernas de minha irmã do que jamais desejei. O estalo de outro disparo soa, e algo me acerta com força na parte de trás da cabeça. Penso por um momento que levei um tiro, mas então percebo que era Percy girando o estojo do violino para usar como escudo.

Atrás de nós, ouço os cavalos relinchando, então o estalar das rodas da carruagem. Não ouso olhar para ver se Lockwood e nossa companhia também estão fugindo — fico receoso demais de prender o pé em algo e cair, pois consigo ouvir os bandidos atrás de nós. A vegetação rasteira se quebra e outro tiro soa, mas continuamos correndo. Não sei por quanto tempo conseguiremos seguir. De alguma forma, sinto simultaneamente como se pudesse correr até Marselha alimentado apenas pelo medo e também como se meu coração latejante estivesse atrapalhando os pulmões e dificultando uma respiração profunda. Minha garganta começa a parecer seca.

— Aqui, aqui, aqui! — grita Felicity, e me puxa para cima de uma elevação que está escorregadia devido às folhas. Piso em falso e me sento com força, fazendo com que Percy tropece e com que nós dois desçamos a encosta aos tropeços, como cabras-monteses dementes, tentando recuperar o equilíbrio para seguir em frente.

— Aqui — sibila minha irmã, e cambaleamos até ela, indo para trás de uma grande rocha que descansa sobre as raízes de um imenso freixo, onde nós três nos esprememos, escondidos. Ouço os ladrões passarem por nós, os gritos logo atrás deles e dissipando-se em ecos, como cantos de pássaros voando entre as árvores.

Ficamos sentados por um bom tempo, os três arquejando e tentando não fazer qualquer barulho além desse. Estamos respirando com tanta dificuldade que parece um milagre que só isso não nos entregue. Consigo sentir Felicity tremendo a meu lado e percebo subitamente que ela está agarrando minha mão. Não consigo lembrar da última vez em que dei a mão a minha irmã.

Ouvimos os ladrões de estrada recuarem, voltando em nossa direção, mas nunca perto o suficiente para serem uma ameaça. Por fim, o barulho deles se dissipa em silêncio, e a floresta não passa do estalo das árvores.

A ansiedade começa a passar e uma onda de dor percorre a palma de minha mão. Solto os dedos dos de Felicity e os agito algumas vezes, encolhendo o corpo.

— Acho que quebrei a mão.

— Você não quebrou a mão — diz ela.

— Eu deveria saber, a mão é minha.

— Deixe-me ver.

Puxo o braço contra a barriga.

— Não.

— Deixe-me ver. — Felicity me segura pelo pulso, depois pressiona os dedos contra a palma de minha mão. Eu grito.

— Não está quebrada — informa ela.

— Como sabe?

— Porque mal está inchada, e consigo sentir que os ossos ainda estão todos intactos.

Não sei como minha irmã sabe sentir como deveriam estar os ossos.

— Mas não enfie o polegar dentro do punho da próxima vez que socar alguém — acrescenta ela.

Também não tenho certeza de como sabe qual é a melhor maneira de dar um soco.

Então olho para Percy, que abraça o estojo do violino contra a barriga, com dois dedos enfiados no par de buracos de bala que foram entalhados nas bordas, como se estivesse tapando um vazamento.

— O que fazemos agora? — pergunta ele.

— Voltamos para a carruagem — respondo. Parece tão óbvio.

Felicity franze a testa.

— Acha que a encontraremos de novo? Vamos acabar nos perdendo. Ou cairemos numa emboscada.

— São ladrões de estrada — comento. — Querem dinheiro e depois fogem. Já devem estar bem longe.

— Não acho que eram ladrões de estrada. Estavam procurando por algo. Algo que achavam que nós tínhamos, e pareciam bastante determinados a nos matar para conseguir tal coisa.

— Era isso que estavam dizendo? Eu estava meio... em pânico.

— Está conosco? — pergunta Percy.

— O quê? — questiono. — Não sabemos o que eles estão procurando.

Felicity tira uma folha da bainha do vestido, dizendo em seguida:

— Se algum de nós estiver contrabandeando, agora é a hora de assumir.

Então os dois olham para mim.

— O que foi? — protesto.

— Bem, entre nós três, você tem a maior probabilidade de ter pego algo — responde ela. — Por acaso alguém largou alguma coisa em seu bolso enquanto enfiava a língua em sua garganta?

Estou prestes a reclamar, mas, devasso que sou, a escolha de palavras de bom gosto feita por Felicity incita uma lembrança de repente. Levo uma das mãos até o bolso, que está repuxado em torno do formato da caixa de joias que peguei do duque de Bourbon. Tinha me esquecido completamente de que estava ali.

— Ah, não.

Percy olha de esguelha para mim.

— Ah, não o quê?

Engulo em seco.

— Primeiramente, gostaria de observar que de forma alguma sou contrabandista.

— Monty... — diz ele, em tom de receio.

— E — continuo para interrompê-lo — gostaria que os dois se lembrassem do quanto me adoram e do quanto suas vidas seriam tediosas e tristes se eu não estivesse nelas.

— O que você fez?

Tiro a caixa do bolso e a apoio na palma da mão para que os dois vejam.

— Roubei isto.

— De onde?

— Ah... Versalhes.

Felicity tira a caixa de minha mão. Os discos estalam, chocando-se como dentes quando os dedos dela se fecham em volta deles.

— Henry Montague, vou assassinar você enquanto estiver dormindo!

— Eles não podiam estar procurando isso. É insignificante... é apenas uma caixa de bijuterias!

— Isto — minha irmã agita o objeto diante de meu rosto — não é uma caixa de bijuterias comum.

— Então o que é?

— Algum tipo de quebra-cabeça, não é? — comenta Percy, tomando a caixa de Felicity. — Quando coloca as letras no alinhamento certo, ela se abre. Há uma palavra ou número que precisa formar. — Ele gira os discos algumas vezes, então testa o fecho, como se o primeiro palpite pudesse estar certo. Nada acontece. — Obviamente se destina a esconder algo ou manter essa coisa em segurança.

— Então Monty achou que seria a melhor coisa a levar, algo visivelmente valioso — diz minha irmã.

— Não era *visivelmente valioso* — protesto. — Parecia simples em comparação com todo o resto ali.

— Estava no palácio! Por que sequer estava roubando do rei?

— Não era do rei! Estávamos nos aposentos de outra pessoa.

— Você roubou de alguém importante.

— Sim, mas por que ladrões de estrada estariam atrás de algo pertencente a ele?

— Basta — interrompe Percy, colocando a caixa de volta na palma de minha mão. — Monty pegou isto. Não há nada que possamos fazer a respeito agora, então deveríamos tentar encontrar a estrada e nos juntar a nossa companhia de novo, se tiverem escapado. — Esse *se* soa bem pesado. Estremeço ao pensar que, se aqueles ladrões de estrada estavam realmente atrás da caixa e se alguém de nossa companhia não escapou, a culpa recairia sobre mim. — A que distância acha que estamos de Marselha?

Ele me olha, mas não consigo me lembrar, então apenas o encaro de volta inexpressivo.

— Lockwood disse que levaria uma semana — sugere Felicity. — Estamos viajando há cinco dias, então devemos estar perto. Acho que nossa melhor estratégia seria encontrar a estrada, seguir na direção de Marselha e esperar que Lockwood tenha escapado e que possamos nos juntar a ele.

— Como? — pergunto. — Não sabemos onde está a estrada.

— Monty, por que não se preocupa em se certificar de que sua mão não esteja quebrada? — comenta minha irmã, o que é o equivalente verbal de atirar algo brilhante para chamar minha atenção enquanto os adultos conversam. Olho para ela com raiva, embora Felicity tenha virado o rosto para as árvores e não repare.

— Seguimos para o sul. — Percy traça o caminho do sol no céu com o dedo e aponta. — Na direção do mar. A estrada seguia para o sul.

— Então — diz Felicity — caminhamos para o sul até encontrarmos uma estrada, depois vemos se conseguimos achar Lockwood ou uma carruagem que nos leve pelo restante do caminho. Nossos pertences chegarão a Marselha em breve, a não ser que Lockwood e nossos homens não... não tenham sobrevivido. — Ela engole em seco, então passa a mão sob o nariz. — Acho melhor presumirmos que sobreviveram e planejar para eventualidades apenas se encontrarmos evidências contrárias.

Percy assente, e os dois parecem tão certos disso que me sinto a pessoa mais burra ali.

— Ora, então — digo, como se eu fosse uma parte crítica do plano — está decidido. — Tento me levantar, mas estou mais trêmulo do que esperava e minhas pernas cedem sob o corpo. Acabo desabando para a frente na vegetação e molhando os joelhos no solo encharcado.

— Não se levante tão rápido — instrui minha irmã atrás de mim. — E respire fundo ou vai desmaiar.

Penso em replicar, mas, na verdade, ela parece saber do que está falando. Rolo sobre as costas e olho fixamente para o céu, totalmente claro acima de nós como uma toalha de piquenique aberta e esticada.

— Pelo menos Percy salvou o violino — comento, e ele solta uma risada rouca de gratidão.

Caminhamos sem ver sinal da carruagem, nem o fim das árvores ou sequer um indício de estrada, até que o sol tenha quase terminado de se pôr, então encontramos uma estrada vazia, sem qualquer luz ou casa à vista. Percy é o primeiro a sugerir o que estamos todos pensando: precisamos parar para dormir, pois não parece provável que achemos algum lugar para ficar antes de desabarmos. O verão está no ápice, como a pontinha de um suspiro, e o ar noturno é abafado e úmido. Grilos cantam na vegetação rasteira.

— Esse é um tipo bem diferente de noite ao que estou acostumado — digo quando nos esticamos na sombra morna de um álamo de tronco branco.

— Desapontado? — pergunta Percy.

Estou seco por uma bebida — é tudo em que tenho pensado durante as últimas horas, tentando calcular qual o melhor cenário para que eu consiga ingerir álcool o mais rapidamente possível. No entanto, apenas rio.

Percy se espreguiça a meu lado, o que me causa arrepios, mas então ele coloca o violino entre nós dois, propositalmente. Tomo isso como um sinal para ficar longe. Felicity está deitada do meu outro lado e se aninha com as mãos sob a cabeça, acolchoando-a.

— Se continuar esfregando a mão assim — diz minha irmã para mim —, talvez acabe quebrando-a mesmo.

Não tinha percebido que estava fazendo isso.

— Dói demais!

— Deveria ter aprendido a dar socos melhores.

— Como eu deveria saber que existe um jeito certo de fazer isso? E considerando que estamos nesse assunto: como *você* sabe?

— Como você *não* sabe? — replica Felicity. — Não pode ser a primeira vez que acertou alguém.

— Com toda seriedade, foi.

— Você me bateu uma vez no lago — comenta Percy.

— Sim, mas éramos crianças. E foi mais um bofetão. E você estava me provocando porque eu não queria colocar a cabeça debaixo d'água, então mereceu.

— E aquela vez que voltou para casa todo roxo de Eton? — pergunta Felicity.

Tento rir, mas minha garganta dá um nó e sai mais como se eu estivesse me afogando.

— Aquilo não foi de uma briga.

— Foi o que mamãe me contou.

— Ora, bem. Pais mentem.

— Por que ela mentiria quanto a isso?

— Hum.

— Acho que você está mentindo para mim.

— Não estou.

— Acho que entrou em uma briga e por isso expulsaram você. Voltou para casa tão espancado...

— Eu lembro.

— ... deve ter feito algo muito desprezível para que um daqueles garotos enterrasse o punho em seu rosto.

— Não.

— Não é de seu costume começar brigas, mas imaginei que teria ao menos revidado.

— Não foi um garoto, foi papai.

Silêncio recai sobre nós como lã molhada. As árvores sussurram conforme o vento sopra entre elas; as folhas estão manchadas de luar e reluzentes. Entre os galhos, consigo ver as estrelas, tão fortes e espessas que o céu parece açucarado.

Então Felicity diz:

— Ah.

Meus olhos estão começando a doer, e faço uma careta para contê-los.

— O bom e velho papai.

— Eu não sabia. Juro que mamãe me falou...

— Por que estamos falando sobre isso? — Rio, porque não sei o que mais fazer. Quero tanto uma bebida que estou pronto para correr até a próxima cidade para tomar uma. Pressiono os punhos contra os olhos e inspiro fundo quando outra dor irradia por meu pulso. — Minha mão está certamente quebrada.

— Não está quebrada — retruca Felicity, e seu tom exasperado faz com que eu me sinta melhor.

— Acho que pode estar.

— Não está.

— Deveríamos ir dormir — diz Percy.

— Certo. — Eu me viro de lado e fico cara a cara com ele. Sob o luar, a pele de Percy parece pedra polida. Ele sorri para mim, com tanta compaixão que me causa tremores. *Pobre Monty*, diz o sorriso, e quero morrer ao pensar que ele sente pena de mim.

Pobre Monty, com um pai que o espanca até sangrar.

Pobre Monty, tendo que herdar uma fortuna e gerenciar uma propriedade.

Pobre Monty, que é inútil e vergonhoso.

— Boa noite — diz Percy, então se vira para longe de mim.

Pobre Monty, apaixonado pelo melhor amigo.

De fato, é totalmente impossível alguém se sentir confortável no chão, pois é basicamente composto de terra e pedras e outras coisas afiadas que justificam não serem usadas como enchimento para colchões. Estou exausto até os ossos pelo dia que tivemos e com uma dor remanescente do pânico ainda nos braços e nas pernas, mas fico deitado de costas por um longo tempo. De um lado, então do outro lado, tentando me aconchegar e cair no sono e pensar em algo que não seja o quanto é difícil estar completamente sóbrio ou que não seja meu pai me espancando até eu cair depois que fui expulso da escola. As imagens estão rodopiando em minha mente, todos os detalhes cruéis daquela semana — a expressão dele quando o diretor explicou o que tinha acontecido. A forma como, passados alguns momentos, eu estava apanhando havia tanto tempo que ouvia, mais do que sentia, os golpes me atingirem. O desconforto absurdo da viagem de carruagem de volta para casa, com as costelas chacoalhando no peito sempre que passávamos por uma elevação e com a cabeça tão coberta por ataduras como se estivesse cheia de lã seca. Todas as coisas de que ele me chamou e que jamais esquecerei. Foi a pior surra em uma longa lista de surras que apenas ficaram mais violentas a partir de então.

Acordei em casa na manhã seguinte com a pior dor que já sentira na vida, tão dolorido que não conseguia sair da cama, mas meu pai me obrigou a tomar café da manhã e me sentar ao lado dele, embora eu tenha conseguido não olhar sequer uma vez em sua direção. Minha mãe não disse uma palavra sobre por que eu tinha chegado em casa parecendo que tinha dado de cara com uma muralha de pedra a toda velocidade, e a ideia de que meu pai era o motivo pelo qual eu estava inchado e roxo era tão absurda para Felicity que, pelo visto, nem tinha passado pela sua cabeça.

No meio do café da manhã, pedi licença para vomitar no jardim dos fundos, e quando ninguém veio atrás de mim, permaneci ali, deitado na grama à margem do lago, sem forças para me levantar. O clima estava parecido com o que fazia quando partimos para o *Tour* — cinzento e abafado, com o ar úmido devido a uma tempestade na noite anterior, mas com o céu ameaçando abrir de novo. Havia trechos da trilha do jardim ainda escuros, e a grama estava tão úmida que minha pele molhou em questão de minutos. Mas não me mexi. Fiquei deitado de costas, observando as nuvens e esperando pela chuva, com uma vergonha se agitando dentro de mim como uma bola de gude em um pote.

Depois de um tempo, uma sombra recaiu sobre meu rosto, e quando abri os olhos, ali estava Percy, com a silhueta delimitada contra o céu claro conforme me olhava.

— Cruzes.

— Olá, querido. — Minha voz falhou na última palavra, porque, é claro, eu precisava que aquele momento fosse ainda mais humilhante. — Como foi seu semestre?

— Jesus. O que aconteceu?

— Eton me expulsou.

— Eu soube. Não é com isso que estou preocupado.

— Ah, isto? — Gesticulei vagamente para meu rosto, tentando não encolher o corpo ao sentir o puxão nas costelas como uma corda de violino sendo apertada. — Não estou deslumbrante?

— Monty.

— Talvez pirático seja uma palavra melhor.

— Por favor, fale sério.

— Foram necessários 12 homens para me derrubar.

— Quem fez isso?

— Quem você acha?

Percy não disse nada ao ouvir aquilo. Em vez disso, se deitou a meu lado, e ficamos com nossos rostos próximos, mas os corpos em direções opostas. Um pássaro planou baixo acima de nós, cantando alegremente.

— Então, por que foi expulso? — perguntou ele.

— Bem. Eu me excedi um pouco nas apostas da jogatina.

— Todos em Eton se excedem apostando. Não é o suficiente para expulsarem você.

— Bem, foi o suficiente para vasculharem meu quarto. E lá encontraram uma correspondência incriminadora entre mim e aquele rapaz sobre quem escrevi para você. E isso bastou.

— Meu Deus.

— Em minha defesa, ele era muito bonito.

— E contaram a seu pai sobre as cartas, foi isso?

— Ah, ele teve a chance de ler todas. E então as jogou em minha cara. Literalmente. Algumas até leu em voz alta para ressaltar... — Passei a mão pelo lado do rosto cuja sensação não parecia tanto com a de uma ferida aberta. Percy fingiu não ver. — Então agora ele ficará mais em casa, para me vigiar. Não vai passar tanto tempo em Londres e longe daqui, o que é inteiramente culpa minha. Precisarei vê-lo sempre e estar perto dele... a porcaria do tempo todo, e isso não vai mudar *nada*.

— Eu sei.

— Se ele pudesse me espancar até tirar isso de mim, eu teria deixado há muito tempo.

As nuvens se moveram e se chocaram acima de nós, espalhando-se como sangue pelo céu. Na grama, a beira do lago testava seus limites. Música do clavecino fluía pelas janelas da sala de estar, uma escala de notas tocada com mãos pesadas e em velocidade máxima. Era Felicity praticando com muita indignação.

— Queria estar morto — falei, fechando os olhos, ou melhor, o olho, pois um estava interditado, para não precisar ver Percy me fitando, mas senti a grama fazer cócegas em meu pescoço quando ele se moveu.

— Está falando sério?

Não era a primeira vez que tinha pensado aquilo — também não seria a última, embora eu não soubesse disso naquele momento —, mas foi a primeira vez que disse em voz alta para alguém. É algo estranho, querer morrer. Ainda mais estranho quando não se sente que merece escapar tão facilmente. Eu deveria ter lutado mais contra mim mesmo, ter trancafiado tudo aquilo melhor. Não deveria ter vontade de agir de acordo com meus instintos não naturais. Não deveria ter me sentido tão grato e aliviado e menos sozinho pela primeira vez na vida quando Sinjon Westfall me beijou atrás dos dormitórios na véspera de São Marcos, nem deveria ter me sentido tão certo de que ninguém jamais poderia me fazer sentir vergonha daquilo. Nem o diretor, nem meus amigos em casa, nem os outros garotos da escola. Durante todo o tempo entre ter sido descoberto e esperar para ser levado embora, eu me sentira tão desafiador e em meu direito, inabalável na certeza de que não fizera nada errado, mas meu pai arrancou aquilo de mim imediatamente.

— Não sei — respondi. — Sim. Talvez.

— Bem, não... não faça isso. Não queira estar morto. Aqui. — Percy me cutucou com o ombro até eu abrir os olhos. Ele estava com o braço estendido logo acima de nós, com os dedos bem afastados. — Aqui estão cinco motivos para não estar morto. Número um, porque seu aniversário é no mês que vem, e já tenho algo excelente para você, e não quero que morra antes que eu dê esse presente. — Gargalhei um pouco disso, mas estava tão perto de cair em lágrimas que acabou parecendo menos uma gargalhada e mais um ronco. Percy não comentou. — Número dois — ele estava apontando nos dedos conforme prosseguia —, se não estivesse por aqui, não haveria ninguém pior do que eu em bilhar. Você é tão ruim que faz com que eu pareça bem melhor do que sou de fato. Número três, eu não teria ninguém para odiar Richard Peele comigo.

— Odeio Richard Peele — comentei, baixinho.

— *NÓS ODIAMOS RICHARD PEELE!* — apoiou Percy, tão alto que um pássaro saiu voando da sebe. Ri de novo, e pareceu mais humano daquela vez. — Número quatro, ainda não conseguimos escorregar sobre uma bandeja até a base das escadas em minha casa e, sem você lá, a inevitável vitória será insignificante. E cinco — ele fechou o polegar, formando um punho, e o apontou para o céu —, se não estivesse aqui, tudo seria pior. Absolutamente terrível. Seria chato e solitário e apenas... não faça isso, está bem? Não esteja morto. Sinto muito por ter sido expulso, e sinto muito por seu pai, mas estou tão feliz por você estar em casa e eu... estou precisando muito de você agora. Então não deseje estar morto porque estou muito feliz por não estar. — Silêncio por um momento. Então Percy arrematou: — Tudo bem?

E eu respondi:

— Tudo bem.

Ele ficou de pé e me estendeu a mão. Mesmo me levantando com delicadeza, eu me encolhi de dor, e Percy precisou me equilibrar com um leve toque no cotovelo. Ele tinha ficado mais alto desde que o vira pela última vez, no Natal — de alguma forma, crescera uns bons 12 centímetros a mais do que eu —, e também tinha ficado um pouco mais largo, não tão magricela e ossudo e noventa por cento joelhos, como sempre fora quando menor. As pernas e os braços já não pareciam tão grandes para o restante do corpo.

Relembrando isso, percebo que deve ter sido a primeira vez, durante todo o tempo em que nos conhecíamos, que pensei que Percy talvez fosse atraente.

Perspectiva é uma filha da mãe desgraçada.

Marselha

8

Estamos há três dias na estrada, dormindo sob pomares abrigados e pegando carona nas carroças de fazendeiros para atravessar campos densos de girassóis e lavandas florescendo. Chegamos a Marselha ao final do anoitecer — os meninos que iluminam as ruas já cortando os pavios das lanternas. É uma cidade ampla e iluminada, mais limpa e mais alegre do que Paris. Notre-Dame de la Garde fica no alto da colina acima do mar, com sua pedra branca refletindo o pôr do sol caramelizado na arrebentação e tornando as ondas douradas. As ruas do bairro Panier são estreitas e elevadas, e roupas úmidas penduradas entre as janelas refletem a luz do sol, brilhando como vidro.

Os bancos já fecharam, e como nosso plano era encontrar o de papai e ver se uma mensagem de Lockwood ou Sinclair fora deixada para nós, ficamos meio sem saída. Parece que estamos condenados a passar mais uma noite expostos aos elementos a não ser que batamos em portas aleatórias, o que me faz querer me atirar ao mar. Estou dolorido da cabeça aos pés por causa da caminhada e por dormir em chão duro, e meu estômago, de tão vazio, parece colado às costas. Temos comido uma mistura de sobras roubadas e doadas durante dias, e o café da manhã minguado que conseguimos trocando os brincos de Felicity já se foi há muito tempo.

Conforme perambulamos pela via principal, indo em direção ao forte que guarda o porto, encontramos uma feira montada à beira da água, com tendas de listras vermelhas e brancas e também laços de fita presos às cordas que tremulam à brisa. Há guirlandas de papel penduradas acima dos passeios, e sentimos no ar o cheiro de óleo fervente e o odor substancioso de cerveja. Carrinhos de comida estão enfileirados entre as tendas, com pilhas de queijos embrulhados em cera, coxas de peru gordurosas, frigideiras cheias de amêndoas caramelizadas e pães doces cobertos de açúcar e caldas de frutas vermelhas. Parece a janta mais simples de roubar que encontraremos.

Felicity toma as rédeas do furto enquanto Percy e eu saímos à procura de uma mesa para esperar por ela no píer, com vista para a água viscosa e para os punhados de barcos aportados ali conforme gaivotas se agitam entre eles como flocos de neve soprados pelo vento. Com o estojo do violino entre nós, sentamos de frente um para o outro. A mesa é feita de madeira já áspera e erodida pelos anos em que foi corroída pela água borrifada pelo mar. Estou tão cansado que abaixo a cabeça e fecho os olhos.

— Nunca achei que diria isto, mas ficarei feliz ao ver Lockwood — murmuro.

Percy dá uma risada cansada.

— Está ficando sentimental?

— Não, Deus me livre... ele está com nossas notas promissórias. Quero uma bebida de verdade e uma cama de verdade e comida de verdade; poderia devorar um prato de bolos neste minuto. — Quando Percy não responde, me sento esticado. Ele está com a cabeça apoiada nos punhos e parece exausto. Mais do que exausto, beirando a doença, suado e distante, embora eu provavelmente esteja em um estado igualmente deplorável. — Você parece terrível.

Percy não responde por um momento, então ergue a cabeça, como se tivesse acabado de perceber que falei alguma coisa.

— O quê?

— Não parece bem.

Ele balança a cabeça algumas vezes para despertar.

— Estou cansado.

— Eu também. Deveríamos ser mais fortes do que isso. Embora tenhamos, de fato, acabado de atravessar a França a pé.

— Não atravessamos a França a pé — diz Felicity ao se sentar no banco a meu lado. Está com um pão *gibassier* em cada mão, grãos finos de semente de anis do recheio cobrem os dedos dela.

Comemos ao som do mar e da melodia tilintante da música da feira ressaltando nosso silêncio. Termino muito mais rápido do que Percy e Felicity, pois ambos parecem ter optado por saborear a comida, enquanto eu optei pelo método da aspiração cavalheiresca. Lambo as migalhas de massa dos dedos, depois limpo as mãos nas abas do casaco, deixando marcas de gordura. Meu pulso esbarra na caixa no bolso, então a pego e giro os discos.

Felicity me observa, segurando um pedaço fino de casca de laranja caramelizada entre o polegar e o indicador.

— Por favor, descreva qual foi a lógica genial que levou você a achar que roubar do rei francês seria uma boa ideia?

— Não foi do rei. Foi do ministro dele.

— Creio que roubar de um ministro do rei ainda seja um crime capital. Precisará devolver a caixa, sabe.

— Por quê? É só uma caixinha de bijuterias.

— Porque, primeiro, estamos sendo perseguidos por causa dela.

— Supostamente.

Ela revira os olhos.

— Segundo, porque não é sua. E, terceiro, porque foi uma coisa incrivelmente infantil de se fazer.

— Você dará uma bela governanta algum dia com esse entusiasmo por obedecer às regras — zombo, fazendo uma careta. — A tal escola de etiqueta não terá nada para lhe ensinar.

Felicity enfia o polegar na boca e chupa a cobertura.

— Talvez eu não queira ir para a escola.

— Claro que quer. Reclamou durante anos sobre o quanto queria uma educação e agora pode parar de ser irritante, pois finalmente vai ter o que quer.

Minha irmã faz um biquinho.

— Sabe, é por dizer coisas assim que a maioria das pessoas acha você insuportável.

— As pessoas me acham insuportável?

— Quando diz as coisas dessa forma, sim, é uma palavra que eu usaria.

— Só estou sendo sincero!

— Seja um pouco menos sincero e tenha um pouco mais de tato.

— Você fez tanto alarde...

— Sim, por uma educação. Uma educação *de verdade*, não uma escola de etiqueta... onde vão me enfiar em espartilhos e me intimidar para ficar calada.

Realmente, Felicity não é um cavalo manso. Uma escola de etiqueta arrancará todo esse vigor dela, e embora eu jamais tenha sido muito afeito a minha irmã, a ideia de uma Felicity calada e tímida, bordando e tomando chá é como uma pintura borrada.

Quase começo a sentir um pouco de pena, mas então ela estraga o sentimento disparando com amargura:

— Tem ideia de como é horrível assistir a meu irmão ser expulso do melhor internato da Inglaterra e então vê-lo viajar pelo Continente como recompensa, enquanto eu fico largada para trás, sem permissão de estudar as mesmas coisas ou ler os mesmos livros ou sequer visitar os mesmos lugares conforme estamos no exterior, só porque tive o azar de nascer menina?

— *Recompensa?* — Meu temperamento começa a se alterar para se igualar ao dela. — Acha que essa viagem é uma *recompensa?* Isso é uma última refeição antes de minha execução.

— Ah, que trágico, precisa governar uma propriedade, ser um lorde e levar uma vida boa, rica e confortável da forma como quiser.

Olho para Felicity boquiaberto — em grande parte porque achei que tivéssemos chegado a um entendimento depois do que confessei a ela na noite do ataque dos ladrões de estrada, a respeito de não haver nada confortável na vida para a qual voltarei ao final deste ano, mas ali está ela, cuspindo em minha cara como se estivesse com a boca cheia de sementes de melão.

— Deixe-o em paz, Felicity — intervém Percy, em voz baixa.

Minha irmã joga fora uma semente do polegar com a ponta do dedo, então diz, com o nariz empinado:

— Como seríamos sortudos se todos tivéssemos os problemas de Henry Montague.

Eu me levanto, porque ela aprendeu a ser má com nosso pai, e a cada comentário maldoso, a sombra dele se alastra, mais e mais escura.

— Aonde vai? — grita Percy.

— Lavar toda essa coisa melada das mãos — respondo, embora esteja relativamente claro que estou saindo por causa de minha irmã.

Caminho sem rumo por um minuto, com a cabeça zonza de ódio e também de muita vontade de beber, antes de perceber que não faço ideia de para onde estou indo e que preciso conseguir encontrar o caminho de volta para Percy e Felicity. Então paro. Um grupo de crianças passa correndo por mim, de mãos dadas e com os cabelos esvoaçantes atrás do corpo, indo até um homem e uma mulher que montam um projetor para um espetáculo de lanterna mágica. Uma mulher do lado de fora de uma tenda verde de tom intenso grita em minha direção:

— Olhe nos meus olhos e veja sua morte! Apenas um *sou* por uma olhada! — Uma dupla de acrobatas se equilibra sobre as mãos na beira do píer, recebendo aplausos de um público escasso.

— *Vos pieds sont douloureux* — diz alguém atrás de mim, e me viro.

Uma barraca de madeira com uma marquise roxa está montada na beira do píer, com a palavra *Apothicaire* pintada sobre uma faixa de tinta vermelha na frente. Um homem com espessos cabelos grisalhos e avental de couro por cima do casaco remendado está atrás do balcão, onde apoia os cotovelos. Atrás do homem, há prateleiras cheias de uma diversidade de garrafas e frascos, com os rótulos nos quais os nomes dos extratos estão desenhados com caligrafia fina se soltando como pele morta. Uma galeria de doenças.

— *Pardon?* — digo ao perceber que ele fala comigo. — Desculpe-me?

— *Vos pieds.* Seus pés. Está com pés doloridos.

— Como sabe disso?

— Está andando esquisito, como se estivessem machucados. Precisa de uma pomada.

— Aposto que diz isso a todos que passam.

— Nem sempre falo sério. Você... estou preocupado com seus pés.

— Estou andando bem.

— Então outra coisa. Está rígido demais para quem não sente dor. Um erro da juventude, talvez? Uma catapora venérea?

— O quê? Não. Com certeza não.

O homem agita o dedo para mim.

— Você não está bem. Posso perceber.

Tento me afastar, mas ele continua falando. A voz fica mais alta quanto mais longe vou, e como não quero que um boticário alterado grite pelo píer que tenho algo apodrecendo minhas partes íntimas, disparo para ele, mais transtornado do que pretendia:

— Não estou doente, estou infeliz.

O homem não parece comovido.

— Tem muita diferença? Tenho tônicos para seus pés e encantamentos métricos que minhas avós podem preparar para seu mau humor. — Ele tamborila o dedo em uma fileira de garrafas de bruxa em uma prateleira baixa, cujo conteúdo parece escuro e espumoso.

— Bem, não estou interessado. Mesmo que tivesse moedas para dar, não seriam gastas com você e seus encantamentos tolos. — Começo a dar as costas novamente antes que ele consiga dizer mais alguma coisa a respeito do que mais está errado em minha cabeça ou meus pés ou minhas partes, e estou com tanta pressa que esbarro em uma carroça de laranjas atrás de mim, fazendo com que uma torre das frutas desabe em todas as direções. O carroceiro começa a gritar comigo, me deixando tão envergonhado que imediatamente esqueço de cada palavra que conheço em francês.

— Desculpe — digo em inglês. — Desculpe. *Désolé.* — Começo a catar laranjas do caminho antes que sejam pisoteadas ou chutadas para o porto. Duas escapam e caem na água. Quero me sentar bem onde estou e gritar.

Uma das laranjas rola pelas tábuas do cais e um homem a segura com a ponta da bota. Estou prestes a rastejar para a frente para pegar a fruta no momento em que ele se abaixa e vejo de relance que usa um anel de sinete dourado no dedo. O mesmo anel que o ladrão de estrada estava usando quando ele e a gangue nos cercaram.

Os ladrões de estrada nos encontraram. Por alguma coincidência impossível, eles nos atacaram, como o bando do famigerado Dick Turpine, e depois nos rastrearam. Ou talvez não haja coincidência nenhuma nisso — talvez Felicity estivesse certa e eles estivessem nos procurando mesmo. Vieram atrás da caixa.

O sujeito com o anel de ouro se move para colocar a laranja de volta na carroça do outro lado e aproveito para correr antes que ele me veja, escondendo-me no único lugar disponível, que é atrás do balcão da barraca do boticário.

O boticário não abaixa o rosto, mas os lábios dele se repuxam em um sorriso contido.

— Amigos seus? — pergunta ele, e embora esteja com os olhos em outro lugar, é óbvio que se dirige a mim.

— Por favor, não diga nada a eles — sibilo.

— Posso ajudá-los, cavalheiros? — grita o boticário. — Que hematoma feio, senhor. Como o conseguiu?

— Não é da sua conta. — É a mesma voz da floresta, o que se confirma quando os dedos do homem se fecham sobre o balcão, com aquele anel inconfundível. Ele se inclina para a frente e semicerra os olhos para os rótulos das garrafas conforme o boticário passa os dedos por elas. *Não olhe para baixo*, penso. *Pelo amor de Deus, por favor, não olhe para baixo.*

— Se eu soubesse a causa, poderia tratar melhor — informa o boticário. — Um sangramento sob a pele requer uma sálvia diferente daquela para um escorregão e uma queda...

— Fui golpeado na cabeça por um estojo de violino — dispara o ladrão de estrada, cujo desdém é palpável. — Isso ajuda com seu diagnóstico, charlatão?

Definitivamente eram nossos agressores, a não ser que um bando de turistas também esteja usando instrumentos para se defender de bandidos.

— Para onde foi aquele garoto? — Ouço o homem da carroça de laranja gritar. Meu coração parece um peso sobre os pulmões, e está ficando difícil respirar.

— O bálsamo de Gileade, então, aplicado duas vezes ao dia, diminuirá o inchaço. — O boticário quase tropeça em mim quando se volta para o balcão. Ele solta a lata com um pouco mais de força do que o natural, mas o ladrão não deve ter reparado. Ouço o tilintar de moedas no balcão, seguido das botas dos homens conforme recuam.

O boticário mantém o rosto erguido, mas depois de um momento diz para mim:

— Eles deram a volta pela esquina, a caminho da cidade. É melhor pegar a direção oposta se quiser evitá-los.

Eu me levanto com a mão nas prateleiras. As garrafas estremecem umas contra as outras.

— Obrigado.

Ele gesticula com os ombros.

— Eles parecem determinados e você parece indefeso. Deve dinheiro ao bando?

— Eles acham que devo algo a eles. — Olho para me certificar de que os ladrões realmente se foram, então, aproveitando que o homem com a carroça de laranja está felizmente distraído pelo início do espetáculo com a lanterna mágica, disparo para a outra direção, pisoteando as tábuas úmidas com batidas secas de meus sapatos.

Percy e Felicity estão, graças a Deus, exatamente onde os deixei, ainda à mesa com o violino entre eles. De alguma forma, ainda resta um pedaço do *gibassier* entre os dedos de minha irmã, que o mordisca. Percy está com a cabeça apoiada nas mãos e massageia as têmporas. Ele não levanta o rosto, mesmo quando paro subitamente ao lado dos dois e declaro:

— Eles nos encontraram.

— Quem? — pergunta Felicity. — O Sr. Lockwood?

— Não, os ladrões de estrada. Os homens que nos atacaram. Estão aqui.

— Como sabe que são eles?

— Eu os vi. Um deles tem esse anel... eu lembro bem.

Ela já está de pé.

— Acha que estão nos procurando?

— Por que mais estariam aqui? Acha que o grupo de bandidos que nos atacou está passeando por acaso pela feira?

— Precisamos ir, precisamos ver se Lockwood chegou e descobrir onde está nossa companhia.

— Não, precisamos descobrir se estão mesmo atrás disto — e então pego a caixa-enigma de onde ainda estava, na mesa entre os dois — e devolvê-la para que nos deixem em paz.

— Acha que deveríamos ir atrás dos homens que estavam prontos para nos matar? — pergunta minha irmã. — Não vão nos deixar sair ilesos depois que entregarmos o que querem. Precisamos sair daqui. Percy, tem certeza de que está bem?

Ele parece ainda pior do que estava quando os deixei. Seus olhos ficam semicerrando, como se a luz fosse clara demais; Percy está suando e não parece estar muito *presente*. Não consigo pensar em outra forma de descrever. Mesmo assim, ele fica de pé, colocando o estojo do violino no ombro.

— Estou bem. Vamos.

— Como vamos encontrar Lockwood? — questiono conforme ziguezagueamos entre a multidão, com Felicity à frente.

— Sabe onde ele pretendia que nos hospedássemos? — pergunta minha irmã.

— Não, ele enviou Sinclair.

— Bem, sabe qual é o banco de papai aqui? Podemos perguntar a eles se aceitaram alguma carta no nome dele ou se Sinclair deixou a informação de nossas acomodações.

— Não. Talvez? É o Banco da Inglaterra, acho.

— Você *acha*?

— Sim, é. Espere... sim.

— Você presta atenção em alguma coisa, Henry, ou tudo entra por um ouvido e sai pelo outro?

Ergo o rosto quando viramos em uma esquina e vejo de lampejo o exato bando de homens que queremos evitar no fim do caminho à frente e vindo em nossa direção. Pego o braço de Felicity e a puxo para trás, entre duas das tendas, quase tropeçando conforme minha canela fica presa em uma das cordas que as amarra. Percy desvia ao lado, com o estojo do violino agarrado ao peito.

— Estão bem ali — sibilo. Minha irmã estica o pescoço entre as tendas, depois recua de volta para meu lado.

— Tem certeza de que são eles?

— Tenho certeza de que um deles está usando o mesmo anel que o homem que nos atacou.

— Isso não é tanta certeza assim, é?

— Ele também tem a marca do estojo do violino de Percy sulcada na testa, então quanto mais de certeza você quer?

Sombras se esticam sobre o píer, precedendo aqueles que as projetam, e nós recuamos. Tento pensar em coisas pequenas e invisíveis, desejando que o bando não olhe para nós, não nos veja, não se vire ao passar. Ficaria feliz em atirar a caixa-enigma na cabeça deles quando passassem, mas a lógica de Felicity faz mais sentido do que a minha — eles planejavam nos matar na floresta e não imagino que nos deixariam ir embora com um *obrigado, amigos* e um tapinha nas costas agora. Ainda não tenho um plano do que fazer além de *não ser assassinado em uma feira à beira-mar*, mas por enquanto, isso requer ficar longe da vista deles.

Os ladrões de estrada passam por nós em fileira, aquele com o anel dourado à frente. Ele está com a mão no rosto, esfregando as têmporas, mas ao abaixá-la, vejo de relance o perfil e sou tomado por um reconhecimento súbito.

Eu o conheço. E ele certamente não é um ladrão de estrada – é o duque de Bourbon.

Ele começa a virar a cabeça em nossa direção. O hematoma vívido aparece, e meu coração quase mergulha para a própria morte. Mas, no mesmo instante, fogos de artifício estouram acima de nós, transformando o céu azul em vermelho forte. Os ladrões olham todos para cima, e Percy, Felicity e eu, parecendo pensar da mesma forma com relação a não sermos assassinados, prosseguimos abaixados pelo restante do caminho, então viramos uma esquina e saímos de vista.

Paramos entre duas tendas, protegidos da multidão reunidas ao longo do píer por lona de todos os lados. O chão está cheio de estacas enfiadas nas tábuas, repuxando as cordas esticadas entre elas. É um corredor estreito pelo qual temos que passar.

– Eu o conheço – sibilo.

– O quê? – responde Felicity, que está com uma das mãos pressionada contra o peito, respirando com dificuldade.

– O homem, o ladrão de estrada, vi o rosto dele. Eu o conheço.

– Monty – diz Percy atrás de mim.

Mas prossigo. Tenho tanta certeza disso e estou tão desesperado para finalmente ser útil e estar certo a respeito de alguma coisa que não serei interrompido.

– É o duque de Bourbon, o primeiro-ministro do rei francês. Eu o conheci em Versalhes.

– Monty. – Percy se aproxima de mim, com a mão roçando em meu cotovelo.

– A caixa veio dos aposentos dele.

– Monty.

– O que foi, Perc?

– Tome isto. – Ele está tentando me entregar o estojo do violino.

– Por quê?

— Porque acho que vou desmaiar.

E então ele desmaia.

Que Deus o abençoe pelo aviso, mas não sou tão rápido assim. Mal estou segurando firme o estojo do violino quando Percy desaba, e sacrifico o objeto para segurá-lo antes que caia no chão. O estojo quica pelas tábuas e uma das trancas se abre com um *ping* metálico.

Segurar Percy me faz cair de joelhos, então desabamos juntos, com meus braços sob os dele e o rosto de Percy pressionado contra meu peito. Esperava que estivesse mole feito um pano, mas em vez disso, está rígido. O corpo fica duro e virado para cima, assemelhando-se a uma escultura retorcida de Percy. Ele não parece estar respirando, pois aparentemente os músculos no peito estão tensionados demais para permitir a entrada de ar. Além disso, consigo ouvir os dentes rangendo, trincados.

— Percy. — Eu o deito no chão, sacudindo-o levemente. — Ei, Perc, vamos lá, acorde. — Não sei por que estou falando com ele. Parece ser a única coisa que posso fazer. As costas dele se arqueiam e as veias no pescoço saltam contra a pele. Acho que talvez esteja recobrando os sentidos, mas então Percy começa a tremer. Não apenas tremer, mas a ter convulsões, assustadoras e descontroladas. Os braços e as pernas dão a impressão de que querem se desligar do corpo dele, enquanto a cabeça bate contra as tábuas.

E não sei o que fazer. Nunca me senti tão burro, indefeso e assustado na vida. *Faça algo*, penso, porque meu melhor amigo está se contorcendo no chão, obviamente sentindo dor, mas estou completamente congelado. Não consigo pensar em nada para ajudá-lo. Não consigo sequer me mover.

Subitamente, Felicity está ajoelhada a meu lado.

— Saia do caminho — dispara ela, e eu desperto o suficiente para seguir ordens e sair do caminho. Felicity ocupa meu lugar, segurando o casaco de Percy com os punhos e virando-o de lado para que haja menos chance de ele se chocar contra uma das estacas das tendas enquanto convulsiona. — Percy — diz minha irmã, abaixando-se sobre ele. — Percy, consegue me ouvir? — Ele não responde, não tenho certeza se responderia mesmo que tivesse ouvido. Felicity leva uma das mãos ao ombro dele, como se o estivesse mantendo firme de lado, e chuta o estojo do violino para fora do caminho. Em seguida se senta e não faz nada além de segurar Percy no lugar.

— O que está fazendo? — grito. Minhas mãos pressionam cada lado de meu rosto em um gesto dramático de horror. — Precisamos ajudá-lo!

— Não há nada a ser feito — responde ela, parecendo tão calma que aumenta meu pânico.

— Ele precisa de ajuda!

— Deve acabar em um instante. Precisamos esperar.

— Não pode...

Começo a engatinhar para a frente, sem ter ideia do que fazer, mas Felicity se vira e me encara com um olhar fulminante.

— A não ser que saiba do que está falando, por favor, fique fora do caminho e calado.

Não posso ver aquilo. Não consigo ver Felicity tão calma e o corpo de Percy se contorcendo, distorcido, e eu sentado no chão me sentindo tão terrivelmente indefeso.

Parece que dura para sempre, como se tivéssemos passado dias ali esperando, espectadores do que tenho certeza ser Percy morrendo devagar enquanto sente uma dor intensa. A respiração dele soa difícil e áspera, e os lábios estão levemente azulados. Quando Felicity o vira ainda mais de lado, saliva salpicada de sangue se acumula no canto da boca dele.

— Está passando — diz ela, em voz baixa, com uma das mãos próxima da nuca de Percy, como uma almofada entre o pescoço arqueado e as estacas de ferro da tenda.

O corpo dele se tensiona uma última vez, encolhendo os joelhos até o peito; então ele vomita. Felicity o segura bem firme, de modo que Percy continue de lado ao relaxar os músculos. Os olhos dele ainda estão fechados.

Acorde, Perc, penso. *Vamos lá, acorde e esteja vivo e fique bem. Por favor, fique bem.*

— Precisamos levá-lo para algum lugar próximo — avisa ela, afastando com um toque suave os cabelos de Percy grudados nos lábios dele. Ou a sugestão é sutil demais, ou não estou pensando direito, porque minha irmã me olha e dispara: — Se quer ajudar, agora é o momento.

Cambaleante, fico de pé, tão trêmulo que quase tombo de novo, e saio trôpego pelo caminho entre as tendas. Não sei para onde ir — não há nada próximo além das barracas da feira, e os ladrões de estrada ainda devem estar espreitando, procurando por nós.

Abaixo o olhar para o trecho de mar visível entre as tábuas no momento em que uma laranja passa boiando; a casca está úmida e reluzente com gotas de água.

Sigo novamente pelo caminho que percorri antes, empurrando a multidão parada que olha os fogos de artifício, até encontrar a barraca do boticário. Ele saiu de debaixo da marquise e está assistindo ao espetáculo também, mas se vira quando me vê chegar.

— Você voltou.

— Meu amigo precisa de ajuda — disparo.

— Sinto muito por isso.

— Pode ajudá-lo?

— De que forma?

— Você é um médico.

— Sou um boticário.

— Mas você sabe... Você pode... — Estou tão ofegante que mal consigo falar. Meu peito parece cheio. — Por favor, não sei o que há de errado com ele!

O boticário me avalia, toda a diversão se esvaiu do rosto dele.

— Acho que você traz problemas.

— Não trazemos problemas, estamos *com* problemas — explico. — Somos viajantes e não temos para onde ir e ele precisa de ajuda e... Por favor, ele teve algum tipo de ataque e estava tremendo e não acorda e não sei qual é o problema. *Por favor.*

Minha voz fica totalmente esganiçada nessa última parte, o que deve me fazer parecer suficientemente patético, ou pelo menos sincero, pois o homem me pega pelo cotovelo e diz:

— Mostre-me onde ele está.

Quase o abraço por isso.

Quero correr, mas o boticário parece determinado a apenas caminhar mais rapidamente, e sou forçado a acompanhá-lo, ou arriscaria perdê-lo na multidão. Conforme abrimos caminho entre as pessoas que olham para o céu, ele me pede para contar o que aconteceu, e dou uma versão breve que faz o pânico dentro de mim voltar com tudo. Estou tão arrasado que nem me lembro de onde vim. Todas as tendas são iguais. Quando estou quase certo de que não conseguirei encontrar Percy e Felicity de novo, vejo a silhueta dela, preta contra a lona de mau gosto.

— Aqui — digo, guiando-o entre as tendas. Mais fogos de artifício estouram acima de nós.

Percy ainda está inconsciente, mas começa a se mover. Felicity está ajoelhada e debruçada sobre ele, segurando uma de suas mãos enquanto fala com ele, embora Percy não pareça ouvir. Um fio úmido de sangue e saliva escorre pelo canto da boca dele, descendo pela bochecha. Minha irmã puxa a manga sobre o polegar e limpa o filete. Ao nos aproximarmos, ela ergue a cabeça para nós, com um olhar desconfiado para o estranho.

— Ele é um boticário — digo, como explicação. — Pode ajudar.

O sujeito não diz uma palavra conforme Felicity sai do caminho para que ele ocupe o lugar dela. O boticário toma o rosto de Percy nas mãos e o observa, então verifica a pulsação, os olhos e a parte de dentro da boca. Também passa o polegar pelo sangue.

— Está sangrando — murmuro, sem perceber que falei em voz alta até que Felicity responde:

— Ele mordeu a língua, só isso.

O homem tira um envelope encerado contendo sais aromáticos do bolso do casaco e passa o dedo por baixo da aba que o fecha, falando com Percy durante todo esse processo em uma língua que não reconheço. A voz dele soa bastante gentil.

— *Obre els ulls. Has passat una nit difícil, veritat? Em pots mirar? Mira'm.* Olhe para mim.

Percy abre os olhos, e dou um suspiro de alívio, embora isso pareça ser um esforço tremendo para ele, que está com o olhar muito distante.

— *Molt bé, molt bé* — murmura o boticário. — Sabe onde está? — Percy pisca duas vezes, devagar, então fecha os olhos de novo e vira a cabeça para o lado. O homem a pega antes que o rosto bata no chão. — Ele precisa de descanso.

— Não temos para onde ir — responde Felicity.

— Tenho um barco ancorado no canal para onde podem levá-lo. Verei o que mais pode ser feito por ele.

Assinto, esperando que alguém faça algo útil, até que minha irmã dispara:

— Ele não vai sair caminhando até que passe, Monty. Precisa carregá-lo.

— Ah. Certo. — O boticário sai do caminho, e coloco Percy sobre o ombro. Meus pés tropeçam ao buscar firmeza no chão, e quase caio, mas Felicity me coloca reto e seguimos o homem pelas tendas.

Passando o píer, nosso guia, com passadas determinadas, nos leva por um caminho estreito e arenoso além dos barcos a vela e ao longo da margem, até que chegamos a um cais coberto de piche onde uma frota de barcas com cores alegres está aportada, organizada como teclas de um clavecino. Meus braços começam a tremer. Meu corpo todo parece tremer, por dentro e por fora.

O boticário entra em uma das barcas, tirando uma lanterna da proa antes de me pegar pelo braço e me puxar para que o acompanhe. Felicity segue a passadas leves.

A barca tem um convés estreito com uma cabine fechada no centro, e o acompanho até ela. É complicado me conduzir junto com Percy pela pequena porta sem acertar e apagar um de nós, e depois que entramos, minha cabeça quase toca o teto. O boticário me leva para uma cama-caixote embutida coberta com colchas remendadas e um punhado de almofadas finas. Lanternas de cerâmica penduradas decoram as paredes, formando losangos de luz que oscilam e balançam conforme o barco se agita na água.

— Aqui. — Ele puxa as cobertas da cama e coloco Percy com cuidado nela.

Não percebi que tinha acordado, mas ele me segura, como se achasse que está caindo.

— Monty!

— Bem aqui, Perc. — Tento manter o tremor longe da voz, mas fracasso. — Estou bem aqui, está... — Não tenho ideia do que devo dizer. — Está tudo bem. — Nossa, pareço um idiota.

— Está claro — murmura ele, cuja voz está distorcida e arrastada, de modo que nem soa como Percy. Os olhos ainda não estão focados e parece ser difícil mantê-los abertos, pois continua semicerrando-os como se estivesse olhando para o sol. As mãos dele estão fechadas em torno de meu casaco, tão fortes que os nós dos dedos estão salientes, e quando o sento na cama, ele me agarra com mais força, esganiçando a voz: — Não me deixe!

— Não deixarei.

Percy parece tão transtornado que não quero soltá-lo, então fico parado ali, com as mãos sobre as dele, tentando convencê-lo a se deitar, com a voz trêmula. Os ombros se curvam subitamente e a cabeça dele cai para a frente contra meu peito, o que me faz pensar que ele vai me soltar, mas então Percy aperta os dedos e tenta se levantar de novo.

— Preciso de meu violino. Onde está? Onde está meu violino? Preciso dele agora.

— Está comigo, Percy. — Felicity aparece a meu lado, solta os dedos dele do meu casaco e o orienta a se deitar na cama. — Tente relaxar, está tudo bem. Está seguro agora, relaxe. — Do outro lado da cabine, o boticário puxa um baú de remédios de uma prateleira e começa a vasculhar as gavetas, garrafas tilintam em um coro baixinho do lado de dentro.

Sei que sou inútil, então saio furtivamente para o convés e para o ar frio da noite. Acima da água, as estrelas se estendem em pequenas constelações pouco nítidas sobre o céu do crepúsculo. Ainda consigo ouvir a música da feira e, mais perto, também ouço uma melodia lenta tirada de um bandolim, uma corda solitária por vez. Na margem, grilos cantam. Eu me sento com as costas contra o corrimão, viro o rosto para o céu e permito que a fadiga trêmula se assente em mim.

Pelo visto, o pânico é bastante exaustivo, pois caio no sono sem querer, com a cabeça tombando para trás, encostada no corrimão do barco, antes que alguém saia.

Parece que mal fechei os olhos quando Felicity me sacode para me acordar. O nascer do sol é como uma taça de vinho derramada no horizonte conforme as estrelas se apagam, voltando a ser coisas imaginárias. Alguém colocou um cobertor sobre mim enquanto eu dormia e meus joelhos doem depois de tanto tempo dobrados contra o peito.

Apesar da noite que tivemos, minha irmã está aparentemente bastante desperta. Os olhos dela estão arregalados e atentos, e ela tirou os grampos do cabelo e o prendeu em uma trança que cai sobre o ombro quando se inclina até mim. Eu, em contraste, me sinto como uma carcaça velha. Estou com os olhos remelentos e limpo um filete de saliva que escorreu por meu queixo enquanto eu dormia. Não me barbeio há uma semana, e a barba começa a ficar cheia.

— Está bem? — pergunta Felicity.

— O que... eu? Sim. Como está Percy?

Ela abaixa o rosto para o convés e meu coração parece parar.

— Dolorido e exausto. Está tentando descansar, mas esteve agitado demais para permanecer dormindo por muito tempo. Vai ficar bem — acrescenta minha irmã, pois devo estar com uma expressão chocada. — É apenas uma questão de tempo.

— Desculpe, eu deveria ter... eu deveria ter ficado acordado com ele. Com você.

— Você estava cansado. E não havia muito a ser feito. Pascal o dessangrou e Percy tomou artemísia, então veremos se faz algum efeito.

— Pascal?

— O boticário. O homem que você encontrou.

— Ele sabe o que há de errado com Percy?

Felicity se ajoelha diante de mim, com uma das mãos no corrimão.

— Acho melhor você falar com Percy.

— Sobre o que preciso falar com ele? — pergunto, com o pânico tomando conta de mim e me esmagando como um nó de forca.

— Ele tem algo a lhe dizer, e não quero ser a mensageira.

— Ah. Certo. Bem, melhor eu ir falar com Percy então — digo, como se tivesse sido minha ideia, e me levanto. Minha irmã não responde. Ela ocupa meu lugar no convés enquanto desço até o interior do barco.

A cabine ainda está escura, mas acenderam mais algumas lanternas e as sombras oscilam conforme a corrente nos balança. É a mesma sensação de estar bêbado, um pouco zonzo e sem equilíbrio, mas sem a embriaguez aconchegante e confortável. O ar tem cheiro de incenso e água do mar, e uma xícara de chá repousa no chão ao lado da cama; o vapor sobe da superfície do líquido e se entremeia com partículas de poeira que flutuam à luz pálida.

Percy está encolhido no canto da cama-caixote, vestindo apenas a calça culote amarrotada e uma camisa limpa, cujo material transparente se agarra à pele dele com suor. Há um hematoma roxo sob o olho de Percy, como uma rachadura no vidro de uma janela, e uma faixa de atadura foi amarrada na articulação de um cotovelo. Uma pequena mancha de sangue se infiltrou ali. Ele parece mais cansado do que jamais o vi. Seu cabelo está solto da trança e cai em longos cachos em volta do rosto.

Eu me sento devagar no canto oposto da cama, com uma perna dobrada sob o corpo, e Percy abre os olhos.

— Bom dia — falo, em voz baixa. Ele não responde. O ruído do mar se debatendo contra a lateral do barco preenche o silêncio.

Engulo a vontade de dizer algo tolo porque odeio essa tensão entre nós. Sinto como se as paredes estivessem me encurralando. *Diga algo, Monty. Seja um amigo, seja um cavalheiro, seja um ser humano. É Percy, seu melhor amigo; Percy, com quem você já encheu a cara, que toca violino para você, que costumava cuspir sementes de maçã em você do alto das árvores do pomar. Percy, que você beijou em Paris, que parece tão lindo, mesmo agora. Diga algo bondoso. Algo que o faça não parecer tão sozinho e assustado.* Mas não consigo pensar em porcaria nenhuma. Só quero correr para longe do que quer que ele esteja prestes a dizer.

Percy pressiona a testa contra a parede.

— Desculpe-me — murmura, com um tom de voz sonolento.

— Pelo quê?

— Pelo que aconteceu.

— Não foi culpa sua, Perc. Não poderia ter feito...

— É epilepsia — diz ele, e paro.

— O quê?

— Epilepsia — repete Percy, então cobre o rosto com as mãos de forma que sai abafado quando é dito de novo. — Tenho epilepsia.

Não sei o que dizer, então disparo:

— Bem, contanto que seja só isso.

Espero que isso o faça rir, mas, em vez disso, Percy solta um suspiro tenso entre os dentes.

— Pode, por favor, não ser você mesmo agora?

Abaixo o rosto para a cama, e minhas mãos puxam os fios desgastados do cobertor.

— Então você... você está doente.

— Sim.

— Epilepsia.

— Sim.

Não sei quase nada sobre epilepsia. Demônios e possessão e loucura, são essas as coisas de que ouvi falar, mas fazem parte de histórias de horror que terminam com a moral "Agradeça por sua saúde". Além do mais, é Percy, o melhor sujeito que conheço. Nenhuma dessas coisas pode estar certa.

— E não tem... — Paro e juro que sou tão ruim nisso que até mesmo o silêncio estremece. Não tenho certeza do que tenho permissão de perguntar e de que tipo de perguntas não deveria fazer e de que respostas me sinto à vontade para saber.

É contagioso?

Dói?

Quando melhorará de novo?

Vai morrer?

Vai morrer?

Vai morrer?

Queria que pudéssemos voltar para o momento antes de Percy me contar para que eu continuasse sem saber.

— Tem cura? Ou tratamento, ou alguma coisa?

— Não. Não tem cura. Nenhum dos tratamentos funcionou.

— Ah. Bem, isso é... uma pena. — A boca dele se repuxa, como se fosse dizer algo para me corrigir, mas então apenas assente, e quero me transformar em areia e escorrer por entre as tábuas. — Então você, hã, você tem esses...

— Ataques.

— Sim. Certo. Isso.

— Pode dizer.

Realmente não creio que possa.

— Há quanto tempo eles...? Há quanto tempo isso acontece?

— De poucos em poucos meses...

— Não, quero dizer, quando começou?

Percy ainda está voltado para a parede e, antes que responda, se vira para ainda mais longe de mim. Está com o rosto quase fora de vista.

— Logo antes de você voltar de Eton.

— Eton? — Olho para ele boquiaberto. — Percy, isso foi há dois anos. Está doente há *dois anos* e nunca me disse nada?

— Ninguém sabe, está bem? Apenas minha família e alguns de nossos empregados.

— Quando ia me contar?

— Esperava que jamais precisasse. Tenho tido sorte até então.

— *Sorte?* — Passei de dócil a furioso em um segundo. — Escondeu isso de mim por dois anos, Percy, por dois malditos anos. Como pôde não me contar?

Por fim, ele levanta a cabeça.

— Está realmente tentando se colocar no centro dessa situação?

— Quero saber!

— Estou contando agora, não estou?

— Sim, porque precisa. Porque eu precisei assistir...

— Bem, sinto muito por ter *precisado assistir*. — Veneno surge subitamente na voz dele. — Que difícil para você *precisar assistir*.

— Por que não me contou?

Percy fecha as mãos em punho sobre as cobertas, com uma expressão de raiva, então diz:

— Tudo bem, quer saber por quê? Porque no fim deste ano, não vou para a faculdade de direito, vou para um sanatório.

Ficamos nos encarando. É preciso um longo momento para que eu entenda o que ele falou — é tão terrível e completamente inacreditável que tenho certeza de que devo ter ouvido errado.

— Você... o quê?

— Há um lugar na Holanda. Um sanatório. Para os... — Percy fecha os olhos com força e conclui muito devagar. — Para os loucos.

Não sei o que dizer. Ouvi histórias sobre Bedlam, em Londres — boatos sombrios e venenosos dos quais ninguém fala socialmente. Sanatórios não são hospitais ou spas, não são um lugar para onde se vai para melhorar. Mas para onde se vai depois que tudo foi tentado. Um lugar no qual se fica escondido e esquecido, amarrado à cama e privado de comida e completamente dessangrado. Onde se vai para morrer. Se Percy for para um sanatório, jamais voltará para casa. Não nos veremos de novo.

Meu peito está tão apertado que mal consigo falar.

— Mas você não é louco. — É tudo que consigo dizer.

— Talvez eu seja. Isso não é normal, é? — Percy abaixa o queixo, olhando para baixo e contraindo as bochechas para dentro.

— É isso o que quer? Ir para a Holanda e morrer em um hospício?

Ele se encolhe um pouco, e desejo imediatamente não ter sido tão brusco, mas não peço desculpas.

— É claro que não.

— É seu tio, então? Foi ideia dele mandar você embora? — Começo a falar tão rápido que mal consigo me entender, buscando freneticamente alguma forma de consertar isso. *Não pode*, estou pensando. *Não pode estar doente, porque preciso de você, e não pode ir embora para morrer em algum sanatório porque o que vou fazer sem você?* — Precisa dizer a eles que não. Diga que não irá. Não pode ir. Apenas diga isso!

— Não tenho escolha. Minha família não cuidará mais de mim.

— Então vá para outro lugar... qualquer lugar!

— Como? — dispara Percy. — E como você conseguiria entender isso? Se alguém descobrisse, minha família inteira sofreria, e não quero ser mais um fardo para eles do que já sou. — Ele está amassando as cobertas contra as pernas, com veias saltando nas mãos como se fossem grandes fios brilhantes sob a pele. — Minha tia acha que é o modo de Deus de me punir. O menino negro e bastardo da família tem ataques convulsivos... é apropriado. Ela se recusa a deixar de lado a ideia de que estou possuído pelo demônio, e meu tio fica me dizendo que preciso parar de ser histérico e superar isso.

Percy inclina a cabeça para trás, e quando a luz da lanterna ilumina os olhos dele, percebo que está chorando. Ou melhor, está tentando com muito esforço não chorar, o que é ainda pior. Não tenho ideia do que fazer. Sinto-me como um idiota por me sentar, calado, sem fazer nada para confortá-lo, mas estou petrificado. Mal parece que meus braços e pernas me pertencem. Não consigo me lembrar de como tocar Percy.

Ele continua falando, com o rosto voltado para cima:

— Meu priminho não se senta perto de mim porque acha que é contagioso. Precisa ser convencido a estar no mesmo cômodo que eu. Levou um ano para encontrarmos um valete disposto a ficar depois de ter descoberto que precisaria servir a um rapaz de pele escura que tinha convulsões inesperadas. Já recebi tratamento com ventosas de barbeiros selvagens, fui exorcizado e benzido, e não como carne há um maldito ano e meio, e não passa, então preciso. Monty, está me ouvindo?

Estou ouvindo, mas sem prestar atenção. Ou não está entrando em meu cérebro. Estou ouvindo sem entender uma palavra. Parece um pesadelo, o sonho de ser enterrado vivo contra o qual me debato, mas do qual não acordo, e tudo que Percy diz é como mais uma pá de terra fazendo pressão sobre meu peito. Toda essa dor dentro dele que jamais notei.

— Monty.

— Sim — digo, baixinho. — Sim, estou ouvindo.

Ele respira fundo, com uma das mãos pressionada contra a testa.

— Então vamos encontrar Lockwood e ver se conseguimos convencê-lo a nos deixar continuar viajando. Veremos o Continente e nos divertiremos como havíamos planejado e então vou para a Holanda e...

Fico de pé, tão rápido que meu pé se agarra na coberta e tropeço.

— Não. Não, apenas... apenas pare, Percy, pare. — Ele ergue o rosto para mim, com a boca contraída para impedir que trema. Também tenho vontade de chorar, minha vontade é de cair na cama ao lado dele e chorar. Estou trêmulo e zonzo, com emoções se manifestando em sintomas físicos, e só consigo dizer: — Por que não me contou?

— Porque você está um desastre! Totalmente em frangalhos. Passei anos atrás de você, me certificando de que não bebesse até morrer ou desmaiasse em uma sarjeta ou que não cortasse os pulsos...

Estou bem à beira das lágrimas. Consigo senti-las, redondas e mornas, fechando minha garganta, mas não vou chorar.

— ... e sei que as coisas andaram difíceis para você ultimamente, com seu pai e a expulsão da escola, mas não tem sido você mesmo. Há um tempo. E não aguentaria se você tornasse isso ainda pior. Desculpe, mas não dava.

Outra pá de terra me atinge.

— Mas nem mesmo me deu uma chance — retruco, e minha voz sai muito, muito baixa. — Achei que contássemos tudo um ao outro.

— Isso não diz respeito a nós dois.

— Tudo sempre diz respeito a nós dois.

— Não, você quer que a questão aqui seja *você*. Se importa com o que acontece comigo por causa do que significaria para você. *Você* é a única coisa que importa para si mesmo.

Não consigo pensar em nada para dizer, então me decido pela segunda melhor coisa do que uma réplica engraçadinha: uma saída repentina – apenas uma saída repentina. Mas mesmo isso é atrapalhado quando o barco oscila subitamente e sou atirado contra a parede. Endireito o corpo, então saio pela porta batendo os pés, sem olhar para trás.

10

Felicity ainda está no convés quando volto; o queixo está sobre o peito e os olhos estão fechados, mas ela olha para cima quando desabo ao seu lado. Se fosse Percy, eu enterraria a cabeça no seu ombro e poderia me lamentar, mas não é, é Felicity, e a única pessoa com quem quero falar sobre minha briga com Percy é Percy. O que parece injusto.

— Então, sobre o que vocês dois falaram? — pergunta Felicity, em tom casual.

— Percy está doente.

— Sim.

— Epilepsia.

— Ele me contou.

— Quando? Há dois anos, quando ele descobriu?

— Não. Há cerca de uma hora, antes de você acordar.

— Ele... — Flexiono os dedos contra a testa. Não tenho certeza se ele contou a Felicity sobre o sanatório e tenho medo de que falar em voz alta faça parecer ainda mais doentio e real do que já parece, então digo: — Ele não está possuído.

— Não, não está — responde minha irmã, e a firmeza na voz dela me surpreende. — E os médicos dele são uns charlatões estúpidos se disseram isso. Se andam atualizados em pesquisas, deveriam saber que foi comprovado que epilepsia não tem nada a ver com possessão demoníaca. Isso tudo é besteira da idade das trevas.

— Então, qual é a causa?

— A Escola Boerhaave publicou um trabalho...

— A o quê?

— Esqueça.

— Não, diga. A... essa coisa que você disse. A coisa da escola. O que diz?

Felicity solta um breve suspiro pelo nariz.

— Simplesmente alega que há muitos motivos pelos quais alguém pode desenvolver epilepsia, mas ninguém de fato entende nenhum deles. É tudo especulação.

— Pode ser curada? — Porque se houver uma cura, se houver alguma coisa que possa fazer Percy melhorar, ele não será mandado para a Holanda e eu não o perderei.

Mas ela sacode a cabeça, e minhas esperanças naufragam.

Pressiono a cabeça contra os joelhos. Os primeiros raios de sol começam a subir por minha nuca. É enlouquecedor que o mundo esteja tão tranquilo e imóvel e completamente inalterado em relação ao momento antes de eu entrar na cabine do barco.

Percy está doente.

Isso se infiltra em mim como um veneno, me deixando atordoado e entorpecido. *Percy está doente e jamais melhorará de novo e será mandado para longe para morrer em um sanatório por causa da doença.* E, logo a seguir, um segundo pensamento me deixa quase tão gélido quanto o primeiro: *Percy não confiou em mim o suficiente para me contar isso.*

— Felicity, sou uma pessoa boa?

Ela me olha de esguelha, erguendo uma sobrancelha.

— Por quê? Está tendo algum tipo de crise?

— Não. Sim. — Passo os dedos pelo cabelo. — Percy não me contou.

— Eu sei. Não foi muito legal da parte dele, mas compreendo.

— Por quê? O que há de tão errado comigo para vocês dois acharem que eu não suportaria saber?

— Bem... você meio que é um libertino.

— Obrigado por isso.

— Não pode se comportar como se comporta e ficar surpreso quando alguém diz isso a você. — Felicity massageia as têmporas com as pontas dos dedos, franzindo a boca em uma expressão severa. — Não finjo entender a amizade intensa que você e Percy sempre tiveram, são importantes um para o outro, não há dúvida. Mas não acho que pode culpá-lo por não ter contado. Sua atenção costuma estar em outro lugar, e quando as coisas ficam difíceis, você... bebe, se deita com qualquer um. Foge.

Quero fugir nesse momento, mas há apenas Percy na cabine e água do outro lado, e a pessoa de quem mais quero fugir sou eu.

Em vez disso, digo:

— Fico feliz porque você estava lá. Para Percy. Se fosse apenas eu, ele provavelmente teria morrido.

— Ele não teria morrido.

— Você parece subestimar minha incompetência.

— Ataques epiléticos não são fatais, a não ser que alguma força externa interfira. Se Percy tivesse batido a cabeça, ou caído no mar...

— Por favor, pare — peço, e Felicity fica calada.

Passo os dedos pelo cabelo de novo. Pela primeira vez em muito tempo, sinto-me impelido a fazer algo pela dor de outra pessoa em vez da minha, mas a sensação é ceifada pelo conhecimento de que não há uma maldita coisa que possa ser feita. Assim como não posso desfazer os últimos dois anos. Percy não teve ninguém, nem mesmo a família, ao lado dele. Sempre achei que éramos Percy e eu contra o mundo, mas a verdade é que o deixei isolado tempos atrás e nunca me dei conta.

— Como sabia o que estava acontecendo com ele? — pergunto.

Minha irmã gesticula com os ombros.

— Não sabia, mas tive um palpite.

— E quanto... àquela escola de que estava falando.

— A Escola Boerhaave? Não é uma escola no sentido literal. É uma escola de pensamento científico. Li um pouco a respeito dela.

— Achei que você lia... O que há exatamente naqueles seus livros?

Felicity cruza os braços e solta um suspiro tenso pelo nariz.

— Se eu contar, não pode debochar de mim por isso. E não estou falando apenas de agora. Não pode guardar isso e debochar de mim no futuro quando estiver se sentindo irritado.

— Não vou debochar de você.

Ela solta mais um suspiro ruidoso, dilatando as narinas, então olha para mim.

— Tenho estudado medicina.

— Medicina? Desde quando se interessa por isso?

— Desde a vida inteira.

— Onde aprende sobre medicina?

— Eu leio. Ando tirando as capas daqueles romances e trocando o interior por livros de medicina há anos, para que papai não descubra. Ele preferiria que eu lesse aqueles livros degradantes de Eliza Haywood a estudar almanaques sobre cirurgia e anatomia.

Caio na gargalhada.

— Feli, sua merdinha maravilhosa. É a coisa mais transgressora que já ouvi.

Ela também ri, e lembro subitamente que nossas covinhas são iguais. É tão raro vê-la sorrindo que tinha me esquecido de que ambos as herdamos de nosso pai.

— Preferiria estudar medicina a ir para a escola de etiqueta. Era o que eu queria. Mas não permitem moças nas universidades. Moças vão para a escola de etiqueta e rapazes vão para a escola de medicina.

— Não eu. Eu devo gerenciar a propriedade.

Dou uma risada, como se não fosse torturante ser a graça da própria piada, mas as feições de Felicity se suavizam.

— Não sabia que papai era tão severo com você.

— Todo pai é severo com os filhos homens. Não sou o único.

— Isso não faz com que seja mais fácil.

— Eu sobrevivi, não foi?

— Sobreviveu? — Minha irmã leva a testa de leve contra meu ombro, então se senta reta de novo. — Por que está sorrindo?

— Nada — respondo, embora tal sorriso se transforme em uma gargalhada repentina. — Só que acho muito engraçado que nossos respeitáveis pais tenham criado dois filhos transgressores.

Felicity sorri para mim em resposta, então também ri — um som claramente nada apropriado para uma dama, e gosto ainda mais dele por isso.

— Dois filhos divergentes — repete ela. — Nosso novo irmãozinho não tem a menor chance.

Pascal se junta a mim e Felicity para o café da manhã — uma refeição maravilhosamente farta e não roubada, satisfatória, apesar de conter muito mais arroz com feijão do que geralmente estou disposto a comer. Comemos abaixados no convés da barca, em torno de um fogão de ferro fumegante, com pratos de latão nas mãos e nenhum talher exceto pão.

A feira, conta Pascal, é itinerante. Os mercadores guardam as tendas em barcos e navegam pelo rio Ródano, parando em cidades nas quais se misturam aos mercadores locais até terem recrutado gente o bastante para montar as barracas.

Conforme o dia amanhece, projetando tons turvos e rosados na água, mulheres penduram roupas lavadas nos varais e saltam de um convés para outro para conversar. Crianças correm de uma ponta à outra das margens. Homens jogam cartas e fumam cachimbos, os filetes translúcidos que sobem dos lábios deles mesclando-se à névoa do início da manhã sobre a água. Passam uma imagem de completude, um pequeno reino flutuante nos limites do mar, incrivelmente comum entre eles. Talvez seja esse o objetivo do *Grand Tour* — me mostrar como outras pessoas vivem, vidas que não são a minha. É uma sensação estranha essa de perceber que outras pessoas que você não conhece têm vidas próprias e plenas que não se misturam à sua.

Tento observar sem encarar, até que Felicity me chuta.

— Não precisa olhar para eles como se estivessem em exibição.

— Estou interessado.

— Está encarando demais. Monty, somos convidados.

Pascal desliza uma fatia de pão em torno da borda do prato, segurando-a pela casca com dois dedos.

— Deveriam levar um pouco de comida para o Sr. Newton.

— Não acho que vai comer — comenta Felicity. — Tentei mais cedo, mas ele não conseguia segurar nada no estômago.

Pascal mastiga por um momento, olhando na direção da cabine em que Percy está deitado, então diz:

— De onde vocês vêm?

— Da Inglaterra — respondo. — Estamos fazendo o *Tour*.

— Parecem estar fugindo.

— Bem, é o que estamos fazendo no momento, mas antes estávamos fazendo o *Tour*.

— Os homens de quem estão fugindo... estão viajando com vocês?

— Não, eles nos atacaram na estrada vindo de Paris. Achamos que estão procurando... — Olho para Felicity, que faz um pequeno gesto com os ombros, como se dissesse: *Por que não?*, então pego a caixa-enigma do bolso e entrego a Pascal. — Achamos que estão atrás disto.

Ele vira a caixa nas mãos e gira os discos algumas vezes.

— Uma caixa.

— É tudo que sabemos sobre ela.

— Por que eles a querem?

— Não sabemos — responde Felicity. — E temos medo de entregá-la e sermos mortos por tê-la levado.

— Ah, vocês a roubaram?

— Sim, mas não deles. — Então lembro que o ladrão de estrada era o duque que estava em Versalhes, em cujos aposentos fui surpreendido com uma francesa de seios expostos. — Talvez mais ou menos deles.

— Parece bastante velha. — Pascal devolve a caixa-enigma para mim e a escondo no casaco. — Há duas mulheres que viajam em nossa companhia que ganham dinheiro vendendo antiguidades. Elas trabalham principalmente com bijuterias agora, coisinhas que se vendem em feiras, mas podem saber algo a respeito disso, se me permitir mostrar a elas.

Olho para Felicity, como se pudéssemos conversar a respeito disso, mas ela responde:

— Sim, com certeza. Se puderem nos dizer alguma coisa, agradeceríamos muito.

— Talvez já estejam na feira. Verei se consigo achá-las. Fiquem aqui.

Conforme ele atravessa o convés, murmuro para minha irmã:

— Acha que é uma boa ideia?

— Acho que gostaria de saber por que estamos sendo caçados — responde Felicity. — E o que podemos fazer para impedir isso. —

Ela cutuca o bolso de meu casaco, saliente devido à caixa-enigma.

— Isso é culpa sua, Henry. Pelo menos tente consertar as coisas.

Eu gostaria muito de socar o nariz de minha irmã por ter dito isso, embora esteja certa.

Pascal retorna meia hora depois com uma mulher em cada braço, ambas idosas e curvadas e vestidas de preto da cabeça aos pés, até mesmo com véus espessos, como se vestissem luto. Ele sobe no barco primeiro, então ajuda cada uma delas. Felicity e eu ficamos de pé.

— *Senyoretes* Ernesta Herrera — Pascal se inclina na direção da mais alta das mulheres — *i* Eva Davila. São as avós de nossa companhia, *les nostres àvies.* — Ele dá um sorriso carinhoso para as duas ao dizer isso. — Contei sobre a situação de vocês e elas acreditam que podem ajudar.

Começo a tirar a caixa-enigma do bolso, mas a mão da mulher mais alta — Ernesta — se estende muito mais rápido do que as passadas dela me fizeram acreditar ser possível, fechando-se em torno de meu pulso.

— Aqui não — sibila ela, com um francês carregado.

— Por que não aqui?

— Se as pessoas estão atrás dela — explica a mulher —, não a exiba.

Seguimos as avós até a cabine do barco. Ernesta ri baixinho quando vê Percy na cama e diz por cima do ombro para Pascal:

— Você faz coleção desses coitados, *mijo.*

Conforme entramos aglomerados, tento olhar para qualquer lugar, exceto para Percy, mas é complicado em um cômodo com menos de um metro quadrado. No entanto, consigo olhar apenas de esguelha, não diretamente, o que é um pouco mais recatado e mostra que ainda estou furioso. Ele parece bastante patético, encolhido de lado, com o rosto enterrado no travesseiro conforme luz do sol pálida entra pela porta da cabine. Está com os cabelos colados na cabeça do lado em que estivera deitado, e a pele parece úmida e brilhosa.

Mas me recuso a ficar comovido.

Pascal permanece no convés enquanto Ernesta e Eva se acomodam em almofadas jogadas pelo chão. Felicity se senta na ponta da cama-caixote e diz algo a Percy, baixo demais para que eu ouça. Ele balança a cabeça, com o rosto voltado para longe do dela.

Não há outro lugar para sentar a não ser que eu queira me aninhar com Percy, então fico de pé, meio sem jeito no centro de tudo, tentando me equilibrar, apesar das ondas do mar, e não bater com a cabeça nas lâmpadas penduradas.

— Será que poderíamos conversar em outro lugar? — indaga Felicity, mas Percy abre os olhos e se apoia sobre um cotovelo. O colarinho da camisa dele cai do ombro, revelando os traços marcados da clavícula.

— Não, quero ouvir isso.

Ernesta estende a mão para mim.

— Vejamos.

Entrego a caixa-enigma, e ela vira o objeto nas mãos antes de passá-lo para Eva.

— Você roubou isto.

Felicity e Percy olham para mim, e é inútil negar, então assinto.

— Precisa devolver.

— Os homens de quem tomei isso estão tentando nos matar — explico.

— Não para eles. — A mulher gesticula com a mão. — Não pertence a eles.

— Como sabe?

— É uma caixa-enigma Baseggio. São caras e raras. E não são usadas para guardar coisas de valor material, como dinheiro ou joias ou os objetos de cobiça de ladrões comuns. — A mulher gira um dos discos com a ponta do dedo, fazendo-o emitir um clique baixo, como um relógio dando corda. — Estas caixas foram desenhadas para carregar compostos alquímicos por longas distâncias e mantê-los seguros caso fossem roubados.

Eva dá um tapinha na base da caixa e diz algo em uma língua que não entendo. Ernesta traduz:

— O nome do dono está entalhado aqui, na borda. — Ela ergue o objeto e aponta para a faixa fina que emoldura o trinco, gravada com letras douradas nas quais eu não tinha reparado antes. — Professor Mateu Robles.

— Eu o conheço — diz Felicity. Então acrescenta, quando todos olhamos para ela: — Não pessoalmente. Participei de uma palestra sobre o trabalho dele em Paris. Ele estuda panaceias.

— O que é uma panaceia? — pergunta Percy.

— Um cura-tudo — explica minha irmã. — Um item ou composto que é um remédio para todos os males, como bezoar ou ginseng.

— Robles é muito conhecido na Espanha — observa Ernesta. — Um dos últimos grandes alquimistas na corte antes de a coroa mudar de mãos, embora ultimamente seja mais conhecido por ter matado a esposa.

Felicity solta um gritinho ao ouvir isso.

— Ele matou a mulher? — pergunta Percy, com a voz rouca.

— Um experimento que deu errado — explica Ernesta. — Um acidente, mas ela morreu pelas mãos dele mesmo assim.

— Mas a caixa não veio de Mateu Robles — digo. — Eu a roubei do rei da França.

— Você a roubou do duque de Bourbon — corrige Felicity, por mais que o detalhe pareça um pouco irrelevante. Acho que ela apenas gosta de esfregar em minha cara que sou um ladrão. — Ele que está atrás de nós.

— O que tem dentro dela? — pergunta Percy, que se sentou e está com os braços cruzados em torno dos joelhos, inclinando-se para a frente para ver melhor, como se a caixa tivesse mudado desde a última vez que a segurou.

— Algo com propriedades alquímicas, o que a torna valiosa — responde Ernesta. — Ou perigosa. Ou ambos. — Ela agita levemente a caixa à orelha, como se o objeto pudesse proferir o próprio nome. — Mas não é um composto. Parece ser um único item.

— E alguém não conseguiria quebrar a caixa para abri-la? — pergunta Felicity. — Não parece muito resistente.

— As caixas costumam ser revestidas com frascos de ácido, ou alguma outra substância corrosiva. Se a caixa for quebrada, o objeto dentro é destruído. — Eva diz algo, e Ernesta assente. — Ela disse que precisa ser devolvida ao dono.

Então as duas olham para mim.

— Por quem? — indago. — Por nós?

— Vocês são os ladrões.

— Monty é o ladrão — lembra Felicity.

— Não, sou o segundo ladrão, o que acho que cancela meu roubo.

— A caixa contém algo provavelmente mais precioso do que pode imaginar. Deve ser devolvida a Mateu Robles.

— Então vocês podem levá-la. Sabem mais sobre ela do que nós.

Ernesta balança a cabeça.

— Fomos expulsas da Espanha. Realizamos práticas consideradas fora da lei pela coroa e não podemos voltar sem consequências.

— Vocês são espanholas?

Consigo sentir Felicity resistir à ânsia de revirar os olhos. Está praticamente vibrando devido ao esforço.

Pelo menos Ernesta não parece querer revirar os olhos para mim.

— Somos catalãs — responde ela.

Não tenho certeza da diferença, mas por medo de um deboche descarado de minha irmã, prossigo como se fizesse sentido:

— E acham que esse professor está na Espanha?

— Os Robles são uma antiga família catalã. Estavam na corte na mesma época que nós, mas foram expulsos quando a Casa de Bourbon tomou o trono, então voltaram para Barcelona.

— E quer que levemos a caixa para eles lá? — pergunto.

— De maneira nenhuma — interrompe Felicity, sacudindo a cabeça tão veementemente que a trança bate no mastro da cama atrás dela. — Sinto muito, mas não podemos. Precisamos encontrar nossa companhia e nos certificar de que seja devolvida para o rei da França.

— Não pertence a ele — declara Ernesta. — Deve ser devolvida apenas para o professor, ninguém além dele.

— Mas decerto há um motivo pelo qual o rei estava com ela — argumenta minha irmã. — E não podemos viajar! Não temos dinheiro e nosso acompanhante está esperando por nós aqui e Percy ficou doente, não podemos ir a lugar algum com ele doente.

Percy olha para as colchas, puxando um fio solto entre os retalhos, e por um momento acho que vai protestar, mas se mantém calado.

Felicity abre a boca, como se tivesse mais motivos pelos quais não podemos ir prontos na ponta da língua, mas é interrompida por uma batida ríspida à porta da cabine, que em seguida é escancarada por Pascal. Ele está com o rosto vermelho e respira com dificuldade, como se tivesse acabado de correr.

— Soldados — informa o boticário, ofegante. — Marco foi lá ver, eles destruíram a feira e estão vindo para cá.

Meu coração galopa, pois está bastante claro de quem estão atrás entre os presentes no cômodo.

Ocorre-me a ideia de que, se são os homens do rei, e se estão de fato atrás de nós, e se são liderados pelo duque, isso tudo pode ser resolvido ao entregar a caixa a eles. Embora pareça haver igual chance de cortarem nossos pescoços e largarem os corpos no mar, e não vou arriscar isso. No entanto, mais do que isso — alquimia e panaceias e cura-tudo estão se debatendo em minha mente. Se há alguém que pode ajudar Percy, talvez até mesmo mantê-lo longe do sanatório, pode ser essa família e a caixinha maluca deles. E não vou abrir mão disso.

— Não podemos entregar a caixa a eles — disparo.

Felicity e Percy me olham. E as avós também, Ernesta com uma expressão que demonstra que essa afirmação foi tão óbvia que é redundante.

— Podem acabar nos matando por tê-la roubado — argumento, rapidamente —, e se não pertence ao rei e contém algo que pode ser perigoso nas mãos erradas... acho que deveríamos esperar.

— Esconderemos vocês — diz Pascal.

Do lado de fora da cabine, consigo ouvir as botas dos guardas batendo no cais.

— Saiam agora! — grita uma voz familiar. O duque está definitivamente ali. — Todos vocês. Esvaziem os barcos.

— Acho que Monty está certo — afirma Percy. — Não entregaremos a caixa a eles.

Eu me viro para Felicity, que parece discordar terminantemente, mas que ergue as mãos em rendição.

— Tudo bem!

Ernesta e Eva não parecem particularmente abaladas pelas hordas de soldados que entram no barco. O que é bom, pois me falta um plano, mas me sobra pânico.

11

A guarda do rei embarca em nosso barco — consigo ouvir as ordens gritadas do outro lado das paredes, e o chão range toda vez que um deles entra. Pascal está no convés tentando dialogar, mas não parece que estão particularmente dispostos a ouvir. A palavra *fugitivos* é dita algumas vezes, e *abrigando* também, a qual tenho a forte sensação de que se refere a algo criminoso. Rezo para que passem direto pela cabine e não precisemos testar nosso disfarce, mas então ouço as escadas rangerem e, um momento depois, a porta é escancarada.

— Vocês foram instruídos a desembarcar. — O duque de Bourbon entra, vestindo o uniforme da guarda do rei, com um florete na lateral do corpo que parece capaz de causar bastante dano se for empunhado. Ele está visivelmente mais desleixado do que quando o vi no palácio, com o nariz queimado pelos dias sob o sol e a cabeça sem peruca. O homem tem cabelos grisalhos, curtos e espessos, cacheados atrás.

— Peço desculpas, cavalheiros. — Pascal dispara entre os soldados para se colocar ao lado de Bourbon. — Mas estas mulheres não têm permissão de ir ao convés.

Nossa, está absurdamente quente sob o véu. O ar está enfumaçado com o incenso que Ernesta acendeu, o que dificulta enxergar e ainda mais respirar, e as roupas que tiramos da cama não servem como saias — o tecido é escorregadio, por isso, estou com uma das mãos nas costas como se fosse uma idosa corcunda; na verdade, apenas tento evitar que a porcaria da manta em volta da cintura se torne indecente e incriminadora.

— Por quê? — O duque bate com o pé na direção de Felicity, que está envolta no que momentos antes era uma tapeçaria de parede e que tem uma fronha em torno da cabeça, como se fosse um véu. — Mulher, mostre seu rosto.

— Elas não podem, *senyor* — protesta Pascal.

— Não aceitaremos recusas — dispara Bourbon. — Ela mostrará o rosto ou será forçada. Todas serão.

— Elas não podem porque estão com varíola! — grita o boticário.

O duque, que levava a mão à barra da fronha servindo de véu para Felicity, recua.

— Varíola?

A meu lado, Percy, igualmente vestido com roupas de cama, oscila, embora eu não tenha certeza se está atuando ou se está sinceramente prestes a desmaiar. Quero estender a mão a ele, mas tenho medo de atrair o olhar do duque e expor minhas mãos obviamente masculinas e sem marcas de varíola.

— Uma variedade dos mares portugueses — prossegue Pascal. — Nós as colocamos em quarentena pela segurança da cidade. Contanto que mantenham os rostos cobertos e as feridas ocultas, não há perigo.

Percy está definitivamente caindo — ele estende a mão para mim e o seguro, tentando mantê-lo de pé. O tecido sobre minha cabeça começa a escorregar, e o duque se vira em nossa direção. No entanto, do outro lado da cabine, Ernesta solta um choro agudo que o faz girar. Ela parece mergulhar no drama, pois cai de joelhos diante de Bourbon e agarra as botas dele, o que distrai com sucesso a atenção do homem do colapso verdadeiro de Percy. Eva a imita, com o rosto contra o chão enquanto suplica em um catalão choroso.

Bourbon se desvencilha delas, então sinaliza para os guardas, que tropeçam uns sobre os outros na pressa de voltar para o ar livre.

À porta, ouvimos o duque dizer a Pascal:

— Vocês, espanhóis, devem estar fora daqui amanhã de manhã, ou serão presos. Não aceitaremos que encham o rio com sua imundície. E se descobrirmos que estão escondendo esses criminosos, a punição será severa.

Pascal faz uma reverência com a cabeça.

— Sim, senhor. Não queremos problemas.

Assim que eles se vão, Felicity corre para o outro cotovelo de Percy, e juntos o ajudamos a subir na cama. Ele se senta com força no colchão exposto, então cai de lado e puxa as pernas até o peito.

— Está bem? — pergunta minha irmã uma vez, então pergunta de novo quando ele não responde. Por um momento frio e tenso, acho que ele terá outro ataque e quase recuo um passo. Não tenho certeza se tenho forças para testemunhar aquilo de novo.

Mas Percy assente, embora respire com dificuldade.

— Sim. Sim, apenas tonto.

Estou pronto para arrancar esse maldito vestido assim que os homens do rei se vão, mas ninguém mais faz menção de fazer o mesmo, então sofro e suo mais um pouco. Quando Pascal volta para nos dizer que os soldados se foram, arranco o véu do rosto e tomo um fôlego intenso, cheio de incenso, e imediatamente tusso. Felicity tira o véu da cabeça e o amassa entre as mãos, com os ombros trêmulos.

— Sinto muito — diz ela a Pascal. — Sinto muito, sua feira, sua companhia, por causa de nós, sentimos muito. — E ele tenta confortá-la, embora pareça estar sofrendo.

Alguém coloca a mão em meu braço, me viro e vejo Eva a meu lado.

— *Vosaltres passeu la nit amb nosaltres. Nosaltres farem la nostra pel matí.*

— Passem a noite conosco — traduz Ernesta. — E cada um segue o próprio caminho pela manhã.

As avós e Pascal vão com alguns dos outros da companhia limpar a sujeira da feira. Felicity se oferece para ajudar, mas eles recusam, para evitar que algum dos homens de Bourbon nos veja. Não tinha me ocorrido oferecer ajuda.

Eles voltam ao anoitecer, e jantamos no barco, nós cinco no convés enquanto Percy dorme na cabine, pois ainda está doente e instável. Começo a me perguntar como prosseguiremos se Percy não consegue ficar de pé. Talvez devêssemos ficar em Marselha, encontrar Lockwood e esquecer toda essa loucura.

Algumas pessoas dos outros barcos se juntam a nós, e comemos reunidos em torno do fogão de ferro na proa. A luz das lanternas que pontuam a fileira de barcas brilha na água, com reflexos da cor de um miolo de narciso oscilando entre as ondas. Depois do jantar, o grupo se dispersa. Felicity pede licença para ver Percy, me deixando sentado como uma pedra que desvia um córrego entre todas aquelas pessoas que falam uma língua que não entendo e que vivem uma vida que entendo menos ainda.

Depois de um tempo, Ernesta se senta a meu lado. As articulações dela estalam quando a mulher se move.

— Gostaria que eu lesse para você?

Não entendo a pergunta até que ela tira um baralho de tarô de uma sacola de veludo presa ao quadril. Quase rio.

— Não me entenda mal — digo —, mas acho que tudo isso de tarô e folhas de chá e o que mais é besteira.

A mulher embaralha as cartas e elas fazem um ruído que se assemelha ao vento farfalhando a grama alta.

— Isso não responde minha pergunta. — Ernesta estende o baralho e parece um convite que não posso recusar, um chamado a um viajante longe de casa. Contra meu bom senso, pego as cartas. — Embaralhe — instrui ela, e embaralho, com muito menos graciosidade do que Ernesta, então devolvo o baralho. Ela abre as cartas em leque no chão entre nós. — Escolha a primeira.

Com um gesto excessivo, deixo que meus dedos percorram as cartas como se formassem uma trilha. Para minha grande surpresa, um sopro morno envolve as pontas de meus dedos, então paro, sem saber bem por que, e toco uma carta.

— Cinco cartas — instrui ela, e escolho o restante de meu conjunto.

Ernesta puxa as cartas adiante das demais.

— A primeira é uma representação de você — explica ela ao virar a carta. — O Rei de Copas. Equilíbrio emocional, estabilidade e generosidade. — Isso parece muito bom, até que ela prossegue: — Mas, como a tirou de ponta-cabeça, você é o inverso. Emotivo e volátil, um homem cujo coração governa a vida. Confusão no amor e nos relacionamentos. Falta de controle e de equilíbrio.

O que não parece ser tão bom.

Ernesta vira a segunda carta, que, ainda bem, está do lado certo, assim não tem chance de ser enganado de novo, achando que é uma coisa quando é outra.

— O quatro de copas — diz a mulher. — Insatisfação com a vida. — Ela vira a próxima carta e emite um estalo com a língua. — Tantas copas.

— O que isso quer dizer? — pergunto, um pouco mais ansioso do que pretendia.

— Esse é o naipe da paixão e do amor. O naipe do coração. Aqui o oito de copas significa deixar as coisas para trás. As coisas pesadas que se agarram a nós e que nos puxam para baixo, mas nos acostumamos com pesos familiares e não conseguimos nos desvencilhar deles.

Ernesta vira a carta seguinte. A luz da lanterna se agita, iluminando de relance o esboço de um crânio, de ponta-cabeça.

— A morte invertida — diz ela.

Apesar de não acreditar em nada do que ela diz, estou bastante envolvido e ver aquela imagem me olhando de volta é completamente assustador.

— Isso quer dizer...

— Você não vai morrer — informa Ernesta, como se tivesse lido minha mente, embora eu suponha que seja uma pergunta comum quando o espectro é virado. — A morte invertida é uma transformação. Uma nova vida, ou nova visão da vida que você tem. — Ela puxa a última carta escolhida sem olhar e a dispõe de forma a se sobrepor ao Rei de Copas. O Rei de Paus. Os dois desenhos parecem se olhar, embora estejam com os olhos voltados para dentro.

A mulher não explica o segundo rei. Apenas olha para a dupla com uma atenção que intensifica as rugas em sua testa.

— No oriente — começa ela depois de um tempo, ainda com o olhar voltado para baixo —, há uma tradição conhecida como *kintsukuroi*. É a prática de reconstruir objetos de cerâmica usando verniz salpicado de ouro e prata e outros metais preciosos. Isso simboliza que coisas podem ser mais belas por terem sido quebradas.

— Por que está me contando isso? — pergunto.

Por fim, Ernesta ergue o olhar para mim. Ao luar, as íris dela parecem obsidianas polidas.

— Porque quero que saiba — explica a mulher — que há vida após a sobrevivência.

Não sei o que dizer. Minha garganta parece inchar subitamente, então apenas assinto.

Ernesta reúne as cartas e me deixa sozinho para ruminar a leitura enquanto tomo alguma bebida destilada forte que Pascal me deu, tão ácida que provavelmente se destina a ser medicinal. Inclino a cabeça contra o corrimão e olho para as estrelas. Um vaga-lume plana da margem do rio e pousa em meu joelho, latejando dourado como se tivesse caído do céu.

Alguém se senta a meu lado, e quando me viro, ali está Percy, com o ombro bem próximo ao meu e a pele polida pela luz da lanterna. Ele puxa os joelhos até o peito, um pouco rígido, como se ainda sentisse dor, então olha para mim com o queixo abaixado. Os longos cílios dele projetam sombras como teias de aranha sobre as bochechas.

— Como está se sentindo? — pergunto antes que o silêncio possa se tornar desconfortável ou que eu possa dizer algo infinitamente mais idiota.

Uma das mãos de Percy se move distraidamente para o ponto no braço em que a lanceta entrou para fazer a sangria.

— Melhor.

— Que bom. Isso é... bom. — Minha mão escorrega até o bolso e se fecha em torno da caixa-enigma alquímica. Os discos se movem sob meus dedos. — Não quero brigar com você.

Ele me olha.

— Também não quero que você brigue comigo.

Solto uma risada — em um rompante breve e sincero que me pega desprevenido — e o momento parece tão perto da normalidade que relaxo. Ou talvez seja a bebida, embora não tenha tomado muito. Estendo a garrafa para Percy.

— Quer uma bebida? — Ele faz que não. Tomo mais um gole para me dar coragem, mas só consigo pensar: *Percy está doente,*

Percy vai para um sanatório ao final deste Tour, *e não confiou em você o suficiente para contar.*

— Acho que deveríamos ir para Barcelona — digo antes de ter realmente pensado a respeito daquilo.

— Quer devolver a caixa?

— Bem, sim, mas estava pensando no que Felicity disse, e também as avós, sobre Mateu Robles. Se ele trabalha mesmo com alquimia e cura e... aquela outra palavra lá.

— Panaceia.

— Sim. Isso.

Percy entende antes que eu precise explicar o resto do raciocínio.

— Já tentei tratamentos alquímicos.

— E se esse for diferente? Ele pode conseguir ajudar você. Acho que é tolice não tentar, pelo menos.

— Monty, já me foram prometidas tantas curas por tantos médicos...

— Por que não tentar? Se puder encontrar uma forma de controlar sua... doença, não precisará ir para a Holanda. Pode voltar para casa comigo. Podemos voltar.

Ele morde o lábio inferior enquanto observa as estrelas, e não consigo entender por que não me responde com entusiasmados *sim, sim, sim, vamos para Barcelona encontrar alguém que possa me curar e me manter longe de um sanatório.*

— Eu preferiria... — Percy para de falar, pressionando o polegar contra o queixo.

— Por favor — digo, pois o estranho silêncio de Percy alimenta meu desespero. *Deixe-me ajudar!* quero gritar para ele. *Fracassei com você nesse âmbito durante anos, sem saber, então me deixe ajudar agora!* — O que temos a perder?

Antes que ele possa responder, Felicity se senta do outro lado, com a saia inflando por um momento antes de se acomodar nas tábuas.

— Então — começa ela, como se já estivéssemos no meio de uma conversa — amanhã começamos nossa busca por Lockwood. Ou pelo menos tentamos conseguir algum tipo de alojamento. Se pudermos mostrar a eles uma nota promissória do banco, mesmo que não consigamos sacar fundos...

— Acho que deveríamos ir para Barcelona — interrompo.

Minha irmã se vira para mim, formando um arco tão preciso com a sobrancelha que parece desenhado.

— Como?

— Aparentemente é muito importante que esta caixa seja devolvida — sugiro.

— E como viajaremos? Não temos mantimentos, transporte ou dinheiro.

— Poderíamos conseguir uma parte de papai.

Felicity já faz que não com a cabeça.

— Não, de maneira nenhuma. Não temos nada a ver com essa caixa ou com os Robles ou com nada disso. Precisamos encontrar nossa companhia e nos certificar de que essa caixa seja devolvida ao rei.

— Não pertence ao rei — argumento.

— Sim, mas deve haver um bom motivo pelo qual estava com ela. Talvez tenha sido dada a ele.

— Por que lhe dar algo em uma caixa que ele não consegue abrir? Que tipo de desgraçado faz isso? Ele roubou a caixa e deveríamos devolvê-la ao dono. E se a devolvermos a Mateu Robles, nos livraremos dela. Tiraremos o duque de nosso encalço, afinal não servimos para ele se não tivermos o objeto. E se encontrarmos Lockwood agora, seremos obrigados a voltar para casa.

— Talvez não — rebate minha irmã. — Você se envergonhou bastante em Versalhes, mas se nos reunirmos com ele aqui, pode ficar tão impressionado com sua habilidade e tão feliz por termos sobrevivido aos ladrões de estrada que deixará que prossiga. O que não acontecerá de forma alguma se sairmos vagando sozinhos pela Espanha. Isso certamente colocará você na lista de negativas dele.

Não tinha pensado nisso. Fugir nu do palácio francês parece algo que meu pai consideraria uma mancha permanente em meu histórico — uma boa notícia para o Trasgo —, mas se Lockwood permitisse que seguíssemos viajando, ir para casa ao fim do ano estipulado com Versalhes como um pequeno desvio em um *Tour* bem-sucedido aumentaria significativamente minhas chances de manter a herança, em oposição a ser enviado para casa por causa daquilo. Ou pelo menos eu poderia usar o ângulo *veja os horrores que enfrentamos, por favor, não me deserde depois de tantas tribulações.*

Mas viajar pelo restante do ano não ajudará Percy em porcaria nenhuma. Ele ainda estaria destinado à Holanda no fim.

— O homem que é dono desta caixa é um alquimista — digo. — E se estuda um cura-tudo, como você ouviu naquela palestra, pode saber algo que ajude Percy. Se levarmos a caixa a ele, talvez possamos trocá-la por essa informação.

Felicity franze a testa, então olha para Percy.

— É isso o que você quer?

Ele está com o polegar à boca, mordendo a parte macia como se estivesse bastante pensativo. Meu coração se aperta um pouco, em grande parte pela frustração de não o ter completamente a meu lado nessa questão. Mas então ele diz:

— Acho que Monty está certo, deveríamos levar a caixa para Mateu Robles. Pertence a ele.

Quase o abraço ao ouvir as palavras, mas, em vez disso, me viro para minha irmã.

— Se não quiser vir, ficaríamos felizes em deixar você na escola. O semestre ainda não começou e sequer perderá o primeiro dia da aula de conversação social.

Ela me ignora e diz a Percy:

— Tem certeza de que isso seria uma boa ideia para você?

— Acho que é... — começo a dizer, mas Felicity dispara:

— Não estava falando com você, Henry. — Então, novamente para Percy, ela diz: — Está bem o bastante para viajar?

E sinto-me como um canalha insensível por não ter pensado nisso desde o início.

Mas ele assente.

— Estou bem.

Minha irmã suspira com tanta força que as narinas se dilatam, como se a saúde de Percy tivesse arruinado os planos dela.

— Podemos todos concordar que se não conseguirmos angariar algum dinheiro, não deveríamos ir? Já é uma jornada absurda, mas fazê-la com nada é completamente imbecil. Mal conseguiremos sair da cidade, a não ser que tenhamos dinheiro.

— De acordo — responde Percy, então me encara. Eu estava esperando que a questão do dinheiro fosse algo em que nós três trabalharíamos juntos, em vez de uma condição para a partida, mas assinto.

Felicity estende os braços atrás da cabeça, depois se levanta.

— Quero que os dois saibam que apesar de estar indo com vocês, acho essa ideia terrível.

— Não finja que não está interessada em tudo isso — digo. — Alquimia parece ser exatamente o que você quer.

— Medicina e alquimia são campos não relacionados — responde ela, embora não faça um trabalho muito bom de esconder tal interesse.

— Tudo bem. Então considere sua opinião anotada.

Felicity prende os cabelos em coque.

— Vou dormir um pouco antes de irmos. Percy, quer ajuda?

— Não, acho que vou ficar aqui fora — diz ele.

— Boa noite, então. Me avise se precisar de algo.

Quando ela some, seguindo com cuidado pelo convés estreito até a cabine, olho para Percy de novo. Ele ainda observa as estrelas; a luz prateada da lua serpenteia pela água e emoldura a pele dele. Sob esse brilho, parece nacarado e elegante, um rapaz feito de pedras preciosas e do interior de conchas.

— Acho que estamos fazendo a coisa certa — comento, meio que para Percy, mas para mim mesmo também.

— Pelo menos saberemos o que há na caixa — diz ele, com um meio sorriso. — Felicity está certa quanto a Lockwood, no entanto. Se formos para a Espanha, ele provavelmente nos mandará fazer as malas assim que o reencontrarmos.

— Mas talvez Mateu Robles tenha algo que ajude você e assim poderá voltar para casa.

— E talvez não tenha. Talvez esteja desistindo de seu *Tour* por mim.

— O que vale a pena. — Passo as mãos pelos cabelos. — Mas acho... seria em grande parte culpa minha se fôssemos enviados para casa mais cedo. Então... desculpe. Por isso. Desculpe pela caixa também. Por eu a ter levado.

— Desculpe por não ter contado que estou doente.

— Queria muito que tivesse contado.

Percy assente. Tomo mais um gole.

— Você é meu melhor amigo, Monty — diz ele, subitamente. — E não quero estragar isso. Principalmente agora. Não contei que estava doente porque não queria que se afastasse, assustado, e se não tivesse você... se não tivesse tido você nos últimos anos, acho que teria perdido a cabeça. Então, se as coisas não puderem ser como eram entre nós, podem pelo menos não ser terríveis? Você não tem permissão de ficar esquisito e desconfortável perto de mim agora.

— Contanto que não se apaixone por mim.

Não sei por que disse isso. Atribua à fortificação em torno de meu coração incorrigível. Percy desvia o olhar de mim rapidamente, tensionando os ombros para cima, o que quase parece um tremor, mas então diz:

— Tentarei ao máximo.

Percy parece querer me tocar, mas nós dois perdemos totalmente a noção de como homens que não se beijaram fazem isso. Ele por fim dá um tapinha em meu joelho, com a mão espalmada, brevemente, da mesma forma como costumávamos manter a mão sobre chamas de velas sem nos queimar quando éramos meninos, e me pergunto se haverá um dia em que não terei a sensação de que Percy poderá desmanchar entre meus dedos.

Nós nos despedimos de Pascal e das avós na manhã seguinte ao nascer do sol. A feira deles desapareceu do píer, e os primeiros barcos já zarparam do cais, navegando pelo rio, como um bando de cisnes coloridos acompanhando a corrente.

Percy, Felicity e eu perambulamos pela cidade em busca da instituição francesa parceira do Banco da Inglaterra — a manhã mal chegou, mas o sol já começa a assar as pedras. O calor sobe em ondas tremulantes. Lojas viraram suas placas e estão com as fachadas abertas para a calçada, estendendo exposições de vegetais e flores e roupas de alfaiataria. Um odor forte de pólvora sai de uma ferrajaria, junto com o clangor do martelo. Um engraxate com um retalho sujo enfiado na calça e uma esfera de graxa pegajosa entre as mãos assobia para Felicity do banquinho dele, diante de um café. Exibo um dedo malcriado para o homem quando passamos.

Encontramos o banco na rua principal. É um prédio clássico com o interior de mármore e fileiras de janelas com barras de madeira ao redor, atrás de cada uma há um bancário de peruca. Os ruídos de saltos vermelhos e bengalas com ponta de ferro estalam como dados contra a pedra.

— Se não agirmos logo, vão achar que estamos avaliando o lugar para fazer um roubo — diz Felicity depois de passarmos meia hora no saguão, fazendo o que só pode ser chamado de *espreitar*.

— Poderíamos dizer a verdade a eles — sugere Percy.

— Sim, mas temos apenas uma chance — responde ela —, e a verdade é um pouco absurda para ser convincente. Com caixas-enigma alquímicas e tudo mais.

Mal ouço os dois — passei a maior parte de nosso tempo ocioso observando o bancário na janela mais próxima da porta, e após atento escrutínio das últimas interações dele, tenho quase certeza de que nós dois temos algo importante em comum.

Quando se é um rapaz que gosta de levar outros rapazes para a cama, é preciso desenvolver um rigoroso senso a respeito de quem joga no seu time, ou há a chance de acabar do lado errado de um nó de forca. E se esse sujeito e eu nos conhecêssemos em um bar, eu já teria comprado uma bebida para ele e levado seus dedos até minha boca. É um grande risco — não é tanto uma conclusão quanto um salto às cegas —, mas, de alguma forma, eu sei.

— Fiquem aqui — digo.

— O que vai fazer? — sibila minha irmã conforme atravesso o saguão.

— Ajudar. — Eu me olho em um dos espelhos que reveste o corredor, afofo os cabelos mais um pouco, então saio do átrio direto para a janela do homem. Não é nem mesmo um homem, é apenas um menino, com a idade de um aprendiz, mais jovem ainda do que eu. Ele ergue o rosto quando me aproximo, e dou uma grande demonstração das covinhas que já moveram montanhas. — Hã, *bonjour. Parlez-vous anglais?*

— *Oui* — responde o rapaz. — Posso ajudar?

— Tenho uma pergunta um pouco incomum. — Solto uma risada tímida, volto os olhos para o chão, então de volta para ele por entre os cílios. O pescoço do jovem fica um pouco vermelho. Simplesmente fantástico. — Veja bem, estou em meu *Grand Tour.*

— Presumi.

— Ah, é tão óbvio assim?

— Bem, os ingleses.

— É claro. — Gargalho de novo. — Os ingleses. Meu Deus, sou tão terrível em francês. Só consigo dizer umas três coisas. *Quando é o jantar? Pode me ajudar?* e *Você tem lindos olhos. Tes yeux sont magnifiques.* Estava certo?

— Muito bem. Essa última é para impressionar todas as moças francesas?

— Bem, acabei de dizer para você, na verdade. São realmente notáveis.

Dou ao rapaz um momento de contato visual intenso com a cabeça um pouco inclinada para o lado. Os cantos da boca dele se repuxam para cima enquanto ele mexe nos papéis diante de si.

— Você tinha uma pergunta.

— Ah, sim. Desculpe, você é... — Sorriso tímido. Pausa reveladora. — Uma distração. — Dessa vez ele cora de verdade. *Pobre coisinha doce*, penso ao me inclinar para a frente no balcão e o rapaz olhar fixamente para meus lábios. *Espere só até se apaixonar pelo rapaz que não pode amá-lo de volta.* — Então, estou fazendo o *Tour* e... Desculpe, é tão esquisito. Saindo de Paris, fomos roubados.

— Pelos Céus.

— Sim, foi bastante perturbador. Não tínhamos muito em nossa posse, ainda bem, mas levaram todas as cartas de crédito que meu pai enviou comigo. Sei que este é o banco dele, mas não tenho os papéis de fato.

Ele se adianta antes que eu termine de explicar.

— Quer fazer um saque em nome de seu pai sem uma carta de crédito.

— Eu disse que era uma pergunta incomum.

— Estava esperando algo muito pior. — O rapaz dá um sorriso tímido. — Achei que me chamaria para jantar.

— Ainda posso chamar. Mas você precisaria pagar. — Ele ri e eu exibo as covinhas de novo.

— Sinto muito, mas eu...

Sei que assim que a palavra *não* aparecer, retrocederei sem direito a retorno, então, no que só pode ser descrito como uma manobra digna do general Aníbal, interrompo a recusa dele.

— Darei o nome de meu pai e o endereço dele na Inglaterra. Ele deve estar em seus livros, mas se houver um problema, pode escrever para que ele envie fundos. Sei que ele o fará. Sinto muito, mas estou em uma situação tão difícil, e longe de casa, e levará meses até que meus pais possam mandar dinheiro, e não tenho para onde ir. Mal falo francês. — Esganiço um pouco a voz, nada patético, só para provocar compreensão, e o rosto do rapaz se derrete como manteiga. Não sou bom em muitas coisas, mas o que faço, faço bem. — Desculpe, tudo isso soa estranho.

— Não — responde ele, rapidamente. — Sinto muito por você estar passando por dificuldades.

Passo o polegar pelo lábio inferior.

— Fiquei parado no saguão durante a última meia hora tentando reunir coragem para vir perguntar, estava com tanto medo de ser rejeitado. Sinceramente, vim até você porque tinha a melhor aparência. Quero dizer, a mais bondosa. Quero dizer, não que não seja... Você é muito bonito. Prometo que não sou um patife. Não sei o que mais pode ser feito. Não me resta mais nada.

O rapaz contrai as bochechas para dentro da boca, em seguida olha para a fileira de bancários.

— Diga o nome e o endereço de seu pai — pede ele, em voz baixa. — Não posso dar muito, mas farei o que puder.

Eu poderia tê-lo beijado por isso. Se não estivéssemos em meio à alta sociedade, teria. Ele desaparece atrás do balcão, então volta com um pequeno bolo de notas.

— Havia um bilhete com a conta — informa o rapaz, deslizando um pedaço de papel pelo balcão até mim conforme assino o recibo. No topo, está escrito um endereço e, abaixo dele, com uma caligrafia apressada:

Garantimos alojamento nesse local e, se Deus permitir, vocês nos encontrarão aqui.

Ao fim está a assinatura de Lockwood.

Por mais que eu esteja irritado com nosso tutor, é um alívio saber que ele sobreviveu ao ataque dos ladrões de estrada. Não apenas isso, mas está *aqui* — poderíamos encontrá-lo ao fim da tarde e voltar ao que foi planejado. Talvez nem sejamos forçados a voltar para casa, se a teoria de Felicity estiver correta. Em vez disso, vou enfrentar semanas de viagem árdua com pouco dinheiro e nenhum dos confortos aos quais estou acostumado, além de um destino desconhecido nos aguardando no final.

Mas talvez também seja algo que mantenha Percy fora de um sanatório.

O bancário carimba o recibo, então pergunta:

— Está tudo bem?

— Tudo bem. — Dobro o bilhete ao meio e o deslizo de volta para ele pelo balcão. — Poderia jogar isso fora, por favor? — Dou mais um sorriso, e quando ele me entrega as notas, deixo que nossos dedos se sobreponham de propósito. O rapaz parece pronto para explodir de prazer.

— Como fez aquilo? — pergunta Felicity conforme me junto novamente aos dois do outro lado do saguão e mostro o espólio.

— Simples — respondo, lançando meu sorriso mais malicioso. — Você tem suas habilidades, e eu tenho as minhas.

Alugamos cavalos de um homem em Marselha e partimos pelo litoral em direção à Espanha. De alguma forma, acabo com uma montaria obstinada que se assemelha mais a uma salsicha com pernas do que a um cavalo, além de parecer afeito a ouvir minhas ordens e ignorá-las por completo. É também o cavalo mais faminto que temos — está muito mais interessado em colher folhas pela estrada do que em cavalgar por ela.

Sou bom cavaleiro, mas não estou acostumado a montar por mais tempo do que a extensão de uma viagem de caça, e as estradas são difíceis, em geral não passam de trilhas estreitas que serpenteiam pela vegetação rasteira. No terceiro dia, estou com as pernas tão arqueadas e tão dolorido que mal consigo levantar à noite para urinar. Percy está tão ruim quanto eu, embora as pernas dele sejam bem mais longas, o que estou convencido de que faz diferença.

Felicity cavalga montada de lado, então se poupou de parte da dor, embora tê-la conosco limite as opções de alojamento. Conforme nos aproximamos da fronteira, a quantidade de tavernas e estalagens ao longo da estrada escasseia, e a maioria só aceita ocupantes homens. Em uma noite, estamos tão desesperados que a levamos de fininho para o quarto depois que todos se deitaram. E embora eu não seja um irmão mais velho particularmente atencioso, isso até faz com que eu me preocupe com a decência de minha irmã. Mas ela dorme profundamente entre mim e Percy, com o cobertor todo puxado sobre a cabeça, e fico grato por ter algo que preencha o espaço que haveria ali de qualquer forma.

O calor é violento, principalmente contra a costa, onde a luz do sol recai sobre o oceano e se desfaz em névoa. Felicity encharca a anágua no mar para se manter refrescada, e Percy e eu fazemos o mesmo com as camisas, embora sequem antes de estarmos satisfatoriamente refrescados. Tento molhar o cabelo uma vez também, mas nunca na vida gostei de afundar a cabeça inteira na água, e Percy sabe disso, então assim que mergulho o máximo que pretendo na água, ele assume a tarefa de afundar o restante de mim. Quando ressurjo, bradando e indignado e muito mais transtornado do que um homem quase adulto deveria estar por ter sido obrigado a mergulhar, Percy gargalha como um tolo. Parece estar pronto para a retaliação, pois, assim que me levanto, ele dispara, chutando água para cima ao correr. Estou pronto para persegui-lo e mergulhá-lo, mas então paro. Percy também para ao perceber que não estou correndo atrás dele e olha de volta para mim — um olhar que parece em parte um desafio e em parte uma pergunta, e queria ter uma resposta melhor. Sei que está estampado em mim — a forma como, na semana anterior, eu o teria derrubado direto no mar por diversão, sem preocupações. Percy deve saber o que estou pensando, porque me dá um sorriso triste e se vira para a praia, e sei que acabo de provar que ele estava certo ao não me contar que estava doente.

De alguma forma, nada mudou, mas tudo mudou.

A estrada costal se torna tão árdua e montanhosa que chegamos à Espanha sem perceber, até que nos deparamos com o mesmo tipo de casa de alfândega entulhada pela qual passamos custosamente em Calais. Dessa vez, parece um pé no saco consideravelmente maior, pois nenhum de nós fala qualquer idioma útil e estamos sem passaportes, o que não nos deixa em um beco sem saída, mas certamente nos atrasa. Além disso, temos a aparência bastante desleixada, pois estamos quase duas semanas sem nos lavar, sem nos barbear e com as mesmas roupas com que fomos emboscados em Marselha. Fizemos algumas tentativas pífias de nos limpar no caminho, contudo ainda estamos fétidos.

Levará dias até que novos documentos sejam emitidos, então ocupamos uma estalagem na fronteira para viajantes esperando atravessar para a Catalunha. Os abastados têm quartos acima das escadas, e como nós, com nossos poucos *sous* restantes e nenhuma moeda espanhola, não estamos entre eles, dormimos em colchões de palha no chão do salão comunal. Está cheio e é barulhento; em grande parte são homens, mas há algumas famílias com crianças gritando a plenos pulmões. Espero sinceramente que, quando chegarmos em casa – *se* chegarmos em casa –, o Trasgo tenha superado os anos de choradeira.

Percy e eu deixamos Felicity no salão comunal com um livro tomado emprestado de uma solteirona de quem ela ficou amiga e subimos até o telhado do estábulo no pátio. As telhas são bem inclinadas, e preciso prender o pé na calha e puxar os joelhos até a altura do peito para me sentar reto. Percy se deita de costas, com as pernas se agitando sobre a borda do telhado enquanto ele olha para o céu. Abaixo de nós, do outro lado da inclinação, consigo ouvir os cavalos relinchando uns para os outros, as éguas dos correios descansadas e ansiosas para partir.

Não falamos durante um tempo. Percy parece perdido nos pensamentos dele, e eu estou ocupado tentando enrolar tabaco em uma página rasgada de um exemplar desgastado da Bíblia que encontrei no salão comunal. Poderia cheirá-lo, mas para minha imensa vergonha, jamais consegui cheirar sem espirrar, e por mais que esse esforço esteja começando a parecer inútil, eu preferiria fumar. Depois que o cigarro improvisado é montado, preciso me inclinar bastante pela beirada do telhado para passar a ponta na lâmpada a óleo pendurada acima do estábulo. Percy segura a aba de meu casaco para evitar que eu caia.

— O que aconteceu com seu charuto? — pergunta ele quando dou o primeiro trago e a coisa toda quase se desmancha entre meus dedos.

Jogo a cabeça para trás e sopro a fumaça em um longo e precioso fluxo antes de responder:

— Em algum lugar com Lockwood e nossa carruagem na França. Ah, veja só, posso ler as escrituras conforme fumo.

— Que não se diga que você não é engenhoso.

Estendo o tabaco enrolado para Percy.

— Cuidado, está um pouco frágil. — Em vez de pegar o cigarro, ele leva a boca até meus dedos e dá um trago. Os lábios roçam minha pele, e um tremor percorre meu corpo, como se uma sombra tivesse passado pela lua; é tão absoluto que quase estremeço. Em vez de fazer a coisa tola que aquilo me dá vontade de fazer, que é me inclinar até que aqueles mesmos lábios estejam nos meus, seguro o queixo de Percy e esfrego a barba por fazer que começa a salpicá-lo. — Você está ficando bastante desleixado, meu caro.

Percy sopra a fumaça em meu rosto e recuo, tossindo enquanto ele gargalha.

— E você está bastante sardento.

— Não! Mesmo? Isso vai estragar minha compleição.

É uma reclamação insignificante, considerando o quanto nos tornamos maltrapilhos nas últimas semanas. Estamos todos queimados de sol e descascando, e sei que perdi peso — meu colete ficava justo ao corpo quando mandei fazê-lo em Paris e agora preciso dobrar quase 3 centímetros de tecido para deixá-lo justo. Estou com mordidas de pulga pelas costas, por causa de nossas acomodações questionáveis, e começo a suspeitar que abrigo piolhos também. A poeira da viagem começa a parecer uma segunda pele.

Ofereço o tabaco de novo, mas Percy nega com a cabeça.

— Fume mais.

— Não quero.

— Vá em frente. Tabaco faz bem para a saúde.

Não é a pior coisa que eu poderia ter dito, mas é certamente uma das piores, e me sinto um canalha assim que as palavras deixam minha boca.

Ele contrai as bochechas para dentro da boca e olha de novo para o céu.

— Está preocupado com minha saúde, não é?

— Não deveria?

Percy faz um biquinho, e sinto que disse a coisa errada sem motivo algum.

Mexo os joelhos sobre a telha, procurando algo para dizer que não nos prejudique ainda mais. Ele fecha os olhos e respira fundo, com as mãos cruzadas sobre a barriga. O olho roxo começa a melhorar e não passa de uma sombra na escuridão. *Nada está diferente*, digo a mim mesmo, porém não consigo acreditar nisso. Parecemos impostores de nós mesmos ali, frágeis semelhantes que imitam a forma como viram que nos comportávamos antes.

E se acontecer de novo? A questão surge em meus pensamentos como espuma em um naufrágio quando olho para Percy. *E se acontecesse de novo nesse instante?*

— Está se sentindo bem? — pergunto antes de pensar direito.

Ele não abre os olhos.

— Não pergunte se não se importa.

— Por Deus, Perc, é claro que me importo.

— Se quer que eu diga que estou bem só para se sentir melhor...

— Eu... — *Definitivamente estava esperando que isso acontecesse*, percebo, e meu estômago se revira. Dou mais um trago longo e, conforme a fumaça sai, digo: — Me dê uma chance.

Percy esfrega as mãos na calça culote.

— Tudo bem. Me sinto horrível. Estou cansado e tenho o corpo todo dolorido e a cavalgada só piora tudo, mas se disser algo, Felicity vai ficar toda protetora e não prosseguiremos durante dias. Estou morto de vergonha porque vocês dois me viram daquela forma. Não tenho dormido bem e às vezes, quando não durmo, isso provoca ataques, então estou com medo de que aconteça de novo, e sempre que me sinto infimamente estranho, entro em pânico achando que está começando e que precisaremos atrasar tudo por minha culpa. — Ele se vira para mim com o queixo erguido. — *É assim* que estou me sentindo. Não está feliz por ter perguntado?

Posso sentir que ele tenta me afastar, mas me mantenho firme.

— Sim.

As feições dele suavizam, então se voltam para o céu de novo, enquanto pressiona as articulações da mão com os dedos até que estalem.

— Desculpe.

Puxo mais uma tragada do cigarro, tão profunda que sinto minhas costelas prestes a estalar.

— Dói? Quando acontece.

— Não sei. Nunca me lembro. Ainda bem. Mas depois é terrível. E os exames de cabeça e os banhos frios e as sangrias e o que mais os médicos sintam necessidade de fazer. Meu tio contratou um homem para perfurar buracos em minha cabeça para deixar os demônios saírem, mas isso foi descartado quando o homem apareceu bêbado em nossa casa.

— Jesus. E nada ajudou?

— Nada. — Percy ri, depois me cutuca com o cotovelo. — Ouça, vai gostar disto: o médico de meu tio nos disse que eu estava tendo ataques convulsivos porque estava brincando comigo mesmo. Essa foi uma conversa bem desagradável. — Quando não respondo, ele vira o rosto para mim. — Pode rir. Eu achei engraçado.

— Por favor, não vá para a Holanda — digo.

Percy contrai a boca e vira o rosto para longe de novo. Contra o céu, as estrelas o coroam, delineando os limites da silhueta como se ele mesmo fosse uma constelação.

— O que devo fazer, Monty?

— Apenas... apenas não vá! Volte para casa e diga a seus tios que não irá. Ou fuja, fique no exterior ou vá para a universidade e compre uma casa na cidade de Manchester e esqueça os dois.

— Isso não...

— Por que isso não daria certo? Por que não pode simplesmente ir?

— Ora, pense bem. Meu tio não financiará uma vida além daquela na instituição. E com minha aparência, a maioria dos lugares não me empregará sem referências dele. E não posso viver sozinho por... motivos óbvios. Fugir não é uma opção. Não sozinho, de toda forma. — Ele me olha rapidamente e vira o rosto de novo em seguida.

A ponta incandescente do cigarro cai, uma constelação de estrelas cadentes entre meus dedos antes de se apagarem contra as telhas.

— Acho que Mateu Robles terá algo que ajudará a impedir seus... Você apenas não encontrou ainda! Mas nós encontraremos, então você ficará melhor e não precisará partir. Não quer isso?

— Eu preferiria que não importasse. Não é bom estar doente, mas vivo com isso. Queria que minha família se importasse comigo o suficiente para me amar mesmo assim. E não apesar disso. Ou apenas se isso passasse. Talvez se já não tivessem tido que lidar com minha pele escura... — Percy pressiona o queixo com os dedos, depois balança a cabeça algumas vezes. — Sei lá, não importa. Não posso mudar isso. Nada disso.

— Eu poderia falar com seu tio.

— Não.

— Por que não? Se ele não ouve você...

— Sei que acha que está sendo prestativo quando diz coisas assim e quando me defende, e agradeço, de verdade, mas, por favor, pare. Não preciso que me defenda... posso fazer isso.

— Mas você não...

— Está certo, às vezes não me defendo, porque não sou o filho branco de um conde, então não tenho o luxo de responder a todos que falem mal de mim. Mas não preciso que me salve.

— Desculpe. — Minha voz sai baixa e frágil, como o balido de um carneiro.

Percy me olha de cima a baixo, com o rosto encoberto pelo crepúsculo e impossível de decifrar, então fecha a mão em punho e a pressiona contra meu joelho, como um soco lento.

— Venha cá.

— Estou aqui — respondo, com a voz tão baixa que quase não me ouço.

— Deite comigo.

Meu coração acelera, pulsando como asas desesperadas na base da garganta. Apago o tabaco enrolado e o jogo do telhado, então me deito ao lado de Percy. Meus joelhos estalam espetacularmente quando o faço. As telhas ainda estão mornas devido ao sol, e consigo sentir o calor passando pelo casaco e chegando na pele.

Minha cabeça está mais alta do que a de Percy, mas estamos perto o suficiente para que eu possa ver as sardas escuras sob os olhos dele. Se tivesse que escolher uma parte preferida do rosto de Percy — o que seria impossível, sinceramente, mas se apontassem uma arma para minha cabeça e me obrigassem a escolher — seria aquele pequeno mapa das estrelas sobre a pele. Uma parte que parece que ninguém mais além de mim chega perto o suficiente para ver.

Ele distribui o peso do corpo sobre as telhas, deslizando até mim de forma que preciso me forçar a não me enganar e achar que é intencional.

— Talvez um dia você consiga me olhar sem que a primeira coisa em que pense seja eu tendo um ataque convulsivo.

— Não penso nisso — digo, embora seja mentira.

Percy deve saber, pois responde:

— Não tem problema. Imagino que seja algo difícil de esquecer.

Pressiono a cabeça contra as telhas, arqueando o pescoço.

— Pelo menos jamais precisará gerenciar uma propriedade. — Percebo o que disse assim que as palavras deixam minha boca e me atrapalho. — Espere. Não, sinto muito, isso foi... Maldição. Desculpe. Foi algo terrível de se dizer.

— Gerenciar a propriedade de seu pai é realmente a pior coisa que poderia acontecer a você?

— Além de coisas óbvias como fome e peste e perder minha beleza? Sim.

— Talvez não pareça a melhor coisa agora, tudo bem. Mas algum dia você vai querer se acomodar, e quando quiser, terá um lar. E renda e um título. Não vai lhe faltar muito.

— Não é bem isso que me incomoda.

— Então o que é?

Subitamente me sinto como um patife ainda maior por todo o tempo que passei reclamando com Percy sobre meus problemas de champanhe enquanto ele estava sendo mandado para um sanatório. No entanto, aqui está ele, deitado a meu lado, fingindo que nossos futuros são comparáveis.

— Nada. Você está certo, sou muito sortudo.

— Eu não disse *sortudo*. Disse que não vai lhe faltar muito.

Quando olho para ele, ainda está com os olhos voltados para o céu. Somos o inverso um do outro, percebo: Percy quer desesperadamente ir para casa e não sente que pode; eu quero estar em qualquer outro lugar, mas sem ter para onde ir. Talvez ele não entenda a forma como aquela casa sempre estará assombrada para mim, mesmo que meu pai não esteja nela. Não consigo me imaginar vivendo ali pelo resto da vida, ignorando o tempo todo a mancha escura no chão da sala de jantar que jamais saiu, onde abri o queixo quando ele me jogou no chão com um único soco bem dado; ou a lareira que lascou meu dente quando fui atirado nela. Há corpos enterrados sob as pedras da propriedade de meus pais e, sobre alguns túmulos, a grama jamais cresce.

Limpo um floco de tabaco da calça.

— Sorte a minha. Um dia terei tudo que meu pai tem. Talvez até tenha um filho próprio para espancar.

— Se algum dia vir seu pai de novo, juro por Deus, vou socá-lo até cair.

— Oh, Perc, essa é a coisa mais carinhosa que você já me disse.

— É sério.

— Hipoteticamente defendendo minha honra. Estou comovido. — Fecho os olhos e pressiono as palmas contra eles até ver pontinhos. — Não deveria reclamar.

— Não está reclamando. — Percy inclina a cabeça para o lado de forma que roce em meu ombro. Sem exatamente apoiar ali, mas também não deixa de apoiar um pouco. — Você não é como seu pai. Sabe disso, não sabe?

— É claro que sou. Uma versão mais imbecil e decepcionante.

— Não diga isso.

— Todos os garotos são como os pais. Olhar para seus pais é como ver o futuro, não é?

— É? — Percy sorri. — Talvez assim conhecerei meus pais algum dia, então.

— Melhor do que um violino.

Ele ergue a cabeça.

— Você não é nada como seu pai, Monty. Para começar, é muito mais decente do que ele.

Não tenho certeza de como ele pode dizer isso depois de todas as coisas terríveis que fiz.

— Talvez você seja a única pessoa no mundo que me acha decente.

Sinto os nós dos dedos de Percy roçarem nos meus. Talvez seja por acaso, mas parece mais uma pergunta, e quando abro os dedos em resposta, a mão dele se entrelaça na minha.

— Então ninguém mais conhece você.

Barcelona

Barcelona é uma cidade murada, onde ruas estreitas e casas altas se entremeiam com os esqueletos de ruínas romanas. Uma imensa cidade fortificada se localiza ao longo da marina, mais agourenta do que a presença protetora da Notre-Dame em Marselha.

Não possui o trânsito de Paris, mas certamente é um lugar barulhento e iluminado. O sol sobre a água é deslumbrante, e as ruas parecem refleti-lo, pois paralelepípedos são salpicados com moscovita que brilha como vidro. As fachadas e os toldos das lojas e até mesmo os vestidos das damas parecem de um tom mais alegre do que os que já vimos. Não é dourado como o requinte de Paris, mas é vibrante, como flores frescas em vez de flores de cera.

Chegamos em um dia de verão sufocante; o sol está lívido e o céu tem o amarelo fraco de manteiga derretida. O calor parece se acumular intensamente entre as paredes e envolver as pedras. A maioria das pessoas por quem passamos fala francês misturado com catalão, que reconheço da feira. Felicity fica responsável pela maior parte da conversa. As avós de Pascal não estavam erradas ao afirmar que os Robles são uma família conhecida – só precisamos perguntar por eles duas vezes antes de sermos direcionados para a casa da família no Barri Gòtic, um bairro antigo com estruturas medievais escondidas por trás de fachadas clássicas.

A casa em si é menos do que eu esperava. Para o lar de uma antiga família da corte, a fachada não impressiona — é cinzenta, sem adornos e tão estreita que parece ter sido esmagada entre os prédios em cada lado, com o excesso vazando por cima. O pórtico é um mosaico de pedras e tijolos; varandas estreitas brotam sob as janelas, com grades corroídas pela ferrugem. Todas as cortinas estão fechadas.

Quando puxo a corda da campainha, a porta encerada abafa o eco dos sinos. Felicity ergue o rosto para a casa. As mechas finas de cabelo estão coladas ao suor que lustra o pescoço dela.

— Sumimos de vez do mapa agora, não?

— Não seja tão dramática. — Encaro Percy, que também olha para cima, embora o olhar não esteja tão distante quanto o de Felicity. Sigo os olhos dele e reparo em uma caveira entalhada acima do portal, com linhas finas, entrecortadas, entremeando o crânio com asas penadas nas laterais.

Fugir subitamente se mostra uma opção bastante promissora. Contudo, passo os dedos pelas bordas da caixa no bolso e me fixo naquela entrada.

— Acho que não há ninguém em... — começa Percy, mas a porta se abre de repente e me vejo de frente para uma mulher provavelmente uma década mais velha do que nós. Cabelos pretos longos e lustrosos caem sobre os ombros, emoldurando o rosto dela, e a pele morena se estica sobre um queixo pontiagudo e maçãs do rosto altas. Além disso, usa um vestido justo e tem uma silhueta fantástica — é bem difícil não reparar. Passo a mão no cabelo para desgrenhá-lo por reflexo. Deve ser uma visão e tanto.

— *Bona dia* — diz ela, rígida como lençóis engomados. Mal abriu a porta o bastante para que a vejamos. — *Us puc ajudar?*

Eu estava esperando francês e me atrapalho.

— Hã... inglês?

A mulher faz que não com a cabeça e solta repentinamente um catalão agressivo contra mim. Não faço ideia do que esteja dizendo, mas presumo que não seja amistoso.

— Espere — intervém Felicity, atrás de mim, em francês. — Por favor, só precisamos de um momento.

A mulher começa a fechar a porta, mas estendo o pé e a seguro. Ela não dá atenção e continua tentando batê-la, o que basicamente dobra meu pé ao meio. Ainda assim, consigo tirar a caixa-enigma do bolso e enfiá-la pelo espaço estreito entre nós.

A mulher congela, arregalando os olhos.

— Onde conseguiu isso? — pergunta ela, dessa vez em inglês.

É difícil não ser petulante com uma pessoa que quase amputou meus dedos dos pés com a porta, então respondo com um pouco mais de ousadia do que deveria:

— Ah, que estranho, não achei que falasse inglês.

Sinto alguém me cutucar nas costas — é difícil dizer se é Percy ou Felicity.

— Onde? — exige a mulher.

— Solte meu pé de debaixo da porta e contaremos.

— Foi nos dito que a entregássemos ao professor Mateu Robles — diz Percy, atrás de mim. — Podemos vê-lo?

— Ele não está aqui — responde ela.

— Vai voltar logo? — pergunta Felicity. — E poderia soltar o pé de Monty?

— Eu levo a caixa para ele.

Minha irmã me dá um aceno de cabeça, como se fosse minha deixa para entregar o objeto, mas não o solto. Estou com um pouco de medo de a mulher bater a porta na nossa cara assim que pegar a caixa, sem nos dar chance de falar com Robles.

— Foi nos dito para entregar para o professor. — E — acrescento — esperávamos falar com ele. Sobre o trabalho com alquimia...

— Não sei nada sobre isso — interrompe a mulher.

— Bem, sim, então, se pudéssemos falar com *ele*...

— Ele está morto.

E isso soa como a cobertura rançosa sobre um bolo já despedaçando. Resisto a me debater de modo bastante dramático e desesperado à porta.

— Ora. Estou realmente feliz por termos vindo até aqui para descobrir isso. — Tento puxar o pé de debaixo da porta, mas o desgraçado está bem preso ali. Juro que a mulher está empurrando a porta com mais força para me manter no lugar.

— Mas se quiserem falar com meu irmão — diz ela —, ele está aqui. Mateu era nosso pai, sou Helena Robles. A caixa pertence a meu irmão Dante agora.

— Sim — intromete-se Felicity. — Isso seria bom, obrigada.

Helena abre completamente a porta, então se vira e entra na casa, indicando que devemos segui-la.

Eu me apoio na ombreira para conseguir segurar o pé e tentar esfregá-lo para fazer a dor passar.

— Acho que ela quebrou meus dedos.

— Ela não quebrou seus dedos — retruca minha irmã.

Bato o pé com força no chão algumas vezes, então começo a seguir Helena, mas Felicity segura meu braço.

— Monty, espere...

Somente a expressão dela já diz *Isso não é uma boa ideia*. A de Percy diz o mesmo. Ele devia estar recuando durante todo o tempo em que estávamos discutindo, pois está quase na rua, segurando o estojo do violino diante do corpo como um escudo.

— Nós o encontramos, não foi? — digo. — O professor. Ou melhor, descobrimos que bateu as botas. Deveríamos entregar a caixa a ele, mas como não está aqui, deveríamos falar com o filho. Faz sentido.

Percy olha por cima de meu ombro para dentro da casa.

— Sim, mas...

Helena aparece de novo subitamente, como uma assombração, e nós três damos um pulo.

— Vão entrar?

Olho de volta para os dois, que ainda me encaram como se eu finalmente tivesse perdido a cabeça.

— Bem, vocês vão? — pergunto.

Felicity me segue. Então, com um pouco mais de hesitação, Percy faz o mesmo.

A casa é escura e estreita, com cortinas espessas cobrindo todas as janelas e dando ao aposento uma luz inclinada e nebulosa. Eu estava esperando por algum alívio do calor, mas a casa está sufocante. É como sair da ferraria para a forja.

Helena nos leva por um corredor, passando um par de estátuas clássicas sem braços, cujos corpos estão entrelaçados como o pescoço retorcido de um cisne, e para diante de uma porta no final, na qual há outra caveira entalhada no rodapé. Ela leva a mão ao trinco, então para e se vira para nós, desviando o olhar para a caixa em minha mão e observando-a muito atentamente, com os dedos flexionados ao lado do corpo como se quisesse pôr as mãos nela.

— Meu irmão não se dá bem com estranhos.

Não tenho certeza do que devemos dizer em resposta. Não é como se fôssemos uma imposição — trouxemos a maldita caixa de volta para eles, afinal de contas, e sob um grande risco pessoal, preciso acrescentar. Deveriam nos receber com gratidão e bondade e profiteroles, mas me contentaria com apenas os profiteroles.

— Gostaria que fizéssemos algo a respeito disso? — pergunto.

A mulher leva a mão à testa, depois balança a cabeça.

— Desculpem. É que vocês... Vocês me assustaram.

— Pedimos desculpa pela intrusão — diz Felicity.

— Não, vocês nos fizeram um favor. Não achamos que a veríamos de novo, depois que foi... roubada. Mas não deixem que Dante os chateie.

Ela gira a maçaneta, e entramos em fila atrás dela. Tropeço em um pano de chão perto da ombreira da porta e quase caio de cara nas costas da mulher, o que deixaria uma impressão nada cavalheiresca em nossos educados anfitriões. Percy obviamente não aprende com meu erro, pois três segundos depois de eu me endireitar, ouço-o tropeçar.

Além da porta, somos envolvidos por um cheiro forte de incenso que me faz querer abanar o ar. As paredes com papel marrom estão completamente escondidas por *coisas* — não há outra palavra para aquilo. Três paredes estão entulhadas com livros, intercalados por jarros que abrigam fungos, canopos e máscaras mortuárias folheadas a ouro, além de um nó de trevo de pedra que parece ter acabado de ser escavado de alguma ruína antiga, com a argila vermelha ainda agarrada aos sulcos. Em uma das paredes, há um pergaminho de papiro no qual se estampa o desenho de um dragão enroscado em um círculo, engolindo a própria cauda. Alguém rabiscou com tinta caracteres de aspecto oriental em um dos painéis do lambri, e uma lápide de verdade está apoiada contra a mesa. Um medalhão em formato de coração que pende dos arabescos da lápide parece, à primeira vista, entalhado de obsidiana, mas uma observação mais atenta prova que é vidro transparente cheio de sangue.

Enfurnado em um canto do cômodo, atrás de um cristalofone tão grande que quase o esconde, está um homem — um rapaz, percebo quando ele ergue o rosto, provavelmente mais jovem do que Percy e eu. É magro, com uma palidez de biblioteca e uma postura de quem vive curvado sobre livros; os óculos estão presos à testa, e os braços cheios do que parecem ser pergaminhos cobertos de símbolos pictóricos. O sujeito quase larga tudo ao nos ver.

— Sinto... eu não... sinto muito. — Ele também fala francês, com uma gagueira forte que sufoca as palavras.

— Dante, cumprimente nossos convidados — diz Helena, que está atrás de nós, com uma das mãos ainda na maçaneta, e a sensação de estarmos presos toma conta de mim.

— Você deveria... Eu poderia... Por que os trouxe até aqui? — Dante joga os papiros em uma gaveta aberta da escrivaninha, como se estivesse tentando arrumar a bagunça antes de conseguirmos vê-la direito. O que parece um pouco inútil.

— Eles trouxeram a Caixa Baseggio de papai — explica ela.

— O quê? — Dante desce os óculos sobre o nariz, imagino que apenas em parte propositalmente, e dá a volta pela escrivaninha de forma atrapalhada, tropeçando na lápide por causa da pressa. — Vocês... vocês a recuperaram? Quero dizer, vocês... vocês a encontraram? Vocês a têm?

Estendo a caixa e ele a aceita, com o cuidado de não tocar meus dedos, então a leva para bem perto do rosto.

— Dante — diz Helena, soando um pouco como uma governanta rigorosa. O rapaz olha acanhado para ela. — Eu disse a eles que é sua, pois nosso pai está morto.

Dante arregala os olhos para Helena, então observa a caixa de novo. Em seguida, ergue o olhar novamente e parece nos ver pela primeira vez.

— Meu... meu Deus. — Ele não parece mais tão feliz pela reunião com a caixa, e sim um pouco chocado, com um toque de pânico que não consigo entender, embora talvez isso seja mais devido a nossa presença do que à entrega. — Obrigado, não achei que nós... nós a veríamos... Obrigado. Vocês querem...? Obrigado! Podem se sentar? Gostariam? — Dante chuta uma cadeira diante da mesa e a pilha de livros desaba, caindo com as lombadas para cima e páginas abertas, como pássaros despencando do céu.

Há duas cadeiras; ocupo uma e Percy a outra. Felicity se distraiu com um armário perto da porta que contém várias ampolas com tons diversos, de preto-basalto a rosa-nacarado semelhante ao interior de uma concha de ostra.

— Não toque nelas — dispara Helena, e minha irmã puxa a mão de volta.

— Desculpe. Estava interessada nos compostos. São medicinais?

— São cura-tudo — responde Dante, então fica incrivelmente vermelho. Não parece conseguir tirar os olhos de Felicity, mesmo quando ela já está olhando para ele. — *Panaceias* é o termo mais... o termo científico, embora não sejam... sejam totalmente...

Meu coração dá um salto, não pode ser tão fácil assim, pode? Ser levado para o cômodo exato das substâncias que procuramos e sentar ao lado delas? Mas então Helena acrescenta:

— São antídotos que funcionam contra a maioria dos venenos. Carvão ativado, óxido de magnésio, ácido titânico, seiva da árvore elefante, ginseng, água de alcatrão e *Atropa belladonna.*

Dante tropeça em uma pilha de caixas e se atira na cadeira atrás da escrivaninha. A cadeira é tão baixa e a mesa tão grande que parece que ele poderia confortavelmente apoiar o queixo sobre o tampo. O rapaz sobe os óculos para a testa, mas eles imediatamente deslizam para baixo, acertando o nariz dele.

— São de nosso pai. Ele é... ele era. Ele era um alquimista.

— Era o autor Mateu Robles? — pergunta Felicity. — Fui a uma palestra sobre um dos livros dele.

— Esse mesmo. Ele tem... muitos seguidores. — Dante mantém os olhos no chão e a caixa nas mãos enquanto conversamos, durante o tempo todo girando os discos de uma forma distraída que sugere ser um hábito familiar. — Sinto muito por... — Ele gesticula para o aposento com a mão. — É tudo dele.

Helena passou para o outro lado, para ficar de pé atrás do irmão. Os olhos dela se voltam o tempo todo para os discos da caixa enquanto Dante os gira.

— Vieram de longe para trazer isto?

— Da Inglaterra — responde Percy. — Pela França. Estávamos em nosso *Tour*, mas desviamos o caminho para devolver a caixa a vocês.

— E como tomaram posse dela? — pergunta Helena.

Felicity e Percy olham para mim, como se estivessem me dando a escolha de quanto eu gostaria de ser sincero.

— Eu a roubei — confesso, fazendo soar um pouco mais ríspido do que pareceu em minha mente. — Não sabia que tinha valor — acrescento rapidamente, quando os irmãos Robles me olham de modo estranho. — Estava só procurando algo para roubar.

O que certamente me faz parecer benevolente.

E então, para reforçar ainda mais a imagem que pintei de mim mesmo de galante pretendente, concluo:

— E fomos coagidos a devolvê-la.

Percy — ainda bem — corre para me resgatar.

— Há pessoas perigosas procurando por ela. Estavam prontas para nos matar por possuir a caixa.

Nem Dante nem Helena parecem particularmente surpresos com essa notícia.

— Provavelmente os mesmos homens que a roubaram de nós — explica ela.

— O que tem dentro da caixa? — pergunta Felicity. — Se não se importa. Fomos informados sobre o propósito, mas só isso.

Dante apoia a caixa na mesa, então a pega imediatamente. Ele olha para a irmã, e os dois parecem ter uma conversa silenciosa usando apenas as sobrancelhas. Em seguida, Dante responde:

— Não sabemos.

O que é bastante desapontador.

— O trabalho dele era com panaceias, não era? — pergunto. — Tem algo a ver com...

— Nosso pai tinha muitas teorias — interrompe Helena.

— Poderíamos perguntar... — começo, e Dante parece pronto para responder, mas Helena se intromete antes que ele consiga.

— O trabalho de papai morreu com ele — diz ela. — Se leu o livro dele, sabe tanto quanto nós. Se está buscando informações sobre o trabalho dele, não podemos ajudar.

Meu coração pesa, embora as palavras pareçam um pouco ensaiadas demais para que eu as engula como sendo sinceras. E Dante está fazendo uma dança com os olhos que não o ajudaria em nada numa mesa de carteado.

— Consegue abri-la? — pergunta Felicity. — Há uma cifra, uma palavra que a abre.

Dante balança a cabeça.

— Ele nunca nos contou. Mas obrigado... obrigado por devolvê-la... por trazê-la de volta para nós. Ela é... era... desculpe, é tão... — O rapaz belisca o osso do nariz e temo que vá começar a chorar, mas então ergue o olhar e conclui, com os olhos secos: — Importante para nosso pai. Então é importante para nós. Ele nos pediu para protegê-la e nós... Mas agora vocês a trouxeram de volta. — Dante olha para Felicity e minha irmã sorri para ele, fazendo-o ficar completamente vermelho.

Um silêncio desconfortável recai sobre nós. Dante agita as pernas contra a cadeira como um menino, dizendo:

— Bem, foi muito bom conhecer todos vocês.

— Ah, sim, deveríamos deixá-los em paz. — Felicity se levanta do braço de minha cadeira, e Percy pega o estojo do violino. Por um momento, parece que nossa árdua jornada vai terminar em uma única tarde e num beco sem saída. Mal suporto olhar para Percy com medo de desabar ao pensar que fracassei com ele.

Mas então Helena diz:

— Não sejam tolos. Se vieram até aqui da França, ficarão aqui, pelo menos esta noite.

— Ah, eles não... — Dante ergue o olhar para a irmã, que o ignora.

— Vocês nos fizeram um imenso favor. — Ela aponta um dedo na direção da caixa, a qual Dante ainda não soltou. — É o mínimo que podemos fazer em troca.

— Não acho... — começa Dante ao mesmo tempo em que Felicity protesta:

— Não queremos dar trabalho!

— Apenas esta noite — interrompe Helena, meio que para os dois. — Podemos lhes dar comida e roupas limpas e pelo menos oferecer uma cama decente. Fiquem, por favor.

Minha irmã ainda parece pronta para recusar, então interponho um obstáculo verbal entre eles.

— Sim, obrigado, adoraríamos ficar.

Ela me lança um olhar assassino pelo canto do olho, assim como Dante com a irmã dele. Helena e eu os ignoramos. Não tenho certeza se as intenções de Helena com relação a nós são completamente inocentes, mas tenho certeza de que as minhas não são. Não estou convencido de que não há nada nesta casa que possa ser útil para Percy, e se a irmã não quer nos contar, o irmão parece pronto a desabar feito mobília malfeita se pressionado. E estou disposto a pressionar.

Helena encoraja Dante com as pontas dos dedos no ombro dele.

— Dante, poderia levá-los para o andar de cima?

— Certo. Sim. — Ele se coloca de pé, tropeça na gaveta que tinha aberto mais cedo e se apoia na beira do cristalofone. O vidro tilinta. É um som bizarro e assombrado.

— Você toca? — pergunta Percy a ele.

Dante fica vermelho de novo.

— Ah, hmm, não. Era...

— De seu pai? — completa Percy.

— Parte da coleção dele — murmura o rapaz.

— O que um cristalofone tem a ver com alquimia? — indago.

— Não alquimia... morte e práticas funerárias. Antes de... morrer, ele ficou... bastante obcecado.

— Dante — diz Helena, baixinho, com o tom de voz como um arco puxando uma flecha embebida em veneno para ser atirada.

Ele mergulha a mão na tigela de água ao lado do cristalofone e passa o dedo pela borda de um dos copos. O instrumento emite uma nota trêmula, mais vibração do que som.

— Há uma música... Se tocada no cristalofone — comenta ele —, acredita-se que conjura de volta os espíritos dos mortos.

15

Apesar da altura, a casa é pequena, e com o acréscimo de nós três, não há camas o suficiente. Felicity pega a única sobressalente, e Dante dá a mim e Percy os aposentos dele para dividirmos, um quarto no segundo andar com pouca mobília e paredes que talvez um dia tenham sido vermelhas, mas que desbotaram até chegar ao tom marrom-acobreado de sangue seco sobre tecido. Ele empresta a cada um de nós um conjunto de pijamas e roupas para a manhã, assim podemos deixar de molho as roupas que vestimos durante duas semanas – que parecem prontas para sair andando sozinhas quando as tiramos.

Apesar de todas as camas que Percy e eu compartilhamos pela estrada, essa é a primeira vez em que dormimos juntos sozinhos desde que saímos de casa e a primeira vez em que não tenho uma desculpa para não me despir totalmente para me deitar. Nunca fui tímido para me despir diante de Percy, mas subitamente essa ideia faz todo meu ser corar, então espero até ele estar ocupado com a lâmina de barbear e o espelho antes de tirar rapidamente a roupa para vestir o pijama. Dante é um sujeito de tamanho mediano, então minhas mãos somem dentro das mangas do camisão e preciso ficar puxando-as, como se as estivesse erguendo para conduzir uma orquestra.

Quando Percy termina, ocupo o lugar dele diante da penteadeira e me lavo decentemente pela primeira vez em semanas, o que sinceramente é a coisa mais maravilhosa que já aconteceu desde aqueles dois minutos extasiantes de beijo em Paris.

— Acha que aquilo foi estranho? — pergunta Percy enquanto estou diante do espelho, de costas para ele. Consigo ouvi-lo farfalhando pelo quarto, se preparando para deitar.

A luz é muito fraca, e o espelho está bem manchado, e preciso de toda minha concentração para não cortar acidentalmente o pescoço com a lâmina, mas consigo responder:

— O que foi estranho?

— Não sei. Helena e Dante. Tudo isso.

— Acha que nos pediram para ficar para que possam nos sufocar no sono porque sabemos demais? — Limpo uma fileira de sabão da lâmina na borda da bacia. — Eu acho que estão escondendo informação.

— Como assim escondendo? Não nos devem nada.

— Acho que sabem o que há na caixa. Ou pelo menos têm uma suspeita. Os dois ficaram inquietos quando perguntei sobre os cura-tudo. O que quer que esteja ali dentro deve ter a ver com o trabalho do pai deles.

— Talvez Robles estivesse tentando transformar pedras em ouro. Isso também é alquimia.

— Mas não foi por isso que viemos.

— Talvez aquela caixa esteja cheia de pedra-ouro. — Atrás de mim, ouço um *flump* quando Percy deixa as roupas caírem no chão e corto a beira do queixo com a lâmina. A gota brilhante de sangue brota na superfície da pele, então pressiono com o polegar.

— Vou perguntar a Dante amanhã, antes de partirmos — digo.

— Sobre o quê?

— Sobre as curas alquímicas. Ele parece um sujeito bastante agradável, se estiver sozinho. — Inclino a cabeça para ver melhor o contorno do maxilar, procurando trechos que possa ter negligenciado. — Mas não consigo me decidir com relação à irmã. Ela é um pouco...

— Intensa?

— Bem, sim, mas ela é linda, o que torna essa intensidade menos repulsiva.

Atrás de mim, Percy dá uma risada que mais parece um grunhido.

— Henry Montague.

— O quê? Ela é.

— Juro, você galantearia um sofá bem estofado.

— Primeiro, não. E segundo, esse sofá é bonito? — Dessa vez, Percy grunhe com vontade. Limpo o resto do sabão do rosto. — Se você tivesse a metade de minha beleza, querido, talvez entendesse...

Eu me viro, e as palavras se esvaem em poeira, pois ele está sentado na cama, brincando com uma caixa de metal na mesa de cabeceira e usando apenas uma camisa longa, a qual se amontou em torno do quadril, deixando muito pouco para minha imaginação. O decote está aberto, de forma que a luz fraca escorre sobre a pele lisa do peito dele como óleo sobre água.

Talvez seja a jogada mais injusta na história de amores não correspondidos.

Dou um passo para trás sem querer e bato na penteadeira. O afiador da lâmina cai no chão com um ruído.

Percy ergue a cabeça.

— Entendesse o quê?

— Eu... — E não posso ficar aqui com ele, ainda menos dormir ao lado de Percy; muito subitamente, é tudo excessivo: pensar em deitar com ele, comportado e distante, mas com os lençóis aquecidos por sua pele e com sua respiração sonolenta contra minha orelha. Acho que isso pode acabar me devorando vivo. Estou quase na porta, com as costas para a parede, antes de sequer perceber que me movi. Minhas mãos apertam as fitas do camisão. — Não vou deitar ainda.

— O quê? Não está cansado?

— Não. Acho que vou ver se encontro algo para beber.

— Beba amanhã. Quero dormir.

É impossível explicar como se pode amar tanto alguém a ponto de ser difícil ficar perto dele. E com Percy sentado ali, meio encoberto pelas sombras, os cabelos soltos e as longas pernas e aqueles olhos, dentro dos quais eu poderia ter vivido e morrido, parece que há um vazio dentro de mim tão claro que me queima.

— Vou tentar não acordar você quando voltar — digo ao destrancar a porta às costas, então saio antes que Percy possa dizer mais alguma coisa.

A casa é ainda mais esquisita à noite, o que não achei ser possível. Penso em voltar para o escritório, até que me lembro de todas as coisas mortas e dos objetos amaldiçoados lá dentro, então decido ir para a sala da entrada e me acomodo em um sofá de couro diante da lareira, o qual é pequeno para que eu me estique todo e duro o suficiente para que não me sinta confortável, e estou irritado o bastante para saber que não dormirei. Há um decantador na mesa de canto com uma argola no gargalo que alega ser conhaque, mas não há copos, então tomo um gole direto da garrafa. Não tomo uma bebida que não tenha sido batizada há um tempo, mas não é tão reconfortante quanto gostaria.

Ouço passos no corredor e, um momento depois, uma sombra mancha o tapete.

— Achei que tivesse ouvido você perambulando.

Eu me sento quando Felicity se joga de forma nada apropriada para uma dama no sofá, onde minhas pernas estavam antes. Ofereço o conhaque, e minha irmã me impressiona ao aceitar e tomar um gole delicado em seguida. O nariz de Felicity se enruga.

— Isso é terrível.

— Não é o melhor que já tomei, não.

— Não acho que seja essa variedade em particular.

— É um gosto adquirido.

— Por que adquirir gosto por algo tão horrível?

Algo abana na janela, uma silhueta preta que se destaca contra o céu escuro, e Felicity e eu nos sobressaltamos. Então damos um sorriso tímido um para o outro.

— Esta casa é assustadora — digo.

— Sim, mas estamos aqui, não estamos? Eles foram bondosos em nos deixar ficar. Não temos mais opções. — Ela toma mais um pequeno gole do conhaque, faz uma careta espetacular, depois me devolve a bebida. — Helena é muito bonita.

— Sim. E daí?

— E daí? E daí que achei que você estaria babando por ela.

— Deveria?

— Sinceramente, Monty, jamais entendi muito bem quem atrai sua atenção.

— Quer saber se sou pederasta?

Felicity se encolhe diante da palavra pesada, mas então diz:

— Parece uma pergunta justa, considerando que já vi suas mãos se esfregando por Richard Peele *e* por Theodosia Fitzroy.

— Ah, querida Theodosia, minha garota. — Desabo de costas nas almofadas do sofá. — Ainda me sinto inconsolável por tê-la perdido. — Não quero falar sobre isso, principalmente com minha irmã caçula. Desci com o único propósito de me embebedar o suficiente para dormir e evitar me aventurar nesse assunto, mas Felicity continua me encarando como se esperasse uma resposta. Limpo a boca rudemente com a manga, o que teria me garantido uma bofetada de meu pai se estivéssemos em casa. — Por que faz diferença com quem eu saio?

— Bem, um é ilegal. E é pecado. E o outro também é pecado, se não for casado com ela.

— Vai me dar aquele sermão de *fornicação sem intenção de procriar é do diabo e é crime*? Acredito que a esta altura consigo recitar de cabeça.

— Monty...

— Talvez eu esteja tentando procriar com todos esses rapazes e sou apenas muito mal informado com relação ao processo. Se ao menos Eton não tivesse me expulsado.

— Está evitando a pergunta.

— Qual era a pergunta?

— Você é...

— Ah, sim, se sou um pederasta. Bem, estive com rapazes, então... sim.

Felicity faz um biquinho, e desejo que não tivesse sido tão direto.

— Se parasse, papai talvez não fosse tão duro com você, sabe.

— Ah, minha nossa, obrigado por essa sabedoria reveladora. Não acredito que não pensei nisso antes.

— Só estou sugerindo...

— Não se incomode.

— ... ele pode aliviar.

— Bem, não tenho muita escolha.

— Sério? — Minha irmã cruza os braços. — Não tem escolha com relação a quem leva para cama?

— Não, quis dizer que não tenho escolha com relação a quem eu *quero* levar para a cama.

— É claro que tem. Sodomia é um vício, assim como beber e jogar.

— Na verdade, não. Quero dizer, sim, eu gosto. Mas também me sinto muito atraído pelos homens que beijo. E pelas moças também.

Felicity ri, como se eu tivesse feito uma piada. Eu não rio.

— Sodomia não tem nada a ver com atração. É um ato. Um pecado.

— Não para mim.

— Mas humanos são feitos para se sentirem atraídos pelo sexo oposto. Não pelo mesmo. É assim que a natureza opera.

— Isso me torna antinatural? — Quando Felicity não responde, eu digo: — Já gostou de alguém?

— Não de verdade. Mas creio que entendo os princípios básicos.

— Não acho que pode entender até que tenha acontecido com você.

— Você já?

— Eu já o quê?

— Já gostou de alguém.

— Ah. Bem, sim.

— Moças?

— Sim.

— Rapazes?

— Sim, também.

— Percy?

Senti que Felicity caminhava para aquilo, mas mesmo assim me sobressalto. Não digo nada, o que é resposta o suficiente, e ela me olha de soslaio.

— Não pareça tão surpreso. Nenhum dos dois é muito sutil.

— Nenhum dos dois?

— Bem, sim, precisa haver duas pessoas. Percy não é...

— Não — interrompo. — Percy não é... Não.

— Quer dizer que vocês nunca...

— Não. — Tomo outro longo gole. A argola na garrafa chacoalha contra o gargalo.

— Ah, suponho que tenha presumido, afinal você tem inclinação por rapazes e vocês são sempre tão íntimos um com o outro.

— Não somos.

— *São* sim.

— Tudo bem. Mas sou assim com muita gente.

— Não da forma como é com Percy. E ele certamente não é. Percy é tão estoico e educado com todos, exceto com você. E jamais ouvi falar de ele estar, sabe, *envolvido* com alguém. Rapaz ou moça.

Ele jamais esteve, me ocorre subitamente. Ou, se esteve, certamente não fui informado. Percy jamais mencionou gostar de ninguém, jamais falou de alguém com carinho, e apesar de todos os nossos festejos, sou a única pessoa até onde sei que Percy já beijou.

— Mesmo que não seja, sabe, romântico — continua Felicity —, é difícil não notar. Vocês formam aquele tipo de par que faz com que todos ao redor achem que deixaram de entender alguma piada particular. — Ficamos sentados em silêncio por um momento, nem eu nem ela falamos. O fogo crepita e ondula, cuspindo seiva. Então Felicity diz: — É um alívio, na verdade. Eu não tinha certeza se você tinha a capacidade de realmente se importar com alguém.

Eu me curvo um pouco mais para a frente e quase deslizo para fora do sofá. O estofado é muito escorregadio.

— Teria sido bom se fosse alguém que não é meu melhor amigo. Ou alguém com quem eu realmente pudesse ficar. Ou, você sabe. Uma mulher.

— Achei que também gostasse de mulheres.

— Eu gosto, às vezes. Mas não quer dizer que não gosto de Percy mais do que de qualquer outra pessoa.

Ela pressiona as têmporas.

— Desculpe, Monty, estou realmente tentando entender isso e... não consigo.

— Tudo bem. Eu mesmo não entendo na maior parte do tempo.

— O que Percy acha?

— Não faço ideia. Às vezes acho que sabe que estou apaixonado e ignora. Às vezes acho que ele é simplesmente burro. De toda forma, não parece sentir o mesmo.

— Deve ser difícil — comenta Felicity.

Quero abraçar minha irmã por agir como se essa conversa fosse normal. Contudo, por mais que ela esteja se esforçando, mais honestidade provavelmente faria a mente dela explodir. Porque Percy está tão profundamente entranhado em mim, como veios de ouro em granito. Penso de novo em nosso beijo em Paris. Na mão dele em meu joelho na carruagem quando os ladrões de estrada nos emboscaram. Em nós dois deitados lado a lado no telhado do estábulo. Sinto dor ao enfileirá-los assim, cada um desses momentos que por pouco não alcançam o que eu queria.

— Não é muito agradável, não.

— Quais são suas expectativas, realmente? Se Percy sentisse o mesmo por você, o que aconteceria? Não podem ficar juntos. Não dessa forma, poderiam ser mortos por isso se fossem descobertos. Estão sentenciando os maricas aos punhados desde a busca à Casa Clap.

— Não importa, importa? Percy é bom e é natural e provavelmente só gosta de mulheres e eu... não.

Silêncio de novo. Então Felicity estende a mão e a coloca em meu ombro. No que diz respeito à afeição física, somos uma família bem deficiente. Por isso, vindo dela, é um gesto bastante significativo.

— Sinto muito — diz minha irmã.

— Pelo quê?

— Você passou por coisas difíceis.

— Todo mundo passa por coisas difíceis. A minha vida foi bem mais fácil do que a da maioria das pessoas.

— Talvez. Mas isso não quer dizer que seus sentimentos sejam menos importantes.

— Argh. Sentimentos. — Tomo um gole grande e passo a garrafa para ela.

Felicity toma outro gole delicado.

— Estava certo... agora parece menos terrível.

Então me ocorre que talvez embebedar minha irmã caçula e explicar por que me deito com rapazes não seja lá muito responsável. Quase pego a garrafa de volta, embora pareça bastante hipócrita defender a sobriedade. Por fim, apenas digo:

— Queria ter sido melhor para você. — Ela me olha e eu abaixo a cabeça, envergonhado. — Sou mais velho e sei que deveria ser... um exemplo, ou sei lá. Pelo menos alguém de quem não sinta vergonha.

— Você se sai bem.

— Não me saio.

— Está certo, não se sai bem. Mas está melhorando. E isso não é pouca coisa.

16

Felicity e eu ficamos acordados até muito mais tarde do que qualquer um de nós pretende. Finalmente subo — por insistência dela, que diz que ficar acordado na biblioteca é muito dramático — e encontro Percy em sono profundo. Está encolhido, com os braços recolhidos contra o corpo e os joelhos no peito, mas quando me deito, ele desliza até mim sem acordar, colocando a bochecha em meu ombro, e não consigo abrir mais espaço entre nós sem cair pela beira do colchão. Percy se agita no sono, entrelaçando as pernas nuas nas minhas, e subitamente meu corpo fica completamente fora do controle. *Acalme-se*, ordeno com firmeza, mas meu corpo não obedece de fato, então passo o restante da noite com Percy aconchegado em mim enquanto tento pensar em qualquer coisa que não seja isso. Mal faço mais do que cochilar — temos nos hospedado em estalagens esquisitas há semanas, mas *esse* é meu pior sono desde Paris. Quando enfim parece chegar uma hora aceitável para me levantar, estou exausto, frustrado e um pouco rígido.

O que é injusto.

Jogo água fria no rosto até que meu corpo parece entender que nenhum avanço com Percy está prestes a acontecer, depois visto as roupas emprestadas e desço as escadas antes que ele se mexa. Se vamos deixar esse lugar hoje, planejo ao menos trocar umas palavras com Dante antes e ver o que consigo descobrir sobre os cura-tudo do pai dele. Talvez possa usar a grande dívida que ele tem conosco, trabalhar o ângulo de *lembre-se do grande risco pessoal que corremos para trazer de volta a preciosa caixa de seu pai, então por que não contar um pouco dos segredos alquímicos que sua irmã estava tão determinada a não nos deixar descobrir ontem?*

Uma cozinha espaçosa com piso arranhado e janelas altas se projeta dos fundos da casa como um osso quebrado. Conjuntos de velas estão presos com cera pela mesa, e panelas de cobre penduradas acima oscilam à brisa que entra pela janela aberta. Ainda não são oito horas e já está tão quente quanto na tarde anterior.

Dante está agachado diante da lareira, tentando atiçar brasas cinzentas, e penso por um momento que posso ter dado a sorte de tê-lo encontrado sozinho, mas Helena está à mesa, vasculhando uma pilha de cartas e roendo a unha do polegar. Uma chaleira cheia de chocolate frio, esperando pelo fogo, está ao lado dela, junto com um cone cor de âmbar com açúcar, além de uma pinça. É extremamente esquisito ver os dois, o senhor e a senhora da casa, na cozinha preparando o próprio café da manhã.

Ambos erguem o rosto quando entro. Dante se levanta rapidamente, bate com a cabeça na borda da lareira, então limpa as mãos sujas de fuligem na calça culote, deixando duas impressões pretas das palmas.

— Sr.... Sr. Montague. Bom dia. Como... Dormiu bem?

— Hã, sim — minto. — Obrigado, ... senhor. — Não é uma palavra a que estou acostumado a chamar um homem de minha idade, mas ele tem uma casa e provavelmente o título do pai acima do meu, de modo que me aventuro com a formalidade desconfortável.

Dante estende uma das velas contra a chama e sopra até que acenda, depois joga uma lenha por cima, para que as chamas a envolvam.

— O Sr.... Newton...?

— Ainda está dormindo — respondo, poupando-o do trabalho de terminar a frase.

Ele assente, eu assinto e Helena não diz nada; e o tipo de silêncio que faz um homem querer falar sobre o tempo recai sobre nós. Ocupo um lugar à mesa e me sirvo de um pão crocante em uma bandeja no centro, apenas para ter o que fazer. Está mais duro do que parece.

Helena semicerra os olhos e contrai o rosto para a carta que está lendo, até que me vê observando e se recompõe. A mulher dobra a carta de novo e a joga na pilha sobre a mesa, então fica de pé para pendurar a panela de chocolate sobre o fogo.

Ouvimos um barulho no corredor e um momento depois um Percy de cabelos desgrenhados entra, sonolento e alheio à perturbação que me causou a noite inteira. Dante o cumprimenta com o mesmo entusiasmo de cachorrinho que me ofereceu, embora batendo menos com a cabeça dessa vez. Percy se senta a meu lado no banco, longe o suficiente para que não me acerte o olho com o cotovelo quando começa a trançar os cabelos para trás. Ao apertar a trança, um longo cacho escapole e se acomoda em torno da orelha dele. Penso em colocar o cacho de volta no lugar para ele, mas, em vez disso, tiro mais uma mordida do pão.

— Desculpe por não termos muito o que comer — comenta Helena, então me dá um sorriso sarcástico do outro lado da mesa. — Não se espera que um trio apareça à porta parecendo ter sido resgatado do mar sem nada além de propriedade roubada e um violino.

— Ah! — Dante ri. — O violino. Tinha esquecido.

— Vocês tocam? — pergunta Helena, olhando entre mim e Percy.

— Eu toco — responde Percy.

— Bem?

— Bem o quê?

— Você toca bem?

— Ah. Isso depende de seus padrões.

— Ele toca muito bem — intrometo-me. Sob a mesa, Percy me acerta com o joelho.

Helena coloca um pote de melaço de uva entre nós, e a colher tilinta ao bater no cristal.

— Nosso pai era músico.

— Achei que fosse alquimista — replico.

— Músico por lazer — explica ela.

— O meu também — diz Percy. — Meu violino era dele.

Dante, ainda agachado na lareira e cutucando as chamas como um menino, se intromete:

— Tenho algumas das músicas dele no quarto. Meu quarto. O quarto em que você... eu guardei. Se gostar... se quiser... pode...

— Tenho certeza de que ele não está interessado, Dante — diz Helena conforme espalha as canecas que pegou de um armário pela mesa, uma diante de cada assento. Quando se curva, o decote do vestido desce tanto que consigo ver até o umbigo. Ia pegar um pedaço do pão, mas quase acabo tirando uma mordida da vela.

Dante fica com o rosto vermelho, mas Percy, abençoado seja, responde com gentileza:

— Posso dar uma olhada. Será bom tocar um pouco.

— Ele tocava mais os... os copos. Então as canções, a música, quero dizer, é para ser tocada no cristalofone. Mas mesmo assim podem...

— Se ainda estão planejando partir esta manhã, há diligências que os levarão do centro da cidade para a fronteira — interrompe Helena. — E de lá podem contratar uma carruagem. — Ela parece estar realmente nos expulsando porta afora, mas então acrescenta: — Mas se não estiverem com pressa, são bem-vindos para ficar conosco um tempo.

Obviamente não houve conversa sobre esse assunto, pois Dante solta o atiçador, fazendo barulho.

— O q-quê?

Ela o ignora e diz para mim e Percy:

— Vieram de tão longe, parece uma pena partirem tão cedo. E se estão fazendo o *Tour*, deveriam conhecer Barcelona. Não são muitos os turistas ingleses que chegam até aqui, e há tanto a se fazer. O forte, a cidadela...

— Deveríamos prosseguir — começa Percy, mas Helena o interrompe.

— Vamos para a ópera na sexta à noite, deveriam pelo menos ficar até lá. Não tenho certeza de que podemos competir com Paris, mas é algo grandioso para nós. — Ela me dá um sorriso que é predatório demais para acompanhar um convite tão benigno.

Consigo pensar em muitos motivos para fugir da casa nesse momento, desde aquele sorriso até *Todos aqueles objetos de morte no escritório são absurdamente inquietantes* e *Senhor, não me faça compartilhar uma cama platônica com Percy de novo*. No entanto, não estou disposto a ir a lugar algum até termos a chance de perguntar aos dois sobre a cura alquímica do pai deles ou se sabem de algo que possa ajudar Percy, mesmo que Helena aparente ter tanta vontade de ficar de olho em nós quanto eu nela. Nenhum segredo tão cuidadosamente guardado não vale a pena descobrir.

— Precisaremos falar com Felicity — diz Percy ao mesmo tempo em que eu começo a responder:

— Assistir à ópera seria bom. — Mas ambos somos interrompidos pelo grito esganiçado de Dante:

— Fervendo!

Todos olhamos quando a tampa da chaleira cai e a espuma transborda pelas laterais. O fogo crepita. Helena xinga baixinho, cobrindo as mãos com a saia para poder puxar a chaleira do fogo.

Percy fica de pé com um salto também e tira a tampa da panela de servir. Uma linha fina de chocolate derrama do bico enquanto Helena serve, deixando uma mancha escura na toalha de mesa. Algumas gotas chegam até a carta que ela jogou na mesa, e sinto-me impelido a ajudar de alguma forma, então junto as cartas em uma pilha para tirá-las do caminho.

— Devo...

— Há uma caixa na escrivaninha do escritório — explica Helena, ainda concentrada na panela de chocolate. — Dante, por favor, não fique sentado aí. Pegue pratos e talheres.

Entro no escritório, tropeçando de novo naquele maldito pano de chão solto. O quarto é escuro em comparação com a cozinha clara, sem janelas e com toda a luz bloqueada por aquelas estantes de livros e aquele papel de parede escuro. As máscaras mortuárias parecem me encarar, com os buracos vazios dos olhos submersos nas sombras.

A mesa, assim como o restante do cômodo, está coberta tanto com papéis quanto com mais da parafernália, mas há uma única caixa enfiada em um canto. Tiro algumas camadas de papiro e um modelo de gesso e encontro uma pilha de cartas, a primeira delas endereçada a Mateu Robles. Devem estar bastante ocupados se ainda recebem correspondência para o pai morto. Empurro algumas das cartas do topo para o lado, vencido pela curiosidade. Um pouco abaixo, há uma folha de material fino e cor creme com um selo verde de cera destacado por inteiro, o brasão impresso nele é o das três flores-de-lis.

Quase deixo cair todas as cartas que estou segurando. É o brasão dos Bourbon.

A Casa de Bourbon controla a Espanha, então talvez seja uma carta de impostos. Ou notícias de amigos na corte. Talvez aquela impressão na cera verde não tenha vindo do anel do duque que roubou a caixa dos irmãos Robles e nos atacou no bosque.

Jogo o restante da pilha na mesa de forma desordenada e pego a carta, abrindo-a com os dedos trêmulos.

Condessa Robles,

Com relação a nosso acordo no que diz respeito à Chave Lázaro de seu pai...

— Você se perdeu?

Eu me viro. Helena está de pé com uma das mãos na ombreira da porta e me dá um sorriso contido até que vê a carta em minha mão. Então ela semicerra os olhos.

— O que está fazendo?

— Só... me certificando... de que esse é o lugar certo.

Ela ainda me encara, tão fixamente que gotas de suor começam a brotar em minha nuca. Quase escondo a carta às costas, como se isso de alguma forma ocultasse a traição bastante óbvia.

— Venha tomar café — diz Helena.

— Ah. Sim. — Não tenho certeza do que fazer com a carta, mas essa pergunta é respondida quando ela avança e a tira de mim, com tanta força que a carta rasga e me resta apenas um pedaço entre o polegar e o indicador. Ao voltarmos para a cozinha, ela joga a carta no fogo.

Deslizo para meu assento à mesa ao lado de Percy, minha mão no colo ainda está fechada em torno do pedaço da carta. Assim que Helena volta a atenção para o café da manhã, aliso o papel contra o joelho e olho para o nome escrito ali, com nanquim manchado.

Luís Henrique de Bourbon, duque de Bourbon, príncipe de Condé

Percy e eu deixamos a mesa do café juntos, quase nos chocando no alto das escadas com Felicity, que desce do quarto com os cabelos embaraçados e os olhos ainda pesados.

Antes que minha irmã possa dar bom dia, eu a puxo para nosso quarto, com Percy atrás de nós, e fecho a porta.

— Vejam isto, encontrei algo. — Desdobro o pedaço da carta rasgada, mantido firme em meu punho durante todo o café da manhã, o que foi um feito e tanto, e estendo para que os dois vejam. Minha palma suada manchou o nanquim, mas as palavras ainda são legíveis. — Rasguei de uma carta no escritório deles.

Felicity esfrega os olhos com os punhos, como se ainda estivesse tentando acordar.

— O duque de Bourbon.

— Aquele de quem roubei a caixa.

— Ele está... escrevendo para eles?

— Parece que sim.

— Leu o resto da carta? — pergunta Percy.

— Apenas a primeira linha, mas então Helena entrou de repente. Era algo sobre uma Chave Lázaro. O duque dizia que pertencia ao pai deles.

— Por que está escrevendo para eles se foi o próprio duque que roubou a caixa dos dois a princípio? — indaga Percy.

— Bem, se ele queria a caixa, talvez estivesse tentando fazer um acordo primeiro? — sugere Felicity. — E os dois não aceitaram, então ele a roubou?

— Acho que deveríamos descobrir o que há na caixa — digo. — Acho que estão mentindo quando dizem que não sabem.

— Mas é deles — retruca Percy. — O que fazem com a caixa é problema deles, não nosso.

— Quase morremos por causa dela e, caso tenha esquecido, pode ser algo que ajude você. É obviamente algum segredo de Mateu Robles cuidadosamente guardado, e o trabalho todo dele era de curas alquímicas. Faz sentido. Deveríamos ficar aqui, apenas por alguns dias, para ver o que conseguimos descobrir.

— Mas se estão em contato com o duque... — começa Percy.

— Acho que Monty está certo — interrompe Felicity. — Não temos dinheiro. E vamos nos desgastar se viajarmos de novo tão cedo. Você principalmente — ela olha para ele — deveria se cuidar.

Percy suspira pelo nariz. A única mecha solta perto da orelha oscila.

— Não acho que seja uma boa ideia sair caçando problemas, só isso.

— Não estamos caçando problemas — comento. — Flertando com eles, no máximo.

— Vou escrever para Lockwood — informa Felicity — por meio do banco em Marselha. Dizer a ele onde estamos e perguntar se pode enviar fundos para ajudar a nos recompormos. Até então, se os Robles nos aceitarem, deveríamos ficar aqui. E você — nesse ponto minha irmã olha para mim — pode fazer todo tipo de trabalho investigativo que quiser durante esse tempo, contanto que não faça nossos anfitriões se ressentirem de nós. Estamos de acordo?

— Sim — respondo. Parece que, pela primeira vez, minha irmã está entusiasmadamente do meu lado. Percy, pelo visto, está muito mais relutante, porém assente.

— Enquanto isso — diz Felicity —, talvez possamos aprender sobre essa Chave Lázaro.

17

Três dias se passam até conseguirmos um tempo para bisbilhotar de verdade, três dias desorientadores em que estamos intensamente cientes do fato de que somos estranhos na casa de estranhos, mas sem ter para onde ir. A maior parte dos dois primeiros dias passamos dormindo, pois as últimas semanas parecem cair subitamente sobre nós como um saco de tijolos jogado do alto. No terceiro, Helena insiste em nos acompanhar para fora de casa para vermos a cidade.

Dante fica para trás. Ele parece viver no escritório — ocupa o posto ali todas as manhãs logo após o café e ainda está no escritório quando vamos nos deitar —, o que dificulta vasculhar o lugar em busca de mais correspondências com o duque ou qualquer coisa sobre o trabalho de Mateu Robles. Todos reviramos nossos respectivos quartos e não encontramos nada útil — Percy foi quase completamente inútil para mim depois que descobriu a pilha das músicas do pai deles e decidiu que passaria melhor o tempo folheando-a. Aparentemente o escritório é o local das respostas, embora Dante pareça pouco inclinado a deixá-lo, preferindo habitar a segurança do mausoléu abafado que o pai deixou para trás.

Esforços investigativos são completamente destruídos por nossa exaustão e pela ansiedade social dele.

Para minha grande surpresa, é Felicity quem avança primeiro sobre Dante. Ela se entregou a essa investigação com entusiasmo consideravelmente maior do que eu tinha antecipado, levando em conta o quanto minha irmã mantém os espartilhos apertados. Desde que chegamos, os dois mantém uma conversa frequente sobre *química* e *frenologia* e *eletricismo* e outras palavras das quais não sei o significado, e Dante está muito mais interessado nela do que nossa interação inicial teria me levado a acreditar ser possível. Muito mais do que parece se interessar por mim ou por Percy; no entanto, sempre que Felicity tenta se intrometer em assuntos próximos da alquimia, ele desvia a conversa para o beco sem saída de assuntos mais seguros. Minha esperança inicial de que ele esteja inclinado a contar segredos começa a se esvair.

Encontramos Dante no escritório, não exatamente arrumando, mas trocando a bagunça de lugar. Contudo, ele para o que está fazendo e ouve quando Felicity pergunta se há uma universidade perto com uma biblioteca que possamos visitar.

— Há uma livraria — responde ele. — No fim da esquina. Quero dizer, na esquina. No fim da rua, virando a esquina. — Dante agita a mão dando as direções. — Você deve... pode... pode tentar ali. Ou temos livros aqui. Se quiser... ficar em casa. — O olhar de Dante percorre Felicity, então ele fica vermelho do pescoço até a testa.

— Ah, é muita gentileza, mas eu queria... — minha irmã inventa uma mentira com uma velocidade que é, sinceramente, impressionante — ... queria comprar o livro de seu pai.

— Temos cópias por aqui, acho.

— Sim, mas gostaria de um para mim, para levar quando partirmos. — Não é uma mentira infalível, de forma alguma, considerando que quase não temos dinheiro e que ela primeiro perguntou por uma biblioteca. Mas antes que Dante consiga achar as falhas, ela dá um sorriso doce. Não de fazer tremerem os joelhos, exatamente, mas talvez o charme seja mais um atributo de família do que eu havia pensado. — Pode vir conosco, se quiser.

O rubor que começava a deixar as bochechas de Dante se intensifica de novo como uma fogueira atiçada.

— Não, não... Acho que ficarei aqui. Ah — ele nos chama de volta quando chegamos à porta e diz a Percy —, ouvi você ontem, praticando. A música de meu pai. Se puder tocar algo para mim... Eu... eu gostaria muito.

— Quando voltarmos — responde Percy —, dou uma olhada.

Dante sorri.

A livraria não é do tamanho de uma biblioteca, o que é desapontador, mas tem uma boa seleção. Prateleiras entulhadas estão agrupadas em fileiras desorganizadas, com excessos de inventário empilhados a intervalos aleatórios pelo chão. Atrás do balcão, um homem com ar de diretor e uma papada impressionante observa com uma cara zangada. Parece um pouco tradicionalista, o tipo que não aceitaria perguntas de uma dama ou de um menino negro, assim como não acharia que qualquer um dos dois deveria estar em uma livraria, então eu avanço sozinho.

Escolho uma abordagem atrapalhada, porém sincera — começo com um sorriso e um tropeção e com os ombros tensionados para cima, o que me faz parecer menor e menos ameaçador, embora não seja particularmente grande ou ameaçador normalmente.

— Bom dia — digo em francês.

O livreiro tira os óculos *pince-nez* do nariz e os coloca no bolso.

— Posso ajudá-lo?

— Sim, eu estava me perguntando... as chances são remotas... mas por acaso você sabe o que é uma Chave Lázaro? Ou tem livros sobre ela?

O livreiro pisca.

— Está fazendo uma referência bíblica?

— Estou? — Gargalho. Ele não. — Não sei.

— Lázaro é o homem que Cristo ressuscita dos mortos, detalhado no décimo primeiro capítulo de João, no Novo Testamento.

— Ah. — Isso não tinha me ocorrido. Nunca fui um estudioso da Bíblia muito atento, pois meu pai é deísta e minha mãe tem um temperamento ansioso que se manifesta mais proeminentemente antes de eventos sociais desagradáveis. — Sim, talvez eu esteja.

— Então sugiro que estude a Bíblia.

O livreiro parece pronto a se recolher de volta para a exigente tarefa de fazer cara feia, mas insisto:

— E quanto a caixas-enigma Baseggio? — Mostro a ele minhas covinhas. — Sabe algo sobre elas?

O homem é — tragicamente — imune a elas.

— Não.

— Sabe o que são?

— Meu jovem, por acaso me pareço com uma enciclopédia?

— Não, desculpe. — Abaixo a cabeça em derrota. — Obrigado pela ajuda.

Começo a me afastar, mas então o homem diz:

— Temos uma pequena seção sobre a história veneziana.

Eu me viro.

— História veneziana?

— É um nome veneziano: Baseggio. Um patronímico do diminutivo veneziano do sobrenome Basile. Talvez possa começar sua busca por aí.

— Um diminutivo patronímico de... isso, sim. — Entendo menos de metade das palavras da frase, mas que Deus abençoe os amantes dos livros pelo conhecimento ilimitado absorvido por conviverem com palavras em vez de terem amigos. — Sim, obrigado. Tentarei isso.

— Rapaz — chama o livreiro, e me viro de novo. Ele acena para mim, balançando a cabeça, embora a papada permaneça no lugar. — Boa sorte.

Então talvez não seja completamente imune às covinhas, no fim das contas.

— Conseguiu algo? — pergunta Percy quando volto para onde ele e Felicity estão esperando.

— Baseggio é um nome veneziano — respondo. — E Lázaro pode ser da Bíblia.

Felicity bate na própria testa.

— Eu deveria ter pensado nisso.

— Então suponho que cada um de nós possa levar um desses — sugiro. — A Bíblia e Veneza e também o livro de alquimia para ver o que descobrimos.

— Pego o de alquimia — declara Felicity.

— Veneza — diz Percy, rapidamente.

Eu gemo.

— Por favor, não me façam ler a Bíblia.

Percy me dá um grande sorriso e toca a ponta do meu nariz com um dedo.

— Deveria ter sido mais rápido.

Passamos a tarde em nossos respectivos cantos da livraria. Leio João, capítulo 11, duas vezes, depois folheio as páginas próximas para ver se aquele personagem Lázaro é mencionado mais uma vez, embora isso rapidamente se transforme mais em um esforço para permanecer acordado do que em leitura — a livraria está quente e a cadeira é confortável e a exaustão é um hóspede que já abusou da hospitalidade.

Quando o sino de uma torre no fim da rua anuncia a hora, fico de pé, estico os braços acima da cabeça e vou atrás de Percy, mas antes olho rapidamente para o livreiro com a papada, o qual não deve ficar nada satisfeito por eu ter deixado minhas leituras espalhadas pelo chão em vez de colocá-las de volta na prateleira, mas ele ainda mantém guarda atrás do balcão.

Percy está em uma mesa ao lado da janela, curvado sobre um livro com as palmas das mãos tapando as orelhas. Os painéis de vidro verde projetam um brilho semelhante ao de uma joia no rosto dele. Percy não ergue a cabeça quando me sento do outro lado da mesa até eu cutucar a canela dele com meu pé, fazendo-o tomar um susto espetacular.

— Você me assustou.

— Tão envolvido na leitura. Encontrou algo útil?

— Absolutamente porcaria nenhuma. — Ele fecha o livro batendo-o e levantando poeira. — Não há sequer menção do nome ou de uma família. Talvez Baseggio não seja veneziano, no fim das contas. E você?

— Nada a respeito de uma chave, mas tem muito sobre o tal do Lázaro. Um dos milagres mais exibicionistas de Cristo, aparentemente.

Percy gargalha.

— Ah, por favor, me conte sua versão dessa história.

Eu me apoio sobre os cotovelos, e ele me imita, com as mãos entrelaçadas diante do corpo.

— Então, Jesus e Lázaro são camaradas, certo? E enquanto está fora, pregando, Jesus recebe um chamado das duas irmãs de Lázaro, Maria e Marta, avisando que o irmão estava para deixar este mundo...

— Maria e Marta? — repete Percy. — Não me lembro disso.

— Deveria ter prestado mais atenção à missa de domingo. Mas Jesus não vai vê-lo, e Lázaro morre, e está apodrecendo há dias quando o próprio homem finalmente chega na tumba...

— Tem uma ilha — interrompe Percy.

— Não, não, é uma tumba.

— Não na Bíblia... em Veneza. Li a respeito em um dos livros, uma ilha próxima à costa chamada Sante Maria e Marta.

A sala parece se calar ao redor; o farfalhar baixinho das páginas subitamente parece fantasmagórico e me dá calafrios.

— Maria e Marta — repito.

— Irmãs de Lázaro.

— Provavelmente uma coincidência.

— Provavelmente — afirma Percy, embora nenhum de nós pareça realmente acreditar nisso.

— Essa é a ilha que está afundando? — pergunto. — Lembra-se? O cavalheiro em Versalhes mencionou isso para mim.

— Não me lembro disso.

— Provavelmente porque a mulher dele estava importunando você com... — Ele vira o rosto, e eu paro, encerrando com um fraco: — Não acho que estava prestando atenção.

— Talvez o que quer que a chave abra esteja na ilha.

— Acha que ela abre alguma coisa?

— Só pode ser, não? Que outra utilidade têm as chaves?

Puxo os punhos da camisa até os polegares e entrelaço os dedos.

— Bem, se a ilha está afundando, então está acabando o tempo para todos chegarem até ela.

Nós dois deixamos essa informação ser absorvida por um momento, como nanquim em mata-borrão. Do lado de fora da janela, o sol se esconde atrás de uma nuvem, projetando uma sombra sobre nós. Sob a mesa, Percy cutuca minha canela com o pé.

— Então, me conte o final.

— O final do quê?

— Depois que Cristo aparece na tumba de Lázaro.

— Ah! Aí o próprio homem aparece na tumba de Lázaro, e as irmãs e os amigos estão todos se perguntando o que Ele está fazendo ali, pois Lázaro está bastante morto àquela altura. E Jesus pergunta às irmãs se elas acreditam n'Ele e em Deus e vida após a morte e tudo isso. As irmãs respondem: "Sim, tudo bem, mas teria sido incrível se Você tivesse vindo assim que chamamos porque assim nosso irmão ainda poderia estar vivo". E então Jesus diz: "Bem, só observem..."

— Sério? *Bem, só observem*?

— Isso é linguagem bíblica.

— Se sua Bíblia foi escrita por Henry Montague. — Ele está sorrindo para mim, e abro a boca para responder, mas percebo subitamente que Percy ainda está com o pé em minha perna sob a mesa, é um contato tão leve que não reparo até que ele se mova, enganchando o dedão do pé por trás de minha panturrilha, o que me tira completamente a concentração, estilhaçando meus pensamentos com aquele toque.

— Ah, é algo assim. — O pé de Percy desliza por minha perna, tirando a meia do lugar e, por Deus, isso incita em mim cada desejo pecaminoso que tenho certeza de que a Bíblia condena. — É "Tirem a pedra", ou algo assim, mas minha versão é um pouco melhor.

— Acabou de dizer que sua versão é *um pouco melhor* do que a Bíblia?

— Bem, a Bíblia é ultrapassada.

— Não sei direito o que Deus vai pensar dessa avaliação.

Engulo em seco quando o pé dele mais uma vez se move tocando em minha perna. Começo a suar pelo esforço em me manter parado.

— Acho que terei coisas piores na conta do que interpretar as escrituras quando Ele e eu nos encontrarmos.

Percy gargalha, com a boca fechada, de forma sussurrada.

— Então Lázaro retorna dos mortos? É assim que acaba?

— Sai andando da tumba como se nada tivesse acontecido.

Nós nos olhamos através da mesa. Nossos rostos parecem mais próximos do que antes de Percy começar a me fazer uma massagem sob a mesa, ambos estamos com as mãos unidas diante do corpo como se estivéssemos rezando antes do jantar. Percy tem mãos tão esbeltas — maiores do que as minhas, com dedos finos e graciosos e articulações redondas um pouco grandes demais para ele, como um cachorrinho que ainda vai crescer. Por um momento delirante, sou possuído pela insanidade que poetas um dia chamaram de *amor*, e isso me faz querer estender os braços e pegar aquelas duas mãos nas minhas — afinal, o pé dele faz a angustiante subida por minhas pernas, o que parece um convite —, mas antes que eu consiga, ele franze a testa de repente e olha debaixo da mesa.

— Isso era sua perna esse tempo todo?

— O quê?

Percy solta o pé de minha panturrilha.

— Achei que fosse a cadeira. Desculpe por isso. Meu Deus, por que não disse nada?

Antes que eu consiga responder, ouvimos um *flop* na ponta da mesa e nos sobressaltamos. É Felicity, que acaba de jogar o livro de alquimia entre nós e está de pé com as mãos espalmadas na capa do exemplar e os cotovelos esticados.

— Já terminou? — pergunta Percy a ela. No segundo em que virei o rosto, ele enfiou aquelas belas mãos sob a mesa.

— Folheei — responde minha irmã. — E sabia algumas coisas da palestra. É cientificamente sólido, até onde sei, embora sempre tenha ouvido dizer que a alquimia estava sendo desmentida. O livro dele é em grande parte um resumo dos princípios, desde a purificação de objetos ao retorno deles ao estado mais perfeito. Mas há um capítulo no fim, nem chega a ser um capítulo de verdade, é praticamente uma nota de pé de página, sobre panaceias artificiais.

— O que isso quer dizer? — pergunto.

— Um dos pilares da alquimia é criar um único item ou composto que cura todos os males e restaura o corpo ao estado perfeito — explica Felicity. — Não existe algo universal, normalmente são plantas e coisas que funcionam como antídotos contra uma grande variedade de venenos.

— Como as substâncias no escritório — sugere Percy.

— Certo. Mas parece que, quando Mateu Robles morreu, o trabalho estava concentrado prioritariamente na criação de uma panaceia universal sintetizada dentro do coração humano.

— Como isso funcionaria? — pergunto.

— Bem, a teoria dele é que o componente que faltou nas tentativas anteriores de criar uma panaceia foi a vida. Robles acreditava que se a reação alquímica certa ocorresse dentro dele, um coração batendo poderia ser transformado em um tipo de pedra filosofal, então o sangue bombeado adquiriria as mesmas propriedades de cura.

Passo as mãos pelos cabelos, soltando algumas mechas da trança. Um coração batendo e veias abertas é algo totalmente diferente dos químicos em um frasco que eu esperava.

— E se ele obteve sucesso? — indaga Percy. — Talvez o que quer que esteja na caixa tenha algo a ver com encontrar a pessoa com esse coração, ou fazê-lo. Talvez seja isso que o duque busca.

— Parece imprudente que um homem tenha acesso a isso, principalmente alguém com tanto poder político — comenta Felicity, olhando em seguida para mim e fazendo uma careta. — Que cara é essa?

— Que cara?

— Você parece desapontado.

— Só estou pensando em todo esse sangue. — Quase estremeço. — Não causa a você um pouco de aflição?

— Damas não têm o luxo de se sentirem aflitas com sangue — responde ela, fazendo com que Percy e eu fiquemos fantasticamente vermelhos ao mesmo tempo.

18

A ópera é na sexta à noite — Helena nos lembra durante o café naquela manhã. Dante quase desmaia. Tenho uma forte sensação de que é a primeira vez dele fora de casa em um bom tempo e também que não está indo por vontade própria.

Não temos roupas adequadas para o passeio, então Dante empresta a Percy um traje de cor vinho — visivelmente curto demais nas mangas, mas os dois têm a forma física similar o suficiente para ser aceitável. Já eu recebo calça culote de seda preta e um casaco esmeralda que me engole, mas é a única coisa que cabe em altura e nos punhos, depois que os enrolo. Duas vezes.

— É de meu pai — diz Dante, evidentemente sem compreender o quanto é desconcertante usar as roupas de um homem morto.

Quando entro no quarto, após abandonar todas as tentativas de convencer meus ombros a preencherem o espaço sobrando, Percy está sentado na cama, ainda não vestido. Está apoiado sobre uma das pernas, com o violino preso entre o queixo e o ombro. Há um conjunto de partituras desgastadas e espalhadas diante dele.

— É a música de Mateu Robles? — pergunto.

Percy assente, movendo o violino.

— Não traduz tão bem quanto eu esperava, foi toda escrita para os copos. É muito antiquada também.

— Deixe-me ouvir.

Ele vira a ponta do arco, arruma os dedos, então toca a primeira linha da música. Tem um som formal, contido e cortês, até que Percy confunde os dedos e as cordas gritam. Ele tira o violino de debaixo do queixo franzindo a testa, então tenta o compasso de novo, dedilhando as cordas em vez de tocá-las com o arco, sem se incomodar com o tempo.

— Isso foi lindo — digo.

Percy me cutuca com o arco, bem na barriga, e me encolho com uma gargalhada.

— Você é uma ameaça.

— Como se chama essa?

Ele semicerra os olhos para o título.

— "Vanitas Vanitatum". Ah. — Percy franze a testa. — Esta é a música.

— Que música?

— Aquela que Dante mencionou. A música de conjuração, para os espíritos dos mortos.

— Está tentando chamar a alma de Mateu Robles? Talvez seja o único nesta maldita casa disposto a nos contar sobre seu trabalho.

Percy apoia o violino na cama, então pega a camisa limpa disposta sobre a cabeceira, já passando os braços pela manga.

— Em quanto tempo sairemos?

— Ah, não tenho certeza — respondo, me obrigando a desviar os olhos quando ele passa a camisa pela cabeça. — Encontro você lá embaixo, pode ser? — Pego os sapatos do lado da porta e disparo. Não vou me atormentar com um Percy seminu mais do que é absolutamente necessário. Um Percy completamente vestido já é quase mais do que consigo suportar.

Dante parecia ter esperanças de que se ficasse entocado no andar de cima por tempo o bastante seria acidentalmente esquecido, e não imagino que Helena se vista muito rápido sem uma aia, então presumo que serei o primeiro a descer. A porta do escritório está fechada e paro ao lado dela, tentado a mexer na maçaneta.

Meus dedos roçam o trinco, mas então ouço, do outro lado da porta, a voz de Dante, esganiçada e reclamando. Quase dou um salto de susto.

— Por que importa se os mantemos aqui?

— Precisamos esperar... — Ouço Helena dizer, porém o resto da frase é abafado quando Percy recomeça com o violino acima. Desejo profundamente que pudesse atirar algo nele pelas tábuas. Encosto o corpo na porta, pressionando a orelha contra ela.

— Talvez possam... possam ser persuadidos. A ficarem calados. Ou podem não estar interessados.

— Estão obviamente interessados.

— Mas parecem tão sensatos.

— Ainda não aprendeu que muitas pessoas aparentemente sensatas estão longe de sê-lo? — Ouço um farfalhar e um clique, como pérolas deslizando umas contra as outras conforme um fio é puxado. — Você o verá *esta noite*. Estamos ficando sem tempo.

— E se ele não...

— Tenho certeza de que estará lá, sempre vai jogar com os magistrados.

— Então você...

— Ele não fala mais comigo. Eu o importunei por vezes demais. Precisa ser você.

— Mas... Eu não...

— Por favor, Dante. Se ao menos ele pudesse vir para casa...

Um arrastar. Dante murmura algo que não consigo distinguir.

— Você o deixaria apodrecer sem tentar de tudo? — sibila Helena. — Nós os manteremos aqui até... — A porta se abre subitamente e quase caio de cara nos seios de Helena, um ultraje tão grande que talvez a distraia de eu ter sido pego entreouvindo. Agarro-me à ombreira para me endireitar, fazendo uma tentativa inútil de parecer casual. Helena e Dante estão, ambos, à porta do escritório. Ela está com uma das mãos na frente do vestido, ajustando a gola postiça. O *robe à la française* dela é rosa-pálido, da cor de quartzo rosado, com uma armação *pannier* por baixo e a cintura apertada até ficar tão estreita que todo o resto é empurrado para cima. De repente, cair de nariz nos seios de Helena não parece um destino tão terrível.

— Achei que estivesse no andar de cima — diz ela.

— Não, apenas... esperando. — Nós nos encaramos por mais um momento. Assumo meu melhor sorriso que diz *Eu certamente não estava entreouvindo*. Helena semicerra os olhos.

— Carruagem — murmura Dante e dispara pelo corredor. A porta da frente bate com tanta força que os frascos no armário do escritório tremem.

Ainda bem que Percy aparece na escada atrás de mim nesse momento, com o estojo do violino sob um braço.

— Acho que... Ah, para onde Dante foi? Achei ter ouvido a voz dele.

— Chamando uma carruagem — responde Helena, passando por mim em direção ao corredor com um empurrão do ombro. — Precisamos ir.

— Sim. — Percy coloca o violino dentro do escritório. — Felicity deve descer logo.

Helena ainda me encara.

— Esse casaco — comenta ela, de repente.

Moda era a última coisa que eu esperava que ela observasse. Ajusto os ombros, e a coisa toda se assenta sobre mim como um monte de neve.

— Meio grande.

— É de meu pai.

— Ah, Dante disse que eu podia...

— Eu sei — retruca Helena, se virando para o corredor antes que eu consiga ver o rosto dela. — Apenas afirmando um fato.

Chegamos à ópera cedo demais para estarmos elegantemente atrasados. A cantoria não começou, mas os pavios das velas da ribalta estão sendo aparados. O teatro da ópera está iluminado e caótico; é muito menos pomposo do que aquele em Paris, porém duas vezes mais barulhento. Os lustres reluzem como luz do sol na água. A galeria dos criados de libré está abarrotada, e os corredores estão entulhados com rapazes vagueando para cima e para baixo em busca de companhia. Nos camarotes, mulheres jogam cartas e comem doces recheados com creme trazidos em bandejas de prata. Homens discutem política. Quando a cantoria começa, o barulho aumenta porque todos erguem a voz para serem ouvidos por cima dela. A multidão de pé ao palco agita as pernas e troca o peso do corpo entre os pés, já cansada.

Percy e eu não vamos para o camarote dos Robles — em vez disso, eu o arrasto para o salão de jogos contíguo a uma das galerias superiores, do qual se vê o público de cima, de modo que possamos ter uma conversa particular sobre o que entreouvi e conspirar sobre o que fazer.

Felicity fez um alvoroço por ser deixada para trás, em grande parte aos sussurros conforme subíamos as escadas, com a mão em meu braço, para que Dante e Helena, que caminhavam adiante, não ouvissem.

— Quero ir com vocês.

— Bem, não pode. Damas não podem entrar.

Quase pisei na cauda do vestido dela quando minha irmã atravessou o canto do pavimento das escadas, parando diante de mim.

— Se estão confabulando sobre as curas alquímicas, por favor, façam onde eu possa ouvir.

— Não estamos confabulando. Estamos... — Não pensei em uma mentira rápido o suficiente, então Felicity semicerrou os olhos e disparou para cima do degrau diante de mim, interrompendo meu avanço.

— *Estão* confabulando, sim!

— Apenas fique no camarote e preste atenção a Dante, por favor? Veja se ele vai a algum lugar.

— Não me dê uma tarefa absurda só para fazer com que eu me sinta incluída.

— Não é absurda, apenas... — Eu não sabia como terminar, então apenas abanei a mão na direção de Felicity.

Ela tirou os dedos de meu braço, alisou o vestido, então empinou o nariz.

— Tudo bem. Não me incluam. Talvez eu confabule sozinha, então.

— Estou ansioso por isso — respondi, depois peguei a mão de Percy para arrastá-lo até o salão de jogos.

O ambiente está nebuloso com fumaça e mais quente do que o ar do verão do lado de fora. É um esforço imenso não afrouxar minha gravata *plastron* assim que entramos. Enquanto esperamos no bar por uísque, narro para Percy o que ouvi.

— Pelo que entendi, vão encontrar alguém aqui esta noite — concluo. — Acha que conseguiríamos descobrir quem é? Talvez devamos voltar para o camarote e seguir Dante se ele for a algum lugar. Mas é um pouco suspeito, suponho. E se o encontro for com o duque? Talvez aquela carta que encontrei contivesse instruções para um encontro. Apostaria que é o duque... e se ele nos seguiu de Marselha até aqui? — Resisto à vontade de olhar em volta, como se o homem pudesse subitamente se materializar ao nosso lado.

Olho para Percy, esperando que forneça alguma luz a meu breu intelectual, mas ele está puxando o casaco e abanando o colarinho contra o pescoço.

— Meu Deus, está quente aqui dentro.

— Está me ouvindo?

— É claro que estou. Mas acho que está se agitando por nada.

— Dificilmente é nada...

— Só porque encontrou uma carta de Bourbon não significa que eles sejam próximos.

— Então quem mais ele encontraria?

— Talvez não tenha nada a ver com alquimia. Ou com o pai deles. Ou conosco.

— Helena parou muito subitamente quando percebeu que eu estava ouvindo.

— Bem, você estava sendo grosseiro.

— Eu não estava sendo grosseiro!

— Estava entreouvindo.

— Não havia ouvidos entre nada, eu só estava passando. É culpa deles que não estavam falando mais baixo. E essa não é a questão! A questão é que algo está acontecendo e tenho a sensação de que estão conspirando contra nós. Precisamos descobrir o possível sobre as curas alquímicas de Mateu Robles e então fugir daqui. Por que não está tão nervoso com isso quanto eu?

O atendente do bar entrega nossos copos com a dose de bebida e Percy empurra um para mim com um sorriso.

— Porque não quero me preocupar com isso agora. Só quero curtir a saída com você. Estamos aqui, não estamos? Em Barcelona. Na ópera. Vamos aproveitar. — Ele passa o dedo pela borda do copo e o vidro murmura ao toque. — Não teremos muitas noites mais como esta.

— Não diga isso.

— É verdade.

— Não, não é, porque vamos descobrir quaisquer que sejam os segredos deles sobre curas alquímicas e aí você ficará bem de novo. — No palco, a soprano começa com uma primeira ária sofrível em um tom que faz o ar tremer. Estremeço. — Que tal isto, então, vamos jogar um jogo em que bebemos sempre que alguém cantar algo em espanhol.

— Italiano.

— O quê?

Ele inclina a cabeça na direção do palco.

— Isto é Handel... é em italiano.

— É?

— Definitivamente italiano.

Decido não mencionar o quanto acho adorável que Percy saiba isso ao ouvir apenas algumas notas. A soprano alcança outra nota esganiçada e eu faço uma careta.

— Não importa, odeio mesmo assim. — Bato a borda do meu copo contra o dele. — À beleza, à juventude e à felicidade.

Percy gargalha.

— Somos dignos de qualquer uma delas ultimamente?

— Bem, somos indubitavelmente jovens. E estou feliz, pelo menos neste momento, porque não tomo uma bebida decente há duas semanas e estou bastante animado com isto. E você... — Paro de falar, meu pescoço começa a se aquecer.

Percy se vira rapidamente para mim; a luz se projeta nos olhos dele, os quais refletem um brilho malicioso. Fico subitamente ciente de meu corpo de uma forma que não estava um momento antes, de cada tremor e piscar de olhos, do modo como meus ombros estão dentro desse casaco grande demais, de como minha garganta oscila quando engulo em seco, de cada ponto de minha silhueta que o olhar de Percy alcança. O amor pode ser algo grandioso, mas maldito seja, pois toma mais do que a parte que cabe a ele dentro de um homem.

Eu poderia contar a Percy. Bem aqui e agora, expor tudo. *Percy*, eu poderia dizer, *acho que você é a criatura mais linda dessa terra verde criada por Deus e gostaria muito de encontrar um canto escondido neste teatro para fazermos coisas que só poderiam ser chamadas de* pecaminosas.

Percy, eu poderia dizer, *tenho quase certeza de que estou apaixonado por você.*

Mas então penso naquele beijo em Paris, na forma como ele me afastou quando deixei passar um indício de que poderia significar algo mais do que uma ousadia qualquer. Ele tem estado tão carinhoso comigo desde que chegamos à Espanha, de uma forma que não era desde antes de nos beijarmos naquela noite desastrosa, e isso parece tão frágil quanto fios de açúcar caramelizado, doce e precioso demais para arriscar destruir.

— Eu o quê? — pergunta Percy, com um leve sorriso.

A cantora para, então a orquestra entra em um interlúdio. Os olhos de Percy se desviam de mim, indo na direção do palco, e dou um tapa no ombro dele.

— Sim, Percy, está muito atraente — concluo, o mais levianamente possível, virando o uísque com dois goles rápidos em seguida, o que queima minha garganta.

Quando me viro de volta para Percy, aquele indício preguiçoso de um sorriso sumiu. Ele gira até estar apoiado contra o bar, com cotovelos no balcão, e repuxa mais uma vez o colarinho para afastar o calor. Inclinando-se subitamente para mim, Percy diz:

— Ouça, tem algo sobre o que queria conversar com você. Quando estávamos em Paris...

Ele para, e meu estômago pesa. Ao virar o rosto para Percy, vejo que os olhos dele estão fixos em um ponto do outro lado da sala.

— O que tem Paris? — pergunto, tentando parecer completamente casual, mas ele não parece ouvir. — Percy?

— Olhe, é Dante.

— O quê? — Eu me viro e acompanho o olhar dele até o outro lado da sala. Em meio às mesas, ali está Dante, com as mãos nos bolsos do casaco e os ombros repuxados para cima, como uma tartaruga recuando para dentro do casco. Está falando com um cavalheiro mais velho de peruca branca e um casaco dourado elegante, os dedos do homem se fecham sobre uma bengala com a extremidade de prata. Ele dá um sorriso gentil para Dante, que parece gaguejar algo e depois balançar a cabeça.

Percy e eu ficamos em silêncio, embora estejamos longe demais para ouvir o que é dito. O sujeito se abaixa, forçando Dante a encará-lo. Ele diz algo que o faz ficar vermelho, então faz menção de dar um tapinha no ombro dele, mas Dante sai do caminho e o homem acaba espalmando o ar entre os dois. O cavalheiro sorri, depois prossegue para as mesas de apostas enquanto Dante dispara na outra direção, atravessando as portas e seguindo de volta para os camarotes.

— Acha que aquele é... — começa Percy, mas estou à frente dele.

— Precisamos falar com ele.

— Com quem, Dante?

— Não, quem quer que seja aquele homem. — Agito a mão para o sujeito de peruca branca que já se acomodou em uma mesa de dados do outro lado do salão; para um homem de bengala, o filho da mãe é rápido. — Vamos jogar, fazer com que ele fale, perguntar sobre os Robles, ver se ele nos diz alguma coisa. Talvez saiba sobre a conexão da família com os Bourbon ou o que o pai deles estava fazendo em relação à alquimia. Ou *qualquer coisa* sobre eles.

Avanço na direção da mesa, mas Percy me segura pela parte de trás do casaco.

— Espere, não vão deixar que se sente à mesa de jogos para uma conversa. Precisaremos apostar.

— Ah... — Viro na direção da mesa: há apenas três assentos vagos, e um é ocupado quase imediatamente.

— Vou pegar fichas — diz Percy. — Você o encurrala.

— Brilhante. — Avanço de novo naquela direção, mas então dou meia-volta. — Está bem?

— Sim — afirma Percy, embora esteja puxando a camisa. — Está muito quente, é só isso.

— Faremos deste o jogo de dados mais rápido de nossas vidas. Encontre-me à mesa.

Deslizo pela multidão, tentando não deixar evidente que estou avançando para aqueles dois assentos vagos. Dois pretendentes estão atrás das cadeiras, conversando, um deles com a mão no encosto, mas mergulho para o assento antes que eles consigam e caio, com um pouco menos de graciosidade do que esperava, na cadeira ao lado do homem com quem Dante conversava.

Ele ergue o rosto das fichas e sorri para mim. Ofereço um grande sorriso em resposta.

— Não estou atrasado, estou? — digo em francês.

— De maneira alguma — responde o sujeito. — Bem-vindo a Barcelona.

— Como?

— Você soa estrangeiro.

— Inglês. Meu amigo e eu estamos em nosso *Tour*, ele foi buscar fichas.

— Não recebemos muitos turistas ingleses. Como veio parar tão longe, aqui no sul?

Ah, isso está indo magnificamente bem.

— Estamos visitando amigos. A família Robles.

As sobrancelhas do homem se unem no centro da testa.

— Ah, estão?

— Apostas, por favor, cavalheiros — interrompe o lançador de dados. — Estamos prontos para começar.

Resisto à vontade de olhar em volta em busca de Percy.

— Você os conhece? Os Robles.

— Profissionalmente. Na verdade, falei com Dante mais cedo esta noite.

Não sou o que se pode chamar de versado em sutileza, mas perguntar diretamente *E sobre o que vocês dois conversaram?* parece excessivamente ousado, então, em vez disso, digo:

— Qual é sua profissão?

— Sirvo como administrador da prisão da cidade. Bastante sombrio, eu sei. — Não era o que eu estava esperando. O homem embaralha as fichas entre o polegar e o indicador, depois joga algumas à mesa para o lançador de dados. — É bom para aquelas pobres crianças terem alguma companhia depois de tudo por que passaram com os pais.

Mal chamaria qualquer um dos Robles de criança, mas não o corrijo.

Ouço uma batidinha diante de mim e ergo o olhar. O lançador de dados franze a testa.

— Sua aposta, senhor.

— Ah, só um momento. — Eu me inclino na direção do administrador. — Estou bastante preocupado com Dante, na verdade, não o vejo desde que o pai morreu, e ele anda tão fechado a respeito disso desde que...

— Morreu? — interrompe o sujeito. — Ele não morreu.

— Mas ele... O quê?

— Senhor — diz o lançador de dados —, a aposta.

Tento afastá-lo com um gesto.

— Meu amigo está a caminho...

— Senhor...

— Como assim, ele não está morto? — indago.

O administrador parece bastante alarmado com minha determinação, mas responde:

— Mateu Robles é simpatizante dos Habsburgo e foi aprisionado por se recusar a ajudar a Casa de Bourbon quando eles tomaram a coroa.

Meu coração está galopando.

— Tem certeza?

— Fui encarregado dos cuidados dele pelo rei. Está abrigado em minha prisão.

— Os filhos dele...

— Senhor — interrompe o lançador de dados —, se não vai apostar, precisarei pedir que se retire.

— Tudo bem, eu... — Fico de pé, cambaleando e procurando Percy. É um sujeito difícil de não ver, mas tem essa multidão e o ar está enfumaçado e eu mais do que um pouco perturbado. — Volto já — digo, em parte para o lançador de dados, mas principalmente para o administrador, então adentro a multidão, abrindo caminho com o ombro. *Ele está vivo;* a frase ecoa por mim como batidas do coração, e estou confuso tentando entender o que isso significa. Mateu Robles está vivo, embora tanto Dante quanto Helena tivessem assegurado que estava morto. Morto como Lázaro, e aqui está ele, renascido.

Dou duas voltas pelo salão antes de a percepção de que não consigo encontrar Percy se sobreponha à descoberta. Ele não está na mesa de fichas nem no bar onde o deixei. Não consigo imaginar para onde mais teria ido e começo a ficar desesperado.

Onde está você, Percy?

Então o vejo, curvado no chão ao lado da porta, com a cabeça entre os joelhos e as mãos entrelaçadas nos cabelos. Meu coração fica imóvel por um momento, em seguida começa a palpitar novamente por um motivo completamente novo.

Abro caminho pela multidão, sem me importar com quem estou empurrando, e caio de joelhos ao lado de Percy. Toco o braço dele, levando-o a se assustar mais do que eu esperaria. Quando ele ergue o rosto, está pálido e gotas finas de suor brotam pela linha do cabelo.

— Desculpe — murmura Percy.

— O que houve? É...? Está prestes a...?

Ele enterra o rosto na dobra do cotovelo.

— Não sei.

— Certo. Bem... certo. E que tal, talvez... talvez... — Não sei o que devo fazer. Estou pescando com as mãos no rio da mente em busca de uma forma de tomar as rédeas dessa situação para ser o que Percy precisa, mas volto de mãos vazias. *Faça alguma coisa, seu imbecil.* — Vamos — digo, o que parece um bom começo, então o ajudo a se levantar. Não tenho certeza se ele está cambaleante ou se é apenas a multidão nos empurrando, mas deslizo a mão de Percy em volta de meu braço e o levo para fora do salão, fazendo com que a verdade sobre os Robles fique em segundo plano diante da situação de Percy.

Tudo sempre virá depois de Percy.

Não tenho certeza se ele está prestes a cair com um ataque, ou de quanto tempo temos até que caia, ou se há algo que eu possa fazer para impedir isso. Percy se agarra a meu braço conforme o levo pelas escadas e pelo saguão até chegarmos no pátio, o qual, ainda bem, está mais fresco do que do lado de dentro e quase deserto.

No canto, um limoal se agarra ao muro de pedra, e galhos se curvam com o peso das frutas maduras. Levo Percy até ali, esperando que haja um banco ou pelo menos uma rocha grande, mas há apenas o gramado. Ele não parece se incomodar, pois se senta na grama, depois cai de costas, colocando os joelhos para o alto e as mãos sobre o rosto. Está respirando bem rápido.

— Por favor, agora não — murmura Percy, tão baixo que não tenho certeza se sabe que proferiu as palavras em voz alta.

Estou lutando contra a vontade de ir buscar Felicity porque ela é muito melhor nisso do que eu — provavelmente teria ido, se isso não significasse deixá-lo sozinho. Não tenho ideia do que fazer por ele, então me agarro à primeira coisa que me ocorre antes que eu tenha a chance de sequer a considerar: eu me agacho ao lado de Percy e coloco a mão no cotovelo dele. Talvez seja o lugar menos reconfortante no qual um toque reconfortante pode repousar, mas me comprometo com isso e não me movo.

Estou fazendo a coisa errada, penso. *Estou fazendo a coisa errada e vou fazer a coisa errada e jamais serei aquilo de que ele precisa.*

Por um tempo, ambos ficamos calados. Acima de nós, os limões amarelo-canário reluzem entre as folhas, com as cascas inchadas e brilhantes sob a luz das estrelas. Entremeados com o tagarelar alegre de dentro do teatro, ruídos da cidade soam do outro lado do muro do pátio — o estalar de carruagens e o *shhh* baixinho de fontes esvaziando as gargantas. O repique agudo da voz de um guarda canta a hora. Barcelona é uma bela sinfonia por si só.

— As pessoas estão olhando? — pergunta Percy, com a respiração acalmando, mas ainda parecendo abatido.

— Não. — Olho em volta do pátio. Uma dama e um cavalheiro posicionados perto do muro nos dão um olhar irritado que apenas indica que interrompemos o momento em que as mãos dele iam subir pela saia dela. — Quer que eu me deite também? É menos esquisito se formos dois.

— Não, acho que passou.

— Tem certeza?

— Sim. Apenas tive uma sensação muito esquisita e achei que pudesse acontecer. — Percy se senta, fecha os olhos por um momento, então os abre de novo, e quase desabo de alívio. — Pode voltar para dentro.

— De maneira nenhuma. Deveríamos ir embora.

— Estou bem, prometo.

— Venha. — Fico de pé, limpando as mãos nas abas do casaco. — De volta para casa.

— E quanto aos demais? Não deveríamos avisar a eles?

— Eles entenderão. — Estendo a mão para Percy, que me deixa colocá-lo de pé, um pouco instável na grama escorregadia.

Tomamos uma carruagem contratada de volta para a casa dos Robles. Algumas ruas depois do teatro, Percy cochila, e a cabeça dele cai em meu ombro, depois desce até o peito. Quando o cavalo para, fico sentado durante vários minutos antes de gesticular com os ombros, muito suavemente, para que ele levante a cabeça.

— Chegamos.

Percy se senta, pressionando a testa com as articulações dos dedos.

— Caí no sono?

— Um pouco. Ah, veja só, babou em meu casaco. — Esfrego a mão na lapela.

— Meu Deus. Desculpe.

— Dormiu apenas cinco minutos. Como conseguiu babar tanto?

— Desculpe! — Percy puxa a manga sobre o polegar e tenta limpar a saliva, mas acaba espalhando-a mais na seda. Eu o afasto com um gesto e ele cobre o rosto com as mãos, gargalhando. Ainda não parece normal, ainda estou preparado para que o ataque venha, mas parece menos frágil do que no salão de jogos, e caminha com firmeza quando saímos da carruagem.

A casa está abafada, mas há uma janela aberta na sala e as lâmpadas ainda estão acesas, então deixo Percy ali, aninhado no sofá, enquanto vagueio pela cozinha, onde quase perco uma mecha de cabelo e a pele das palmas das mãos tentando ferver água e derramo pelo menos o valor de dez xelins em folhas de chá do jarro.

Ao voltar para a sala, sou a personificação da vitória com a chaleira e a xícara de chá na mão. Percy levanta a cabeça quando me aproximo e olha para minha oferta com uma expressão desconfiada.

— O que é isso?

— Chá. Fiz chá para você. Posso trazer outra coisa, se quiser. Tem vinho em algum lugar por aí.

— O que está fazendo?

— Não sei. Ajudando? Desculpe, não precisa beber.

— Não, é... Obrigado. — Ele pega a xícara e toma um gole cauteloso, então tosse uma vez e soca o próprio peito com força. — Isto é... chá?

— Fiz errado?

— Não, não, é... — Percy tosse de novo, o que se transforma em uma risada, e ele continua rindo com a cabeça inclinada para trás. Chuto a perna do sofá e Percy quase cai. Um pouco do chá terrível derrama no estofado. Então apoio a chaleira na mesa de canto e desabo na outra ponta do sofá na mesma posição que ele, de forma que ficamos cara a cara, encolhidos como pontos de interrogação com os pés fora do chão e os joelhos unidos.

— Você não tem jeito — diz Percy, e é tão estranha e terrível e completamente adorável a forma como ele me olha que me faz querer recuar e me atirar nele ao mesmo tempo. Dói como uma luz repentina que atinge os olhos na calada da noite.

Percy fecha as mãos na xícara de chá de novo, com os ombros curvados.

— Estou bem agora.

— Ah. — Minha voz falha, e pigarreio. — Que bom.

— Obrigado.

— Não fiz nada.

— Você ficou comigo.

— Isso não foi muita coisa.

— Monty, jamais acordei de um ataque e vi as pessoas que estavam comigo no começo ainda a meu lado. Minha tia já literalmente correu do quarto ao ouvir que eu não estava me sentindo bem. E sei que não chegou a acontecer agora, mas... ninguém fica. — Ele estende a mão, quase como se não conseguisse evitar, e coloca o polegar em meu maxilar. As pontas dos dedos roçam a depressão em meu pescoço, e sinto o toque tão profundamente que quase espero que fique uma impressão ali quando Percy tirar a mão, como se eu fosse algo feito de argila nas mãos de um artesão.

Ele abaixa o braço subitamente e ergue o queixo, franzindo o nariz.

— Alguma coisa está queimando.

— Acendi o fogo na cozinha.

— Não, acho que é aqui. Ah, Monty... a chaleira.

Olho para a mesa de canto. Um fio fino de fumaça sobe de onde apoiei a chaleira. Eu a pego, mas o estrago está feito: um círculo perfeito chamuscado de preto na madeira.

— Maldição.

— Que tal não queimarmos a casa do pai deles enquanto estiverem fora? — observa Percy.

— Tem alguma forma de esconder... — *A casa do pai deles.* Quase solto a chaleira. — Percy, o pai deles não está morto.

Ele ergue o rosto enquanto tenta tirar alguma coisa que boia no chá.

— O quê?

— Mateu Robles... o pai deles. Ele não está morto, está preso. O homem com quem Dante estava falando... ele é o administrador da prisão da cidade e me contou que Robles está trancafiado.

— Ele está preso? O homem disse por quê?

— Algo sobre política. Acho que estava do lado errado da guerra que a família Bourbon venceu.

— Talvez tenha algo a ver com a carta do duque...

— As cartas! — Fico de pé com um salto e disparo para fora da sala, ainda me agarrando à chaleira. A porta do escritório está como a deixamos... encostada, destrancada. Empurro para abrir, meio que esperando que alguma armadilha caia em cima de mim.

— O que está fazendo? — grita Percy ao se juntar a mim à porta.

— As cartas do duque. Pode haver mais. — Ao correr para a escrivaninha, quase tropeço no estojo do violino, que ainda está do lado de dentro, logo ao lado da porta. Começo a revirar as cartas na caixa, buscando mais alguma com o selo dos Bourbon. Perto do fundo, outra flor-de-lis com cera verde me encara, e pego a carta. — Aqui.

Percy se junta a mim à escrivaninha, vasculhando os papéis espalhados no tampo.

— É uma sorte que pelo visto eles não joguem nada fora.

Com Percy revirando as gavetas que não estão trancadas e eu trabalhando na superfície, juntamos quase uma dúzia de cartas com o brasão da família Bourbon no selo.

— O duque não está apenas escrevendo para eles, *estão se correspondendo* — observo, escolhendo uma carta aleatória e confirmando a assinatura do duque no final antes de ler a página.

Do outro lado da escrivaninha, Percy ergue outra carta.

— Esta aqui está datada de quase um ano.

— São todas para Helena.

— Nem todas. — Ele sacode uma das páginas para mim. — Esta é para Mateu.

— "Quando da execução de nosso acordo" — leio, é uma frase escolhida aleatoriamente do meio de uma carta. — Que acordo eles têm?

Conforme ergo o rosto, vejo que Percy está sério. As sombras da luz da lareira mancham a pele dele.

— Monty, acho que deveríamos ir embora daqui. Esta noite. Ou o mais rápido possível.

— E ir para onde?

— Qualquer lugar. De volta para Marselha. Encontrar Lockwood. Pelo menos encontrar algum outro lugar para ficar até que ele envie fundos.

— Mas... — *Mas e quanto à Holanda e ao sanatório?*, é o que quero dizer. *Viemos até aqui para ajudar você, porque nada mais funcionou e, em vez disso, iríamos partir de mãos vazias.*

Antes que eu consiga responder, o trinco da porta da frente estala no corredor, seguido por um *bang* quando a porta atinge a parede e quica de volta. Percy e eu congelamos, com olhos fixos um no outro, então, ao mesmo tempo, começamos a enfiar as cartas de volta onde as encontramos. Ele fecha uma das gavetas com força demais, e um béquer de vidro rola até o chão e se quebra. Nós dois ficamos imóveis de novo, ouvindo com atenção. Ouvimos ruídos de um tumulto do lado de fora da porta e um clangor, como se algo tivesse sido golpeado.

Então uma voz que soa exatamente como a de Felicity dá um grito abafado.

O que é o suficiente para colocar em ação um estranho mecanismo dentro de mim que jamais foi disparado. Pego a coisa mais parecida com uma arma que consigo encontrar: a chaleira com chá quente, o que imagino que causará muitos danos se for atirado no rosto de alguém. Percy, obviamente pensando de forma semelhante, sopesa uma espada que encontra enfiada entre duas das estantes de livros, embora esteja muito bem presa a uma placa para que sejam separadas, então a placa vai também. Juntos, nos aproximamos devagar da porta, com as armas em punho.

Algo atinge a parede do outro lado. Os canopos na prateleira saltam. Observo a porta do escritório e disparo para o corredor, com Percy ao encalço.

Fica evidente de imediato que cometemos um erro grave. Mesmo à luz fraca, consigo ver claramente Felicity e Dante contra a parede com os braços, as mãos e as bocas, assim como cada maldita parte do corpo, entrelaçados. Nenhum dos dois parece entender muito bem o que está fazendo, mas ainda assim eles estão entusiasmados com a coisa toda.

Não tenho certeza se quero recuar rapidamente para o escritório e fingir que não vimos nada ou jogar o chá quente no rosto de Dante mesmo assim, mas então meu pé agarra naquele maldito pano de chão solto e caio contra a parede. A chaleira forma um buraco no lambri com um ruidoso *tump*. Dante grita, debatendo-se contra uma das estátuas sem braços ao lado da porta. A estátua cai e se despedaça. Felicity se vira, de modo que uma longa mecha de cabelo que caiu do penteado acerta Dante no rosto.

— O que vocês estão fazendo? — grita minha irmã.

— O que *nós* estamos fazendo? — retruco, com a voz em um tom muito mais agudo do que antecipei. — O que *você* está fazendo?

— O que parece que estou fazendo?

— Achamos que estivesse em perigo! — grito. Dante dispara para as escadas, mas atiro minha chaleira no caminho dele. Algumas gotas fumegantes caem no carpete. — Não vai a lugar algum. Tenho chá bastante ácido e Percy tem uma espada com uma tábua de madeira, então mantenha as mãos onde eu consiga vê-las.

Felicity inclina a cabeça para trás.

— Pelo amor de Deus.

— Se me permite... — começa Dante, mas eu o interrompo.

— Ah, não, você não tem o direito de dizer nada. Você e Helena são mentirosos e ladrões e agora estão tentando tirar vantagem de nós de todas as maneiras concebíveis.

— Monty... — interrompe Felicity, mas estou acelerado demais para parar. Sou a maldita pedra de Sísifo rolando montanha abaixo e pretendo achatar esse patife do Dante sob mim.

— O duque que intenciona nos matar anda escrevendo cartas a sua irmã, e seu pai, afinal, não está morto, está na prisão, então obrigado por essa mentira...

— Monty...

— E agora está, sei lá, nos mantendo aqui até que seja conveniente cortar nossas gargantas? Mas não antes de dar uma de herói com minha irmã.

— Jesus, Maria, José; Henry Montague, pelo menos uma vez na vida, cale a boca! — dispara Felicity. — Isso não foi ideia de Dante, foi minha.

O que é meio que um tapa na cara. O bico da chaleira se volta para baixo.

— Sua? — repito.

— Sim, minha. Achei que estaríamos a sós aqui.

— Nós também. Voltamos para casa porque Percy não estava se sentindo bem.

Ela olha para ele.

— Está bem?

— Estou bem. — Percy está com a espada erguida pelas duas mãos, mas a ponta começa a descer. Espadas são absurdamente pesadas, com ou sem vários quilos de carvalho sólido preso a elas. — Onde está Helena?

— Ainda na ópera, presumo — responde Felicity. — Considerando que nós quatro decidimos partir e nenhum de nós consultou os demais.

— Talvez devêssemos discutir isso pela manhã. — Dante já começou a subir as escadas devagarzinho de novo, mas me coloco na frente dele. Mesmo que tenha sido Felicity quem o arrastou até aqui para uns beijos, ainda gostaria de atirá-lo na parede por ter aceitado.

— Fique onde está — digo. — Nada disso muda o fato de que andam se correspondendo com o duque, o qual alegaram ter roubado a Caixa Baseggio de vocês.

— Vocês... vocês reviraram nossas coisas? — gagueja ele.

— Estava bem ali na mesa! — respondo, então me lembro que não sou eu quem está sendo julgado aqui e acrescento: — Você mentiu para nós!

— Minha... minha irmã estava certa, vieram aqui para nos espionar.

— Não estávamos espionando... — retruco ao mesmo tempo em que Percy fala:

— Por que nos disse que seu pai estava morto? — E Dante solta um soluço, erguendo a mão em um gesto que diz *Não atire!*

— Está bem, todos para o escritório, *agora*! — dispara Felicity, em um tom de voz que é basicamente uma castração verbal, e nenhum de nós protesta.

Entramos arrastando os pés, em fila única, enquanto ela fica de pé à porta como uma diretora de escola, observando-nos com os braços cruzados e uma careta no rosto. Apoio a chaleira na lareira fria. Percy mantém a espada na mão, mas Felicity ralha com ele:

— Solte isso antes que se machuque. — Então ele abaixa a espada sob a mesa e Dante solta um suspiro de alívio visível. — Sentem-se — ordena minha irmã, e nós três nos sentamos, Dante e Percy no conjunto de poltronas diante da escrivaninha e eu no chão, porque o olhar de raiva de Felicity me faz temer a morte se me demorar a obedecer. Ela fecha a porta do escritório batendo-a, depois se vira para nos encarar. — Agora. — Felicity aponta um dedo para Dante. — Você nos deve algumas verdades.

Ele parece murchar na cadeira. Apesar do fato de que ainda estou pronto para torcer aquele pescoço franzino dele, não consigo deixar de me sentir um pouco mal pelo pobre rapaz. Em um minuto está ocupado, subindo, provavelmente pela primeira vez na vida, as mãos branquelas pelo vestido de uma menina, e no seguinte está diante de uma inquisição da mesma menina cujo vestido ele estava prestes a adentrar.

— Sim. Suponho que sim.

— Comece com isto — digo. — O que havia na Caixa Baseggio?

Não parece que Dante estava pronto para começar por isso.

— Essa é... uma pergunta muito grande.

— É uma caixa muito pequena, então não pode ser tão grande assim.

— É uma Chave Lázaro? — pergunta Percy.

Dante levanta a cabeça subitamente.

— Como sabe sobre isso?

— Nós vimos em — Percy olha em minha direção com um pedido de desculpas silencioso por soltar a verdade — uma carta de sua irmã.

Pego uma carta da escrivaninha e a ergo como evidências apresentadas em um julgamento. Felicity revira os olhos enfaticamente para mim.

— A Chave Lázaro é... Quero dizer... Não é... — Dante esfrega as têmporas com os dedos, então fala: — Você leu o livro de meu pai, então sabe sobre as teorias dele. Panaceias humanas, o coração pulsante como o único lugar no qual uma panaceia pode ser criada.

— Ele estava tentando fazer uma — comenta Felicity.

— Sim. — Dante tosse, então olha para a lareira. — Aceito um pouco daquele chá, se quiserem oferecer.

— Não vai querer nem uma gota — responde Percy.

— Funcionou? — pergunta Felicity.

— Hum, não exatamente... Ele realizou o experimento, mas não... Deu errado. Foi testado em — Dante engole em seco, formando um grande calombo na garganta com o pomo de Adão — minha mãe. Nossa mãe. Ela se ofereceu — acrescenta ele. — Os dois eram alquimistas e escreveram o livro... era dela também. Mas não podia colocar o nome nele, pois é... bem, uma mulher. — Dante se atrapalha com essa palavra, desviando o olhar para Felicity, e me pergunto se está considerando se revelar ou não a mentira arruinará as chances de colocar a língua na boca de minha irmã de novo. Quase dou com a chaleira na cabeça dele. — Mas o composto que criaram... ele parou... O coração dela parou.

— Então ela morreu? — pergunta Felicity.

— Não — responde ele. — Mas ela não... ela também não *não* morreu. Ela... ficou presa. Sem estar viva ou morta, com uma panaceia alquímica no lugar do coração.

Esperança salta como uma chama dentro de mim.

— Funcionou? — interrompo, um pouco animado demais, pois Felicity franze a testa para mim, sugerindo que não entendi a história.

Dante assente.

— A panaceia foi criada, então... Bem, sim.

— Então por que não foi usada? — pergunto. — Por que ele não fez mais?

— Porque ela precisou dar a vida pela panaceia — responde Dante, parecendo um pouco chocado por eu ter precisado perguntar. — É... é um custo terrível.

— Onde ela está agora? — pergunta Percy.

— Está enterrada... ou em uma tumba, melhor dizendo. Meu pai, antes de ser preso... sabia que estavam vindo atrás dele e que não poderia mais protegê-la. Então a trancou onde ninguém poderia chegar ao coração. A chave... — Dante pega a caixa-enigma da escrivaninha e a sacode levemente. O ruído de algo leve chacoalhando do lado de dentro sussurra pelo cômodo. — Abre a tumba dela.

Essa é, sem dúvida, a coisa mais assustadora que já ouvi. Parece o tipo de história de terror que Percy e eu costumávamos contar um ao outro quando éramos meninos, apenas para ver quem ficaria mais assustado primeiro.

— Fica em Veneza, não é? — indaga Percy. — É onde está a tumba, na ilha que está afundando. Maria e Marta.

Dante assente.

— Meu pai... ele foi aprendiz de um alquimista lá quando era menino. O professor morreu há muito tempo, mas os homens do santuário... ainda o conheciam. E disseram que a esconderiam. Por isso ele chamou de Chave Lázaro. Pareceu muito poético no momento.

— A panaceia estará debaixo d'água em alguns meses se não for buscá-la — digo. — A ilha está afundando.

— Bem, isso... foi esse o motivo pelo qual o duque... por isso ele veio atrás de nós. Resgatá-la... bem, se tornou mais urgente.

— Então onde o duque se encaixa, exatamente? — pergunta Felicity enquanto examina uma das cartas que pegou da mesa.

Dante esfrega as mãos uma na outra.

— Tivemos... Quando o experimento deu errado, meu pai destruiu a pesquisa antes que alguém pudesse replicá-la. Mas o duque... ele queria a panaceia. Queria mais o método, mas meu pai não o entregou, nada daquilo, nem minha mãe nem o trabalho, então Bourbon o trancafiou pela lealdade aos Habsburgo e veio atrás de Helena e de mim. Tantas pessoas vieram... vieram visitar. Homens que leram o livro de meu pai e queriam os segredos do trabalho dele. Por isso... por isso começamos a dizer às pessoas que ele estava morto e o trabalho se fora. Para que fôssemos deixados em paz. — Ele morde o lábio inferior. — Um duque de Bourbon é... é ruim o bastante.

— Por que seu pai não destruiu o coração então? — pergunta Percy. — Se estava tão desesperado para evitar que as pessoas o pegassem.

Dante gesticula com os ombros.

— Não sei.

— Por que o duque precisa da panaceia? — questiona Felicity. — Ele está doente?

— O rei francês está — respondo, lembrando-me subitamente de alguns trechos de informação que me foram jogados em Versalhes. Todos me olham, e busco mais detalhes. — E o duque foi dispensado como primeiro-ministro dele.

— Por que iria querer dar a panaceia ao rei se os dois se desentenderam? — pergunta minha irmã.

Pressiono as têmporas com as pontas dos dedos.

— Talvez conseguisse recuperar a posição se levasse esse cura-tudo para o rei e o mantivesse vivo. Poderia pedir o que quisesse, na verdade.

— O que garante à família Bourbon o controle do trono francês — conclui Percy.

— E do espanhol — comenta Dante.

— E da Polônia — acrescenta Felicity. — Eles estão por toda parte.

— Então o duque vai chantagear o rei em troca da saúde dele — digo.

— E se ele pegasse o coração e então encontrasse uma forma de duplicá-lo depois de um estudo? — sugere Felicity. — Se a família Bourbon tivesse esse tipo de conhecimento, se *qualquer um* tivesse... — Ela para de falar, deixando cada um de nós completar a frase como quisermos.

Dante assente, parecendo repentinamente arrasado.

— Sabemos que Bourbon tem alquimistas na corte francesa. Eles não conseguiram duplicar o trabalho de meu pai, mas andam tentando, e se tivessem... tivessem o coração para estudar... — Ele se cala.

Felicity se volta para ele, mais uma vez aparentando estar irritada.

— Então por que deram a caixa a ele?

— Se ele conseguir o coração, vai soltar nosso pai da prisão. Mas não importa. — Dante tenta soltar uma risada, mas está tão nervoso que soa meio maníaco. — Não sabemos qual é a cifra que abre a caixa. O duque a levou para Paris na esperança de que criptógrafos na corte pudessem desvendá-la, mas nosso pai é o único que sabe. E se ele descobrisse o que fizemos... — Ele olha para cada um de nós, como se não soubesse muito bem qual é o modo certo de agir e esperasse que alguém sugerisse. — Ele nos disse para não fazer isso. Nos fez prometer que não entregaríamos a caixa.

— E ele não quer revelar a cifra a vocês? — pergunto.

Dante faz que não com a cabeça.

— Não, nem para Helena, nem para mim, pois... pois ela deu a localização da tumba. Para o duque. Papai sabe que Helena negociaria pela liberdade dele... acho que, por isso, acabou colocando a chave na caixa, para proteger... para evitar que Helena a pegasse. Ela é devotada a... ela e mamãe brigavam, constantemente, por... Mas papai sempre foi o defensor dela. E acho... agora Helena quer ser a dele. — Dante esfrega a nuca, então entrelaça os dedos sobre ela, contraindo a boca em uma careta. — Depois que nossa mãe morreu, meu pai ficou obcecado... obcecado com tentar trazê-la de volta... ou deixá-la morrer. De vez. Por isso... — Ele gesticula para o museu de ritos funerários que decora as paredes. — Helena disse... que foi como se perdêssemos os dois pais com essa obsessão. E ela... ela também culpou nossa mãe por... por isso.

— Bem, se não quer contar para vocês — digo —, acha que ele contaria para mim?

Felicity chega a gargalhar alto dessa pergunta, o que é muito difícil de não levar para o lado pessoal.

— Por que ele contaria a *você*?

— Porque poderíamos ajudá-lo — respondo. — A ilha está afundando; se não a tirar de lá em breve, ela se perderá para sempre, caso alguém use ou não a panaceia. Se conseguirmos convencê-lo disso, talvez nos conte a cifra e então vocês podem ir buscá-la. — É muito difícil manter a voz tranquila quando tudo que estou dizendo é mentira; se conseguirmos abrir a caixa e chegarmos àquele cura-tudo alquímico, há apenas uma coisa que vou fazer com ele, mas não acho que Dante se animaria muito se soubesse qual é nossa ideia.

Ou melhor, *minha* ideia. Tanto Felicity quanto Percy me olham de uma forma que claramente me informa que eu, sozinho, vou desbravar essa selva.

Dante, em contraste, acende como uma faísca.

— Nós... você acha... será que contaria? E quanto a Helena?

— Não precisa contar a ela — respondo. — Não pode entregar a cifra se não souber que você a tem.

Ele tamborila as pontas dos dedos umas contra as outras, praticamente quicando na cadeira.

— Precisaríamos colocar você dentro da prisão. Não o deixam receber visitas. Mas... mas ele está aqui, em Barcelona. Todos os prisioneiros políticos estão em uma cela. Você faria... poderia fazer isso? Por mim?

— Então pegamos a cifra e vamos embora *daqui* — interrompe Felicity. — Imediatamente. Isso está ficando perigoso.

— Sim — diz Percy, e assinto. Se há um tratamento alquímico em Veneza, ou melhor ainda, uma verdadeira *cura* que pode livrá-lo disso para sempre e tirar a Holanda de vez do futuro, quero estar fora daqui e na estrada o mais rápido possível.

Ouvimos o chacoalhar de uma carruagem vindo da rua e parando diante da entrada. Felicity entreabre as cortinas e olha para fora.

— Helena — informa ela.

Dante se atrapalha, prende o pé em uma cruz prateada que pende de uma das gavetas e empena a gaveta para fora.

— Não podem contar a ela o que eu falei, ou que nós... que vamos ver... ver meu pai. Ela me assassinaria. — Não tenho certeza se é assassinato no sentido literal ou figurado; ele parece apavorado o bastante, sugerindo que pode ser qualquer um dos dois.

A porta da frente se abre e um momento depois a do escritório também. Helena aparece, uma silhueta mais escura do que a escuridão do corredor, como nanquim derramado em óleo. Há apenas luz o suficiente no rosto dela, mas é perceptível que, antes de se virar para cada um de nós, a primeira coisa para a qual volta o olhar é a Caixa Baseggio na mesa.

— Estão todos aqui — observa Helena.

Nenhum de nós parece disposto a dar uma explicação, então Percy se voluntaria:

— Eu estava me sentindo mal — comenta ele, e fico esperando que discorra em uma boa mentira sobre por que essa aflição misteriosa exigiu que todo nosso grupo, exceto Helena, o acompanhasse para casa, mas é tudo o que ele diz. Aquele silêncio tenso recai novamente.

— Gostou da ópera? — pergunta Felicity.

— Óperas me cansam — responde Helena. Então, olhando mais uma vez para a caixa, diz: — Dante, podemos conversar antes de dormir?

Essa é nossa deixa para ir embora. Dante me dá um olhar de súplica quando passamos por ele, e respondo com uma sobrancelha erguida que espero ser um lembrete convincente para que não revele nosso plano a Helena. Por mais que ele possa estar empenhado em ver o coração da mãe longe das mãos dos Bourbon, já provou que não é do tipo que resiste à pressão.

Percy vai direto para nosso quarto, mas Felicity me chama antes que eu possa seguir. Ela olha escada abaixo para se certificar de que Helena e Dante ainda estejam no escritório, então fala:

— Diga-me o que está tramando.

— Eu? Eu jamais tramo nada.

— Tudo que tem feito desde que chegamos é tramar! Por que se ofereceu para pegar a cifra com Mateu Robles? Isso foi estranhamente benevolente.

— Como ousa. Sou a pessoa mais benevolente que conheço.

— Monty.

— Benevolentíssimo.

— Não banque o estúpido, você não me engana.

Então é minha vez de verificar se os irmãos Robles se aproximam antes de falar:

— Se conseguirmos abrir aquela caixa e pegar a chave, podemos ir para Veneza e usar a panaceia para Percy, para que ele possa ser curado sem ter recaídas e não precise ir para um sanatório.

— Há soluções muito melhores para evitar a institucionalização do que essa. E soluções pelas quais ninguém precisou morrer. E, incidentalmente, nenhuma delas tem a ver com você. — Felicity me cutuca no peito. — Na verdade, nada disso tem a ver com você, tem a ver com Percy. Talvez ele não queira isto.

— Por que não iria querer? Ele ficaria bem. Vai tornar a vida dele...

Ela ergue uma sobrancelha para mim.

— Tornar a vida dele o quê? *Digna de ser vivida?* Era o que pretendia dizer?

— Não exatamente com essas palavras.

— E deixando de lado o sanatório, acho que Percy parece muito bem como está.

— Mas não está...

— *Mas está, sim.* Ele está doente há dois anos e você não sabia porque a vida continua. Percy encontrou um jeito.

— Mas... — Estou afundando. *Mas mesmo assim ele vai para a Holanda, não sei como o ajudar se não for assim, talvez ele consiga suportar isso, mas não acho que eu consiga.* — Ainda deveríamos falar com Mateu Robles. Mesmo que não possamos... por Percy... Acho... que poderíamos ajudar. Alguém.

— Sim, *alguém*.

— Então o veremos amanhã.

— E então temos que partir, seja para Veneza ou de volta para Marselha, para encontrar nossa companhia, precisamos ir. Estamos nos envolvendo demais.

Felicity começa a subir as escadas, mas a impeço dizendo, como se não fosse nada:

— Então. Você e Dante.

Minha irmã se vira de volta para mim e dou a ela o que sei por experiência própria ser meu sorriso mais irritante. Espero que Felicity core, mas em vez disso, ela dá uma daquelas espetaculares reviradas de olhos.

— Não existe *eu e Dante*. Principalmente no que diz respeito à gramática.

— Por acaso pareço interessado na gramática da situação?

— Qualquer que seja o caso, está errado. Há apenas *Dante*, ponto final. E *eu*, ponto final.

— Então não foi você quem esfregou o pé pela perna dele no camarote, fazendo-o sair de fininho da ópera para um pouco de traquinagem?

— Eu teria parado muito antes de qualquer traquinagem. Tinha um plano até vocês atrapalharem.

— Plano? Que plano?

— Bem, os dois sabiam mais do que estavam deixando à vista, isso era evidente, e Dante parecia o mais passível de ceder. Como minhas estratégias habituais não estavam funcionando, e ele obviamente parecia bastante enamorado de mim...

— Obviamente, é?

— Ah, por favor. É tão fácil ler os homens.

— E eu achando que você era um modelo da feminilidade inglesa frágil. Pelo visto é uma sedutora.

Felicity puxa um fio solto do punho da manga e dá um suspiro tão violento que sopra os fios finos de cabelo em torno das orelhas dela.

— Eu não fui nada boa naquilo.

— A meu ver, parecia estar se saindo muito bem.

— Acho que lasquei o dente dele.

— Bem, como com qualquer das belas-artes, é preciso prática. Roma não foi construída em um dia. — Espero que isso a faça rir, mas, em vez disso, ela franze a testa para o chão. — Foi bom, pelo menos?

— Foi... molhado.

— Sim, não é a mais seca das atividades.

— E desconfortável. Não acho que tentarei de novo.

— Obter informações pela sedução? Ou beijar de forma geral?

— Ambos.

— Beijar fica melhor.

— Não acho que seja para mim. Mesmo que algum dia fique melhor.

— Talvez não. Mas acho que tem mais atributos para isso do que habilidades para Jezabel. — Cutuco o dedão de Felicity com o meu até que ela concorde em olhar para mim, então sorrio, um sorriso muito menos irritante dessa vez. — Atributos muito, muito melhores.

19

Mal durmo naquela noite, ansioso com nosso crime planejado. Levanto absurdamente cedo, apesar de nossa partida ser no meio da tarde, quando Helena sai para fazer visitas e podemos sair sem sermos notados.

Caminhamos durante quase uma hora sob o calor sufocante. Antes mesmo de deixarmos o jardim, nossas roupas colaram ao corpo com o suor. Dante lidera pelo Barri Gòtic e pelo passeio arborizado que divide a cidade ao meio. Quando os sinos da igreja anunciam a meia hora, chegamos a uma praça, ladeada por barracas de mercado vendendo frutas e verduras que murcham ao calor, além de grãos que podem ser tirados de barris e caixas de temperos com a cor do outono. No limite da praça, porcos com as barrigas abertas pendem de ganchos pelos pés. Os meninos do açougueiro correm por baixo dos animais com baldes para pegar as entranhas, com os rostos sujos de sangue. Pedintes se ajoelham entre as passagens, com as mãos em concha diante do corpo e os rostos pressionados contra a poeira. A luz é atordoante e ofuscante, e o ar está cheio de moscas. Tudo fede a lama e frutas que estão há muito tempo no sol.

Dante para à sombra de uma torre romana adjacente à praça e aponta para dois homens que caminham pelas barracas com espadas pendendo da lateral do corpo, os olhares são predatórios demais para que sejam clientes casuais.

— Ali. Recolhedores de ladrões. Serão rápidos. — Ele limpa as mãos suadas na calça culote, então olha por cima do ombro para mim. — Papai se parece muito com Helena. Cabelos pretos e é esguio.

— Você me disse — respondo.

— E só tem três dedos na mão esquerda.

— Eu sei.

— Você... ainda tem certeza de que quer fazer isso?

— É claro. — É estranho assegurar Dante quando sou eu quem vai executar a tarefa, mas naquele momento me sinto bastante heroico. — Qual é a pior coisa que pode acontecer? Não vão cortar minhas mãos por roubo, vão?

— Não — responde ele, com uma pausa longa demais. Um tremor de ansiedade penetra aquele maldito heroísmo.

— Daremos uma hora a você — diz Felicity. — Então chegaremos.

— E tem certeza de que vão me deixar sair sem que eu me apresente diante de um tribunal?

— Os carcereiros não são remunerados — responde ele. — Eles... eles aceitarão um suborno. — Dante leva a mão ao bolso, o mesmo gesto artificial que tem repetido a cada poucos segundos, como se para verificar que o dinheiro não se desintegrou.

— E tem certeza de que me levarão para o mesmo lugar que seu pai? — pergunto.

— É difícil... sim? — Ele contorce as mãos diante do corpo. — Eles o levarão para um lugar próximo e é... é o mais próximo daqui.

— E se ele não estiver lá, logo saberá — interrompe minha irmã. — Agora, se não agir rapidamente, aqueles homens vão se ocupar com um crime *de verdade*. Vá em frente, Monty.

A Felicity estoica é quase tão irritante quanto o Dante ansioso. Olho para Percy, esperando que ofereça um meio-termo reconfortante de preocupação confiante, mas o rosto está indecifrável enquanto ele observa os recolhedores de ladrões caminharem pela praça. Um dos homens para e cutuca a xícara de latão de um pedinte com o pé.

— Bem. Vejo vocês do outro lado. — Puxo as barras do casaco, então avanço na direção da barraca mais próxima.

— Espere. — A mão de Percy se fecha em torno de meu pulso, e quando me viro, ele está com a expressão muito séria. Felicity faz um gesto exagerado ao virar o rosto da cena. — Por favor, tome cuidado.

— Sempre tomo cuidado, meu querido.

— Não, Monty, estou falando sério. Não faça nada estúpido.

— Tentarei ao máximo.

Percy se aproxima subitamente, e acho que vai me contar algum segredo, mas apenas leva os lábios a minha bochecha, tão leve e rapidamente que duvido que tenha acontecido assim que ele se afasta.

— Vá em frente — sibila Felicity para mim. — Eles estão se movendo.

Percy acena para que eu avance, soltando meu pulso, e por mais que eu prefira me agarrar a ele e exigir que beije minha bochecha de novo para que eu possa virar o rosto e ele acertar a boca, sigo passeando até a barraca no fim da fileira. O rapaz que a ocupa parece alguns anos mais jovem do que eu, com espinhas no rosto e bochechas gordas como as de um cachorro. Pelo visto está totalmente ocupado com atirar pedras nos pombos que bicam a terra, mas ergue a cabeça quando me aproximo. Sorrio para ele.

Então começo a encher os bolsos com batatas.

É um tipo bizarro de roubo invertido, pois o principal objetivo de um ladrão é evitar ser detectado, e estou me esforçando bastante para que ocorra o oposto. No entanto, todo o ser daquele vendedor parvo está atraído pelos malditos pombos — ele nem mesmo ergueu o rosto, embora meus bolsos já estejam pesados com batatas, cada uma do tamanho de meu polegar e todas de um roxo lívido. Deixo algumas caírem no chão para criar um espetáculo maior, mas nem isso chama a atenção dele.

Estou ficando sem espaço para mais batatas — precisarei enfiá-las dentro da calça em breve —, então tomo uma decisão dramática e derrubo a caixa inteira. Ela tomba com um ruído e finalmente, *finalmente*, o tolo ergue o rosto. Pego um último punhado de batatas e fujo.

— Segurem-no! Ladrão! — Ouço o rapaz gritar conforme disparo para longe, diretamente para onde os dois recolhedores estão parados. Finjo percebê-los, tento me virar e correr, mas um dos homens me segura pelo pescoço e me puxa para trás. O colarinho da minha blusa quase rasga nas mãos dele.

O vendedor nos alcança, com o rosto vermelho e as mãos em punhos.

— Ele roubou minhas batatas!

O recolhedor de ladrões que não está com a mão em volta de meu pescoço segura a bainha de meu casaco e vira os bolsos do avesso, dando duas boas sacudidas. As batatas caem no chão em uma lenta chuva cor de violeta.

O bronco puxa o colarinho de novo, quase me tirando do chão.

— O que tem a dizer em sua defesa, gatuno?

Uno as mãos em um gesto dramático de penitência e estampo meu melhor olhar de rapaz abandonado.

— Desculpe, senhor, não pude evitar. É que tinham uma cor tão bonita.

— Meu senhor o mandará para a prisão! — grita o vendedor, esganiçado. — Se não o levarem, vou buscar meu senhor. Ele mesmo já mandou larápios para a prisão antes... fará de novo, ele conhece o meirinho!

— Ah, não, por favor, senhor, o meirinho não! — grito, em tom debochado. Qualquer coisa para atiçá-los, pois estou bastante preocupado que me soltarão com nada além de um tapa na mão, e aí qual terá sido o objetivo de tudo isso? — Seu senhor deve ser um homem muito importante se conhece *o meirinho*.

— Cale a boca — grunhe o segundo cavalheiro para mim enquanto recolhe batatas da rua.

— Ele está debochando de mim! — dispara o vendedor, que está quase batendo os pés de ódio.

— Chegou a essa conclusão sozinho, foi? — zombo, com um grande sorriso. O rapaz joga uma das batatas em mim, mas ela passa direto por cima de minha cabeça e acerta o recolhedor de ladrões que me segura na orelha. A mão dele se afrouxa e começo a me desvencilhar, como se pudesse estar tentando escapar. Contudo, o colega dele me segura antes que eu consiga me afastar, com os dois punhos fechados na frente de meu casaco. Pisco um olho para ele. — Calma, querido, acabamos de nos conhecer.

O homem me golpeia antes que eu sequer perceba que ele levantou a mão, um tapa com o dorso da mão que me acerta sob o maxilar com tanta força que quase perco o equilíbrio. Minha mão se ergue e cobre o local, o mesmo em que Percy tinha colocado os lábios minutos antes.

— Pervertido — murmura ele.

Um tremor familiar percorre o interior de meu corpo, como uma onda ressoando no coração e subindo. De repente, isso parece real de uma forma que não parecia antes; não é faz de conta, é prisão *de verdade* e guardas *de verdade* e dor muito verdadeira que espirala até se tornar um pânico dentro de mim. Fico subitamente desesperado para que as mãos desse homem me larguem, mas tenho medo demais de me mover e ele achar que estou tentando fugir e me golpear de novo. Meus músculos tremem com aquele anseio, o anseio de me afastar, de estar longe do alcance dele. Quando tento tomar fôlego, fica preso em meu peito como uma faca.

Não perca a compostura, brigo comigo mesmo, desesperado, ainda que me sinta desabando. *Aqui não, agora não, não perca a compostura. Não ouse.*

Ergo a cabeça e, do outro lado da rua, consigo ver Percy, Dante e Felicity. Dante tapa os olhos com as duas mãos, e Percy está de pé um pouco à frente deles, parecendo que correria para meu resgate se Felicity não estivesse segurando o braço dele. Nossos olhares se encontram, mas então o sujeito me arrasta, puxando meus braços para as costas e fechando algemas em torno deles. O vendedor me dá um sorriso arrogante, o triunfo dele sendo atiçado pelo silêncio atordoado em que mergulhei. Quando sou levado para longe, ele cospe na parte de trás de minha cabeça.

Componha-se, digo a mim mesmo, diversas vezes, no ritmo de nossas passadas pela rua. *Componha-se e não desabe. Não. Entre. Em. Pânico.*

E. Não. Pense. Em. Papai.

A marcha até a prisão é como um borrão. Estou trêmulo e enjoado — mais e mais a cada passo e a cada segundo a mais que aquele policial me segura — e tomado pela vergonha de me acanhar por algo tão pequeno quanto ser golpeado na bochecha. Minha respiração é curta e ruidosa, pois parece que não consigo puxar ar suficiente. Tenho a sensação de que meus pulmões estão inflando contra o coração.

A seguir, me vejo de pé no pátio fétido da prisão enquanto o escrivão anota meu nome, que preciso de três tentativas para soletrar gaguejando. Ele me informa que serei mantido preso até a reunião seguinte do conselho geral, na qual ouvirei minha sentença. Sou libertado das algemas, pelo menos, embora seja o recolhedor de ladrões que me golpeou quem as remove e é difícil permitir que ele me toque. Deve sentir a forma como meus músculos se tensionam quando ele se aproxima, porque ergue a mão de novo, ensaiando outro tapa que me faz encolher o corpo tão exageradamente que cambaleio para trás e me choco contra a parede. Conforme o carcereiro me leva para longe, ouço o recolhedor de ladrões gargalhar.

Uma única sala abriga todos os prisioneiros do sexo masculino. Está entulhada, e abarrotada, e fedendo a cavalheiros que estão há tempo demais sem se lavar. Tem pelo menos vinte deles, todos parecendo esqueletos desenterrados de argila fofa. A maioria está encolhida em pilhas de esteiras de palha. Um pequeno punhado está de pernas cruzadas no centro, em torno de um conjunto de dados que parece ter sido entalhado por unhas e dentes. As paredes são de madeira úmida, suando devido ao calor — está tão quente que é difícil respirar. Tudo tem cheiro de mijo e podridão — um homem está de pé no canto, com a cabeça baixa e se balançando enquanto se alivia contra a parede.

Alguns se viram em minha direção conforme sou empurrado para dentro. Alguém assobia. Fico de pé à porta pelo que deve ser um minuto inteiro, tentando me lembrar de como respirar, e muito mais arrasado do que esperava estar no auge de um plano que eu mesmo criei. Estou tão longe do heroísmo que é patético. Não sou cavalheiresco ou corajoso. Sinto-me pequeno e covarde, congelado perto da porta e tremendo como um louco porque fui estapeado.

Patético, diz uma voz em minha mente que soa como a de meu pai.

Encontre Mateu Robles. Empurro esse pensamento para a superfície da mente e me concentro nele. *Está ficando sem tempo.*

Eu me obrigo a erguer a cabeça para olhar em volta, fazendo um inventário dos homens. A maioria tem barba espessa, mas um grande número parece jovem demais para ser pai dos irmãos Robles, e quase todos têm cinco dedos, exceto por um dos jogadores de dados que tem meio mindinho e outro homem, dormindo de costas, que não tem braços.

Então reparo no sujeito sentado em um cobertor surrado no canto, com as roupas finas engolindo-o e uma expressão macilenta e faminta no rosto. Além de dois dedos faltando — ele está com as mãos entrelaçadas no colo, como um cavalheiro, e consigo ver as falhas.

Coragem, digo a mim mesmo e penso em Percy. Em seguida me sento ao lado do homem, que ergue o rosto ao ver que me aproximo. Estou prestes a perguntar se é quem espero que seja, mas ele fala primeiro:

— Seu nariz está sangrando.

O que embaralha o discurso que eu tinha preparado.

— Eu... Está? — Limpo o nariz com o dorso da mão e vejo uma linha de sangue nas articulações dos dedos. — Maldição. — Fungo de um modo exagerado que não me ajuda em nada.

— O maxilar também. — Ele ergue a mão, aquela com dois espaços vazios em que deveriam estar os dedos anelar e mindinho, e cubro o rosto com os braços antes que consiga impedir, um gesto tão violento que deve ter parecido que o sujeito tinha sacado uma faca contra mim. Alguns dos homens próximos olham para nós.

Ele abaixa o braço.

— Eles o feriram.

— Não muito.

— Alguém o feriu, então. — O homem fica imóvel, como se preocupado que eu me assustasse de novo, então pergunta: — Pelo que foi preso?

— Apenas um roubo.

— Mantenha a cabeça baixa e receberá a multa e a liberdade antes do fim desta semana. Os guardas aqui são demônios, todos eles. — O sujeito fala com a mesma cadência de Helena, as palavras escorrem e deslizam umas nas outras como creme servido em um café. Ele me olha de cima a baixo devagar, observando a estranha combinação de elegância e imundície que me tornei. Os olhos dele se detêm em minhas lapelas, e quase abaixo o rosto para ver se escorreu sangue nelas. — Sabe — começa ele, devagar —, esse se parece muito com um casaco que eu tinha.

O que é a melhor deixa que receberei.

— Você é Mateu Robles — disparo.

O olhar se ergue rapidamente até meu rosto.

— Quem é você?

Tinha planejado esse momento na cabeça — ensaiado a manhã toda, até mesmo em voz alta para Percy, Felicity e Dante conforme caminhávamos; o argumento convincente e amigável que o conquistaria e faria com que entregasse a cifra —, mas, em vez disso, tudo sai de dentro de mim aos tropeços.

— Sou Henry Montague. Quero dizer, sou amigo de Dante. Meu nome é Henry Montague. Bem, não um amigo, nós apenas o conhecemos na semana passada. Estou fazendo o *Tour*, eu e um amigo e minha irmã, porque... não é importante. Estamos em nosso *Tour*, e fiz algo estúpido, roubei algo, não a coisa que me trouxe até aqui, outro roubo... e essa coisa foi sua caixa com a Chave Lázaro, e agora estamos envolvidos na confusão que veio com ela.

Mateu pisca para mim, como se estivesse algumas palavras atrasado.

— Você roubou a Chave Lázaro... de Dante?

— Ah, não, nós a devolvemos a Dante. Eu a roubei do duque de Bourbon.

— Por que estava com ele?

— Seus filhos a deram a ele.

A expressão de Mateu fica severa, então ele encosta a cabeça na parede de pedra e solta um longo suspiro.

— Maldição, Helena.

— Sim, tenho a sensação de que partiu basicamente dela.

— Jamais tenha filhos turrões, Montague. Ou pelo menos não permita que eles o venerem. Não os coloque contra a mãe deles porque acha que precisa de um aliado.

— Eu me lembrarei disso, senhor.

— *Senhor?* Você é um cavalheiro.

— Nem sempre. — Fungo de novo, consigo sentir gosto de sangue no fundo da garganta. — Helena fez um acordo com o duque de Bourbon.

— Minha soltura pela caixa, não é isso? — Assinto. — Então, se deram a caixa a Bourbon, por que não estou livre para ralhar com eles eu mesmo?

— Bem, acho que a liberdade era condicionada ao duque ter acesso à chave. Assim, seu coração pode encontrar consolo no fato de que ele ainda não a tem.

— Está fazendo uma piada?

— O quê?

— *Meu coração?*

— Ah. Não. Não intencionalmente.

— Seu nariz está sangrando de novo. — Limpo o nariz. Mateu olha o sangue no dorso de minha mão. — Dante contou sobre a mãe dele?

— Ela é a panaceia. Na tumba.

Dor percorre as feições de Robles, transparente como vidro e afiada como uma lasca.

— Não fui bom com minha esposa, Montague. Não fomos bons um com o outro.

— Então por que importa o que acontece com ela agora? Poderia dar o coração dela ao duque e ficar livre.

— Se eu der aquele coração a um homem que não entende o custo, não demoraria para que mais um negócio surgisse nesse mundo centrado na troca e na venda de vida humana.

— Como assim?

— Bem, responda-me: quem decidiria que vida valeria a pena tomar para que outra pessoa pudesse ser curada? O duque e os homens dele querem vantagem política, manter os deles vivos, mantê-los no poder, manter o controle sobre esse poder. E se uma casa o tiver, quanto tempo levará para que as demais o queiram? Com esse coração nas mãos erradas, imagine quantos homens precisarão morrer pelos reis deles.

— Então por que não o destruiu? Se sabia que era algo perigoso.

— Fui um tolo ao trancafiá-la em vez de acabar com tudo. Mas era minha esposa e meu trabalho, e ela existia, embora não existisse mais de fato. Não posso entregá-la a homem algum, de coração nobre ou não, porque, afinal, é minha mulher. É a vida dela. — Robles esfrega o osso do nariz com os dedos. — Agora não há nada que eu possa fazer a respeito disso. — Ele ri, sem humor.

— Mas funcionou? — pergunto. — O coração dela é realmente uma panaceia? Vai curar qualquer coisa?

— Se for consumido.

— Quer dizer que é preciso *comê-lo*? — Esse é um pensamento amargo, porém suponho que uma refeição desagradável por uma vida de saúde não é uma troca ruim.

Mateu inclina a cabeça para mim.

— Qual é sua intenção com minha Chave Lázaro, Montague? Se é apenas um ladrão fazendo um favor, por que está aqui?

E esse parece ser o melhor momento para fazer minha oferta.

— Se me contar como abrir a caixa, iremos até Veneza para você.

Os olhos dele se semicerram de um jeito bastante semelhante aos de Helena.

— Então mandaram você para trabalhar em mim.

— Não, eu juro.

— Foi Helena ou o próprio duque? Ou Dante foi arrastado para isso também?

— Nenhum dos dois. Nenhum deles, eu juro. Queremos ajudar você. A ilha onde a mantém... está afundando.

Mateu pisca.

— Está o quê?

— A coisa toda está desabando. Se não chegar lá em breve, ela vai dormir no fundo do oceano para sempre. Você não vai a lugar algum por um tempo, mas poderíamos trazê-la para Barcelona, se quiser. Ou pelo menos levá-la para algum lugar onde estaria protegida até que você pudesse chegar a ela. Ou destruir a panaceia. O que quiser, mas está ficando sem tempo para fazer as pazes com essa situação.

Ele não devia saber sobre o afundamento, pois o rosto dele estampa um tipo diferente de expressão. Está pensativo.

— Como sei que não está mentindo?

— Olhe, sei como é — começo — sentir que fracassou com alguém por completo e que precisa se redimir ou fazer as pazes ou algo assim, mas não pode porque fez uma escolha e agora só resta a sensação de culpa por causa dela. E se eu pudesse consertar... mesmo de uma forma que não consertasse de verdade, aceitaria a oportunidade. Imediatamente. E se eu puder fazer isso por você, farei. Farei. Por favor. Nos deixe ajudar.

Esse solilóquio não era parte de meu roteiro ensaiado e não tenho total certeza de onde veio ou se faz alguma diferença. Mateu está desenhando no piso empoeirado da prisão com os dedos, sem me olhar.

— Aquela chave — diz ele — e aquele coração são coisas grandiosas para que um homem as possua.

— E sabemos que o duque usará para o mal...

— Não estou falando do duque — interrompe ele, ainda rabiscando a poeira. Mateu ergue o rosto para mim, e é difícil manter o olhar nele. Estou me sentindo mais culpado do que esperava, pois cá estou, agarrado às fraquezas do homem e distorcendo-as para meus propósitos. Mas não solto.

Puxo os punhos do casaco sobre as mãos, tirando-o de vez para entregá-lo a Mateu.

— Tome.

Ele não aceita.

— Por que isso?

— É seu casaco. Desculpe se sujei... Não acho que tenha sangue nele. — Quando mesmo assim ele não se move, coloco o casaco no chão entre nós.

O homem encara a vestimenta por um instante, então sorri.

— Usei esse casaco para o batizado de meus dois filhos. Estava em estado muito melhor na época. — Mateu segura a manga entre os dedos, passando-os por um trecho em que a bainha se esfrangalhou e se desfez. — Helena sempre segurava uma de minhas mãos com uma das dela e a manga com a outra, bem aqui. Dante... não dava para fazer aquela criança se segurar em você. Jamais quis ser tocado ou abraçado ou ficar próximo demais. Mas Helena queria estar o mais perto de mim possível... se minhas mãos estivessem ocupadas, ela se agarrava nas minhas pernas. Não queria ficar sozinha. E sempre tinha tanto medo de que a deixássemos. Ela nos acordava no meio da noite para ter certeza de que não tínhamos ido embora. Deixava a mãe furiosa.

É difícil imaginar essa Helena, com olhos grandes e dentes de leite, chorosa e solitária e doente de medo de ser esquecida. Mas depois penso na forma como entregou a mãe ao duque, talvez tenha entregado a ele as vidas de centenas de homens, o destino de nações, tudo para que o pai dormisse no quarto adjacente de novo.

Então talvez não seja tão difícil imaginar.

— Costumávamos esticar um barbante — continua Mateu, percorrendo a costura da bainha com os dedos — entre o quarto dela e o nosso, com uma ponta amarrada no dedo de Helena e a outra no meu. E à noite ela podia dar um puxão naquele barbante e eu puxava de volta. Assim, Helena saberia que eu ainda estava ali.

Do outro lado da sala, a porta da prisão subitamente se abre com um estrondo, e um carcereiro grita do corredor:

— Henry Montague.

Meu Deus, o tempo já acabou. Felicity é mesmo agressivamente pontual.

— Por favor — digo a Mateu. — Podemos ajudar você.

— Montague! — grita o carcereiro de novo, me procurando. — Sua fiança foi paga.

Mateu ergue o rosto para mim.

— Então me ajude — responde ele, e quando abaixo o olhar, vejo que Mateu desenhou seis letras na poeira.

A G C D A F

— É isso? Essa é a cifra? É aleatória. — Quase solto uma risada. — Não é nem mesmo uma palavra.

— Não é aleatória — explica ele. — São notas.

— Notas?

— Notas musicais, é uma canção. As primeiras notas de uma melodia para ser tocada no cristalofone. É a música para conjurar os mortos.

— "Vanitas Vanitatum" — digo.

— Henry Montague! — grita o carcereiro uma terceira vez.

— Eu posso ser Henry Montague — solta um dos homens que joga dados, e outra pessoa ri.

— Estão chamando você — diz Mateu. Conforme me levanto para partir, ele borra as letras no chão com a base da mão, e são varridas de volta para a poeira como se jamais tivessem existido.

No pátio da prisão, Felicity dá um espetáculo de exasperação, muito pouco do qual é de fato fingido — presumo que esteja canalizando parte da exasperação sincera que sempre tem reservada para mim. Dante e Percy esperam por perto; Dante com a cabeça baixa e Percy observando com o rosto cansado conforme me aproximo. Os olhos dele se voltam para meu maxilar, que parece repuxado e imenso.

— Ele é um libertino — declara minha irmã ao escrivão. — Desde que éramos crianças, está sempre fazendo coisas assim. Precisei pagar a fiança dele mais vezes desde que chegamos ao Continente... Henry, seu imbecil, apresse-se. Temos uma carruagem esperando. Muito obrigada, cavalheiro, sinto muito pela perturbação. Não atrapalharemos mais. — Quando os sigo para fora do pátio, com os olhos do escrivão fixos em nossas costas, Felicity sussurra: — Ora, isso foi muito mais de meu agrado do que a sedução.

Assim que saímos, Dante se coloca em minha frente, bloqueando o caminho.

— Você o encontrou? — pergunta ele, e assinto. Vejo os questionamentos disparando pelo rosto dele, embaralhados como os discos da Caixa Baseggio. *Ele estava bem? Estava ferido? Falou de mim? Está com fome? Tem dormido? Está mais magro? Está mais velho?*

Mas, em vez disso, ele indaga:

— Ele contou a cifra?

Não tenho certeza do que sinto nesse momento, mas não é a certeza irredutível que estava contemplando antes de entrar na prisão: que Percy precisa ficar bem e, se o coração é a forma de fazer isso, ao inferno com as consequências. Minha determinação começa a tremer desde os alicerces, talvez por causa da forma como Mateu

Robles falou da esposa, ou porque Helena foi um dia uma menininha com um barbante amarrado ao dedo, ou quem sabe por ele ter confiado a mim aquelas seis letras rabiscadas na poeira, com as quais não tenho ideia do que fazer agora. Mateu apostou tudo que tinha em mim — no pônei mais lento da corrida.

Talvez nenhum de nós precise disso. Talvez nenhum de nós mereça saber.

Mas sou eu — eu, incorrigível e patético — quem sabe.

— Desculpe — respondo —, mas não contou.

Nenhum de nós fala muito durante a caminhada de volta para casa. Percy fica próximo de mim, voltando o olhar tenso para meu rosto por vezes demais para ser sutil.

Chegamos tarde em casa. Helena está na cozinha, e Felicity entra para apresentar a história ensaiada quase antes de ser perguntada. *Monty foi preso, é melhor não ficarmos aqui; não, de verdade, que proeza, ele é tão infantil; está na hora de seguirmos em frente, então, pela manhã, teremos partido.*

Um toque leve roça meu cotovelo.

— Quer jantar? — É preciso um momento até que eu perceba que é Percy quem fala comigo, embora sejamos apenas nós dois no corredor, pois Dante já saiu cabisbaixo.

Por um momento esquisito, parece que estou de pé ao lado, observando a mim mesmo, completamente separado de meu ser. Vejo meus braços se erguerem e me envolverem. Percy abaixa a mão.

— Não, vou deitar. — Eu me ouço dizendo.

— Não comeu o dia todo. Venha comer algo comigo, vai se sentir melhor.

— Quem disse que estou me sentindo mal? — disparo, então dou meia-volta e subo as escadas.

Ele me segue até o quarto, fechando a porta atrás de si conforme me viro para o espelho para ver o estrago feito no maxilar. Há uma casca fina de sangue seco em torno do nariz, e um hematoma começa a crescer à esquerda do queixo — vermelho e inchado por enquanto, mas sei por experiência que, quando acordar amanhã de manhã, estará do tamanho do sol. A dor é um latejar fraco, insistente, como o ritmo de uma música.

— Está bem? — pergunta Percy. Posso vê-lo refletido atrás de mim, não passa de uma sombra sob a camada translúcida salpicada pelo tempo sobre o espelho.

Pego água com as mãos em concha e esfrego o sangue, deixando uma fraca mancha na água ao cair de volta na bacia, que passa de marrom para vermelha e então rosa antes de se dissolver como um punho se abrindo.

— Estou bem.

— Deixe-me ver seu rosto.

— Não, não...

— Não acredito na força com que ele bateu em você.

— Mmm.

— Fiquei assustado.

— Estou bem, Perc.

— Deixe-me ver... — Ele estende a mão e me exaspero.

— Não me toque. — Eu me desvencilho com tanta força que o punho acerta a bacia e ela chacoalha no banco. A mão de Percy permanece erguida por um momento antes de ele a levar ao próprio peito e a segurar ali, com leveza, sobre o coração. Nós nos encaramos no espelho e subitamente parece que estamos diante de minha penteadeira, em casa, conforme passo talco em um olho roxo para escondê-lo e Percy tenta me convencer a contar de onde veio o ferimento.

Já vivemos esse momento. Esse é um silêncio que já compartilhamos.

Minhas mãos estão começando a tremer, então as fecho em punhos ao lado do corpo antes de encará-lo.

— Não quer saber?

— Saber o quê?

— Se Mateu Robles me contou como abrir a caixa.

— Não me importa.

— Como assim não se importa? É bom que se importe, porque estou fazendo essa porcaria por você. Estamos aqui por *você*, Percy, e vamos até aquela maldita tumba por você, porque você é quem precisa de uma panaceia, então poderia se mostrar um pouco grato por isso. — Minha voz se ergue e meu maxilar lateja, e levo a mão até lá, como se isso pudesse parar a dor. — Maldição, isso *dói*.

Silêncio. Em seguida Percy diz:

— Eu me importo se você está bem.

— É claro que estou bem. Por que não estaria bem? — Jogo mais um punhado de água no rosto, depois o limpo na manga da blusa, tentando não me encolher quando o tecido arranha a pele ferida. — Vou deitar. Fique se quiser, ou vá jantar. *Não me importa.* — Tiro os sapatos, deixando que quiquem soltos pelo piso e fiquem onde param antes de me jogar na cama e me aninhar deitado de lado, com o rosto afastado de Percy.

Parte de mim quer que ele seja teimoso e fique. Mais do que parte de mim — quero que Percy venha se deitar comigo, que encaixe o corpo no meu como se fôssemos colheres em uma gaveta, que não pergunte nada e não se incomode com o silêncio. Quero que ele saiba o que preciso que faça, mesmo que eu seja orgulhoso demais para dizer.

Mas o ouço atravessar o quarto; então a porta se abre e se fecha baixinho atrás dele.

Fico deitado por um bom tempo, sentindo-me confuso e tenso. A única coisa que quase me tira da cama de novo é a ideia de encontrar algo para beber, mas nem mesmo isso basta. Depois de um tempo, ouço as vozes de Dante e de Percy vindo do escritório; de repente o violino começa. Recito a solução de novo na mente, assim como fiz durante todo o caminho de volta para casa: *A G C D A F.*

Eu deveria me sentir pior por mentir para Mateu Robles, mas se for uma escolha entre libertar a esposa dele e salvar Percy, não é uma escolha, não para mim. Alguém merece fazer bom uso do que foi criado, e certamente não será o maldito duque. Seremos Percy e eu. Temos tanto direito quanto qualquer um. Mais ainda, talvez, porque somos tudo que o duque não é. Não estamos extorquindo reis ou vendendo almas ou pedras filosofais. Estamos tentando ficar juntos. *Eu* estou tentando nos manter juntos.

Recupero minha certeza quanto a isso, um tijolo trêmulo de cada vez, deitado ali no quarto cor de sangue, o qual fica mais escuro conforme a noite avança.

Você está certo, você está certo, está fazendo a coisa certa pela pessoa que ama.

Um fiapo de lua é visível entre as chaminés quando Percy sobe e começa a farfalhar pelo quarto, vestindo-se para se deitar. Ele deve achar que estou dormindo, pois percebo que está fazendo bastante esforço para ser o mais silencioso possível. *Diga algo*, falo para mim mesmo. *Peça desculpas*. Mas, em vez disso, finjo estar dormindo até que Percy se deite, e ficamos de costas um para o outro como se houvesse um abismo entre nós.

Espero até que a respiração dele se acalme em roncos baixos, então me levanto, coloco os sapatos e desço as escadas.

Ainda há cinzas acesas na lareira do escritório. Com a luz delas, vejo o estojo do violino de Percy sob uma das cadeiras, e um rolo de músicas avulsas está guardado ao lado. A Caixa Baseggio também está ali, na mesa. O luar reflete nacarado nos discos. Pego a caixa e giro o primeiro disco para o lugar certo. O C entalhado está desgastado e escorregadio, como se tivesse sido tocado com frequência.

Robles poderia ter mentido. Não tinha verdadeiro motivo para confiar em mim. Mas não tinha mais ninguém a quem pedir ajuda, e o desespero é como um tipo de solo estranho, pois desvirtua a razão como ervas daninhas.

Deslizo os demais discos para o lugar correto, as primeiras seis notas de uma canção para conjurar as almas dos mortos.

Então ouço um clique muito baixo.

A gavetinha da caixa salta para fora e, dentro dela, em uma cama de seda empoeirada, há um pequeno osso marrom entalhado no formato de uma chave.

Toco o aro da chave com a ponta do dedo, acariciando a porosidade áspera do osso. Um calafrio percorre meu corpo, como uma brisa de inverno passando por uma janela. De alguma forma, parece mais real com meu dedo na chave: o peso de um coração alquímico que pode curar tudo e a mulher que morreu, mas não completamente, por ele. Parece que murmura, como o momento após as últimas notas de uma canção terem sido tocadas.

Acima de mim, as tábuas do piso rangem.

Precisamos partir para Veneza — amanhã. E precisamos levar a chave conosco ou a última esperança de Percy se perderá. Se eu a pegar nesse momento, eles podem não ter tempo de reparar nisso durante a correria da despedida. Talvez até já tenhamos deixado a Espanha antes de virem atrás de nós.

Consigo ouvir passadas nas escada, e sei que precisarei esconder a chave *agora* se for para sair da casa com ela, então jogo a caixa na mesa, pego o estojo do violino de Percy sob a cadeira e escondo a chave na caixinha de resina, sob a voluta do violino. Fecho a tampa e empurro o estojo para baixo da mesa com o pé quando a porta do escritório se abre.

Não posso dizer que estou surpreso ao ver Helena. Eu me sinto significativamente mais encurralado do que esperava. Ela não é muito grande, mas é alta, e não sou nenhuma dessas coisas. Um passo além da ombreira da porta e Helena parece preencher o cômodo inteiro. Ela veste camisola da cor de bronze aquecido com um decote profundo, e os cabelos estão soltos e bagunçados. E deve haver algo errado comigo, porque meu cérebro flerta brevemente com a ideia do quanto é bonita.

— O Sr. Newton disse que você foi dormir — comenta Helena, com a voz parecendo um ronronado baixo como cartas sendo embaralhadas.

— Vim buscar o violino dele. — Eu o cutuco com o pé para dar ênfase à frase.

Ela dá um passo em minha direção, as lapelas daquela camisola torturadora se abrem um pouco mais. Obviamente não há nada por baixo.

— E se vestiu para buscá-lo?

— Bem... não queria ser surpreendido perambulando pela casa com a roupa de baixo. — É preciso um esforço hercúleo para não olhar direto para o decote da camisola quando digo isso. As lapelas fornecem aos seios dela alças estreitas com as quais se mantêm fora de vista.

Ela se aproxima muito de mim. Posso ver as sombras falhadas que os cílios projetam sobre as bochechas. Dou um passo para trás e bato com os calcanhares na mesa.

— Soube que teve um probleminha com a lei mais cedo.

— Algo do tipo.

— Encontrou o que estava procurando?

— Eu não estava procurando nada. Apenas roubei algumas batatas. Foi estúpido.

— Digo na prisão.

Meu coração galopa.

— Como você...? Eu não estava procurando nada.

Helena inclina a cabeça, cruza os braços e bate com um dedo no cotovelo como se estivesse marcando o tempo de uma melodia.

— O problema com confiar em Dante — explica ela — é que ele não sabe de que lado está.

Começo a recuar de novo, embora não tenha para onde ir, exceto para a escrivaninha. Quase me sento no tampo apenas para dar mais espaço entre nós.

— Não sei do que está falando.

— Sei que viu meu pai. Ele contou a você como abrir a caixa?

— Não vimos seu pai.

— Você prometeu salvar minha mãe da ilha afundando em troca da cifra?

— Sua mãe está presa — digo. Não consigo evitar. — Isso não importa para você?

Os olhos dela brilham com triunfo, e sei que fui pego.

— Meu pai também. Diga-me como abrir a caixa.

— Não sei.

— Está mentindo. Abra para mim. — Helena estende a mão para a caixa, e no momento antes de os dedos dela se fecharem sobre o objeto, percebo que, em minha pressa de esconder a chave, não a fechei completamente. Quando ela a pega, a gaveta abre e cai no chão, vazia.

Nós dois olhamos, como se fossem fogos de artifício lançados entre nós. Então Helena exige:

— Onde está?

Engulo em seco. Mentir é inútil a esta altura, mas me agarro à ignorância com tudo que tenho.

— Onde está o quê?

— Onde está a chave, a maldita chave que estava aqui! — Ela atira a caixa na parede e o objeto quica com um *tump*. Eu me encolho. — O que fez com ela?

— Nada!

— Onde está? — Helena avança para meu bolso e eu saio do caminho com um giro. — Devolva.

— Saia da minha frente.

Sigo para a porta, mas ela me empurra antes que eu me afaste. Com o pé preso na beira da cadeira, tropeço e sento com tanta força que meus dentes trincam. Helena está destroçando o tampo da escrivaninha, atirando papéis e frascos de nanquim e canetas no chão enquanto procura a chave. Depois ela segue para o armário, abrindo-o com tanta força que as pernas dão um salto. Não fico esperando até Helena perceber que realmente tenho a chave. Pego o estojo do violino e fico de pé cambaleando, então avanço para o corredor.

— Fique onde está — grunhe ela, mas não é uma ordem que tenho vontade de obedecer. Não tenho certeza de para onde vou, a casa é deles, afinal, mas pelo menos colocar uma porta trancada entre nós é necessário. Desvio da cadeira e dou um salto até a porta. — Eu disse para ficar... — Helena me agarra pelo braço, me arrastando para trás e enfiando o punho em meu ombro. Sinto uma pontada, como se tivesse me perfurado com algo.

Ela realmente me *perfurou* com algo, percebo ao olhar para baixo, ainda que não seja uma faca. É gordo demais para ser uma agulha e espesso demais para ser uma lâmina de verdade, além de ser preto e opaco como obsidiana, embora a cor seja drenada do objeto para dentro de mim, deixando para trás um vidro de cristal.

— O que está fazendo? — Tento arrancar o objeto, mas Helena tem a mão selvagemente firme e o enfia mais profundamente em meu braço. Sinto um tremor no músculo, e uma bolha morna de sangue escorre pela superfície da pele.

Lutamos por um minuto por causa da agulha, e Helena parece ficar mais forte porque é ela quem acaba arrancando aquela maldita coisa de meu braço. Cambaleio para trás até a escrivaninha. As pernas do móvel guincham.

— O que foi isso?

Helena não responde. Eu me viro, tentando avaliar melhor o ferimento, mas mal passa de um furo, fino como uma sombra. Mal sangra, embora eu jure que tenha sentido perfurar o osso. Pelo visto sou a vítima da facada menos eficiente de toda a história.

Ela não faz menção de me impedir, então tento disparar para a porta de novo, mas meu corpo não parece entender o que o mando fazer. O estojo do violino cai de minha mão, e quando vou pegá-lo, erro a alça de vez. Contudo, meu braço me puxa para a cadeira, ouço um ruído em seguida e subitamente eu e a cadeira e o estojo do violino estamos no chão, estatelados. Tento pegar o estojo mais uma vez, mas, apesar da energia mental que concentro no movimento, meus braços mal funcionam. Nem minhas pernas, o que percebo quando tento me levantar.

O mundo começa a ondular como o centro de uma chama; o tempo parece se esticar e se distorcer. Por mais que eu precise admitir que já tenha me sentido alucinado dessa forma, não há diversão alguma aqui. Não houve muita diversão das outras vezes também, mas pelo menos eu sabia o que estava acontecendo. Nesse momento, essa mulher insana me injetou com algum tipo de caneta envenenada e tenho quase certeza de que meu corpo está perdendo a habilidade de realizar funções básicas devido ao que quer que estivesse dentro do objeto.

Helena está repentinamente em cima de mim, com o rosto demoníaco e assustador. Por causa da luz da lareira nas bochechas dela, parece que está em chamas. Ela está rasgando minhas roupas, tentando encontrar a chave, pois aparentemente está convencida de que a escondi ali.

— Pare. — Consigo dizer.

— Ah, querido. — Helena dá tapinhas em minha bochecha e o gesto chacoalha pelo corpo. — Deveria estar bastante apagado a esta altura.

Minha garganta parece bem fechada, e minha visão se torna uma linha preta fina.

— Ah, pelo amor de Deus. — Ouço Helena grunhir; então ela me dá um tapa na cara e tudo parece desabar. O golpe transforma o mundo em um espelho estilhaçado. Vejo três rostos dela acima de mim. — Vamos lá, acorde. Diga-me onde está.

— Você... a roubou — murmuro.

— Não, *você* a roubou. Era minha para início de conversa, pertence a *nós*, e vou fazer o que precisa ser feito com ela para salvar meu pai. Agora, onde está? — Quando não respondo, Helena me bate de novo, com tanta força que meu pescoço vira. — Diga. Onde...

E não consigo revidar ou me defender e subitamente ouço a voz de meu pai na cabeça — *Abaixe as mãos* — e não tenho certeza se é o instante presente ou uma das muitas vezes em que tentei me proteger e não tive permissão.

Ela me bate de novo.

— ... está?

Levante-se e pare de chorar e abaixe as mãos e olhe para mim quando estiver falando com você.

— E quanto a sua querida irmãzinha? — Helena segura meu rosto e me obriga a olhar para ela. Minha visão perde e recupera o foco repetidas vezes. — Está com ela? Estava espreitando aqui mais cedo. Irei atrás dela a seguir.

A mulher sai rolando de cima de mim e se levanta aos tropeços, o calcanhar se agarra à bainha da camisola quando ela avança até a porta. Helena estende a mão para a maçaneta, mas a porta se abre de repente com um estrondo que a faz cambalear para trás. Por um momento, penso que talvez a tenha acertado. Em seguida ouço um *clang* e ela cai como uma pedra, desabando no chão em um monte desossado. E ali, no portal, está Percy, empunhando o aquecedor de cama de latão com o qual acaba de acertar Helena.

— Por Deus, Monty. — Outro *clang* soa conforme ele joga o objeto no chão e cai de joelhos a meu lado.

O mundo faz cada vez menos sentido. Percy está tentando me sacudir para me acordar, e consigo ouvi-lo chamar Felicity, e todo meu ser está dedicado a não perder a consciência.

— Monty, consegue me ouvir? Monty!

Viro a cabeça e vomito. É difícil respirar, mas não sei se é porque estou engasgando no vômito ou se é porque não respirar faz parte de morrer, o que vai acontecer em breve.

Percy me coloca sentado, e começo a tossir forte. Ele me dá um tapa nas costas, então, subitamente, estou respirando de novo.

— Fique acordado — diz Percy. — Fique acordado, fique acordado. — Depois parece dizer: — Fique vivo.

Abaixe as malditas mãos, Henry.

A seguir, estou deitado de lado sobre paralelepípedos quentes e úmidos. Ou talvez eu esteja quente e úmido — minha pele parece encharcada, como se estivesse me secando depois de nadar. No entanto, minha cabeça está sobre algo macio, e percebo que é o colo de Percy. Estou com a cabeça no colo dele e ele está com as mãos em minha testa, alisando meus cabelos. E a pior parte é que estou em um estado tão miserável que nem mesmo aproveito o momento.

— Ele está recobrando a consciência. — Ouço Felicity dizer e então ela pergunta: — Monty, consegue me ouvir?

Meu estômago se revira, e me dou conta do que está prestes a acontecer antes que aconteça. Eu me afasto de Percy — estou com braços e pernas fracos, mas, graças a Deus, pelo menos me obedecem um pouco — e me jogo de lado sobre os cotovelos, sobre o que é, ainda bem, uma sarjeta, antes de vomitar. E de novo. E de novo. E não resta nada dentro de mim, e ainda estou apoiado nas mãos e nos joelhos, vomitando.

Meus braços cedem e quase caio de cara nos paralelepípedos, mas Percy me pega e me segura enquanto vomito, puxando meu cabelo para trás e massageando meus ombros até que meu estômago, por fim, se acalme. Em seguida Percy me puxa contra ele e massageia minha pele com os dedos. Estou enjoado e trêmulo e me agarro a ele e de repente penso nele doente e indefeso em Marselha e em como lidei tão mal com aquilo, enquanto aqui está Percy, sabendo exatamente o que fazer. Talvez todos nasçam com um jeito para cuidar dos outros, menos eu.

Felicity se agacha diante de mim.

— Monty?

Ainda me agarro a Percy como uma sanguessuga. Minha irmã estende a mão como se fosse tocar meu rosto. Contudo, só consigo sentir Helena me estapeando e o recolhedor de ladrões erguendo a mão apenas para me ver encolher o corpo e então meu pai e, durante esse tempo todo, não tenho forças para revidar ou me proteger.

Então começo a chorar.

Embora *chorar* pareça uma palavra sutil demais. Começo a soluçar absurdamente.

Felicity faz a bondade de virar o rosto. Percy faz a bondade de não virar. Ele me abraça e me deixa esconder o rosto no ombro dele porque estou tentando parar, mas só está piorando, portanto abafar o choro é a segunda melhor opção.

— Está tudo bem — diz Percy, com a mão formando círculos suaves em minhas costas, o que apenas me faz chorar mais. — Você está seguro, está bem. — E continuo chorando, com soluços altos e trêmulos que ondulam pelo corpo inteiro. Não consigo parar. Mal consigo respirar. Choro e choro, são anos de choro, e anos atrasado.

Não percebo que parei até que acordo de novo — caí no sono ou perdi os sentidos ou o que quer que aconteça quando alguém chora e tenta se livrar de uma droga. Percy ainda me segura, embora tenha se movido, de modo que minha cabeça está sobre o ombro dele, com meu corpo aninhado contra o dele e um dos braços de Percy sobre minha lombar. Meu rosto parece inchado e repuxado, um lembrete vergonhoso de ter perdido completamente a cabeça ao ter pensado em Helena me golpeando e isso ter se transformado em meu pai, de alguma forma.

Eu me sento, e Percy se sobressalta ao lado. Devia estar cochilando.

— Você acordou — observa ele. — Como está se sentindo?

— Melhor — respondo, o que é verdade. Sinto-me estranhamente mais como eu mesmo do que antes, embora ainda esteja abalado até o âmago e meu estômago ainda não esteja tranquilo. Um gosto horrível sobe por minha garganta e tusso.

Percy afasta meu cabelo dos olhos, detendo-se em minha têmpora com o polegar. Ainda me sinto bem no limite das lágrimas, então pressiono o rosto contra a dobra do braço, como se houvesse algo de sutil nesse gesto.

— O que aconteceu?

— Fugimos. — Ele dá um leve sorriso. — Apenas algumas horas mais cedo do que planejávamos mesmo.

— E quanto a Helena? E Dante?

— Partimos antes de Helena acordar. E Felicity prendeu uma cadeira sob a maçaneta da porta do quarto de Dante, embora não ache que ele teria feito algo para nos impedir. Ela é bastante vil, sua irmã.

— Pegou seu violino? — pergunto.

— O quê?

— Seu violino. Você está com ele?

— É apenas um violino, não importa.

— Pegou?

— Sim. — Percy se move e consigo ver que o instrumento está ao lado.

Um alívio morno toma conta de mim — a primeira sensação agradável que tenho há dias.

— Onde está Felicity? — Esfrego os olhos com força, depois olho para os dois sentidos da rua. Estamos sob uma longa ponte de paralelepípedos, as águas de um canal ondulam na sarjeta diante de nós. O cheiro é rançoso, misturando fruta estragada, mijo e esgoto que cozinha ao calor. — Onde estamos?

— Algum lugar perto das docas. Felicity foi ver se consegue um barco de volta para a França.

— Vamos voltar?

— Para onde mais iríamos?

Somos interrompidos pelas batidas de solas de madeira nos paralelepípedos e, um momento depois, Felicity afunda a meu outro lado.

— Você está acordado.

— Você também.

— Acho que seu caso é um pouco mais notável. — Ela põe o dorso da mão em minha bochecha com um movimento meio hesitante, como se temesse que eu fosse começar a chorar de novo.

— Sua cor está muito melhor. E não está tão frio.

— Seremos esquartejados e vendidos de volta para papai aos pedacinhos aqui embaixo.

— Ah, Monty, você é tão dramático. — Minha irmã verifica minha pulsação com dois dedos, então pergunta: — Lembra-se do que aconteceu?

— Helena me envenenou.

Felicity solta um leve suspiro pelo nariz.

— Ela não envenenou você.

— Ela me perfurou com alguma coisa. — Puxo a manga para mostrar, mas a marca da agulha sumiu. — E então tudo deu errado.

— Foi a *Atropa belladonna*.

— A o quê?

— Beladona, um dos cura-tudo alquímicos que eles tinham no armário. Não é um veneno, é um anestésico que coloca o corpo em um estado de coma temporário para que se cure. Fez você parecer... bastante morto.

— Bem, não estou.

— Obviamente — diz Felicity ao mesmo tempo em que Percy murmura:

— Graças a Deus.

Eu me sento reto, puxo as pernas até a altura do peito e me encolho.

— Precisamos sair daqui antes que os Robles nos encontrem.

— Por que se importariam com o que acontece conosco? — indaga Felicity. — Não é bom que saibamos sobre o coração alquímico da mãe deles, mas imagino que terão outras coisas com que se preocupar agora que recuperaram a caixa.

— Quanto à caixa. — Indico com o queixo o estojo do violino. Percy e Felicity estampam expressões idênticas de pavor quando ele abre o estojo.

— O que estava pensando? — grita ela ao ver Percy levantar a tampa da caixinha de resina, revelando a Chave Lázaro. — Estamos tentando nos livrar dela! Por isso a trouxemos para eles.

— Eu não podia deixá-la, Mateu Robles me disse como abrir a caixa. — Pego a chave da caixinha, com as mãos ainda tão trêmulas que preciso de três tentativas para segurá-la, então a estendo na palma aberta. Todos nós inclinamos a cabeça para examinar a chave. É muito pequena, percebo ao vê-la à luz. Os dentes não parecem mais do que as pontas quebradiças que restam após um osso ser partido. De um dos lados do aro, está entalhado o Leão de São Marcos, o santo padroeiro de Veneza.

Quando ergo o rosto, Felicity está me olhando com raiva.

— Então. O que exatamente está planejando fazer com isso agora que a roubou de novo?

— Acho que deveríamos ir para Veneza para pegar o coração — explico.

— Por quê?

— Para Percy.

Olho para ele. Percy tira a chave da palma de minha mão e a segura na dele.

— Encontrou um barco? — pergunta ele a Felicity.

— Vários — responde minha irmã. — Há uma frota de xavecos que passa entre Gênova, Barcelona e Marselha, o próximo parte em mais ou menos uma hora. Não deveriam carregar passageiros, mas nos aceitarão. — Ela pausa, então acrescenta: — Se pudermos pagar.

— A não ser que vocês dois tenham tirado a sorte grande enquanto eu estava quase morto, esse departamento está minguado — respondo.

— Bem, sim, é aí que meu plano desaba. Acho que primeiro precisamos decidir para onde vamos.

— Não podemos voltar para Marselha — declaro. — Ainda não. Deveríamos velejar para Gênova e dali encontrar uma forma de chegar a Veneza.

— Mas não é nosso para que usemos — protesta Felicity. — Aquela mulher morreu por isso.

— Mas precisamos dele — respondo. — E se ela já está morta, então qual é a diferença se é ou não usado?

Minha irmã franze as sobrancelhas.

— *Nós* precisamos dele, é?

— Percy precisa — corrijo, embora pareça um detalhe que não vale a pena nomear. Não é como se qualquer um de nós não soubesse do que estou falando.

— O que tem a dizer, Percy? — pergunta ela.

Percy fecha a mão devagar em torno da chave.

— Não quero tirar a vida dela.

— Por que não? — questiono.

Ele ergue o rosto para mim, um pouco surpreso, como se não achasse que precisaria defender essa afirmação.

— Meu Deus, Monty, eu não conseguiria conviver com isso. Sabendo que roubei a vida dessa mulher para ficar bom.

— Mas ela já está morta. Alguém deveria usar o coração, e não deveria ser o duque, e você precisa ficar bom.

— Eu não *preciso*...

— E quanto à Holanda? Se melhorasse, poderia voltar para casa. Não precisaria ir embora. E você e eu, nós poderíamos... — Não tenho ideia de como pretendia terminar essa frase, então paro de falar e o deixo preenchê-la como quiser. Tenho certeza de que Felicity também a está preenchendo, o que é humilhante, considerando que ela parece saber mais do que Percy sobre meus sentimentos por ele, mas não olho para minha irmã.

— Ou, e se nós...? — Percy para de falar, olhando para a chave de novo. Ele a vira com o polegar e leva a outra mão até a nuca. Uma pequena ruga surge entre as sobrancelhas dele.

— Não importa o que façamos, somos os únicos que podem chegar até ela agora — argumento. — Precisamos fazer algo com isso.

— Você não precisa... — começa Felicity para Percy, mas ele subitamente devolve a chave para o local de descanso dela, no estojo do violino.

— Tudo bem — diz ele, ainda com os olhos baixos. — Vamos para Veneza.

Alívio percorre meu corpo, embora seja seguido de um gosto amargo que não consigo identificar. Percy parece mais abalado do que sinto que ele deveria estar, e Felicity ainda o observa, como se estivesse vendo algo que não vejo.

— Temos tempo para pegar o próximo navio? — pergunto enquanto começo a me levantar. Uma onda de náusea sobe por mim, pois tudo que resta dentro do corpo exige sair, e desabo de costas antes de avançar.

A mão de Percy roça minhas costas.

— Vá com calma.

— Estou bem. — Tento ficar de pé de novo e cambaleio contra Percy, que me segura por baixo dos braços e me abaixa devagar de volta para as pedras. — Precisamos ir — protesto, embora soe pateticamente fraco dessa vez.

— Podemos esperar alguns dias — retruca Felicity, também parecendo muito preocupada.

— Mas a ilha está afundando e os Robles estão atrás de nós — murmuro.

— Ambos excelentes motivos, mas não acho que você chegará muito longe nesse estado — responde ela ao ficar de pé, limpando as mãos na saia. — Vou ver se consigo encontrar algo para comermos.

Levanto a cabeça.

— Não quero...

— Eu estava pensando para Percy e para mim, nem *todos* os sacrifícios feitos são por você, sabe. — Minha irmã saboreia essa resposta ranzinza por um instante, então acrescenta: — Embora você devesse tentar comer algo. Pode ajudar.

— Quer que eu vá? — pergunta Percy, mas Felicity balança a cabeça.

— Pareço muito mais indefesa do que você... e Monty ainda parece que acabou de ressuscitar. Fique aqui, volto logo.

Assim que ela vai embora, encosto na parede, pressionando a bochecha contra ela. Meu cabelo agarra na pedra.

— E se não conseguirmos encontrar? — pergunta Percy, subitamente.

— Encontrar o quê?

— A tumba. O coração. Ou e se chegarmos lá e já tiver afundado?

— Não terá.

— Mas e se tiver? Ou se não for real, ou não fizer diferença alguma? Se ainda estiver doente ao final de tudo isso, o que faremos então?

— Vai funcionar.

— Mas e se não funcionar. — Um toque áspero de frustração permeia o tom de voz dele. — E se houvesse outro modo?

— Outro modo de quê? Fazer você melhorar?

— Não, de evitar que eu seja internado.

— Pare de se preocupar, querido. Vai funcionar. — Um calafrio percorre meu corpo e estremeço profundamente. — Está frio.

— Não. Você é que está com beladona no corpo. — Percy tira o casaco e me envolve com ele, esfregando meus braços com as mãos. Ele sorri para mim, e inclino o corpo em sua direção, apoiando a cabeça no peito dele. Percy ri. — Quer dormir?

— Desesperadamente. — Fico achando que Percy pretende me colocar deitado nos paralelepípedos, mas ele me puxa contra si e me abraça como se fôssemos uma única coisa. Para ser preciso, não é a posição mais confortável em que já estive. O hematoma em meu maxilar está latejando onde toca o ombro dele, e meus joelhos estão puxados em um ângulo esquisito que faz com que doam imediatamente. Uma mecha do cabelo dele fica batendo em meu nariz, ameaçando provocar um espirro, mas não me mexo.

— O que posso fazer por você? — pergunta Percy, e penso de repente em Mateu e Helena, com um barbante unindo-os para que ela soubesse que os dois jamais ficariam separados. Dois corações, amarrados.

— Não vá a lugar nenhum, está bem?

— Não irei. — Consigo senti-lo respirando, baixo e constante, e me concentro na ascensão e na descida até que minha respiração entre no mesmo ritmo, um *vibrato* trôpego como as notas do violino de Percy.

No Mar

21

Há um único xaveco mercador que partirá no dia seguinte, aportando primeiro em Marselha e então em Gênova antes de seguir para as águas abertas do Mediterrâneo. O contramestre, um sujeito atarracado com cabelos crespos e cicatrizes de varíola nas bochechas que parecem buracos de um tabuleiro de *cribbage*, se deixa ser convencido por Felicity e concorda em nos levar contanto que paguemos na França. Não elaboramos os detalhes de como esse pagamento ocorrerá — acho difícil que possamos aparecer diante de Lockwood, pegar algumas moedas e disparar pela porta de novo, nem imagino que ele esteja tamborilando os dedos em Marselha esse tempo todo esperando que retornemos.

Ou melhor, o contramestre está disposto até que percebe que somos Percy e eu viajando com ela.

— Quem é esse? — indaga o homem, apontando para Percy, que para no meio da prancha de embarque.

— Seus passageiros — responde Felicity. — Eu disse que éramos três.

— Não. — O contramestre sacode a cabeça. — Não aceitarei negros em nosso navio.

— Você tem homens de cor na tripulação! — responde minha irmã, erguendo a mão na direção do convés, onde dois homens de pele escura levam carregamentos para baixo.

— Não gosto de negros que não possuímos — retruca o sujeito. — Não posso controlá-los. Esses africanos ficam com uns complexos de grandeza. Não o quero em meu navio.

Percy parece horrorizado. Felicity parece querer esfolar o contramestre vivo, mas estampa a mínima pretensão de educação e tenta incitar um pouco de empatia.

— Ele não é africano; é inglês, assim como nós. Somos de famílias aristocráticas, todos. Nosso pai — e nesse momento Felicity gesticula entre mim e ela — é um aristocrata. É um conde. Podemos pagar o que pedir. Estamos isolados aqui sem recursos, senhor, por favor, tenha um pouco de compaixão.

O contramestre se mostra irritantemente insensível.

— Nada de homens de cor livres a bordo.

Então minha irmã abandona a compaixão e empunha a lei.

— Escravidão é ilegal neste reino, senhor.

— Nosso ancoradouro fica na colônia da Virgínia, madame — responde ele, então murmura, sussurrando, apenas alto o bastante para que Felicity ouça: — Vadia.

Por um momento, parece uma possibilidade real que ela esteja prestes a empurrar o homem da prancha de embarque para o mar. Sorte do contramestre que ele escolhe esse instante para cuspir na água marrom, depois passa por minha irmã pisando duro e segue até o cais. Felicity responde com um olhar assassino para as costas do sujeito.

— Desculpe — diz Percy, com a voz rouca.

— Não tem problema — responde Felicity, embora esteja obviamente lamentando o colapso do plano.

— Desculpe *de verdade* — repete ele.

— Não há nada que possa ser feito a respeito disso. — A atenção dela foi atraída por dois homens que sobem pela prancha de embarque, com vestes tão cavalheirescas que devem ser passageiros.

Felicity os observa passando, com os dedos tamborilando nos braços cruzados, então começa a segui-los.

— O que está fazendo? — sibilo para minha irmã, tentando agarrar a manga dela, mas errando tão espetacularmente que quase caio na água.

Felicity para no meio da subida da prancha e se vira para trás.

— Precisamos chegar lá de alguma forma. E ele concordou em nos levar.

— Então vamos o que... nos esconder?

— O próximo navio para Gênova só sai em duas semanas. Portanto, a não ser que tenha uma alternativa, essa é nossa única escolha.

Nem Percy nem eu a seguimos, mas, sem ser impedida, ela continua em frente.

— Felicity — sibilo, olhando em volta para ver para onde foi o contramestre. — E se nos pegarem? — Estou ansioso para chegar a Veneza, mas o risco atrelado a esse estratagema parece alto demais. Se formos pegos, isso colocaria um obstáculo em nosso itinerário que poderia levar muito tempo para ser removido. Nossa amada ilha provavelmente teria afundado quando finalmente chegássemos a ela.

Minha irmã se vira mais uma vez, parecendo bastante irritadiça, o que é injusto, pois é ela quem está sendo insensata.

— O que farão? Nos atirarão ao oceano? Nos jogarão em um bote para que piratas africanos nos resgatem?

— E se ele *me* pegar? — pergunta Percy.

Felicity reflete sobre isso por um momento, dizendo em seguida:

— Não seremos pegos. Agora apressem-se.

Conforme minha irmã sobe a prancha, batendo os pés e caminhando com tanta confiança que até me faz acreditar que aquele é o lugar dela, pego o braço de Percy.

— Não precisamos fazer isso — digo a ele. — Podemos esperar pelo próximo navio.

— Tudo bem — diz Percy, olhando mais uma vez por cima do ombro em busca do contramestre. — Vamos logo, antes que ele volte.

Felicity não se incomoda em tentar se misturar aos poucos passageiros perambulando — parecemos errantes demais para caminharmos sem ser notados entre meia dúzia de cavalheiros vestindo ternos de viagem de lã, e ela aparentemente é a única dama a bordo. Em vez disso, minha irmã desce direto — alguns dos marinheiros lançam olhares curiosos para ela, mas ninguém nos impede — até as regiões mais inferiores do navio, onde a carga é armazenada, onde prateleiras improvisadas de caixas de madeira são protegidas do mar ondulante pela segurança de redes de corda. A maior parte da carga já foi embarcada. O ar está espesso e abafado, enevoado com o cheiro de bens empacotados e madeira podre. A única luz vem dos raios do sol que penetram do convés dois níveis acima de nós e de uma lâmpada de latão solitária que oscila no gancho. De algum lugar no cordame, o sino do navio soa, sinalizando a partida.

Felicity se espreme em um espaço vazio entre fileiras de barris estampados com o "VOC" entrelaçado da Companhia Holandesa das Índias Orientais, ficando de costas para a parede. Percy e eu fazemos o mesmo, embora ele com um pouco mais de desconforto, devido em parte às pernas absurdamente longas. Ele arrasta o estojo do violino atrás de nós.

— Não é bem a vista que eu esperava — comento depois que estamos todos bem encaixados.

— Ah, não seja tão dramático — responde ela, revirando os olhos de um jeito muito mais dramático do que o meu. — Será uma viagem rápida até a França, sete dias, dependendo do tempo, então mais uma semana até Gênova depois de alguns dias aportados.

— Isso são quase duas semanas — ressalto — e então tem o tempo em terra para chegar até Veneza, que serão pelo menos mais cinco dias. O duque estará à espera, se decidir ir atrás de nós.

— Acha que eles nos seguirão? — pergunta Percy.

— Devem saber para onde vamos — respondo. — Agora que temos a chave, há apenas um lugar concebível. Não acho que Helena é do tipo que se senta e permite...

— Shh — sibila Percy, e me calo. Ouvimos passadas pesadas nas escadas, seguidas do barulho de uma carga sendo largada. O chão estremece. Nenhum de nós faz um som. Um momento depois, os passos recuam escada acima de novo, levando a lanterna com eles e nos deixando em uma escuridão filigranada por partículas de poeira e lampejos distantes de luz do sol.

Felicity distribui o peso do corpo e o pé dela acerta com força um dos barris. Pode ser minha imaginação, mas tenho quase certeza de que a ouço praguejar baixinho.

— Confortável? — pergunto.

Ela me olha com raiva.

— Depois que estivermos no mar, poderemos nos mover um pouco mais.

— Quer dizer percorrer toda a distância até o outro lado desta cela?

— Ainda podemos desembarcar, se está disposto a reclamar o caminho todo.

Olho de Felicity para Percy. Ele está com os cotovelos no estojo do violino e com o queixo apoiado nas mãos.

— Não — respondo. — Precisamos chegar a Veneza de alguma forma.

Passamos o que imagino serem quase cinco dias no compartimento de carga do xaveco, e embora não estejamos encaixados em tanto aperto quanto estávamos naquelas primeiras horas, não podemos arriscar muito movimento. Mal deixamos Barcelona antes de meus joelhos começarem a parecer que vão se partir como galhos frágeis. Meu estômago ainda não retomou direito o estado complacente e tragador de gim, assim passo uma parte significativa do tempo febril e enjoado, tentando não vomitar conforme o navio ondula, pois não há lugar algum para fazer isso convenientemente. Já está suficientemente desconfortável o fato de nós três estarmos em um espaço tão confinado que não há para onde ir para ter privacidade. O mais longe que podemos nos aventurar é o outro lado da cela, praticamente distância nenhuma.

Tenho pouco interesse por comida, mas Felicity e Percy estão, ambos, irritantemente inabalados pelo sacolejar, então quebramos algumas das caixas em busca de provisões. São bens holandeses secos em grande parte — tecidos, blocos de noz-moscada e folhas de chá preto e tabaco, cana-de-açúcar farelenta em cones de cor âmbar e pedaços de cacau que são tão amargos e pungentes que fazem com que quase vomitemos quando os mastigamos. Os barris não revelam provisões melhores — os dois primeiros que abrimos contêm melaços em xarope, outro contém óleo de linho, o qual escorre pela borda conforme o navio oscila, ensopando nossos sapatos e nos fazendo escorregar pelas tábuas. O último barril que tentamos contém vinho escuro, que bebemos com as mãos em concha como os filisteus que nos tornamos.

Descansamos em turnos alternados, com um de nós sempre de vigia caso os membros da tripulação decidam fazer uma visita espontânea até a cela. Os resquícios da beladona me fazem dormir mais do que é justo, mas Felicity e Percy são bons o bastante para não brigar comigo por isso. Minha irmã ainda me olha como se tivesse pavor que eu começasse a chorar sem aviso de novo, e a atenção fixa de Percy a cada movimento meu faz com que me sinta um inválido.

Vários dias se passam até eu assumir meu primeiro turno de vigia de verdade, aninhado em uma reentrância da qual consigo ver as escadas, mas fora de vista o suficiente, e desejando que houvesse algo mais forte do que vinho nos barris que me abrigam. A última vez que bebi foi na ópera e sinto um anseio por algo, como uma coceira nos pulmões. Luz cinza penetra pelas escadas dos conveses superiores, enevoada pela poeira que paira no ar. No convés logo acima, os marinheiros estão gritando uns com os outros. Um sino começa a tocar.

Ouço um farfalhar do outro lado da cela, e quando levanto a cabeça, Percy está vindo entre as caixas em minha direção, com o cabelo preso em um coque amarrado com um pedaço de corda do navio e com as mangas da camisa exposta caindo na altura dos cotovelos.

— Oi, querido — digo conforme ele desliza contra a parede para meu lado. O verniz agarra a camisa dele e a arrasta para cima, então vejo um lampejo de barriga. Viro o rosto rapidamente, por mais que preferisse encarar abertamente. Não há coisa alguma nessa terra verde de Deus com o poder de me desarmar tanto quanto quatro centímetros da pele de Percy. — Você deveria estar dormindo, sabia. Não desperdice meu tempo.

— Não consigo dormir. Cansei de ficar deitado no escuro. Você quer dormir? Ficarei acordado.

— Não, acho que preciso começar a cumprir com minhas obrigações como vigia.

— Você se importa se eu me sentar aqui, então? — Percy se inclina para apoiar a cabeça em meu ombro, mas se senta de novo antes que eu fique feliz por nos aninharmos. — Seu cheiro está horrível.

Gargalho, e ele manda eu me calar com um olhar significativo na direção de Felicity.

— Obrigado, querido. — Por uma estimativa conservadora, está um calor de milhares de graus no abafamento da cela. Nós dois tiramos as roupas quase todas, e ainda estou encharcado.

— Como está se sentindo? — pergunta Percy.

— Melhor. Não vomitei o jantar, então acho que estamos progredindo.

— Como está o queixo? — Ele segura meu rosto e o inclina na direção da luz do crepúsculo que passa pelas escadas.

— Não é o pior golpe que já levei. — Sorrio, mas Percy não devolve o sorriso.

O polegar roça o ferimento.

— Queria poder fazer algo.

— Bem, pare de esfregá-lo, para começar.

— Quero dizer em relação a seu pai.

— Ah. — Abaixo o olhar, com o coração subitamente pesado e inchado dentro do corpo. — Eu também.

— O que vai fazer com relação a ele?

O que eu ia fazer? Eu vinha fazendo o melhor possível para evitar encarar o futuro de frente, com meu pai respirando em minha nuca durante os próximos anos. Mesmo quando eu assumisse a propriedade de vez, ele ainda encontraria formas de entrar em minha vida como aranhas subindo pelas tábuas de um piso — afinal, eu moraria na casa dele, dormiria na cama dele, me sentaria à mesa dele e me casaria com uma mulher que ele tivesse escolhido. Essa última parte era como um cancro dentro de mim. Passaria o resto da vida solitário, perambulando por Mulberry Garden em busca de companhia contratável e desejando o menino com sardas escuras sob os olhos. Consigo vê-las nesse momento, sob o fiapo de luar, conforme ele inclina a cabeça.

— Suponho que aprenderei tudo sobre administração de propriedade e tentarei proteger o rosto. — Passo as mãos pelos cabelos, então acrescento, com mais leveza: — Depois quem sabe faça uma visita maliciosa a Sinjon Westfall, de meus dias em Eton, para ver se ele se lembra de mim. — Procuro o sorriso de Percy, mas ele franze o nariz em vez disso. — Por que isso?

— Por que o quê?

— Essa careta.

— Não fiz uma careta.

— Fez, sim, agora mesmo, quando mencionei Sinjon. Aí está, fez de novo.

Ele tapa os olhos com as mãos.

— Pare de mencionar Sinjon, então.

— Por que tanta antipatia por Sinjon? Você não o conhecia.

— Parecia que conhecia com todas aquelas cartas que você me escreveu em que ele tinha o papel principal.

— Não foram *tantas* assim.

— Toda semana...

— Por duas semanas, talvez...

— Não, foi mais tempo. *Muito* mais.

— Não foi.

— "Caro Percy, vi um menino do outro lado do salão de refeições com uma covinha no queixo." "Caro Percy, o nome dele é Sinjon e tem olhos tão grandes e tão azuis que é possível se afogar neles." "Caro Percy, Sinjon de olhos azuis pôs a mão em meu joelho na biblioteca e achei que pudesse perder a consciência."

— Bem, não foi isso que aconteceu. Fui *eu* quem fez o primeiro avanço, e certamente não foi no joelho dele que coloquei a mão. Por que desperdiçar tempo com joelhos quando tínhamos coisas muito, muito melhores...

— Por favor, pare.

Olho para ele. Com o rosto para cima e o olhar de mágoa, Percy parece sinceramente irritado.

— Qual é o problema?

— Nada.

— Não é nada. Conte.

— Não há o que contar!

— Vou perturbar você até me contar.

— Quanto tempo acha que temos até chegarmos à França?

— Essa foi a pior tentativa de mudar de assunto que já ouvi.

— Valeu a pena tentar.

— Muito ruim.

— Seu cabelo está bonito.

— Melhor, mas uma mentira.

— Não, eu gosto dele longo e embaraçado assim.

— *Longo e embaraçado*. Como você é encantador.

— Só quis dizer que o aspecto desleixado combina com você.

— Está evitando a pergunta. — Percy geme, e cutuco o ombro dele com o nariz. — Vá em frente, me conte.

— Tudo bem. — Ele esfrega as têmporas, e um leve sorriso tímido começa a se abrir na boca de Percy. — Aquelas cartas... me arrasaram.

Não era o que eu esperava. *Longas demais* ou *sentimentais demais* ou *Por Deus, Monty, use menos adjetivos, quantos tons de azul podem existir nos olhos encantadores de um sujeito?* Talvez. Mas não aquilo.

— O quê?

— Perdi completamente a cabeça. Na metade das vezes não conseguia ler, apenas as atirava na lareira.

— Não eram *tão* melosas assim.

— Ah, eram bastante. Você estava no *mundo da lua*.

— Talvez sim. Por que isso incomodou você?

— Por que acha? — Percy me olha de relance, como se não tivesse a intenção de dizer aquilo e estivesse verificando minha reação, virando o rosto em seguida tão rapidamente quanto olhou. Um leve rubor sobe pelo pescoço dele, levando-o a esfregar a mão na nuca, como se pudesse limpar a vermelhidão. Ao falar de novo, o tom de voz está mais próximo de uma reverência, uma voz para santos e lugares sagrados. — Por favor, deve saber a esta altura.

Meu coração dá um salto, atirando-se contra a base da garganta de forma que fica subitamente difícil respirar. Estou desesperado para não deixar toda minha esperança idiota preencher o silêncio entre nós, mas ela se infiltra mesmo assim, como água correndo pelos cânions que o anseio passou anos sulcando em meu coração.

— Eu não... Acho que não tenho coragem.

— Eu beijei você no salão de música.

— *Eu* beijei *você*.

— Você estava bêbado.

— Você também. E *você* interrompeu o beijo.

— *Você* me disse que não significava nada para você. Por *isso* o interrompi.

Quando nossos olhos se encontram, a boca de Percy se abre em um sorriso, quase como se ele não conseguisse contê-la, então também sorrio, e o sorriso dele aumenta, e parece que ficaremos presos em um ciclo infinito de sorrir um para o outro como tolos. E não me importaria nem um pouco com isso.

— Por que estamos discutindo? — pergunto.

— Não sei.

Meu coração lança tremores pelo corpo, uma agitação frenética, como um pássaro pousando em água. Consigo sentir as ondas até as pontas dos dedos. *Talvez... talvez... talvez.* Isso me torna corajoso, essa possibilidade repentina sufoca o medo e a solidão do desejo unilateral até que eles sumam de vista. Então respiro fundo e digo:

— Significou algo para mim... aquele beijo. Era o que eu deveria ter dito. Não disse porque fui um idiota e estava com medo. Mas significou. Significa.

Percy encara a escuridão por um longo tempo, e mal consigo respirar enquanto espero uma resposta. Mas ele acaba não dizendo nada. Apenas estende o braço e apoia a mão em meu joelho. Uma descarga percorre meu corpo, como dentes rompendo a casca de uma fruta de verão madura.

Joelhos, no fim das contas, podem ser muito importantes.

Coloco a mão sobre a dele, entrelaçando nossos dedos. O coração de Percy bate tão forte que consigo sentir em cada ponto em que nossos corpos se encontram. Ou talvez seja o meu coração. Estamos acelerados, os dois. Ele observa nossas mãos unidas, e uma inspiração profunda faz os ombros dele estremecerem.

— Não serei apenas uma boca conveniente à disposição quando você estiver bêbado e solitário e sentindo falta do Sinjon de olhos azuis — diz ele. — Não é o que quero.

— Não quero Sinjon. Não quero mais ninguém.

— Está falando sério?

— Sim — respondo. — Juro. — Levo meu nariz ao dele, um roçar leve como uma carícia, e o hálito de Percy sopra minha boca quando ele exala. — O que você quer?

Ele morde o lábio inferior, abaixando os olhos até minha boca. O espaço entre nós — o pouco que resta — fica eletrizado e inquieto, como um relâmpago se formando. Não tenho certeza de qual de nós vai fazer um movimento — vai avançar aqueles últimos e mais longos centímetros entre nós. Levo o nariz ao de Percy de novo e ele entreabre a boca. Perco o fôlego. Fecho os olhos.

Então, no convés acima de nós, um canhão é disparado.

O ricochete estremece o navio todo. Caio em Percy; meu queixo atinge com força o ombro dele, que me segura, pondo uma das mãos em punho em volta da minha camisa e a outra no pulso. O sino não para de tocar — de alguma forma, não o tinha escutado — e os marinheiros estão gritando ordens e "todos no convés" e coisas assim. Ouço um berro de "Fogo!" e outra explosão de canhão. Ouvimos o *bang* do disparo, seguido de outro barulho quando o canhão se choca contra as tábuas, direto sobre nossas cabeças. O cheiro de pólvora abafa o de podridão. Meu coração começa a acelerar por outro motivo.

Do outro lado da cela, a silhueta escura de Felicity sai das sombras.

— O que está acontecendo? — grita ela, e as mãos de Percy deslizam para longe de minha cintura.

— Estão atirando... — começo a dizer, mas então uma bola de canhão quebra a parede acima de nossas cabeças.

Cubro o rosto com as mãos conforme o ar parece se dividir em dois ao redor. Percy me puxa contra o corpo dele, com a cabeça acima da minha ao cairmos no convés. Uma chuva de poeira e farpas suja minha nuca. Ouvimos uma segunda demolição acima, outra bola de canhão perfurando o casco. Meus ouvidos parecem apitar e engasgo ao inspirar por causa da poeira e da pólvora — o ar está nebuloso e faiscando por causa disso. Do outro lado da cela, Felicity começa a tossir.

— Está bem? — Percy segura meu rosto e o puxa até o dele. Está ajoelhado diante de mim, com a pele escura coberta de pó e os cabelos salpicados de lascas de madeira. Acima de nós, uma corrente de água entra pelo buraco feito pela bola de canhão e desce formando uma fina cachoeira. Os joelhos de minha calça culote encharcam.

— Sim — respondo, embora saia mais como um arquejo. — Sim, estou bem. Felicity?

— Estou bem — responde ela, embora a voz soe bastante tensa. Minha irmã está curvada entre as caixas, com uma das mãos segurando o braço conforme uma linha fina carmesim escorre entre os dedos dela e se espalha pelas articulações.

— Você está sangrando! — Fico de pé aos tropeços, e Percy rasteja atrás de mim. Gritam "Fogo!" de novo, então as armas disparam, nos jogando de lado contra a carga.

— Estou bem — responde Felicity, e quase acredito, porque, fora o maxilar trincado, minha irmã mal parece sentir dor. — Apenas um arranhão das farpas.

— Pode... precisa de ataduras? Ou eu posso... o que nós... deveríamos fazer algo? O que fazemos?

— Acalme-se, Monty, não é *seu* braço. — Ela aponta o dedo em gancho para mim. — Me dê sua gravata *plastron*.

É Percy quem entrega a dele primeiro, e Felicity tira os dedos do corte acima do cotovelo e o envolve tão rápido que mal consigo ver a ferida. Ela aperta bem o tecido com os dentes antes que qualquer um de nós possa oferecer assistência, depois limpa a mancha da palma da mão ensanguentada na saia. Essa visão me deixa um pouco mais zonzo do que se esperaria.

Ouço outra explosão e o navio se inclina espetacularmente, com tanta violência que as redes de corda que envolvem uma pilha de caixas se parte, fazendo-as desabar livremente. Bem acima de nós — mais alto ainda do que o convés principal —, ouvimos um rangido, como uma árvore caindo, e então a longa e grave lamúria da madeira se partindo. Nós três nos abaixamos, unindo bem os corpos, embora não possamos ver o que está caindo. O navio dá a maior guinada até então. Um barril vira e se parte, inundando a cela com vinho violeta. Outra torrente de água do mar entra pelo buraco.

Então, silêncio, por um momento longo e assustador. Nenhum de nós diz nada. No convés superior, alguns marinheiros gritam. Ouço um único tiro de arma, como o grasnar de uma gaivota.

Depois de muito tempo, algo bate com força no convés acima de nossas cabeças e nos sobressaltamos. Um coro de gritos de surpresa se segue, então um homem berra em francês:

— Todos para cima! — Uma saraivada de tiros soa, seguida de vozes altas em uma língua que não reconheço.

— O que está acontecendo? — pergunto, baixinho.

— Precisamos nos esconder — responde Felicity, que está observando as escadas com uma careta no rosto que não se parece em nada com dor.

— Por quê?

— Porque acho que estamos sendo abordados por piratas.

Por um momento, não parece haver qualquer modo concebível de nosso navio estar realmente cercado por malditos piratas mediterrâneos de verdade. Sem chance alguma. Já cumprimos nossa penitência com os ladrões de estrada, e tenho certeza de que nenhum turista, nem mesmo aqueles de posse de uma chave alquímica, deveria suportar as duas coisas.

Ouço um farfalhar acima, passadas pesadas, depois outro tiro e um grito de dor. Felicity dispara para a trincheira entre as fileiras de barris da Companhia Holandesa das Índias Orientais, com Percy e eu logo atrás. Desabamos como uma pilha entre os barris, com a cabeça baixa e as costas pressionadas contra as reentrâncias deles, respirando como se tivéssemos acabado de correr. Entre o quase beijo com Percy e os malditos piratas, meu coração está certamente sendo testado.

Por um tempo, só conseguimos ouvir ruídos indiscerníveis vindos de cima. Gritos e xingamentos e o *clinc* de botas com solado de prego e cabeças de machado partindo madeira. O sino toca loucamente. Então, o primeiro ruído certeiro em muito tempo, passadas estrondosas nas escadas que dão para a cela, acompanhadas pelas vozes de homens naquela língua estrangeira. Entre nós, a mão de Percy busca a minha.

Em seguida, três homens que com toda certeza não são membros da tripulação do xaveco entram apressados, com uma lanterna erguida por aquele à frente. Ele tem a pele escura, uma barba preta espessa e usa uniforme de marinheiro. Os companheiros têm pele e roupas semelhantes, e todos carregam pistolas e espadas curvas presas aos quadris, assim como cintos pesados com sacolas de metralhas e balas de mosquete. Consigo ouvir o chumbo tilintar conforme se movem.

Os homens se dispersam pela cela, abrindo as tampas das caixas para ver o que está dentro e vasculhar. Um deles abre um barril como se fosse um ovo — sem graciosidade, com a cabeça do machado — e o companheiro dele o reprime.

O primeiro homem se aproxima de nosso esconderijo e nós três recuamos, encolhendo o corpo. Uma nuvem de poeira com farpas do disparo de canhão sobe do material de minha camisa.

E Percy espirra.

Os piratas congelam. Nós também congelamos, exceto por Percy, que leva a mão à boca. Por trás dos dedos, ele estampa o mesmo olhar de horror que Felicity e eu lhe damos.

Então o maldito espirra de novo. A mão não ajuda em nada a abafar o som.

O pirata mais próximo some de nosso campo visual, chamando os companheiros no dialeto dele. Penso por um momento que podemos passar milagrosamente despercebidos, mas então o barril que nos protege é chutado para longe e ali estão eles, parecendo tão chocados ao nos ver quanto estamos ao vê-los. Por um minuto, todos nos olhamos em um silêncio atordoado, então um dos sujeitos me segura pela frente da camisa e me coloca de pé.

— Dissemos para todos subirem ao convés — fala ele em francês, com o rosto bem próximo do meu. Aquele hálito seria capaz de dissolver tinta.

Antes que eu consiga protestar, sou enfiado nos braços do maior dos três homens, o que parece injusto, porque sou quase tão pequeno quanto Felicity. Antes que os homens consigam agarrar Percy, ele pega o estojo do violino e golpeia contra um dos piratas como se houvesse alguma esperança de escapar caso resistamos, mas eles são imunes ao gesto que derrubou o duque de Bourbon na floresta. O pirata, um homem com rosto de porco e um olho de vidro, pega o estojo do violino e o arranca da mão dele, então coloca Percy de pé e prende os braços dele na lateral do corpo.

O sujeito com a lanterna estende a mão para Felicity para ajudá-la a se levantar, mas, como é uma coisinha orgulhosa, minha irmã não aceita. A atadura improvisada amarrada no braço dela começa a se avermelhar conforme o sangue é absorvido.

O homem gargalha.

— Vamos relatar — grita ele, então faz uma reverência para que Felicity suba as escadas. — Depois de você, senhorita.

Eles marcham conosco para fora da cela — nenhum de nós está completamente vestido ou calçando sapatos, assim deixamos pegadas roxas do vinho derramado nas escadas — até o convés principal, onde o caos reina. Uma das vergas do navio caiu — deve ter sido o último estrondo enorme que veio do alto — e está presa em velas que a cercam, desalinhando-as. O próprio mastro parece instável, oscilando ao vento como se pudesse cair a qualquer momento. Os marinheiros e o punhado de passageiros — a maioria ainda de roupas de dormir — foram arrebanhados como ovelhas no tombadilho enquanto mais piratas mouros perambulam entre eles, com espadas e pistolas em punho. Todos foram obrigados a se ajoelhar e colocar as mãos na cabeça. Aos pés deles, está o que provavelmente são as bagagens, malas e baús saqueados com o conteúdo espalhado. Ninguém parece ferido, mas aqueles ganchos e machados e lanças com pontas de aço estão prontos para mudar isso sem muito esforço. Estamos nas primeiras horas da manhã — o horizonte tem a cor de uma moeda oxidada, com poucas estrelas restantes dissipando-se no tom rosado. Contra o fogo cor de ferrugem do alvorecer, consigo discernir o navio dos piratas, uma silhueta esguia de três mastros. Da verga mais alta, tremeluz uma bandeira preta.

O capitão do xaveco não está à vista, mas há um pirata montando guarda diante da porta de uma cabine e a tranca está chacoalhando como se alguém a agitasse por dentro. O imediato e o contramestre estão detidos com armas por um sujeito que parece estar no comando dos piratas, pois é ele que tem o maior chapéu e é o único que observa todos sem fazer nada. O homem é franzino, tem a barba preta e um casaco longo preso por uma cinta de pontas franjadas.

— Quem encontraram? — grita o capitão para os homens dele conforme se aproximam comigo e com Percy presos entre eles enquanto Felicity segue como um mártir.

— Estavam sob os conveses — responde o grandalhão que me segura.

O contramestre deve estar realmente furioso por termos entrado sem conhecimento dele, pois assim que nos vê deixa de parecer que teme pela própria vida e faz parecer que nós deveríamos temer pelas nossas.

— Você — sibila ele para Felicity.

O capitão dos piratas nos indica com a pistola.

— Amigos seus? — pergunta ele ao contramestre.

— Clandestinos — responde o sujeito, como se fosse um juramento.

— O que há abaixo? — grita o capitão para o grandalhão que me segura.

— Mercadorias da Companhia Holandesa das Índias Orientais — responde ele. — Temperos, tecidos e cana-de-açúcar. Carga morta.

— Corrente do timão inutilizada, Scipio — grita alguém do tombadilho.

O maxilar do capitão — de Scipio — se contrai.

— Tragam as mercadorias holandesas e juntem as malas dos passageiros. — Ele guarda a pistola, mas mantém a mão nela ao dizer aos oficiais: — E aí partiremos. Fui sincero quando disse que não pretendia feri-los.

— Isso é algum tipo de truque? — indaga o contramestre.

— De maneira alguma.

— Não vai nos matar?

— Gostaria que eu matasse?

— Então vai nos vender para a escravidão. Sei como vocês, bárbaros, trabalham. Vai incendiar o navio ou reivindicá-lo para sua frota, depois nos venderá, nós, os inocentes, para sermos escravos muçulmanos na África! Seremos obrigados a nos converter a seus modos pagãos, ou seremos massacrados. Transformarão nossas mulheres em prostitutas.

Scipio solta um suspiro contido entre os dentes. Ainda está com a mão na pistola e parece tentado a usá-la.

— Não seremos escravizados por pagãos — diz o contramestre, obviamente acreditando que está fazendo algum discurso inflamado que salvará a tripulação de um destino pior do que a morte. — Preferiríamos ser mortos por sua lâmina a ser transformados em prisioneiros.

— Nem todos nós — intrometo-me.

O contramestre grunhe para mim como um cão selvagem, apontando em seguida para Percy.

— Leve este aí com você — sugere ele ao capitão pirata. — É de sua raça de imundície africana.

— Ele não é africano — grito, transformando o francês em inglês quando perco a calma. Não tenho certeza de como estamos no meio de um cerco pirata e estou discutindo com esse intolerante sobre a nacionalidade de Percy. — Ele é inglês.

O homem ri.

— Acredito nisso tanto quanto acredito em você ser filho de um conde.

— Eu *sou* o filho de um conde!

Scipio se vira em minha direção, tirando a mão da pistola, e percebo subitamente o erro grave que cometi. Posso culpar a falta de sono ou de comida ou simplesmente o delírio incitado pelo pânico induzido por piratas.

— Você é filho de um conde? — pergunta ele.

Engulo em seco.

— Não. Sim.

Scipio me encara por um momento, então diz ao contramestre:

— Nós os levaremos.

— Muito bem, Monty — diz Felicity, aos sussurros.

Mal tenho tempo de entender o que aconteceu antes de o grandalhão me empurrar para a frente, em direção à escada de corda que amarraram na lateral do navio que leva a um escaler à espera na água agitada abaixo. Percy e Felicity são empurrados atrás de mim.

E assim nos tornamos reféns de piratas.

Nos escaleres, nós três somos amarrados pelos punhos, o que é algo novo para mim. Jamais estive amarrado antes — uma gravata a uma cama não conta. Os piratas nos atiram ao chão, entre remos e espólios, deixando-nos com os joelhos rígidos flexionados sob o queixo e as mãos fechadas como garras diante do corpo para evitar que as cordas apertem. O trecho de mar aberto entre o xaveco e a escuna deles é agitado e cinzento, e mais de uma vez, conforme remam adiante, tenho a certeza de que seremos atirados do escaler às ondas impiedosas, o que pode ser um destino preferível ao que quer que nos espere do outro lado.

Os escaleres são reunidos no convés do navio, onde espero encontrar uma confusão de piratas à espera, mas há apenas dois homens e um novato, todos de olhos arregalados ao nos verem encolhidos aos pés da tripulação. São um grupo diverso — de pele escura e vestidos com a lona espessa preferida dos piratas. São também um grupo muito menor e minguado do que eu esperava pelo tamanho da escuna. Há apenas 13 deles no total. Não tenho certeza de como tripulam a embarcação — os veleiros de grande porte que vi na Inglaterra são tripulados por legiões de marinheiros com uniforme impecável. Não é à toa que os piratas inutilizaram o xaveco em vez de tomá-lo — mal têm tripulação para uma única embarcação, quem dirá uma frota.

Somos deixados de pé no convés, descalçados e amarrados e vigiados por um dos piratas, enquanto os escaleres fazem a viagem de ida e volta entre os dois navios, trazendo mais pilhagem. Há uma energia frenética na tripulação, como leões após a matança, saltitando e enaltecendo-se, irritantemente orgulhosos de si mesmos. Quase parecem surpresos com o quanto a captura deu certo.

Por fim, o capitão embarca e grita para desatracarem, e vejo nossa chance de chegar a Veneza se encolher no horizonte, ficando cada vez menor, até que esteja completamente fora de vista. Meu coração pesa.

O homem que nos vigia grita para o capitão em inglês, algo espantoso de ouvir depois de tantas semanas em terras estrangeiras:

— Quem são esses? — Ele inclina a cabeça em nossa direção.

— Reféns — responde Scipio.

— Concordamos que não levaríamos reféns — diz o homem, então percebo subitamente que alguns dos demais também abandonaram o trabalho e estão de pé, desafiando o capitão. Parece que talvez testemunharemos um tipo de motim.

— Não negociamos com traficantes de escravos — grita outro homem de braços cruzados. — Apenas mercadorias. Foi esse o acordo.

Scipio, em sua defesa, permanece impassível.

— Acham que eu nos colocaria nesse tipo de negócio?

— Quando nos reunimos pela primeira vez, concordamos...

— Levaremos as mercadorias para Iantos, em Santorini — interrompe Scipio. — Os baús podem ser vendidos na ilha.

— E quanto a eles? — Um dos homens nos indica com a cabeça e Scipio se exalta com ele.

— Cale a boca e faça como ordenado. Leve a pilhagem para baixo — instrui ele, o que parece uma palavra bastante generosa para o que levaram: um punhado de baús dos passageiros e algumas caixas de linho holandês mal podem ser considerados os espólios de um ataque pirata bem-sucedido. Os homens observam o capitão por um momento, então começam a se afastar, murmurando uns com os outros enquanto nos olham de esguelha como se fosse nossa culpa a presente situação de reféns.

O novato cutuca o cotovelo do capitão, os olhos arregalados como xelins.

— Nada de traficantes de escravos, Scip — choraminga ele.

Quando Scipio o encara, o impiedoso capitão pirata parece desaparecer, apenas por um momento, como se fosse uma encenação. Ele embaraça afetuosamente os cabelos do novato.

— Confie em mim, Georginho.

Embora seja boa notícia que não seremos escravizados, não estou ansioso para conhecer o motivo ulterior de nosso sequestro. Destinos piores do que escravidão começam a dançar diante de meus olhos.

Conforme os homens arrastam os bens roubados para uma cabine sob o tombadilho, Scipio grita para o grandalhão:

— O que tem aí? — Ele ergue o estojo do violino de Percy. Uma onda de alívio percorre meu corpo por ele tê-lo trazido, pois eu o tinha perdido de vista durante nosso transporte. Mas, graças a Deus, ainda estamos no mesmo navio que a Chave Lázaro.

— É dele. — O homem acena na direção de Percy, que está congelado a meu lado com as mãos atadas unidas diante do corpo como um santo de catedral.

— Por favor, é apenas um violino — diz ele.

— Não tenho dúvida — responde Scipio, então olha para Percy como se não o tivesse visto antes. — É mesmo inglês?

— Sim.

— Mas não o filho do conde. Esse seria... você. — O sujeito volta a atenção para mim. Ele tem um modo estranho de ser que constantemente me engana, me fazendo achar que não vai cortar nossas gargantas, mas então os olhos dele brilham de uma forma evidentemente nefasta e me lembro tanto da pistola na cintura quanto do título de capitão pirata. Dou um passo para trás e me choco contra o grandalhão, raspando o calcanhar no couro áspero da bota dele. O homem me segura pelo colarinho, como se tivesse medo que eu estivesse prestes a mergulhar para ficar livre. Scipio cruza os braços, me avaliando. — Você está muito longe de casa, senhor.

Não sei o que dizer em resposta e não tenho ideia do tom que minha voz assumirá se eu falar, portanto me contento com o silêncio desafiador. Ou melhor, silêncio que espero que passe por desafiador.

Felicity escolhe uma abordagem diferente — o discurso desafiador.

— Não acredito que sejam piratas — declara ela, que está de pé mais adiante de Percy e de mim, com uma pose consideravelmente mais ousada do que a nossa. Está com o queixo erguido e com os cabelos pretos esvoaçantes em torno do rosto como se estivesse flutuando embaixo d'água. Mesmo com as mãos amarradas e aquela atadura ensanguentada no braço, parece quase tão ameaçadora quanto alguns dos homens.

Scipio passa a mão pela barba enquanto a observa, com cara de quem já se arrependeu de ter levado prisioneiros tão petulantes.

— E o que a faz crer que não somos piratas?

— Um navio pirata sobrevive por ser mais rápido e estar melhor armado do que os inimigos e as vítimas — explica Felicity. — Este não parece ser um barco muito rápido, nem estar de posse de armas o bastante para que a velocidade não seja uma preocupação. Mal têm mais armas do que a embarcação mercadora em que estávamos. E todos os piratas da Costa Bárbara negociam com traficantes de escravos, principalmente quando tão pouco é levado, e vocês saíram com quase nada, pois não têm tripulação para dar conta, e não teriam levado reféns caso Monty tivesse ficado de boca fechada. Se são realmente piratas, são muito ruins nisso.

Um dos homens assobia. Scipio encara minha irmã por um momento, então grita para o homem atrás de mim:

— Traga o lorde inglês para minha cabine para escolhermos qual dos membros dele cortaremos e enviaremos ao pai para exigir o resgate. Vejamos se isso nos torna piráticos o bastante para milady.

O grandalhão engancha o punho em meu colarinho e me arrasta para a frente antes que eu tenha a chance de fazer qualquer coisa mais do que lançar um olhar para Felicity que é quase inteiramente de pânico. Atrás de nós, ouço-a gritar:

— Espere, pare... — Ao mesmo tempo em que Percy, disparando para mim, grita:

— Não! — Um dos homens o segura pela cintura antes que vá muito longe, e ele curva o corpo, arquejando. É o último lampejo que tenho dos dois antes de o grandalhão me arrastar pelo convés atrás de Scipio, depois me empurrar para a cabine dele e bater a porta atrás de nós três, com tanta força que os painéis âmbar encaixados nela chacoalham nas molduras.

Scipio passa para trás de uma escrivaninha surrada, empurra um conjunto de mapas e um sextante do caminho, então leva a mão à bota e tira de dentro uma faca imensa com o fio de serra.

— Agora — diz ele para mim —, qual de seus dedos acha que seu pai vai reconhecer melhor se mandarmos junto com uma carta exigindo pagamento para que retorne em segurança?

— Então seremos trocados por resgate, é isso? — Não sou muito adepto de ser refém de piratas em situação alguma, mas resgate é, de longe, o mais agradável de nossos possíveis destinos particularmente desagradáveis.

— Gostaria de protestar contra isso?

— Não — respondo. — Mas acho que Felicity está certa.

Scipio ergue o rosto.

— Como?

Engulo em seco. Tenho pouca munição contra ele, mas usarei até acabar.

— São uns piratas medíocres.

— Isso importa? Não precisamos ser os melhores saqueadores do Mediterrâneo para que valha a pena sermos temidos.

— Não tenho medo de você.

— Então coloque a mão na mesa e me diga que dedo é o menos preferido.

Scipio estende o braço até mim e recuo, chocando-me com força contra o grandalhão que ainda está plantado como um carvalho atrás de mim. É parecido com dar de cara com uma parede.

— Achei que não tivesse medo de mim — diz o capitão.

Estou respirando com dificuldade de verdade, e aquela parte sobre *não ter medo* foi definitivamente uma mentira. Tenho medo até os ossos. Ainda consigo ouvir Percy gritando por mim no convés.

Apoio as mãos atadas na mesa, com os dedos abertos como se tivesse coragem o suficiente para deixá-lo escolher. Mas se realmente vier atrás de mim com aquela faca, pretendo me certificar de que ele também saia da cabine com pelo menos um dedo faltando.

Scipio estuda minhas mãos de forma tão deliberada que parece ensaiado. Toda a persona pirata é como uma estranha representação, um personagem que escolhe ser ameaçador apenas para evitar que os outros o ameacem.

— Por que não corta minha cabeça? — pergunto. — Ele reconhecerá ainda melhor.

Para minha surpresa, ele ri.

— Qual é seu nome?

— Lorde Henry Montague, visconde de Disley.

— Que grandioso. Quantos anos tem?

— Dezoito.

— Diga-me, lorde Henry Montague, visconde de Disley, se é realmente o filho de um conde, por que viajava clandestinamente em um navio e por que parece que está há vários dias sem o tipo de luxos em geral oferecidos a um visconde? Se for honesto a respeito de quem é, ainda pode salvar seu dedo.

— Não estou mentindo. Viemos da Inglaterra em nosso *Tour*, mas nos perdemos de nossa companhia.

— Ora, então, deixe que Ebrahim faça um torniquete em seu braço para que não sangre em minha mesa. — Scipio enterra a faca na mesa, e eu me encolho mais do que gostaria. — Quanto acha que seu pai pagaria por seu retorno e o de sua dama e seu rapaz?

— Minha irmã — explico, tropeçando nas palavras na pressa de esclarecer isso. — E meu amigo.

— Amigo? Ele também é lorde? Achei que vocês ingleses fossem exigentes a respeito de cor de pele.

Não tenho certeza de por que um pirata africano saberia disso — ou por que palavras como *conde* e *visconde* significariam alguma coisa para ele, a não ser que tenha estudado a aristocracia para a possibilidade de surgir uma situação com reféns como esta —, mas respondo:

— Ele não é um lorde, mas todos temos pessoas que virão nos procurar.

— Pessoas que pagarão por vocês?

— Contanto que ainda tenhamos todos os membros ao retornarmos. Fomos separados de nossa companhia e estamos tentando chegar a Veneza para encontrá-los, porém não temos dinheiro.

Então pode cortar meu dedo, mas saiba que isso reduz consideravelmente meu valor.

— Quanto acha que seu pai autorizou seu cicerone a pagar no caso de um sequestro?

Primeiro, não tenho certeza de que esses termos sequer foram escritos no acordo de meu pai com Lockwood, e, segundo, não tenho certeza se meu pai daria um centavo para me recuperar. E não temos companhia alguma em Veneza — isso é tudo um embuste —, a não ser que o duque e Helena contem, os quais podem muito bem estar à espera lá. Essa mentira vai desmoronar como jornal molhado se ele realmente acreditar nela.

Sou poupado de responder por uma batida frenética à porta. O capitão acena para Ebrahim, que abre, revelando o novato com uma luneta agarrada às mãos.

— Navio ao norte, Scip — informa ele, com a voz esganiçada pelo pânico.

— Ora, então. — Scipio arranca a faca da mesa e a enfia no cinto. — Vamos mandar os homens para os postos. Preparem as armas...

— Não é mercante — interrompe o rapaz. — É a Marinha Real Francesa.

— O quê? — Ele dispara para o convés. Eu o sigo, mas Ebrahim me pega pelo braço, certificando-se de que, se vou a algum lugar, será com uma das mãos de presunto dele presa em mim.

Os homens estão reunidos na amurada a estibordo, encarando a água e murmurando uns para os outros. Não vejo Felicity e Percy em lugar algum e tenho a visão repentina e apavorante dos dois sendo jogados ao mar enquanto eu conversava com o capitão.

Scipio sobe ao tombadilho, cobrindo dois degraus por vez, então tira uma luneta de ágata do casaco e a leva ao olho.

— São mesmo os franceses? — grita um dos homens para ele.

O capitão, imóvel, exceto pelo vento que embaraça os cabelos dele, arruma a lente.

— É uma fragata da marinha, galhardete francês — responde ele. — 26 canhões longos de 6 quilos, seis dos de 12. — Fica claro pelo tom de voz que há mais armas lá do que temos a bordo.

Meu primeiro pensamento é que estamos salvos.

Meu segundo é que, com isso, estamos em um tipo completamente diferente de problema.

— Acha que nos viram? — grita Ebrahim. — Ainda estão longe.

— Estão virando para cá. — Scipio abaixa a luneta e ergue o rosto para o cordame. — Tirem as cores! Não empunharemos um galhardete preto se estivermos prestes a ser capturados pela marinha. Erga uma bandeira francesa, qualquer coisa, erga qualquer coisa. Preparem as armas...

— Não podemos disparar, ainda há chance de escaparmos — argumenta um dos homens.

— Então escapem. Icem todas as velas e estendam os remos se não querem preparar as armas. Tirem-no do caminho — dispara o capitão para Ebrahim, e sou mais uma vez puxado pelo lado, então atirado na segunda cabine abaixo do tombadilho.

Percy e Felicity estão sentados no chão da cabine de costas para a fileira de malas pilhadas do xaveco. Os pulsos dos dois ainda estão amarrados e, por Deus, parecem realmente indefesos. O cabelo de Felicity ficou murcho com sebo e a ponta da trança tem uma crosta cinza-claro grossa de água do mar. Ela ainda está com o mesmo vestido estilo jesuíta que usava quando fomos roubados pelo duque e os homens dele, o tafetá passou de dourado para marrom sujo enquanto as flores bordadas na saia começam a se desfazer.

Percy fica de pé com um salto ao me ver.

— Monty! O que aconteceu? Está ferido? Ele feriu você? — Ele fala tão rápido que as frases tropeçam umas nas outras.

— Estou bem, Perc.

— Ele disse que iria...

— Ele não fez nada. — Percy pega minhas mãos e as examina, como se não acreditasse em mim de verdade. Agito os dedos para dar ênfase. — Tudo ainda no lugar. Gostaria de contar?

Percy curva os ombros.

— Meu Deus, Monty. Realmente achei...

— Sim, ouvi seus gritos esganiçados. — Pressiono as palmas das mãos contra as dele. — Agradeço muito.

— O que está acontecendo no convés? — pergunta Felicity, que também se levantou e pôs o rosto contra a janela de vidro ondulado encaixada na porta. Minha irmã não parece tão preocupada em saber se mantive todos os meus membros como eu gostaria.

— Um navio está vindo em nossa direção — respondo. — Marinha Real Francesa. Os piratas vão fugir.

— A marinha vai ultrapassar este navio sem muito esforço — diz ela. — E seremos vítimas do sequestro mais breve da história da pirataria.

— Não podemos deixar que saibam quem somos — declaro.

— Quem? Os piratas? Acho que já fez um excelente trabalho de nos anunciar.

— Não, a marinha. Se nos encontrarem, estaremos em perigo.

— Do que está falando? — responde Felicity. — Já estamos *em* perigo. Aquele navio pode ser nosso resgate.

— Se formos levados por aqueles homens da marinha, eles nos mandarão de volta para Lockwood ou para o papai. Podem até mesmo nos entregar ao duque se houver algum tipo de aviso para que fiquem atentos a nossa presença, aí jamais chegaremos a Veneza.

— Então, o que é pior? — pergunta Percy. — O duque ou piratas?

A pior coisa seria jamais chegarmos a Veneza por Percy — principalmente depois de eu ter sentido a mão dele em meu joelho e a boca tão perto da minha. Não desistirei de chegar à ilha afundando para ele, mesmo que tenhamos que viajar com piratas.

— Acho que tenho um plano.

— E você se importaria de expor para o restante de nós antes de agir? — pede minha irmã. Contudo, antes que eu consiga, a porta da cabine é aberta e somos recebidos por Scipio e mais dois dos piratas cujas silhuetas se formam contra o crepúsculo.

— Precisamos disso fora de vista se formos abordados. — Scipio nos empurra para carregar um dos baús nos ombros. Como ninguém me impede, quando ele sai para o convés, eu o sigo, com Felicity e Percy ao encalço.

— Podemos ajudá-lo a escapar da marinha — grito.

— Volte para a cabine — responde ele, mal me olhando.

— Não, ouça. — Eu me coloco entre ele e as escadas que dão para o convés inferior. Fico achando que vou ser empurrado para fora do caminho, mas o capitão para, com o baú ainda equilibrado nos ombros. Engulo em seco. — Sabe que aquele navio o alcançará e sabe que estará em desvantagem de armas se ficar e lutar, até mesmo fugir deles faz com que pareça culpado. Será morto ou levado de volta para Marselha e enforcado por pirataria. Mas podemos ajudá-lo a fugir.

— Por que nos ajudaria? — pergunta Scipio.

— Porque somos bons cristãos que estendem caridade àqueles que nos fizeram mal? — Tento não transformar em uma pergunta, mas o tom desgraçado de interrogação surge ao final.

A mentira não dura muito.

— Estão fugindo da marinha? — indaga ele.

— Talvez. Veja bem, temos tanta necessidade de evitar sermos pegos por ela quanto vocês. Mas, se confiar em mim e se descer a âncora, permitindo que o abordem, acho que podemos escapar daqui.

— Por que eu deveria confiar em você?

— Porque não tem outra escolha.

Acima de nós, uma das velas altas cai com um estalo abafado.

— Ainda pode pedir um resgate em troca de nós ao final disso — digo. — Mas não estará livre o suficiente para pedir tal resgate se fugir agora.

Scipio olha de mim para Percy e para Felicity com uma expressão indecifrável. Então solta o baú subitamente e grita para o outro lado do convés.

— Soltem a âncora. Aguardaremos a marinha.

— Scip... — Alguém grita do cordame, mas ele interrompe:

— Montague está certo, estaremos em desvantagem de armas e homens, e ficar e lutar nos condenará. Recolham as velas e soltem a âncora agora! — Em seguida, para mim, o capitão pergunta, mais baixo e com mais ansiedade: — O que está planejando?

— Bem — respondo, muito ciente de que todos prestam atenção em mim —, posso olhar dentro desse baú?

Os franceses, de fato, nos viram e, de fato, estendem uma bandeira para negociação, a qual ignoramos para que sejam forçados a descer os escaleres e virem até nós. Oferecemos apenas o mínimo dos confortos ao soltar uma escada para que subam a bordo.

Alguns dos de menor patente sobem primeiro — possivelmente para absorver qualquer bala que espere por eles — antes de o comandante aparecer. É um homem com mais ou menos a idade de meu pai, com a pele tão castigada pelo mar quanto a dos piratas, mas com muito mais elegância. As abas do casaco balançam em volta das pernas do homem conforme o vento as sopra, emaranhando-se com a baioneta que pende do cinto. Ele se impulsiona para dentro do navio, então caminha pelo convés até onde a tripulação está reunida, com a mão às costas e o queixo empinado — não parece uma distância muito longa a ser percorrida até que se vê um sujeito cobri-la com verdadeira arrogância. Atrás do comandante, marinheiros se amontoam no convés. Nossos anfitriões piratas estão em menor número; há pelo menos três para cada pirata.

Scipio dá um passo à frente para cumprimentar o comandante, com o chapéu nas mãos.

— Senhor.

O oficial para subitamente, como se tivesse visto um rato no chão.

— Como ousa se dirigir a mim.

Mesmo do outro lado do convés, juro que ouço os dentes de Scipio trincarem.

— Sou o capitão desta embarcação.

— Isso parece improvável, a não ser que seja algum tipo de operação pirata. — O sujeito franze o nariz. — Onde está seu comandante?

O olhar do homem percorre a tripulação — obviamente esperando que outra pessoa se apresente. Então os olhos recaem sobre mim e Felicity, de pé com as roupas elegantes que saqueamos dos baús do xaveco. Foi quase impossível encontrar um casaco cujas mangas me coubessem — espero que o fato de ainda estarem largas mesmo após tê-las dobrado duas vezes não entregue nosso disfarce. Por um milagre digno do Novo Testamento, entre todas as vestes masculinas nos baús, havia um elegante vestido de seda envolto em papel fino — provavelmente um presente romântico para alguém em casa. É muito mais decotado do que os vestidos habituais de minha irmã, e quando os olhos do oficial nos percorrem, as mãos de Felicity se contorcem ao lado do corpo, como se estivesse desesperada para cobrir o peito, pois está a uma brisa forte de criar uma distração de natureza completamente diferente.

— Quem diabo são vocês? — indaga ele.

— Poderíamos fazer a mesma pergunta — respondo, com o máximo de animação que consigo reunir, considerando que estou bastante inquieto. — Que motivo têm para abordarem nosso navio?

— *Seu* navio? — repete o homem.

— Bem, o navio de meu pai — corrijo.

As sobrancelhas do oficial parecem subir até os cabelos.

— Seu... pai?

— Eu certamente não velejaria um navio pertencente a minha mãe. — Rapidamente mostro um pouco das covinhas para ele, que franze a testa.

— Você não carrega flâmulas.

— Ventos de uma tempestade violenta as arrancaram. Pensei em içar meu casaco de aparência mais inglesa como substituto para evitar exatamente este tipo de mal-entendido, mas não quis sacrificar um de meus finos casacos. Mandei fazer todos em Paris e são verdadeiramente casquilhos. — Dou um passo adiante, quase perdendo os sapatos, que estão tão grandes em mim quanto o casaco, e entrego ao homem a carteira de couro resgatada do mesmo baú do qual o vestido de Felicity foi pilhado. Está cheia de documentos de viagem, muito parecidos com os que meu pai confiou a Lockwood antes de partirmos. Foi uma aposta esperar que a bagagem fornecesse algo assim, mas a Sorte aparentemente percebeu que nos devia uma boa guinada depois de nos deixar nas mãos desses piratas filhos da mãe.

O oficial francês toma os papéis de mim e os folheia.

— James Boswell, nono *laird* de Auchinleck — lê o comandante.

Espalmo as mãos.

— Sou eu.

— Você é escocês.

— Não pareço? Devem ser todos esses meses na França.

— E esta é...? — Os olhos dele se desviam para Felicity.

Estava esperando que não perguntasse, mas respondo:

— Srta. Boswell. — Meu tom de voz está envolto em um *obviamente.*

— E este é um navio de... seu pai?

— Não inteiramente, ele o contratou para nossa viagem pelo Mediterrâneo. Estamos em nosso *Tour*, entende, e reclamei bastante por ter sido obrigado a viajar em uma barca comum entre Dover e Calais, com todas aquelas pessoas, sabe, completamente imundas e tão amontoadas que não se pode respirar. Eu estava verdadeiramente sem fôlego durante todo o caminho e não tinha intenção alguma de tolerar essas circunstâncias novamente durante *semanas* de viagem até a Itália. — *Continue falando*, penso enquanto o oficial me encara fixamente. *Continue falando e conte tanto que talvez ele não perceba que é tudo enganação.* — Então escrevi para papai e simplesmente supliquei para que contratasse um navio próprio, e como sou o mais velho e ele jamais pôde dizer não para mim... eu poderia pedir qualquer coisa àquele homem, sinceramente; havia um tapete no palácio do rei em Paris, e juro por Deus que disse a meu pai que escrevesse para o próprio...

— Basta — dispara ele, reunindo os papéis e os empurrando de volta para mim. — Faremos uma busca no navio. — O comandante sinaliza para os homens dele, porém me coloco no caminho.

— Sob que pretexto, senhor? Somos uma operação legítima.

— Estas águas estão cheias de piratas bárbaros. Por ordem do rei francês, temos o direito de nos certificar de que não estão entre eles.

— Não têm tal direito. Não somos cidadãos franceses, e certamente não somos piratas, e fornecemos a vocês os papéis de viagem necessários para que verifiquem nossas identidades. Não têm jurisdição sobre nós.

— Têm algo a esconder? — desafia o comandante.

Uma boa quantidade de carga roubada, nenhum documento que ateste o contrato da embarcação, além de Percy espreitando lá atrás com a tripulação, penso, mas ergo o queixo e banco o turista grosseiro.

— Meu pai me disse antes de partir que eu não deveria me curvar às vontades de estrangeiros que tentariam tirar vantagem de mim por ser um jovem rapaz longe de minha terra natal. Da Escócia.

Os franceses não se moveram. Estão todos olhando para o comandante, e ele ainda olha para mim como se não conseguisse entender aquele cenário incoerente. O silêncio se estende como uma corda puxada e esfrangalhada.

— E diga-me, Sr. Boswell — diz o oficial, por fim —, quando seu pai contrata um navio para você, sempre alista uma tripulação tão imunda de negros?

Isso incita risadas dos homens dele. A meu lado, Scipio parece crescer alguns centímetros, com as mãos unidas às costas.

— Por favor, peça desculpas a meu capitão, senhor — digo.

Então é a vez do oficial de rir.

— Não pedirei desculpas a um homem de cor.

— Então deixará meu navio, por favor.

— Não seja absurdo. Estamos a serviço da coroa.

— E eu sou inglês, escocês, e não tenho obrigação de aceitar disparates franceses. Você aborda meu navio com armas em punho, me acusa de pirataria e insulta minha honrada tripulação. Quero que peça desculpas ou deixe este navio imediatamente.

O comandante funga ruidosamente, depois estende a mão enluvada a Scipio.

— Minhas desculpas... senhor. — Scipio não aperta a mão do homem.

— Obrigado. Agora, por favor, deixe meu navio.

O sujeito parece pronto para repreender Scipio, mas então se lembra de que não somos a tripulação dele. Com a boca contraída, ele nos dá um aceno breve com a cabeça.

— Peço desculpas pela atribulação, Sr. Boswell. Obrigado por sua cooperação.

Não ouso acreditar que saímos ilesos com essa enganação até que a fragata da marinha esteja quase tão longe quanto estava quando a vimos da primeira vez. Scipio mantém a luneta apontada para a embarcação até que tenha saído de vista, então, por fim, dá ordem para todos se apresentarem a seus postos.

Espero um agradecimento, ou pelo menos algum tipo de aceno de aprovação de homem para homem, mas em vez disso Scipio grita para Ebrahim:

— Leve os prisioneiros para baixo.

— Prisioneiros? — repito, mas ele não me ouve. Ebrahim estende a mão para meu braço, mas me afasto e grito para Scipio, que sobe pela enfrechadura. — Um agradecimento seria bom.

Ele para, abaixando o rosto para mim.

— Pelo quê?

— Por ter livrado a pele de vocês.

— Estavam salvando a si mesmos, não a nós.

— Vocês seriam prisioneiros da marinha não fosse por mim e minha irmã... — começo a dizer, mas o capitão dá um salto de volta para o convés e me encara.

— Não há nada de bom em assistir a outro homem assumir seu navio porque sua pele é escura demais para que você mesmo o assuma — retruca ele, e cada palavra é como um golpe. — Então, futuramente, não precisa exigir pedidos de desculpas por mim. Agora, vão para baixo.

Antes que eu consiga falar, Ebrahim me segura com uma das mãos e pega Felicity com a outra — ela dá um gritinho quando o punho do homem envolve o braço ferido, fazendo-o soltar e pegar o de Percy no lugar —, depois nos arrasta para longe.

Prisioneiros mais uma vez.

Apenas pela ausência de uma prisão adequada a bordo fica evidente que esses homens não são piratas. Nós três somos levados até o convés de armas e toscamente amarrados pelos pés a um dos canhões de cano longo, o que parece uma má escolha por diversos motivos. Ebrahim nem mesmo monta guarda — ele sai apenas pelo tempo necessário para buscar uma carteira de couro com instrumentos cirúrgicos, a qual atira a nossos pés ao grunhir para Felicity:

— Para seu braço.

Em seguida nos abandona à própria sorte ao lado de um estoque de pólvora, pederneiras e um canhão, solidificando com isso a reputação de nossos captores como os piores piratas da história do Mediterrâneo.

Felicity se curva sobre o conjunto cirúrgico, tirando uma agulha curva e uma meada de fio preto.

— Foi um plano muito bom, Monty — comenta minha irmã, e estou prestes a inflar de orgulho, mas então ela acrescenta: — Exceto pelo fato de que ainda somos reféns.

— Bem, agora é sua vez de pensar em algo, querida. Já fiz minha parte por hoje. — Puxo as cordas que prendem os pés de Percy ao canhão e elas se soltam. As pontas de alcatrão estão pegajosas devido ao calor. — Aquele maldito capitão estaria a caminho da forca se não fosse por mim.

— Ele foi bastante razoável conosco, considerando a situação — diz Percy. — Confiou em você.

— E então me repreendeu por isso. Eu fui gentil em ajudá-lo!

— Talvez sim — responde Percy. — Mas isso não quer dizer que não foi difícil para ele testemunhar isso.

— O que tem de difícil nisso?

— Bem, acha que gosto de ser confundido com seu criado em todo lugar que vamos?

— Mas você não é, então o que importa?

— Se ele não entende, não explique — murmura Felicity. Olho para ela com raiva, embora minha irmã não repare porque está concentrada em passar a linha na agulha.

Mas Percy diz:

— É bom que me defenda quando não posso fazer isso sozinho, mas é difícil aceitar que você precise fazer isso. E imagino que o capitão sinta o mesmo. Principalmente quando são os prisioneiros dele que o salvam.

O que ainda não faz total sentido para mim — talvez não seja possível que faça. Puxo o nó de novo, desfazendo-o com pouca resistência. Percy chuta para libertar os pés, então me dá um sorriso fraco.

— Sem lugar para fugir.

— Poderíamos liderar um motim.

— Contra piratas?

— Nós mesmos somos muito piráticos, Capitão Dois Dentes. E agora temos um canhão.

— E um pouco de corda.

— E com sua inteligência e minha força bruta e Felicity... Meu Deus, Felicity Montague, está *se costurando*?

Ela ergue o rosto, inocente como uma colegial. Minha irmã está com a gravata *plastron* ensanguentada desatada do braço, a manga arregaçada e aquela agulha cruel enterrada no próprio braço em torno da laceração deixada pela lasca de madeira — o ferimento já foi costurado até a metade enquanto Percy e eu estávamos distraídos.

— O quê? Precisa ser feito e nenhum de vocês sabe como. — Felicity enterra a agulha e puxa com força, de modo que as bordas rasgadas da pele se unam. Desabo com as costas contra o canhão para evitar cair de joelhos. — Veja se encontra um sofá para Henry antes que ele desmaie — diz ela a Percy, embora ele pareça quase tão horrorizado quanto eu.

Depois de mais dois pontos precisos, Felicity dá um nó na linha e a corta com os dentes, então examina a costura, parecendo tão satisfeita quanto Punch, a marionete.

— Jamais fiz isso em uma pessoa antes. — Minha irmã olha para nós; Percy fez questão de virar o rosto e eu estou apagando contra a artilharia.

Felicity revira os olhos.

— Homens são uns bebezões mesmo.

Depois de um tempo sozinhos com as armas, o som de botas nas escadas anuncia a aproximação de nosso benevolente capitão. Todos os três olhamos para cima quando ele para um pouco afastado e nos olha da cabeça aos pés. Nenhum de nós se levanta. É um gesto que parece desafiá-lo, mas é, em grande parte, exaustão.

Para minha surpresa, ele também se abaixa, apoiando os cotovelos nos joelhos de forma que nossos rostos ficam na mesma altura. Parece muito jovem nesse momento, embora tenha pelo menos uma década a mais do que Percy e eu — talvez mais. Também aparenta estar profundamente cansado. O pirata feroz mais uma vez some num instante.

A primeira coisa que Scipio diz é:

— Obrigado. Por nos ajudar a escapar.

Depois da resposta irritadiça que recebi a esse respeito antes, isso parece uma armadilha, então apenas assinto.

— Talvez possamos chegar a um acordo — continua o capitão. — Expliquem por que estão fugindo e contarei a nosso respeito.

— Você primeiro — interrompe Felicity, por mais que eu estivesse pronto para contar tudo. — Todo livro que já li me ensinou a não confiar na palavra de um pirata.

Os olhos de Scipio se voltam para ela e minha irmã ergue o queixo.

— Essa lógica faria sentido — comenta ele —, mas estava certa... não somos piratas. Somos corsários. Ou éramos, até recentemente. Minha tripulação e eu fomos empregados por um mercador inglês durante a guerra contra a Espanha. Ele emitiu cartas de corso para que tivéssemos permissão legal de capturar embarcações espanholas que atacassem os navios dele no Caribe.

— O que aconteceu? — pergunto.

— A coroa inglesa revogou todas as cartas depois que a guerra acabou, embora não soubéssemos disso até que fomos presos por pirataria quando tentamos aportar em Charleston. Nosso empregador não quis pagar por nós; ele libertou o capitão dele e os outros oficiais, abandonando o restante para que apodrecêssemos. Ficamos lá durante um ano, então piratas saquearam a cidade e pudemos escapar. Tomamos um navio. *Este* navio. E como não tínhamos cartas de corso e precisávamos de fundos e tínhamos dificuldade em encontrar trabalho legítimo por... motivos óbvios, decidimos que poderíamos de fato praticar a pirataria da qual fomos acusados. Somos... — O homem esfrega a nuca. — Novos nisso.

— Nosso navio foi o primeiro que tomaram? — pergunta Felicity.

— Como piratas? Sim.

— Por que não voltam para seu empregador e pedem que as cartas sejam reemitidas? — pergunto. — Ele não precisa mais pagar a fiança para que saiam da cadeia.

Scipio não responde.

— Não eram empregados, eram? — indaga Percy, baixinho.

— Não — responde ele. — Éramos escravos. Embora não tenha pago por nosso retorno, ainda pertencemos a ele. E prefiro ser enforcado como pirata a voltar para a vida de escravo. — Scipio esfrega as mãos diante do corpo, depois ergue o rosto para nós. — Então, de onde estão fugindo?

— Um duque francês está atrás de nós — responde Percy.

— Vocês o ofenderam?

— Roubamos dele — respondo.

— Um de nós roubou dele — corrige Felicity.

— Bem, esse um de vocês parece tão pirático quanto nós. Por que estavam clandestinamente no xaveco?

— Precisamos chegar a Veneza, de verdade — digo. — Temos algo que precisa ser feito lá.

— Espera que nós os levemos? — pergunta o capitão. — Se não serão trocados por um resgate, Veneza está fora de nossa rota.

— Poderíamos compensá-los — afirmo.

— Seu resgate nos compensaria também.

— Meu tio — começa Percy, subitamente.

Olho para ele.

— O que tem seu tio?

Percy está sentado reto, com a testa franzida, pensativo.

— Ele poderia emitir cartas de corso para vocês, como pagamento por nos levarem a Veneza. Isso é muito mais valioso do que um resgate.

— Quem é seu tio? — pergunta Scipio.

— Thomas Powell. Ele serve na Corte do Almirantado em Cheshire.

— Não. Thomas Powell? Honestamente? — Ele gargalha, um ruído grave e ressoante. — Você não se parece nada com ele.

— Há um motivo para isso — responde Percy, com um leve sorriso. — Você o conhece?

— Nosso primeiro navio ancorava em Liverpool, e ele era um dos magistrados que supervisionava nossos mapas. Sempre foi bom conosco, seu tio. Alguns daqueles homens do almirantado são uns canalhas com marujos negros, mas ele sempre foi bondoso. O que faz mais sentido agora. Diabos, o protegido de Thomas Powell. Quais são as chances disso acontecer?

— Ele não se importaria por vocês serem uma tripulação de cor... conseguiria as cartas de corso — diz Percy. — Válidas, em troca de nos transportar.

— Não acha que ficaria menos disposto a fornecê-las se fossem pedidas como resgate pelo retorno do sobrinho dele? Iria revogá-las assim que deixássemos o porto.

— E se as oferecermos como recompensa em vez de resgate? — sugiro, e Percy assente. — Se nos levar a Veneza, escreveremos para nossas famílias e diremos que nos resgatou. De piratas até, se quiser ser mesmo dramático. Ficarão tão gratos que oferecerão qualquer coisa, e só precisam pedir cartas de corso para velejarem como corsários sob a proteção da coroa inglesa.

Scipio passa a mão pela barba, olhando para cada um de nós como se procurasse um motivo definitivo para confiar em nós ou nos amarrar a um canhão e nos atirar ao mar.

— Poderia pedir um resgate por nós — intromete-se Felicity. — Mas não emitirão cartas de corso para nossos sequestradores. E isso é muito mais valioso.

— Tenho certeza de que nos contentaríamos com uma boa quantia em dinheiro. E sentirei muito menos compaixão se descobrir que tudo isso é uma artimanha.

— Não estamos mentindo — digo, embora não pareça convincente.

— Preciso consultar minha tripulação...

— Não é o capitão? — interrompe Felicity.

— Somos mais uma democracia. Mas se ninguém protestar e se vocês... — Ele coça a barba. — Acha mesmo que pode conseguir que as cartas sejam emitidas? — pergunta Scipio, e Percy assente. — Bem, então nós os levaremos a Veneza. Podemos auxiliar no retorno para suas famílias de lá.

Estou prestes a estender a mão para fechar o acordo, mas Felicity tem mais algumas condições.

— Não deve nos maltratar nesta viagem — declara ela. — Não seremos mantidos prisioneiros.

— Então, em troca, ficarão fora do caminho da tripulação, mostrarão respeito aos homens e não causarão bagunça — replica Scipio. — Qualquer indício de más intenções contra qualquer um de nós e eu os algemarei ao topo do mastro. Concordam com isso?

— Concordamos — dizemos os três, em coro.

Ele nos ajuda, e nos soltamos das imitações de amarras, então lidera o caminho do convés de armas para que possamos fazer nossas propostas para a tribulação. Felicity o segue de perto, com o conjunto cirúrgico novamente guardado e seguro perto do peito dela, da forma como algumas meninas se agarram à boneca preferida. Percy e eu vamos atrás.

Conforme subimos as escadas, ele me cutuca com o cotovelo.

— Você é um doido, sabia.

— Eu sou?

— James Boswell. Enganando a marinha. Fazendo acordos com piratas.

— Bem, não são piratas. E — cutuco Percy de volta — o acordo foi em grande parte sua façanha.

— Ainda assim é um doido.

— Está reclamando?

— Não — responde Percy, dando um puxão rápido na manga de minha camisa que se transforma em um aperto dos dedos na palma de minha mão de uma forma que faz meus joelhos fraquejarem. — Meio que adoro isso.

26

Semanas se passarão até aportarmos em Veneza, semanas que presumo que serão cheias de trabalho árduo e abuso de nossos captores, mas que em vez disso consistem em uma estranha calma e uma camaradagem ainda mais estranha.

Recebemos redes para dormir no convés inferior (Scipio entrega a cabine de capitão para Felicity pelo bem da privacidade dela) e fazemos as refeições com eles — *refeições* é um termo generoso, pois basicamente comem biscoito duro amolecido com café ou rum morno. Ebrahim nos ensina que os biscoitos precisam ser bem mergulhados para que as larvas enfiadas neles se afoguem e boiem para a superfície, um pensamento delicioso sempre que os mergulhamos.

A tripulação se mantém distante de nós e nós deles, embora o navio seja pequeno e o espaço para nos evitarmos seja limitado. O distanciamento é rompido quando Percy e eu, ansiando por alguma diversão, jogamos dados com um punhado dos homens. O que a princípio parecia uma conspiração com o inimigo acaba sendo uma noite melhor do que muitas das que tive com os rapazes em Cheshire. Não trapaceiam nem de longe tanto quanto Richard Peele e o bando dele.

Não são o que esperava de piratas, nem de marujos, na verdade. Não têm sede de sangue, não são patifes bêbados distribuindo reclamações e marcas negras, prontos para acertar a nuca do homem no comando com uma das cavilhas da amurada. Na realidade, são uma tripulação pequena e unida que troca piadas e histórias e músicas, em grande parte em jargão de marinheiro, e nós nos tornamos seus estranhos e temporários companheiros de tripulação, responsáveis por pequenas tarefas sem consequências irreparáveis se forem malfeitas.

Todos se afeiçoam a Percy imediatamente — o novato, a quem todos chamam Rei George, o segue como um cachorrinho, sem dizer muito, apenas sempre o encarando com os enormes olhos, como se Percy fosse uma orquídea rara trazida a bordo.

— Ele é mesmo um lorde? — pergunta Rei George para mim certa noite, quando ele, Ebrahim e eu ficamos sentados no convés fazendo nó pinha de retenida.

— Quem, Percy? Não é um lorde, não, mas é de uma família aristocrática.

— E o criaram bem? — pergunta Ebrahim. — Mesmo ele sendo de cor?

— Acho que não tinha permissão de jantar com eles quando tinham convidados, mas, com algumas exceções desse tipo, recebeu uma criação de primeira.

Ebrahim joga o nó pinha de retenida entre as mãos enormes, e os lábios dele se repuxam para baixo.

— Então não é nada igual, é?

Ao olhar para o convés em que Percy está sentado com o violino e dois dos homens, que cantam uma música esperando que ele a aprenda, subitamente me ocorre que essa deve ser a primeira vez na vida em que Percy está cercado por homens com a aparência dele. Homens que não presumem que ele tenha valor menor só por causa da cor da pele. Entre os piratas, ele não tem nada a provar.

— Talvez *eu* seja um lorde — diz Rei George.

— Talvez, Georgie — responde Ebrahim, sem convicção.

Contornamos a ponta da Itália — o salto da bota, como chama Scipio — e entramos nos pequenos estreitos entre o estado Napolitano e Corfu, onde os templos arcaicos se assentam como bastiões ao longo dos penhascos. A água passa de turquesa para esmeralda conforme a luz ondula sobre ela. Percy e eu passamos longas partes desses dias de pé, juntos na proa, maravilhados com a forma como o mundo inteiro a nosso redor parece feito de um pigmento cerúleo cru e fazendo um jogo silencioso e absolutamente enlouquecedor de quem consegue aproximar mais a própria mão da mão do outro sem de fato tocá-la.

Ainda não estivemos sozinhos desde aquela conversa inacabada na cela do xaveco, embora ambos encontremos formas cada vez mais criativas de nos tocar sem que ninguém repare. Fico achando que mereço uma medalha pelo controle que demonstrei até o momento no que diz respeito a Percy, após saber que ele e eu parecemos estar no mesmo barco em relação aos nossos sentimentos amorosos, mas então Felicity murmura uma noite durante a janta:

— Sejam um pouco mais óbvios, não? — No entanto, para ser justo, eu tinha acabado de enganchar o pé no tornozelo de Percy, levando-o a quase engasgar com uma garfada de porco salgado.

Essa *quasidade* é enlouquecedora — praticamente tão enlouquecedora quanto as pontas dos dedos de Percy roçando as minhas entre nós dois, sem que me seja permitido mais do que isso — aliada a um desespero que beira o pânico para que não sejamos separados no fim desse *Tour*. Perdi anos da vida amando-o de longe e nunca vou me perdoar se Percy me for roubado assim que percebemos que temos nos admirado a distância esse tempo todo. Eu lutaria contra a própria Morte com apenas uma das mãos para conseguir a panaceia para ele.

Scipio tem se mantido calado com relação a questionar o assunto que temos para tratar em Veneza. Considerando o encontro com a marinha francesa, provavelmente deduziu que não é exatamente coisa boa. Ele pode até preferir a ignorância a compartilhar o peso de um segredo, mas solto a verdade sem que seja solicitado, enquanto ele e eu estamos juntos no convés, passando uma nova camada de tinta sobre a amurada erodida pelo sol. Em parte porque imagino que precisaremos de mais ajuda de nossos aliados piráticos para chegar até a ilha em si, mas principalmente porque estou começando a ficar inquieto para chegar a Veneza antes do duque.

Espero que Scipio proteste — compostos alquímicos e ilhas afundando e caixas-enigma codificadas são coisas meio fantásticas quando ditas em voz alta —, mas tudo o que responde é:

— Você é bem impressionante, sabia?

— Quem, eu? — Gargalho. — Sou o peso morto. É principalmente graças a Percy e Felicity que ainda estamos vivos.

— Realmente não vê?

— Vejo o quê?

Ele passa o pincel pela amurada.

— Que vale muito mais do que parece pensar. Você tem valor.

— Não tenho valor algum. Nenhum mesmo. Meu melhor atributo é me meter em problemas dos quais preciso ser resgatado. — Como se para provar meu argumento, um fio de tinta cai do pincel e borra a lona que abrimos. — E as covinhas.

— Seja mais bondoso consigo mesmo. Você nos salvou da marinha. Você salvou seu grupo da marinha. E obviamente teve alguma participação na defesa do seu pessoal. — Scipio aponta o pincel para meu maxilar. — Tem as cicatrizes para provar.

Esfrego o polegar sobre o ponto em que o recolhedor de ladrões me golpeou. Ainda está dolorido ao toque.

— Achei que minhas bochechas precisavam de um pouco de cor, só isso.

— Não revidou?

— Não sou muito versado em revidar. Sou muito menos galante do que você parece querer acreditar. — Dou uma pancada cautelosa na amurada com o pincel, e tinta borrifa das cerdas como pólvora de um disparo de canhão. — Ele tem um nome?

— Quem?

— Seu navio pirata. — Bato com o punho na amurada.

Uma gota de tinta pinga no pé descalço do capitão e Scipio o esfrega na panturrilha.

— *Eleftheria.*

— O que significa?

— É grego — responde ele. — A palavra para *liberdade.*

— Você que o nomeou?

— Quando o roubamos, sim. Os homens que concordaram em comprar as mercadorias da Companhia Holandesa das Índias Orientais estão todos em Oia, então o nome grego nos ajuda por lá. E todos precisávamos de um recomeço. Pareceu adequado.

— Há quanto tempo o tem?

— Está mudando de assunto, milorde.

Jogo um pouco de tinta em Scipio quando me abaixo para molhar o pincel. Ao me esticar, o capitão me dá uma batidinha na bochecha com o dorso da mão em retaliação. Mal passa de um toque descontraído, mas me encolho tanto que solto o pincel, deixando-o cair no convés com um ruído e manchando de marfim a madeira diante de meus pés.

— Maldição. Desculpe. — Abaixo para pegar o pincel, tentando limpar a tinta do convés com o pé, o que acaba espalhando-a mais. Espero que Scipio me repreenda por isso, mas quando ergo o rosto, ele apenas me observa com a expressão séria.

Então o capitão solta o pincel sobre a amurada e se levanta.

— Venha até aqui.

Não me mexo.

— Por quê? O que vamos fazer?

— Vou ensinar algo a você. Levante.

Jogo o pincel na bacia, limpo as mãos na calça e me levanto para fitá-lo.

— Levante as mãos — orienta Scipio, estendendo as mãos dele espalmadas para mim.

Não me mexo.

— Por quê?

— Vou mostrar como golpear o próximo homem que atacar você. — Ele arregaça as mangas, depois ergue uma sobrancelha para mim em expectativa. — Estou falando sério, erga as mãos.

— Não acho...

— Mãos para o alto, milorde. Até mesmo um cavalheiro deveria saber como se defender. *Principalmente* um cavalheiro.

Parece inútil, mas estico os ombros, erguendo os punhos perto do peito em seguida. É tão anormal que os abaixo imediatamente.

— Não consigo.

— É claro que consegue. Erga as mãos.

— Não devo me posicionar de alguma forma antes?

— Quando estiver em uma briga de verdade, terá sorte se estiver de pé. Mas coloque um pé à frente. O direito, se é esse o braço com que golpeia. Vamos lá, estique as costas. Sei que é mais alto do que isso.

— Não sou.

— Coloque o braço para trás. E flexione o joelho ali. — Scipio engancha o pé em minha perna de trás e puxa até que eu me agache sobre ela. — Vem dos joelhos. E mantenha a outra mão erguida para proteger o rosto. Vamos lá, me acerte.

Bato na mão dele com o punho, de modo desengonçado e leve, como um pano molhado agitado no ar. Tento mais algumas vezes, envergonhado demais para fazer muita força.

— Com vontade — diz ele. — Como se quisesse se proteger.

Penso em meu pai — não nele me batendo, mas em todas as vezes que me disse o quanto sou patético, o quanto sou inútil e incorrigível e vergonhoso, um *imprestável* que *não vai dar em nada*, o quanto não sou *nada, nada, nada* —, em motivo após motivo que me fez acabar acreditando que não valia a pena erguer as mãos.

E aqui está Scipio, dizendo que sou digno de me defender.

Recuo e golpeio com mais força dessa vez — ainda não é um bom soco, mas há mais entusiasmo. É menos uma defesa ou um pedido de desculpas. Parece que meus ossos se partem ao meio quando faço contato, e me curvo.

— Filho da mãe.

Scipio gargalha.

— Tire o polegar de dentro do punho. Isso ajudará. Foi um bom golpe, no entanto. Foi com vontade.

Ele se senta no degrau, limpa o suor da testa, então tira um frasco do bolso e oferece a mim. Consigo sentir o odor avinagrado do gim e só quero tirar aquilo da mão dele e entornar. Mas faço que não com a cabeça.

— Não, obrigado.

Scipio toma um gole e pega o pincel de novo. Acho que vai recomeçar nossa tarefa, mas em vez disso se vira, me encara e, com muita seriedade, diz:

— Agora, da próxima vez que alguém o atacar, ataque de volta, está bem? Prometa isso, Henry.

Nós dois recomeçamos a pintura e demoro um tempo para perceber que havia muito tempo que eu não ouvia alguém me chamar de Henry sem que isso me fizesse estremecer.

Veneza

À primeira vista, me apaixono imediata e intensamente por Veneza.

É, para ser sincero, uma primeira vista espetacular — aquela linha do horizonte branca e avermelhada cercada por uma lagoa de água de um azul intenso. Frotas de barcos e mastros de ancoragem listrados se projetam das ondas como biguás descansando, gôndolas pretas contornando-os. Contra a coloração queimada do céu em tons de âmbar durante o pôr do sol, despontam domos e torres de sino, com a fachada colunária do Palácio Ducal e a cúpula da Basílica de São Marcos ao longo do Grande Canal sendo flanqueados por palácios com fachadas xadrez, cujas varandas se projetam sobre a água. A luz é apreendida e refletida de volta pela água vítrea, como se houvesse uma segunda cidade sob o mar.

A única recepção solene são as forcas oscilando de uma fileira de andaimes onde o Grande Canal se abre para o mar Adriático, cada uma ocupada por um cadáver em decomposição, com ossos pontiagudos despontando da pele cinzenta funda. Corvos e gaivotas se amontoam sobre eles, girando no céu como rodas antes de se dividirem em formações para descer. Scipio e os homens dele podem não ser piratas no sentido mais rigoroso da palavra, mas se aproximam o suficiente para temerem encontrar o mesmo destino, e nós três somos praticamente da tripulação a essa altura — nos declarar assim é mais fácil do que explicar nosso papel como "quase-reféns" aos oficiais do porto. Percy e eu até mesmo trocamos a casquilharia nada prática por calça de linho larga nas pernas e gorros de lã Monmouth, além de camisas grossas feitas de algodão estriado e botas de couro amaciadas pelo mar. Somos verdadeiros marujos agora. Felicity, ainda bem, manteve as vestes de dama.

Ebrahim e Scipio ficam com o navio e cuidam da alfândega e dos impostos do porto, enquanto nós três somos enviados à cidade para sacar algumas das castigadas cartas de crédito do Sr. Boswell, pois sou o único que pode se passar por ele, e depois encontrar alojamento. Uma chuva fina cai, suave e nebulosa ao fluir contra os canais. O calor é mormacento e fragrante, e a garoa dissipa o fedor de esgoto do ar.

A cidade é um labirinto espraiado, com canais correndo como veios entre as ruas estreitas. Encontramos uma hospedaria em Cannaregio, perto do gueto judeu. Nossa tripulação toma conta de um canto do salão do bar para aproveitar a primeira refeição sem biscoitos duros em semanas, que é acompanhada de *posset* para beber, pastas de frutas e um vinho bem fino que o servente do local está muito disposto a fornecer. Uma escuridão recai, e o barulho no salão aumenta até estarmos todos gritando uns com os outros para sermos ouvidos — ou talvez seja também a bebida. Tudo parece mais alto quando se está ébrio, e não me sinto zonzo assim desde a França.

Felicity sobe para se deitar assim que o jantar termina, deixando Percy e eu sozinhos com a tripulação. Por várias vezes nos perdemos na multidão, então nos reunimos apenas por tempo o bastante para conversar sobre como nos perdemos antes de sermos mais uma vez separados. Percy, por fim, me deixa sentado em uma mesa reservada no canto com instruções para ficar parado, então abre caminho até o bar para buscar bebidas.

Quase assim que ele sai, o lugar é ocupado por Scipio, que apoia o chapéu na mesa e desliza pelo banco até meu lado.

— Acho que encontrei sua ilha.

— Hmmm? Ela encontrada...? Você encontrou...? — Quando consigo definir as conjugações, já não consigo me lembrar de como pretendia terminar a frase. Quase me dou um tapa na cara. — O que você encontrou?

Scipio franze a testa para mim.

— Está bêbado?

— Não.

— Parece bêbado.

Sacudo a cabeça, tentando deixar os olhos tão arregalados e inocentes quanto é possível. Minha expressão de *nenhuma bebida tocou estes lábios* da qual minha mãe tanto gosta.

Scipio mantém a testa franzida, mas continua:

— Um dos ajudantes do cais a conhecia. Está em quarentena, como você imaginou, mas ainda não afundou. Muitos túneis de catacumbas foram construídos abaixo dela e estão desabando, por isso está afundando.

Faço uma oração silenciosa, porém sincera para o Deus que ressuscitou Lázaro dos mortos, pedindo que um daqueles túneis desabados não seja o de que precisamos, pois por fim — *por fim* — algo a respeito dessa jornada absurda parece maravilhosamente simples.

— Mas você a encontrou. Ainda está de pé, então podemos ir imediatamente.

— Há oficiais patrulhando as águas em torno dela para manter as pessoas afastadas. Aparentemente houve problemas com saques.

— Então iremos amanhã à noite, quando estiver escuro. Sabíamos que haveria guardas, qual é o problema?

— Veja isto. — Ele tira um pedaço de pergaminho amarelado do casaco e o abre na mesa. — Isto foi dado a mim pelos oficiais do porto.

É um desenho tosco de nossa Chave Lázaro, com a seguinte descrição:

ROUBADA DO LAR DE MATEU ROBLES POR UM TRIO DE JOVENS PATIFES INGLESES, DOIS CAVALHEIROS — UM PEQUENO E TAGARELA, O OUTRO DE COMPLEIÇÃO NEGRA — E UMA DAMA, OS QUAIS SE ACREDITA ESTAREM ABRIGADOS EM VENEZA.
QUANDO DO DEVOLVIMENTO DA CHAVE E DA CAPTURA DOS LADRÕES DESPREZÍVEIS, A RECOMPENSA E TODOS OS CUSTOS RAZOÁVEIS SERÃO PAGOS PELA FAMÍLIA.

Suponho que poderia ser chamado de coisa pior do que *pequeno e tagarela*, embora o anúncio me deixe sóbrio demais para comentar a respeito disso. O duque deve ter chegado antes de nós — nos atrasamos tanto que não me surpreende, mas ainda me deixa ansioso saber que estamos na mesma cidade que ele. O homem pode muito bem estar à espreita na ilha, esperando por nossa chegada. Envolvo a chave que está agora abrigada em meu bolso.

— Amanhã, então. Imediatamente ao alvorecer, antes que alguém saia, vamos levar o navio até a ilha.

— Não vamos velejar o *Eleftheria* até sua ilha afundando.

— Por que não? Atropelaremos fácil os soldados nas gôndolas deles.

— O que não me parece ser muito sutil. Tomaremos os escaleres.

Na rua, alguém dá um grito esganiçado, e isso é seguido por um coro de gargalhadas ruidosas. Não consigo evitar — olho pela janela. A chuva parou, deixando o vidro salpicado de gotas d'água que brilham como pérolas contra a escuridão.

— O que está acontecendo lá fora?

— É a Festa del Redentore. A Festa do Redentor. Todos estão bêbados e mascarados e exaltados.

A luz da vela na mesa tremeluz, então Scipio e eu erguemos o rosto conforme Percy se senta com duas canecas na mão.

— Não vi você chegar — diz ele a Scipio. — Teria trazido algo.

— Não precisa. — Ele se levanta, colocando o chapéu. — Pedirei que alguns de meus homens observem as patrulhas esta noite para ver se conseguimos antecipar alguma chance se sairmos despercebidos. Buscarei vocês aqui quando estivermos prontos para velejar.

— Para onde velejaremos? — pergunta Percy.

— Para a ilha. — Empurro o pergaminho na direção dele. Os olhos de Percy percorrem a página.

— Vamos de manhã, o mais rápido possível — informa Scipio. — Isso é um problema?

— Não, é... rápido — responde Percy.

Uma banda ocupa a rua do lado de fora, e uma profusão de vozes se une em uma música bêbada. O capitão suspira pelo nariz.

— O quanto antes sairmos deste lugar, melhor.

— E quanto a nosso resgate? — pergunto.

— Precisaremos fazer a troca em outro lugar. Depois que tiverem seus espólios da ilha, seguiremos para Santorini, no mar Egeu. Nossos compradores lá nos abrigarão enquanto vocês escrevem para suas famílias. Não vou ficar aqui durante meses esperando que mandem alguém atrás de vocês se há cartazes por toda parte anunciando uma recompensa por sua captura. Fiquem fora de vista esta noite.

— Ficaremos — diz Percy, mas Scipio bate nele com o chapéu antes de sair.

— Não é com você que estou preocupado.

Faço uma careta para as costas dele, então tomo uma das canecas de Percy — aquela que ele não bebeu até a metade entre o bar e a mesa – e entorno a maior parte em quatro goles. Ele ainda encara o cartaz, dobrando e desdobrando a ponta com o polegar. De repente, com a multidão empurrando de todos os lados, uma mulher tropeça e crinolina preta se choca contra a janela adjacente a nossa mesa como asas de um corvo. Percy ergue o olhar.

— Parece uma ocasião animada na rua.

— Soa como os sons de... — Desisto no meio da frase: versões demais da mesma palavra e sequer uma ideia preliminar de onde eu queria chegar com ela. Em vez disso, apoio a testa no ombro de Percy.

Ele gargalha.

— Quanto bebeu?

— Hmm. Um pouco.

— Um pouco?

— Um pouco da bebida.

— Bem, aí está minha resposta. — Ele tira de meu alcance o copo que acaba de trazer.

— Rá, já terminei esse. Espere, aonde vai?

— *Nós* vamos subir para nos deitar. Você está embriagado e eu estou destruído.

— Não, venha aqui. — Pego a mão de Percy quando ele se levanta e o puxo de volta para o banco a meu lado, quase fazendo-o cair em meu colo. Ele ri, mas não solta minha mão; em vez disso, pressiona o polegar na palma, apertando meus dedos. Insensatez vem subitamente à tona, como espuma agitada do leito do mar, com a sensação da pele de Percy contra a minha e aquele sorriso terrivelmente carinhoso que flerta com os lábios dele. — Quero sair.

— Essa é uma ideia terrível. Estamos sendo caçados, lembra? — Ele dá tapinhas no cartaz.

— É uma cidade grande. E uma festa.

— Isso deveria servir para nos esconder, ou está apenas listando coisas de que gosta?

— Qual é o propósito de tentações se não cedemos a elas?

— Isso será gravado em sua tumba. — Percy pressiona o ombro contra o meu. — Vamos lá, cama. Scipio disse para você não sair.

— Não, ele disse *fique fora de vista*. São coisas completamente diferentes. E só velejaremos de manhã, então ele jamais saberá. *E* usaremos máscaras como todos e ficaremos completamente fora de vista. — Sopro uma mecha de cabelo que se soltou por cima da orelha de Percy. — Por favor, vamos. Sinto como se não tivéssemos ficado juntos há muito tempo e quero sair. Com você. Especificamente. Sair com *você*. — Puxo nossas mãos ainda unidas até os lábios e dou um beijo nas articulações dos dedos dele.

Mesmo antes de ele falar, sei qual será a resposta — está estampada na forma como todo o ser de Percy se derrete como sebo ao toque de meus lábios. Ele solta um suspiro dramático, então diz:

— Você é um pé no saco absurdamente teimoso quando quer ser, sabia?

— Isso é um sim?

— Sim, sairei.

— Mesmo? Não, não responda, não darei uma chance para que mude de ideia. Vamos afora! — Nossas mãos se separam ao nos levantarmos, mas Percy mantém os dedos em minha lombar conforme nos guio pelo salão lotado em direção à noite abafada e ruidosa.

A chuva estiou, embora as nuvens ainda estejam carregadas e baixas. Percy e eu seguimos a multidão até a praça de São Marcos, que parece um tumulto de pessoas. Todos estão bebendo — uma variedade criativa de libações é vendida em barracas, e bebemos vinho fino de taças de prata, então um vinho menos fino de recipientes menos finos, compartilhando o copo como fizemos a vida toda, embora de repente pareça estranhamente íntimo colocar a boca onde a de Percy esteve um momento antes. Alguém nos entrega máscaras feitas de pele de animal esticada pintada de preto e branco, e Percy amarra a minha para mim, as mãos dele se entrelaçam a meus cabelos antes que ele me afaste para olhar, deixando os dedos unidos atrás de meu pescoço. Rio da máscara dele, e, com um sorriso largo, Percy dá um peteleco no longo nariz da minha. Conforme descemos a rua abrindo espaço entre as pessoas, caminhamos próximos o bastante para que nossas mãos às vezes se toquem.

O ar está cheio de fumaça colorida, subindo de fogos de artifício e foguetes de garrafa disparados das pontes para a água. Música toca de tantos lugares diferentes que todas as notas se embaralham em uma sinfonia estranha e dissonante. As pessoas dançam. De pé, elas cantam e discutem e gargalham. Estão deitadas nas pontes, amontoadas em gôndolas e penduradas das proas, cobertas pela luz de lanternas e dos fogos e de tochas, em varandas e ombreiras de portas, tocando umas às outras como se a cidade toda se conhecesse. Vejo um homem ruivo se debruçar sobre o parapeito de uma ponte e levantar a máscara para poder beijar outro homem de barba espessa e, eita, jamais quero deixar esse lugar.

Olho para saber se Percy também viu aquilo, mas por baixo da máscara não tenho como dizer. É difícil pensar em qualquer outra coisa além do que ele deve estar pensando, e o que essa noite significa para ele, e se é o mesmo que para mim. Aqui, com o barulho dessa música e a cor da luz da tocha enquanto tremeluz sobre o vidro de Murano que compõe as vitrines das lojas, é fácil fingir que somos um casal, tão comuns quanto qualquer outra coisa, saindo para uma noite juntos em uma cidade incrível que jamais tínhamos conhecido. Embora eu pudesse fazer isso sem nada dessas coisas — a bebida, a festa e os festejadores que rodopiam em torno de nós —, contanto que Percy e eu estivéssemos juntos. O mundo poderia ser uma tela branca e eu ainda estaria igualmente inflamado de felicidade, apenas por estar com ele.

A multidão escasseia conforme caminhamos para longe do Grande Canal e da praça de São Marcos. Festejadores caminham trôpegos aos pares e em pequenos grupos, com os rostos ainda mascarados, a maioria indo na direção da praça da basílica. Ao atravessarmos a próxima ponte para um beco vazio, pego a mão de Percy, e quando faço isso, ele entrelaça os dedos nos meus, apertando com força.

Quero um sofá, pois quase desmaio.

— Não está feliz por termos saído? — digo, balançando as mãos entre nós. — É como estar de volta em casa.

— Exceto por não ser e por ser muito melhor.

— Melhor porque o gim não tem gosto de mijo.

— E ninguém quer jogar o maldito bilhar.

— E não tem Richard Peele.

— *ODIAMOS RICHARD PEELE!* — grita Percy, o que me faz rir tanto que preciso parar de andar.

— Está vendo, era para nosso *Tour* ser *assim* — observo conforme sou puxado por Percy pela rua. — Tivemos muito mais heroísmo emocionante do que o anunciado.

— Heroísmo emocionante combina com você.

— Sabe o que combina com você?

— Hm?

— Esse pouquinho de barba.

Tiro a máscara dele para poder ver melhor, e ele gargalha, passando uma das mãos pela barba curta no maxilar como se pudesse arrancá-la.

— Vá em frente, deboche o quanto quiser.

— Não... falo sério. Eu gostei. Você está bonito.

— Você também. — Percy tira a máscara de meu rosto, aquele sorriso carinhoso contrai a boca dele, embora se desfaça quando ele explica: — Quero dizer, você sempre está bonito. Mas agora está...

não bonito. Espere. Quero dizer, *sim*, bonito, está sempre bonito, mas não é que parece bonito é que parece... melhor? Por Deus. Me ignore.

Sob aquela linda barba por fazer, o rosto de Percy está muito vermelho. Sorrio e ele ri de novo, então passa o braço em volta de meu pescoço e me puxa contra si, levando os lábios a minha testa.

A rua ainda está brilhando com a chuva da tarde, e os canais se agitam quando as primeiras gotas suaves de uma nova chuva os atinge. A luz da lanterna passa pela água negra como cordas e redemoinhos. E Percy está bem ali, a meu lado, naquela linda rua reluzente, e está tão lindo e reluzente quanto ela. As estrelas salpicam a pele dele de dourado. E estamos nos olhando, apenas olhando, e juro que vidas inteiras são vividas durante aqueles breves segundos compartilhados.

Preciso de um momento — um momento vergonhosamente longo — fixo naquele olhar enquanto mentalmente me encorajo antes de colocar a mão na bochecha dele e aproximar meu rosto. É incrível quanta coragem é necessária para beijar alguém, mesmo quando se tem quase certeza de que aquela pessoa gostaria muito de ser beijada por você. A dúvida pode derrubá-lo todas as vezes.

Quase começo a chorar conforme os lábios de Percy tocam os meus em resposta. Dor e êxtase vivem lado a lado em meu coração. É um beijo muito suave a princípio — de boca fechada e casto, uma das mãos dele sobe e segura meu queixo, como se cada um de nós quisesse ter certeza de que o outro é sincero. Então os lábios dele se entreabrem, e quase perco a cabeça. Seguro Percy pela frente da camisa e o puxo contra mim, com tanta força que ouço a costura no pescoço se abrir. Ele respira fundo e passa as mãos para debaixo de meu casaco, com a boca firme por um momento antes de relaxar e se abrir contra a minha. A língua de Percy percorre meus dentes.

Estamos tão entrelaçados que tropeçamos um pouco, e Percy me segura contra a parede do beco, curvando-se para que eu não precise me esticar tanto nas pontas dos pés para alcançar a boca dele. Os tijolos rasgam meu casaco como espinhos quando puxo o quadril de Percy para o meu, de modo a senti-lo ficar rígido. Estamos tão perto que não tem nada entre nós além da chuva, cada gota parecendo que vai evaporar e se acender em minha pele – um borrifo se extinguindo contra metal derretido.

Percy brinca com o cós de minha calça, e um choque percorre meu corpo quando os dedos frios tocam a pele exposta de minha barriga.

— Você quer...? — A voz dele sai entrecortada e ofegante. Sem terminar a frase, Percy apenas engancha o dedo no cós e puxa.

— Sim — respondo.

— Sim?

— Sim, sim, absolutamente, sim.

Já estou mexendo nos botões da aba, amaldiçoando tudo que bebi por tornar meus dedos lentos e atrapalhados, mas Percy me faz parar.

— Não aqui, seu tonto. Tem gente em volta.

— Não tem ninguém em volta.

Como se ouvisse a deixa, alguém grita ao companheiro do outro lado da rua. Algumas silhuetas escuras passam correndo por uma lamparina em barril. Levo a mão aos botões mesmo assim, mas Percy entrelaça os dedos nos meus e afasta minha mão.

— Pare. Não deixarei que tire a calça no meio da rua. Essa é uma ideia terrível.

— Certo. Bem. Então vamos continuar nos beijando até pensarmos em uma ideia melhor?

Ele roça a boca pelo canto da minha, e Jesus, Maria e José, preciso de cada gota do controle nada fraco que passei anos exercitando perto de Percy para não tirar a roupa toda bem ali, ao inferno com os transeuntes. Mas sou um verdadeiro cavalheiro, e um cavalheiro não tira a calça em lugares públicos, principalmente se o grande amor da vida dele pede que não o faça.

— E se fugíssemos juntos? — sugere Percy.

— De volta para a hospedaria? Porque eu certamente poderia tirar a calça lá.

— Não, quero dizer depois que isto acabar.

— O que acabar?

— Este *Tour*. Este ano. — Ele beija minha testa, um beijinho suave, como um sopro. O rosto dele está alegre. — E se você não fosse para casa e eu não fosse para a Holanda e em vez disso fôssemos para algum lugar juntos?

— Que lugar?

— Londres. Paris. Jacarta, Constantinopla, qualquer lugar... não me importa.

— E o que faríamos lá?

— Construiríamos uma vida juntos.

— Quer dizer fugir para sempre? Não podemos.

— Por que não?

— Porque não teríamos nada.

— Teríamos um ao outro. Não basta?

— Não. — Não quero que soe tão grosseiro, mas isso arranca aquela animação sonhadora da expressão de Percy. Ele franze a testa.

— Mas se partíssemos juntos, eu não precisaria ser internado. Se estivesse com você...

Não consigo entender essa inversão estranha entre nós, porque é sempre Percy o sensato e eu com as ideias delirantes. Mas aqui está ele, propondo que fujamos juntos com nada além de um ao outro, tipo um casal desafortunado de uma canção, e embora meu coração esteja pronto para explodir de amor por ele, amor não é uma coisa da qual se sobrevive. Não se pode comer amor.

— Pense bem, Perc. Não teríamos dinheiro. Nenhum sustento. Eu perderia o título, perderia a herança. Arruinaríamos nossas reputações, jamais poderíamos voltar.

— Não posso voltar, não importa o que aconteça. — Quando não digo nada em resposta, ele recua um passo, e nossas mãos se soltam. — E quanto a seu pai? Preferiria voltar... voltar para ele e para aquele trabalho na propriedade, para a sociedade inglesa... a fugir comigo? Meu Deus, Monty, do que tem mais medo... dele ou de não ter todo o privilégio que o dinheiro dele compra?

Então é minha vez de recuar. Não tenho certeza de como passamos de mãos em minha calça para o tom mais incisivo que Percy já usou comigo. Isso me deixa zonzo.

— Vamos lá, Perc, seja sensato.

— *Sensato?* Serei internado em um hospício no fim deste ano e você está me pedindo para ser sensato?

— Ou... — Quase pego a mão dele, como se a tocar pudesse conter de alguma forma a raiva e o pânico que envolvem as palavras de Percy. — *Ou* encontramos a panaceia e ela funciona e você pode voltar para casa comigo porque foi curado.

— Não quero isso.

— Isso o quê?

— Não quero o cura-tudo. Se o encontrarmos, não vou usá-lo.

— Por que não?

— Porque não vou tomar a vida dessa mulher para ficar bom de novo. E não acho que preciso ficar bom para ser feliz. Nossa. — Percy dá mais um passo para longe de mim, com a cabeça inclinada para o céu. — Eu deveria ter dito isso há séculos.

— Séculos? Há quanto tempo anda pensando nisso?

— Desde que Dante nos contou sobre a mãe dele... até antes disso. Monty, eu jamais quis a cura.

— Nunca?

— Não nunca... a princípio, a ideia de encontrar Mateu Robles e de que ele pudesse ter algo que pudesse tornar esses ataques mais fáceis de aguentar era atraente, porque a epilepsia é *difícil*. É tão *difícil* estar doente. Mas não vou tomar a vida de outra pessoa... não vale a pena.

— Então por que nos deixou vir até aqui?

— *Deixei*? — repete Percy, as palavras adornadas por uma gargalhada de espanto. — Não deixei... você nunca me deu escolha. Nunca me deu escolha sobre nada, sobre falar com Mateu Robles ou pegar a chave ou partir com os piratas. Jamais pensa no que outros podem querer além de você! E agora só está interessado em ficar comigo se não exigir nenhum sacrifício seu.

— E você usar a panaceia é... o que, um sacrifício para que fique bom de novo? Está *sacrificando* sua doença por mim?

— O que quer que eu diga? Sim, estou doente. Sou epilético, esse é meu fardo. Não é fácil e não é muito agradável, mas é com isso que tenho que viver. É *isso* que eu sou, e não acho que sou louco. Não acho que eu deveria ser trancafiado e não acho que preciso ser curado para que minha vida seja boa. Mas ninguém parece concordar comigo nisso, e esperava que você fosse diferente, mas aparentemente pensa o mesmo que minha família e meus médicos e todo mundo.

Estou perdendo o controle. Tudo está desabando, toda a certeza que tinha alimentado durante as últimas semanas desde que soubera da chave e do coração, a certeza a respeito de mim e de Percy e nós dois e sobre como tudo que precisava acontecer era voltar ao modo como éramos, mas percebo subitamente que esse sempre foi Percy. Jamais foi um obstáculo até que eu soubesse, então não há algo de errado com ele. Fui apenas eu que coloquei esse muro entre nós.

— Mas teríamos a panaceia! Se fugíssemos juntos agora, você ainda estaria doente, nada mudaria.

Ele cruza os braços.

— Então qual é a verdade: quer que eu melhore para me manter fora de um sanatório ou para que não precise lidar comigo doente?

— Importa?

— Sim.

— Então são as duas coisas, está bem? Não quero perder você para um sanatório, mas isso... Seria tão mais fácil para nós dois se você estivesse bem. Meu Deus, Perc, já temos muitos obstáculos, por que isso também?

— Quaisquer que sejam os obstáculos, isso não é um deles.

— Tudo bem. — Tiro a chave do bolso e jogo para ele, talvez um pouco mais *nele* do que *para* ele. — Aí está. Agora é sua. Faça o que quiser. Cure-se ou fuja ou a atire no maldito mar, não me importo.

Espero que Percy continue discutindo, mas isso não acontece. Ele apenas diz:

— Tudo bem.

Grite comigo, quero dizer. *Revide, porque eu mereço.* Mereço ouvir todas as formas com que o fiz se sentir indesejado, golpeado com meu egoísmo. Mas é Percy, então não diz mais uma palavra cruel. Mesmo em seu pior comportamento, é tão melhor do que eu. Ele curva os ombros, então passa a mão sob os olhos.

— Vou dormir — diz ele —, e amanhã de manhã, converso com Scipio sobre sairmos daqui. E não acho que você e eu deveríamos nos ver por um tempo.

— Espere, Percy...

— Não, Monty, sinto muito. — Ele começa a se afastar, para e ergue a mão como se pudesse dizer algo mais, então balança a cabeça e me deixa.

Não sei o que fazer. Fico de pé ali, calado e me sentindo idiota e totalmente despedaçado enquanto Percy vai embora. Observo até que se vá e eu tenha certeza de que não voltará. A hora soa — sinos de igreja pela cidade começam a tocar. O ar estremece, e começa a chover de novo, muito levemente.

Não quero pensar nisso. Não consigo pensar nisso. Preciso calar aquela voz na mente que diz que acabo de perder a única coisa boa que tinha porque não consegui ser altruísta. Durante todo esse tempo, achei que jamais poderíamos ficar juntos porque ambos somos homens, mas não é... é por *minha* causa.

Ele pediu, e eu não pude abrir mão.

Não consigo pensar nisso. Farei qualquer coisa para não pensar nisso.

Sigo os festejadores de volta para a *piazza* da cidade — tendo perdido a máscara em algum lugar do beco e com o rosto exposto — e sei o que vou fazer: beber até nem mesmo lembrar que essa noite aconteceu.

De volta ao Grande Canal, é fácil encontrar gim barato e forte, mais fácil de beber até que tudo fique embaçado e eu comece a sentir como se pudesse me abandonar. Tomo quatro doses em uma rápida sucessão, seguidas de uma cerveja duvidosa e uma bebida destilada transparente que tomo de uma garrafa que pego atrás de um bar. A linha do horizonte se inclina. A lua fica preta. Parece que todos ao redor estão gritando e não estou pensando em Percy.

— Monty. Ei, Monty. *Henry Montague.*

Ergo a cabeça e ali está Scipio, com uma das mãos em meu ombro e o rosto um pouco distorcido como se estivesse de pé atrás de um vidro. Estou agarrado com a garrafa da bebida destilada quase vazia em um dos punhos e também não me lembro de onde estou, sentado na beira de uma ponte que dá para um canal, o que não ajuda a identificar lugar algum. Uma gôndola passa abaixo, com uma mulher de vestido cor de sangue sentada na proa com a cauda da roupa arrastando na água prateada atrás dela.

— Monty, olhe para mim. — Scipio se agacha de forma que nossos rostos ficam na mesma altura. — Está bem, companheiro?

— Estou espexcelente. Mmm. Não, isso não é uma palavra. Viu, eu ia dizer *excelente*, mas então escolhi dizer...

— Monty.

— Como você está? — Fico de pé, torço o tornozelo nos paralelepípedos e quase caio.

Ele dispara e me segura.

— Vamos levar você para a cama.

— Não, não, posso beber mais.

— Tenho certeza de que pode.

Estendo a garrafa.

— Beba um pouco.

— Não, está muito tarde para mim.

— Certo. Tetas tarde. *Está* tarde. — Gargalho. Scipio não. Ele tira a garrafa de minha mão e a esvazia no canal. Tento pegar de volta, mas erro de um jeito tão espetacular que teria caído na água se ele não estivesse me segurando. — Por que fez isso?

— Porque você está inebriado. Vamos lá, para a cama.

— Mmm, não, não posso.

— Por que não?

— Cama é onde Percy está, e Percy não quer me ver de novo.

— Ele mencionou algo a respeito disso quando voltou. Vocês se deixaram bastante irritados. — Scipio joga a garrafa no canal, então dá um tapinha em minhas costas. — Ele vai se acalmar.

— Acho que não.

— Por que não? Vocês são amigos. Amigos brigam.

— Estraguei tudo. Sempre estrago tudo. — Deixo a testa cair no ombro de Scipio, e percebo pela forma esquisita como ele me segura que nenhum de nós tem muita certeza do que estou fazendo, mas não nos movemos. — Maldito Percy.

Scipio me dá um tapinha no ombro, com a mão espalmada, depois afasta minha testa dele, como se estivesse puxando uma tábua do piso.

— Pode dormir no navio se quer tanto evitar ver Percy. Eu disse para não saírem... as pessoas estão atrás de vocês, lembra? Vai mandar todos nós para a forca. — Scipio passa o braço por meus ombros e caio um pouco mais sobre ele do que pretendo, então permito que o capitão me puxe pela multidão.

Confio nele para liderar o caminho — para o cais ou para a hospedaria, onde achar melhor me levar. O primeiro marco que reconheço é o campanário na praça São Marcos — uma agulha cutucando a lua. Percy e eu estávamos de pé aqui juntos apenas horas antes, à sombra da torre do sino, e maldito Percy, estou com tanta raiva dele que quero socar algo, mas somos apenas Scipio e eu e multidões de estranhos, e nada disso parece uma boa opção. Alguém bate o ombro em mim, e outra pessoa grita bem perto de meu ouvido. Paro de repente, subitamente me afogando na noite.

Scipio também para.

— Vamos lá, Monty, vamos voltar.

— Eu preciso... Não posso...

Estou respirando rápido demais, e ele deve ter notado, pois se aproxima de mim.

— Qual é o problema? — Pressiono as bochechas com as mãos, o arrependimento parece rançoso dentro de mim, e quero tanto chorar, como se isso pudesse limpar tudo. Scipio para atrás de mim e apoia a mão em meus ombros. — Precisa dormir. E ver como se sente de manhã.

— Percy não me quer mais — murmuro.

Ele gesticula com a mão e não tenho certeza se entende o que quero dizer e ignora, ou se apenas interpreta a frase da forma mais castiça.

— Ele vai mudar de opinião.

Scipio começa a me empurrar para a frente, e me deixo ser empurrado, mas alguém se coloca em nosso caminho. Meus pés não são tão rápidos quanto o cérebro, embora esse também não esteja trabalhando em velocidade máxima, e me choco contra a pessoa. Scipio chuta a parte de trás de minha bota e ela sai do pé.

— *Scusi.* — Ele continua me segurando enquanto tenta contornar o homem, o qual percebo que se veste com o uniforme dos soldados do doge. O sujeito se coloca no caminho de Scipio de novo, um movimento proposital dessa vez, que o faz parar. Ainda estou sobre apenas um pé, tentando recolocar a bota, e ele quase me puxa para perto.

O soldado pergunta algo em veneziano e nós dois o encaramos de volta, inexpressivos. Scipio responde em francês:

— Com licença.

O soldado se coloca no caminho de novo. Scipio aperta mais meu braço.

— Você fala inglês? — pergunta o homem, com as palavras truncadas, como se não entendesse a frase, apenas os sons individuais.

Scipio ainda o avalia, então responde em inglês também:

— Sim, falamos inglês.

— Você inglês? — pergunta o soldado mais para mim, e assinto antes de perceber que sou.

Alguém me agarra por trás e sou afastado de Scipio. Meus músculos se tensionam. É outro soldado, esse com o maxilar quadrado e imensamente alto, com dentes da frente faltando e o mesmo uniforme. Começo a entender o que está acontecendo, o pânico se incendeia, e tento me desvencilhar, mas estou bêbado demais e o oficial é muito maior do que eu. Ele entende minha fraca resistência como motivo para torcer meus braços às costas como se fossem feitos de tecido, me levando a gritar de dor. Scipio está lutando com muito mais sucesso do que eu, tanto que mais dois soldados foram chamados de onde estavam à espreita, despercebidos à sombra da catedral.

Os homens falam uns com os outros em veneziano enquanto Scipio tenta argumentar com eles, primeiro em francês, então em inglês, o qual nenhum deles parece entender. Não sei o que estão dizendo, então tento me soltar de novo, dessa vez usando o método do corpo mole na esperança de que o súbito colapso desvencilhe meus braços. Mas o guarda me puxa de pé de novo pela camisa, dizendo algo diretamente em meu ouvido. Ainda estou me debatendo para fugir quando Scipio diz subitamente:

— Monty, pare!

O medo na voz dele me deixa imóvel, e quando viro o rosto, vejo que um dos soldados sacou a faca, cuja lâmina é tão fina que é quase invisível até o luar se refletir nela. Ele segura a ponta contra a garganta de Scipio. Paro de lutar e o soldado torce minhas mãos às costas de novo; então os quatro sujeitos começam a marchar pela praça conosco, um soldado de cada lado e o quarto atrás com aquela adaga cruel em punho.

Não nos levam longe. Abrimos caminho pela multidão aos empurrões — esmagados de todos os lados por penas e crinolina e baeta, com cordões de pérolas nos açoitando ao serem jogados por cima de ombros — até chegarmos diante do Palácio Ducal na beira do canal. Os soldados à porta, com os mesmos uniformes que nossa escolta, nos deixam passar sem fazer perguntas, e somos empurrados por um pátio margeado por colunas de pedra branca, então levados por dois lances de escada até atravessarmos um par de grandes portas de ébano.

O quarto além das portas é tomado por uma imensa cama com dossel. Painéis de madeira escura decorados com arabescos dourados se estendem até o teto, onde o leão alado de São Marcos olha dos afrescos para baixo. Um lustre de vidro branco goteja cera na tapeçaria. A luz quase me cega e ergo as mãos, contraindo o rosto em protesto. Ouço a porta se fechar atrás de nós.

O soldado que me segura solta meu corpo por fim e diz em francês, assobiando entre as palavras devido aos dentes da frente faltando:

— São esses os cavalheiros que estava procurando, milorde?

— Um deles — responde uma voz nauseantemente familiar. — Não faço ideia de quem seja *esse* sujeito.

Abaixo as mãos. O duque de Bourbon se levanta de uma *chaise* esmeralda; Helena está com ele, inclinada para a frente em um assento à janela do outro lado do cômodo. Os cabelos trançados passam por cima do ombro quando ela semicerra os olhos para Scipio.

— Quem diabo é esse?

— Eu apostaria que é um dos corsários que os trouxe para o porto — explica Bourbon. — Fui informado da chegada deles esta manhã pelos oficiais do cais. Havia mais alguém com eles? — pergunta ele aos soldados.

— Não, milorde. Apenas a dupla.

— Onde estão seus amigos, Montague? — grita o duque para mim. — Estava esperando que todos participassem esta noite.

Meu coração está realmente acelerado. *Fique sóbrio*, penso. *Fique sóbrio, fique sóbrio, organize os pensamentos e fique sóbrio e saia daqui.* Como o soldado embainhou a faca, tento correr para a porta, mas julgo mal onde estou e me choco de ombro contra Scipio. Um dos guardas me agarra pelo colarinho e me empurra na cama. A parte de trás de minhas pernas bate na madeira ao pé da cama e desabo no colchão com um *puf* que levanta poeira. O gosto metálico de sangue cobre minha boca.

— O que fez com ele? — pergunta Helena.

— Está bêbado — informa o duque, franzindo o nariz. Então, novamente para os soldados, diz: — Obrigado, cavalheiros, podem nos deixar. A recompensa será acertada por intermédio de seu patrão.

Assim que os homens do doge se vão, Bourbon me segura pelo braço. Ele tem uma imensa pistola presa ao cinto, com uma gravação no cano, e a coronha me atinge no estômago quando sou colocado de pé de novo.

— Entregue-a, Montague — ordena ele, apoiando uma das mãos no cinto, para o caso de eu não ter reparado que tem basicamente um pequeno canhão sob o casaco.

Quando falo, minhas palavras se aglutinam, em parte pela bebedeira, porém mais devido ao medo.

— Não a tenho.

— O que quer dizer com não a tem? — O duque apalpa os bolsos de meu casaco, vira-os do avesso, então os esfrega entre as mãos como se eu pudesse ter costurado a chave no forro.

— Ele a tem, eu sei que tem — declara Helena, atrás dele.

— Fique quieta — grunhe Bourbon para ela.

— Eles a levaram da casa.

— Eu disse para ficar quieta. — Ele me agarra pelo queixo, puxando meu rosto para perto, de forma que um jorro fino de saliva me salpique quando ele exige: — Onde está a chave? — Bourbon me sacode com força, e minha cabeça se choca contra um dos esteios do dossel. — Onde. Está.

— Deixe-o em paz. — Scipio agarra o duque pelo braço e tenta tirá-lo de mim, mas Bourbon ataca na direção dele. O golpe o atinge com um *crac* aquoso e o capitão cambaleia para trás, tropeça em uma banqueta e bate contra a parede.

— Fique longe, senhor — dispara Bourbon para ele. — Enfrentará a forca quando eu tiver terminado com você.

Scipio permanece curvado, com o rosto enterrado na dobra do braço e os ombros estremecendo. *Revide*, penso desesperadamente na direção dele e inutilmente comigo mesmo. Mas nenhum de nós revida. Revidar contra todos que nos destroem é um luxo em que ambos paramos de acreditar há muito tempo.

Helena se levantou e está de costas para a parede, as mãos espalmadas contra os painéis.

— O que faremos? — indaga ela, em voz tão baixa que deve estar falando consigo mesma.

Bourbon se vira para mim de novo, emitindo um *shhh* baixo no tapete com as solas das botas.

— Onde está a maldita chave, Montague?

— Não a tenho — gaguejo. Consigo sentir uma linha fina de sangue escorrendo pelo queixo, vindo da mordida no lábio, mas estou travado demais pelo medo para limpá-la.

— Então quem a tem? Diga-me. Onde está? — Quando não respondo, ele me empurra de costas para a cama de novo e desabo sem protestar.

Um momento de silêncio carregado se passa. Do lado de fora da janela, os festejadores na praça se fazem ouvir, um som lindo e ignorante. Posso sentir o duque me encarando, como se ainda estivesse esperando por uma resposta, mas não vou mandar esse homem atrás de Percy e Felicity — preferiria morrer nesse instante nas mãos dele com a esperança de que consigam fugir.

— Tudo bem — dispara Bourbon, então o tom de voz muda quando o duque se vira e fala: — Você, pirata, de pé. De. Pé. — Levanto a cabeça conforme Scipio se endireita. A pele de um lado do rosto está em carne viva devido aos anéis encrustados de joias que o duque usa, e fios finos de sangue começam a brotar, com a coloração de pedras preciosas contra a pele escura. — Vai se entregar aos dois companheiros de Montague, que estão sem dúvida sob seus cuidados — instrui ele, falando devagar, como se Scipio fosse um estúpido. — Vai informá-los que devem nos encontrar na ilha de Maria e Marta ao alvorecer, sozinhos, com a Chave Lázaro e nenhum de seus piratas como companhia. Se ignorarem qualquer uma dessas instruções, atirarei no Sr. Montague e jogarei o corpo na Lagoa.

O duque saca a arma do cinto e faz a mímica para causar efeito. *Bang.*

Deixo a cabeça cair contra a cama.

Outro momento de silêncio, então ele engatilha a pistola — o som é como o de um osso se partindo.

— Se não for já — diz Bourbon —, atiro nele agora.

Um momento depois, os pregos nas botas de Scipio reclamam contra as tábuas do piso e em seguida a porta se fecha, me deixando sozinho.

Assim que ele se vai, Helena grita, como se estivesse se segurando para não falar antes:

— Não atire nele!

— Mantenha a calma, condessa. — Ouço um clangor, algo pesado jogado em uma superfície de madeira com tanta força que chacoalha tudo em cima dela. — Jesus, como mulheres são voláteis.

Percebo de repente que ela está de pé entre nós, como se não confiasse que ele pudesse manter a pistola afastada de mim.

— Ninguém mais vai morrer por isso.

— E ele não morrerá, contanto que eu esteja de posse daquela sua chave amanhã de manhã.

Começo a cochilar. Meus sentidos se tornam coisas pouco familiares lentamente, a visão fica cinzenta, então a audição escapa ao mar, como uma mensagem em uma garrafa. Essa cama vai me engolir inteiro. Uma sombra recai sobre mim e enterro mais o rosto contra o colchão.

— Deixe que ele durma até partirmos — diz Helena. — Não nos servirá até que esteja sóbrio.

Do lado de fora das janelas, o céu explode — um espetáculo de fogos de artifício começa. As nuvens de tempestade ficam vermelhas, cada gota de chuva é como uma lanterna colorida, e a lua, como um dedo torto logo acima do palácio, se torna da cor de sangue.

Queria estar em casa.

Não, não em casa. Queria não estar aqui. Queria estar em algum lugar seguro. Um lugar que conheço.

Queria estar com Percy.

— Durma bem, milorde. — Ouço Helena dizer e me entrego.

Quando acordo, ainda estou aninhado na ponta da cama, com os joelhos doendo e a camisa colada às costas. Minha cabeça lateja. Não faço ideia de que horas são — o dia está muito esmaecido para saber. Do lado de fora da janela, o céu está cinzento e nebuloso, embora subitamente se ilumine de branco com um fiapo de relâmpago. A água do Grande Canal se agita conforme a chuva cai.

— Vai vomitar?

Ergo a cabeça. O duque se foi, mas Helena está sentada à janela, torcendo o colar entre os dedos. Não respondo, porque não acredito que um prisioneiro deva qualquer tipo de satisfação sobre a saúde dele aos captores. Além disso, se for vomitar, prefiro fazer em cima dela e prefiro que seja um ataque sorrateiro.

Ela pega uma bacia de porcelana da penteadeira e traz até mim. Espero que atire o objeto sobre as cobertas e então volte para o posto de sentinela, mas Helena se senta à cabeceira da cama, com uma das pernas dobrada sob o corpo e com a bacia entre nós. Examinamos um ao outro por um momento — semicerro os olhos e estremeço o corpo consideravelmente mais. Ela está diferente ali, longe da casa do pai e do próprio território. Parece mais humana, com menos armaduras protegendo as emoções; por um momento, acredito que simplesmente queira acabar com isso.

A seguir, Helena pergunta:

— Como estava meu pai?

Eu não esperava por isso — nem o assunto nem a suavidade do tom de voz dela.

— Como... o quê?

— Quando o viu na prisão. Ele estava mal? Parecia que tinha sido maltratado?

— Ele estava... — Não tenho certeza de como responder, então escolho: — Enfático.

— Enfático a respeito de quê?

— De que os filhos não entregassem o coração da mãe ao duque de Bourbon ou a qualquer homem que fosse usá-lo de forma errada.

A expressão de Helena se contrai.

— Quer dizer um homem como você? Quer usá-lo também, não quer? Por isso roubou a chave depois que Dante contou sobre o trabalho de nosso pai.

— Não a usaríamos de forma errada.

— E quem decide o que é errado e o que é bom?

— Seu pai disse...

— Amo meu pai — interrompe Helena, cada palavra sai contida. — É a única coisa que importa para mim neste mundo, e não me importo com o que precise acontecer para que ele fique livre de novo. — Ela alisa os vincos da saia com a base da mão, desviando o olhar de mim. — Então, para quem era?

— Percy.

— Seu amigo? — Ela pressiona o punho no colchão, sem jamais perder a postura graciosa dos ombros, mas abaixando a cabeça em algo parecido com penitência. — Sinto muito.

— Pelo quê?

— Não sei — retruca Helena. — Apenas sinto muito.

Antes que eu possa responder, a porta se abre com um estrondo e Bourbon entra, com os ombros da capa salpicados de chuva. Helena se coloca de pé em disparada, tão rápido que a bacia de porcelana é quase jogada no chão. O duque larga o chapéu na *chaise*.

— Estou interrompendo algo?

— Encontrou um barco? — pergunta ela.

— Uma gôndola — responde ele. — Passaremos pelas sentinelas mais facilmente em algo pequeno. Levante-se, Montague — dispara Bourbon para mim, afastando as abas do casaco para que eu veja que ainda está acompanhado da pistola do tamanho de seu antebraço. Eu me levanto cambaleando, quase me chocando contra um dos esteios do dossel.

— O alvorecer se aproxima. — Ele pega novamente o chapéu da *chaise*, então faz uma reverência ao me empurrar pela porta. — Vamos velejar.

Os fundos do Palácio Ducal ficam voltados para a água, com estreitas docas se projetando acima das ondas como braços. Uma gôndola de cor preta intensa está amarrada na ponta de uma doca, ondulando na água agitada. O duque nos conduz até o barco, com Helena a minha frente. Ela pendura uma lanterna na proa e ocupa o mastro sem perguntar, deixando Bourbon e eu sentados frente a frente, nos encarando, com a pistola solta no colo dele.

Helena nos manobra por São Marcos, entre os navios altos e as barcas, até que somos despejados na lagoa. Flutuamos sozinhos na água entre o limite da cidade e as ilhas ao redor. Conforme passamos pelo porto em que ancoramos no dia anterior, observo as velas, em busca do *Eleftheria* entre elas, mas a embarcação não está ali. A gôndola atinge uma onda e um jorro de água espessa encharca meus joelhos.

Depois do que deve ter sido uma hora na água, a silhueta de Maria e Marta mancha o horizonte. É um pequeno fiapo de terra solitária — antes de a água invadir o pátio da igreja, talvez fosse possível caminhar de uma ponta à outra em meia hora. O único pedaço ainda acima da linha da água é a capela construída sobre uma colina, com a ponta da torre como uma bússola para o céu.

— Aqui vêm eles — diz Helena, em voz baixa.

Dois pequenos veleiros deslizam em nossa direção, com alguns homens vestindo os uniformes dos soldados do doge de pé nas proas. Bourbon levanta a mão para eles, guardando a pistola fora de vista sob o casaco, mas com o cuidado de mantê-la apontada para mim.

— Bom dia — diz ele.

— Saiu cedo, milorde — responde um dos homens.

— Viemos ver a ilha. Meu sobrinho aqui — o duque me dá um tapinha no joelho e me encolho mais do que acho que um sobrinho de verdade faria quando tocado pelo tio — está fazendo o *Tour*, e prometi a ele uma olhada de perto antes que afunde na lagoa.

— Está bastante instável — grita o guarda.

— Não chegaremos perto demais.

Olhe para mim, penso conforme o olhar do soldado nos percorre, embora ele pareça muito mais ocupado com Helena, que está agachada na traseira da gôndola como um acrostólio invertido. *Olhe para mim e sinta que há algo errado. Obrigue-nos a dar meia-volta. Prenda-o antes que ele atire em mim. Diga-nos para olhar daqui e então ir para casa.*

— Mantenham distância — avisa o homem. — Uma das paredes desabou nessa última semana. Não gostaria que seu sobrinho fosse esmagado.

Bourbon dá uma risada bem-humorada.

— Ficaremos longe, senhor.

Os veleiros seguem o caminho deles e nós o nosso. Meu coração parece afundar até o leito da Lagoa conforme nos aproximamos mais e mais das ruínas pontiagudas das paredes restantes do santuário, cuja silhueta parece um sorriso com dentes faltando contra o céu.

Nós nos aproximamos da capela pelo leste, passando acima do que costumava ser o cemitério antes de submergir. Através da água espumosa, as silhuetas de túmulos ondulam e se distorcem. Leões alados de São Marcos despontam da água como nadadeiras dorsais, marcando os mastros do portão de poucos em poucos metros. A fachada da capela é fantasmagórica sob a luz cinza cadavérica do alvorecer. Grãos de quartzo brilham nas paredes.

Desembarcamos em um cais submerso, o nosso é o único barco à vista. A solidão disso faz meu coração pesar. A água bate acima de meu joelho, espiralando em torno das pernas conforme caminhamos até a capela. A chuva me atinge de cima, e o maldito mundo parece todo feito de água.

O santuário tem uma aparência mais frágil e precária de dentro, como se um bom espirro pudesse derrubar a coisa toda. As portas rangem quando a água corre contra elas, uma linha de espuma e cracas marca o nível do mar. Abaixo das ondas, o chão é de mármore escorregadio com um padrão xadrez, de modo que a cada passo alternado pareça que vou cair em um buraco. O silêncio é absoluto, exceto pelo barulho ocasional de argamassa caindo do teto e pelo tremor assombrado das ondas rastejando para os cantos e arranhando a base dos bancos da igreja.

Bourbon caminha pela nave, erguendo os pés acima da água.

— Aonde vamos, condessa? — grita ele para Helena, e a voz ecoa como o som do oceano em uma concha. Um estilhaço da rosácea da janela cai.

— Para baixo. — É tudo que ela responde, conforme ondas empurram a saia atrás do corpo, como tinta derramada do frasco.

Helena nos leva até uma capela em uma das laterais do altar; é mais alta do que o restante do santuário, então a água não passa de poças acumuladas no azulejo. Uma única tumba fica no centro, com duas figuras entalhadas deitadas sobre ela. Ambas são mulheres, uma com as mãos unidas em oração, a outra com dois dedos sobre o polegar. Acima da tumba, estão pintadas algumas linhas de escritura.

Era uma caverna, e tinha uma pedra posta sobre ela.
Disse Jesus: Tirai a pedra.

Helena apoia a lanterna no chão, depois coloca os dedos sob a tampa.

— Me ajude — diz ela para mim.

Não me mexo.

— Não vou violar a tumba de um santo.

— São mulheres bíblicas — responde ela, como se isso fosse uma explicação. — Os corpos não estão aqui, apenas as relíquias.

— E daí?

— E daí que não é uma tumba de verdade. — Helena empurra a ponta da tampa do lado dela, fazendo-a deslizar do lugar com um guincho. Um arquejo de ar quente escapa, com cheiro de terra e de ossos e de uma queda longa e profunda. Abaixo da tampa, uma escada espiral mergulha na escuridão.

— Me ajude — repete Helena, então pego a outra ponta. Juntos, empurramos a tampa da tumba.

Com a pedra removida, Bourbon se junta a nós, e todos os três olhamos para baixo. O ar que sobe parece assustador, tanto por causa da temperatura quanto pelo ritmo constante, como as batidas de um coração. Engulo medo com arquejos curtos e profundos.

O duque saca a pistola e indica Helena com o queixo.

— Você primeiro.

Subitamente, não tenho certeza de qual de nós é mais prisioneiro — ela ou eu.

Helena pega a lanterna de novo e acende uma vela votiva na cabeça da tumba. Embora o castiçal de vidro esteja cheio de água infiltrada, o pavio está seco o suficiente para se acender. Por um momento, penso que vai rezar antes de descermos, mas então percebo que está deixando um sinal para Percy e Felicity, para que saibam aonde ir ao chegarem. Quando a luz cor de linho que vem de baixo estremece contra a pele de Helena, vejo que o rosto dela parece vazio, qualquer emoção lavada como o embaçado de chuva deixado em uma janela. Por um momento, acho que deve estar indiferente demais para que a gravidade do instante seja apreendida por ela. Então percebo que é o tipo de vazio que afasta todo o resto, como se tudo fosse preenchê-la e ser absorvido como uma mancha caso não se mantivesse vazia. Reconheço a sensação porque já a estampei. Esvazie a mente, ou o medo o engolirá vivo.

Helena não está com medo — está apavorada.

Eu a sigo escada abaixo sem hesitar, o duque com a pistola em minhas costas. As escadas foram construídas em uma espiral fina, tão redonda e estreita que precisamos seguir em fila única com as mãos na parede para nos equilibrar. O ar fica mais quente conforme descemos, o que parece ser o oposto do que deveria acontecer.

Na base das escadas, Helena ergue a lanterna para podermos ver o corredor adiante. A luz fraca não chega muito longe, mas com o brilho posso ver que as paredes são perfuradas, com a superfície estufada e ondulada como se fossem feitas de papel que encharcou e depois secou em ondas. Seguimos alguns metros em silêncio, então a luz da lanterna ilumina uma curva e subitamente percebo o que compõe aqueles padrões estufados nas paredes.

Ossos.

O corredor inteiro foi feito de ossos, fileiras e fileiras deles estão empilhadas até o teto, amarronzados e polidos pelas correntes de ar quente que sopra sobre eles. Crânios pendem intervalados entre os ossos como candelabros, unidos por teias de aranha quebradiças.

Onde o corredor se curva de novo, há um esqueleto inteiro reunido, vestindo uma túnica capuchinha empoeirada e pendurado de pé com uma placa no pescoço.

Helena se inclina para a frente de forma que a lanterna ilumine a inscrição.

Eramos quod estis. Sumus quod eritis.

Não uso meu latim desde os dias de Eton e não era o que se podia chamar de atento a meus estudos, mas ela traduz:

— *O que um dia fomos, você é agora. O que agora somos, você em breve será.*

Outro sopro de ar quente nos percorre.

Prosseguimos, descendo a galeria de ossos em silêncio, exceto pelo tremor ocasional, como um enorme gigante se movendo no sono. O chão abaixo de nossos pés é um mosaico, no qual há sulcos de desgaste na tessela lustrosa criados por procissões fúnebres levando os corpos para baixo. Imagino Mateu Robles ali, carregando a esposa morta, porém viva, com a consciência tão pesada quanto o coração alquímico dela.

O corredor termina em um teto abobadado, onde há três colunas de crânios e uma porta emoldurada pelo que parecem ser fêmures — tento não olhar com muita atenção por medo de desmaiar. Helena não prossegue. Bourbon inclina a pistola para mim, então levo a mão ao trinco, apenas para descobrir que não é um trinco, mas a mão de um esqueleto, reconstruída e posicionada para que precise ser apertada para abrir a porta. Um tremor percorre meu corpo, da cabeça aos pés, e dou um puxão rápido. A porta se abre com um rangido e uma chuva de poeira. O túnel geme.

Entro na tumba.

A tumba é pequena e empoeirada, com uma das paredes formada por fileiras de túmulos embutidos na pedra. O mais alto fica logo acima da altura de meus olhos. Cada gaveta é feita de pedra preta polida com um revestimento de madrepérola e o nome da família escrito abaixo do puxador. *Robles* está entalhado na gaveta do centro, onde há uma fechadura proeminente embutida em uma moldura de prata lustrosa logo abaixo do *b*. De cada lado dos túmulos, duas vasilhas de ferro estão suspensas sobre hastes cruzadas, e quando Helena as toca com a lanterna, os gravetos secos dentro delas se acendem, dedos de fumaça arranham a escuridão ao ritmo do ar quente que parece soprar das paredes.

Bourbon verifica rapidamente o recinto, com a capa levantando poeira dos cantos. Helena pendura a lanterna em um gancho ao lado da porta, então caminha até as gavetas e traceja com o dedo o nome da família antes de pressionar a palma da mão contra a pedra polida, com a cabeça curvada.

O duque se recosta nos túmulos, apoiando o calcanhar na pedra preta.

— Agora — começa ele, com um dedo brincando com a pistola —, esperamos que seus amigos tragam minha chave, Montague.

— Não é sua — intervém Helena, em voz tão baixa que quase não ouço.

— Então de quem é, condessa? — dispara Bourbon, mas ela não responde. A testa está quase tocando os túmulos de pedra. — Sua? De seu irmão? Do Sr. Montague? Sua mãe terá morrido por nada se nenhum de nós a usar. — Ele bate nas gavetas. O teto geme, um gêiser de poeira escorre sobre nós. — Seu pai é um tolo covarde e inútil por escondê-la dessa forma.

— Não é — digo, com a voz falhando na última palavra, mas sinto-me subitamente obrigado a defender Helena, ou talvez nem tanto ela, mas o pai dela, o homem cujo casaco vesti na ópera e que falou sobre a filha quando ela era tão pequena que amarrava um barbante do dedo dela ao dele. Talvez isso signifique que também a estou defendendo. Afinal, ela costumava ser aquela menininha. Talvez ainda seja, a menina que amava tanto o pai que daria tudo para estar mais uma vez perto o bastante para ter aquele barbante entre eles.

Bourbon retira os olhos de Helena e se volta para mim.

— Gostaria de discutir pais covardes, Sr. Montague? Daria uma lição a todos nós.

— O quê?

— Presumi que estava aqui sob instruções dele, ou em algum tipo de jogada desesperada para ajudá-lo. Ele tem tentado me fazer perder o prestígio há anos.

— Meu pai não me instruiria a roubar de homem algum. — Por mais que eu o odeie, tenho certeza disso; é correto demais. — Pode não gostar de você, mas é um cavalheiro.

— Seu pai é um libertino. — Bourbon praticamente cospe a palavra. — O homem mais imundo que já conheci.

— Do que está falando?

Um sorriso lento se abre nos lábios do duque.

— Como estamos *esperando*, vou perguntar isto, Montague: sabe do que seu pai gosta? — Uma pausa. Não tenho certeza se é uma pergunta retórica e eu deveria ficar calado, ou se ele está usando a estratégia preferida de meu pai, que é fazer uma pergunta retórica que eu devo responder mesmo assim para parecer um idiota. Mas antes que eu consiga descobrir, Bourbon explica: — Seu pai não ama nada neste mundo tanto quanto pôneis lentos e mulheres de outros homens.

Um sobressalto percorre meu corpo, como pisar em falso em uma escada.

— Mentira.

Ele passa o polegar no puxador da tumba dos Robles. Helena estica os ombros.

— Eu o conheci quando era jovem e vivia na corte francesa. Era um patife mesmo naquela época, esbanjando o dinheiro do pai em cavalos e cartas e trepando com as mulheres dos outros. As esposas e prometidas dos amigos dele, essas eram as preferidas. Então arranjou uma esposa própria. — Por um breve momento, me pergunto se durante todos esses anos meu pai foi infiel e se minha mãe sabe, mas então ele complementa: — Uma jovem francesa do campo, que ele arruinou e então tentou fugir, mas o pai dela o importunou até que se casasse.

Uma ondulação daquele ar quente quase me derruba. Por pouco não me seguro em Helena.

— Ele fez... Deve ter feito com que fosse anulado.

— Tarde demais para isso — diz Bourbon. — Quando se recusou a ficar e aceitar as consequências, me chamou para resgatá-lo, afinal não podia contar à família, que o teria deserdado, e todos os amigos o odiavam àquela altura. Eu o levei de volta a Paris e o ajudei a se casar fora do Continente. A meretriz do campo provavelmente não conseguiria encontrá-lo mesmo que tentasse, mas era melhor não arriscar. A família dele jamais soube. Suspeito que sua mãe também não saiba que a união dela com ele é inválida, pois seu pai já estava casado quando foi formada. Apenas ele e eu sabemos a verdade. E você. Então diga, Montague. — O duque me encara com malícia e um sorriso cheio de dentes iluminados pelo fogo. — O que pensa de seu pai agora?

Minha cabeça está zonza de uma forma que não tem nada a ver com a bebedeira da noite passada. O que acho é que meu pai — aquele da Sociedade da Reforma das Boas Maneiras —, o homem para o qual desperdicei anos da vida me curvando, acumulou dívidas e arruinou mulheres e então fugiu disso em vez de enfrentar as consequências. Estou pensando que meu pai mente e que talvez as coisas terríveis que jogou em minha cara a meu respeito durante toda a maldita vida fossem igualmente falsas. Que meu pai trai. Que meu pai não está em pedestal algum para emitir julgamentos sobre mim por meus pecados.

Ele não é um cavalheiro, em qualquer sentido da palavra.

É um patife. E um patife covarde ainda por cima.

— Ficando sem tempo — comenta Bourbon subitamente, como se houvesse alguma forma de medir o tempo nesse poço. — Talvez seus amigos não se importem com você, afinal.

Ele tira a pistola do cinto e me encolho, mas Helena se coloca entre nós.

— Não ouse atirar nele.

— Atirarei nele se quiser. Esta ilha está afundando em volta de nossas cabeças e minha chave foi roubada por piratas e crianças. Se o coração enfeitiçado de sua mãe não estiver em minhas mãos ao fim do dia de hoje, condessa, seu pai vai apodrecer pelo restante da vida na prisão, eu me certificarei disso.

Bourbon ergue a pistola, mas Helena não se move. Nem eu, embora seja algo muito menos valente de se observar. Há algo nada cavalheiresco a respeito de se acovardar atrás de uma dama para salvar a própria vida, mas se ela quer se colocar entre mim e o duque, não recusarei o presente.

Mas o homem congela repentinamente, com a pistola ainda erguida, inclinando a cabeça na direção da porta. Também consigo ouvir — o eco de estalos secos descendo o corredor de ossos atrás de nós. Passos.

Bourbon olha para a porta da tumba, mas Helena olha para mim. Nossos olhos se encontram — um silêncio estranho e solene no meio de uma tempestade.

Então ela recua um passo, de modo que não resta mais nada entre mim e o duque, mas antes que ele consiga cumprir a promessa de atirar, alguém grita:

— Pare!

Tenho apenas um segundo para olhar bem para Percy, de pé à porta com Felicity ao lado — ambos ofegantes como se tivessem corrido e ambos encharcados com a água infiltrada —, antes de Bourbon me agarrar pelas costas e me arrastar para a frente dele como um escudo. O toque frio da pistola pressiona minha têmpora.

— Onde está minha chave? — grita ele.

Percy mexe no bolso do casaco enquanto deixa a outra mão erguida acima da cabeça, até que pega a Chave Lázaro dentada e a estende contra a luz. O objeto proteja uma sombra frágil nos túmulos.

— Está aqui. Tome. Por favor. Pegue-a e solte Monty.

— É isso? — grita o duque, inclinando a cabeça para Helena e exigindo uma resposta. — É só isso? — Ela assente. — Destranque para mim, então — dispara ele para Percy.

Percy empalidece.

— O quê?

— Você me ouviu, abra a gaveta. Tenho certeza de que consegue descobrir qual é. Rápido, vá. — Ele pressiona a pistola contra minha pele e solto um soluço baixo sem querer. Percy se encolhe. O duque ainda está com um braço preso em torno de meu peito com tanta força que é difícil respirar. Ou talvez seja apenas o medo me impedindo.

Devagar, Percy dá um passo adiante com as mãos ainda erguidas, então desliza a chave para a fechadura da gaveta dos Robles.

Ao girar, ouvimos uma série de *cliques*, como se um graveto fosse arrastado por uma pilha de vértebras. A gaveta se abre com um estalo. Ele cambaleia para trás, indo até Felicity, que está congelada, parecendo assustada como nunca vi — medo puro e descarado, sem defesas para escondê-lo.

Helena e Bourbon avançam. Como ainda estou preso diante do duque, quando eles se aproximam da gaveta e olham para dentro, sou obrigado a fazer o mesmo.

Por um estranho momento, acho que é Helena no túmulo, embora a mulher deitada ali, pálida e nua, seja mais velha e tenha o nariz mais fino e o queixo mais arredondado. Os cabelos cobrem os ombros nus com ondas reluzentes, e consigo sentir o perfume deles. A pele também parece que acaba de ser banhada em óleo, como se os ritos funerários tivessem sido feitos logo antes de chegarmos. Os olhos dela estão abertos e são completamente pretos, como se tivessem sido preenchidos pela noite. Uma costura sobe do centro do tronco da mulher, desde o umbigo até a clavícula; um brilho escarlate se projeta por baixo da pele dela, como uma lanterna sob um lençol.

Nem morta nem viva.

Entendo subitamente, de uma forma que não tinha entendido antes. Ninguém além de mim tinha precisado ver a mulher para perceber que isso seria como tomar uma vida.

— Essa é minha mãe — diz Helena, como uma oração em voz baixa, e olho para cima, em direção a ela. Helena está olhando para a mulher, com dois dedos sobre o lábio e uma expressão que faz parecer que está prestes a se desfazer com uma brisa.

Bourbon me solta apenas por tempo o bastante para colocar a pistola contra minha coluna e recuar um passo do túmulo. Consigo ouvi-lo mexer no casaco, então vejo o braço dele em meu campo visual. Está segurando uma enorme faca, a qual estende para Helena.

— Faça, então.

Ela não pega a faca.

— Você tem a chave. Minha parte acabou.

— Nosso acordo estará completo depois que eu tiver o coração. Seu pai vai permanecer na prisão se recuar agora.

— Não vou fazer.

Bourbon bate com a lâmina da faca na borda da gaveta, fazendo-a tilintar como um diapasão.

— Considere suas ações, condessa, antes de me contrariar.

— Essa é minha mãe. — A voz dela falha na última palavra, uma nota entrecortada pelo luto, como papel rasgado. Helena recua cambaleante da tumba, com uma das mãos sobre a boca.

A pistola me cutuca as costas.

— Tudo bem. Faça você, Montague.

— Ah, por Deus, não. Não, obrigado.

— Vá em frente.

— Não, por favor, não posso...

— Aqui. — Ele estende a mão com a coronha da pistola e golpeia o peito da mulher, de modo que a caixa torácica desaba com um ruído semelhante ao de uma pedra caindo sobre uma cobertura de gelo. Helena se encolhe como se ela tivesse sido partida, erguendo as duas mãos para tocar o próprio coração. — Vou começar as coisas por você — diz ele.

Estou tremendo loucamente apenas ao pensar naquilo, mas não é uma escolha de fato, não com aquela pistola mais uma vez contra minhas costas, além de Percy e Felicity de pé ali. Meu medo não é tanto que ele atire em mim, mas que vire a arma para os dois. Todos os meus pontos fracos estão expostos.

Outro sopro de ar quente me atinge — ar quente que sobe dela, percebo, que pulsa daquele coração brilhante conforme ele bate. Meu fôlego fica preso no peito.

Então Felicity diz:

— Eu faço. — Bourbon olha para ela quando minha irmã estende a mão. — Consigo fazer — diz ela. — Melhor do que Monty. Dê aqui e faço por você.

Ainda com a pistola pressionada contra minhas costas, ele entrega a faca e Felicity se aproxima da gaveta, bem diante de mim, então ergue o olhar.

— Me ajude — pede ela, baixinho, ao pressionar a ponta da lâmina na depressão do pescoço da mãe de Helena.

A pele se destaca com pouca resistência, como papel de embrulho. Seguro as pontas no lugar enquanto Felicity enfia os dedos no esterno, que tem uma rachadura parecida com um raio no centro, do golpe de Bourbon, empurrando com determinação e mais força do que imaginei que minha irmã seria capaz. Ouço outro *crac* e as costelas se destacam da coluna. Helena solta um soluço baixo.

E ali está o coração, cru e vermelho, não exatamente batendo, mas pulsando, como um ferimento latejando. Conforme mantenho a pele no lugar, Felicity trabalha rapidamente para soltar as superfícies murchas dos pulmões e partir as veias. Cada uma é rompida do coração com um ruído de vidro delicado, e a cada rompimento, o restante do corpo parece ficar cada vez menos vivo, como se todo o ser estivesse destilado e armazenado dentro do coração.

Minha irmã empurra as mãos entre as costelas e levanta o coração, com tanto cuidado quanto se manipulasse um gatinho recém-nascido. Consigo sentir o calor que irradia dele, e os braços de Felicity arqueiam com o peso do órgão, como se fosse uma pedra preciosa ou a âncora de um navio.

Ela estende o coração para Bourbon, mas ele recua, me arrastando consigo, como se a ideia de estar perto demais do órgão o deixasse enjoado.

— Dê para a condessa Robles — diz o duque. — Ela o levará daqui.

Helena avança para encontrar Felicity no espaço vazio entre mim e Bourbon e Percy. Ela pega o coração com as mãos em concha, com tanto cuidado como se fosse frágil e estivesse vivo. Os dedos se flexionam em volta do órgão, fazendo com que uma cobertura transparente de algo que é metade sangue e metade luz escorra da superfície pelo dorso da mão de Helena.

Ela começa a dizer algo, mas Bourbon me segura por trás e me puxa para si como escudo de novo. Percy estava se aproximando aos poucos, estendendo a mão como se pudesse me puxar para o lado dele assim que a troca ocorresse, mas então congela, ainda com a mão erguida. Felicity dispara de volta para o lado dele, com os braços ao redor do próprio corpo e deixando impressões digitais com o resíduo estranho e reluzente do coração nas mangas.

— Já tem o que quer — grita Percy. — Por favor, solte Monty. — Então, mais uma vez, pois é de bom-tom: — Por favor.

— Não, creio que jamais houve chance de vocês três deixarem este lugar com vida, certamente sabiam disso quando vieram.

— Isso foi culpa minha — declaro, sentindo como se estivesse desabando contra Bourbon, com minhas forças se esvaindo e toda a vontade de sobreviver sendo corroída. — Solte-os, fui eu quem roubou a caixa.

O braço do duque segura meu pescoço com mais força, sufocando as palavras.

— Sinto muito, milorde. Condessa, volte para o túnel. Como parece não querer sujar as mãos de sangue, nós os selaremos aqui dentro e eles podem afundar com a ilha.

Helena não tirou os olhos do coração, ainda aninhado entre suas mãos. O órgão projeta um leve brilho no rosto dela, vindo de baixo.

— Condessa — dispara Bourbon.

Helena ergue o rosto, embora o olhar não vá para o duque, mas para Percy.

— Você quer isto? — pergunta ela, baixinho.

— Condessa — repete o homem.

— Quer? — pergunta Helena de novo.

— Não — responde Percy.

Bourbon parece perceber o que ela está prestes a fazer antes de Helena se mover. Conforme ela ergue o coração para uma das tigelas de chamas, o duque avança, pronto para tirar o órgão dela, porém percebe que estou bem no caminho. Nossas pernas se enroscam, e ele se choca contra mim, jogando-nos no chão. Meu ombro atinge a pedra com um *tac*, e a dor do impacto é dobrada quando Bourbon cai em cima de mim.

Ele tenta se desvencilhar, me chutando no estômago com tanta força que perco o fôlego, e avança trôpego sobre as mãos e os joelhos. O duque rasteja adiante, na direção de Helena, enquanto ela avança para as chamas, com o coração nas mãos. Bourbon vai agarrá-la — ou o coração — antes que Helena consiga destruí-lo, e parte de mim quer o mesmo. Estender o braço para pegar aquela coisa preciosa entre as mãos e reivindicá-la.

Mas, em vez disso, faço a única coisa em que consigo pensar para impedir o duque: fecho a mão em punho e tomo distância e, no último segundo, tiro o polegar de dentro da palma da mão e o soco direto no nariz.

Ainda sinto a maldita dor, mas é muito mais eficiente dessa vez — sinto a cartilagem cedendo sob meus dedos. Bourbon uiva de dor quando sangue escorre pelo rosto dele e mancha a pedra, então Helena aproveita o momento com toda bravata e não apenas solta, mas arremessa o coração da mãe no fogo.

Ele se incendeia de imediato, como se estivesse embebido em álcool. Uma coluna de chamas jorra para cima, tão quente que todos erguemos as mãos, exceto o duque, que ainda tem sangue escorrendo sobre os lábios e pelo queixo, mas está rastejando para a frente, como se pudesse tirar o restante das chamas e salvar o coração. O calor do fogo enche a testa de Bourbon de suor.

Eu o seguro pelo colarinho, puxando-o para trás, e ele grunhe, frustrado, golpeando às cegas em minha direção com a pistola. A coronha me atinge acima da orelha, então o duque dispara, bem diante de meu rosto. Ouço um *bang* fantástico, e sou atirado de costas no chão, com a cabeça queimando. Por um momento, não consigo ouvir nada além de um zumbido metálico.

Uma chuva de faíscas sobe do fogo em que Helena soltou o coração, como uma solda golpeada quando quase derretida; em seguida, outro estouro de ar quente explode pelo recinto, cheio de cinzas e faíscas e poeira reluzente, com cheiro de osso e químicos. As paredes começam a tremer, pedrinhas se soltam do teto e chovem sobre nós. As luzes dançam. Uma das tigelas de ferro vira, espalhando gravetos acesos. Os ruídos começam a retornar, embora abafados. Um rugido baixo soa sob o apito em meus ouvidos.

Os lábios de Felicity se movem, e ouço-a gritar:

— O túnel!

Tento me levantar, mas parece muito mais difícil do que deveria ser. Percy me agarra pelo braço e me coloca de pé, me puxando atrás dele, com um dos braços envoltos em minha cintura, enquanto Felicity segue na frente. Ela empurra a porta para se abrir e nós três passamos aos tropeços no momento em que uma pilastra do outro lado tomba como uma árvore indo ao chão e ossos caem em cascata. Percy me puxa para fora do caminho antes que eu seja atingido.

Helena está logo atrás de nós, mas, na ombreira da porta, ela se vira e grita:

— Vamos! — Não sei com quem está falando, até que me viro e ali está Bourbon, ainda de joelhos diante do fogo, agarrando as chamas e tentando resgatar qualquer fragmento do coração que possa ter restado. Chamas sobem pelas mangas dele, saltam para os cabelos e o duque grita, mas não para.

— Vamos! — grita ela de novo. — Está destruído, venha *agora*!

Mas ele não vem — vai se enterrar naquela tumba. A porta desaba e Felicity — ainda bem, pois não me resta uma gota de caridade cristã para aqueles dois — pega Helena, puxando-a para longe.

Nós quatro disparamos pelo corredor conforme as paredes cedem ao redor. Mesmo o ar parece vibrar, partido pelo som de todos aqueles ossos se quebrando e dobrando e desabando em lascas e areia. O túnel fica tão espesso com poeira que é difícil respirar. Na curva, o capuchinho suspenso nos olha com malícia quando passamos. *Você em breve será* lampeja antes que a placa caia no chão e se quebre ao meio.

Na base do túnel, Helena avança à frente, atirando-se escada acima e sumindo de vista. Ao chegarmos à capela, ela já está abrindo caminho noite afora até o cais, onde a gôndola foi amarrada. Outro barco está ancorado ao lado.

Helena empurra a gôndola do cais, enterra o mastro na água e segue com a corrente. Atrás de nós, ouvimos um estalo como o de trovão, e um pedaço da parede da capela desaba. O vento empoeirado nos atinge, e todos cambaleamos. A água infiltrada forma ondas.

As vibrações das pedras rolando para a Lagoa causam ondulações em volta de nossas pernas, e o chão se inclina tanto que eu me inclino com ele, caindo de lado contra Percy, de forma que a água me encharca até a cintura. De alguma forma, ele consegue ficar de pé. Talvez, percebo, porque apenas eu estou tombando. Fico espantado ao descobrir que meus braços e pernas quase pararam de funcionar — o único motivo pelo qual ainda estou de pé parece ser porque Percy me segura — e minha cabeça parece esquisita, como se estivesse se enchendo de água espessa. Ouço um apito nos ouvidos.

Ele me levanta para o barco depois de Felicity entrar, então dá um bom empurrão para nos afastar do cais antes de saltar para dentro. A ilha treme de novo, e uma chuva de pedras arranha meu rosto quando outra parede da capela cai.

— Monty. — Percy segura meu ombro, e tenho a sensação de que disse meu nome algumas vezes sem obter resposta. Ele está curvado sobre mim, com o rosto sujo de fuligem e de poeira e com um leve brilho deixado pelo coração alquímico. — Monty, fale comigo. Diga algo.

Levo uma das mãos à lateral do rosto e percebo que está quente e úmido.

— Acho que levei um tiro.

— Não levou um tiro. — Felicity puxa os remos para dentro do barco por tempo o suficiente para tirar meus dedos do rosto. Ela fica pálida, então pressiona minha mão de volta onde estava. — Certo, você levou um tiro.

É claro que essa tinha que ser a vez que estou certo a respeito de meus ferimentos.

— Não é tão grave — informa Felicity, mas parece estar se esforçando tanto para ficar calma que sei que está mentindo. Por isso e porque posso sentir as batidas do meu coração no crânio, o que é alarmante. É como engolir minha pulsação. — Mantenha a mão aí — grita ela quando minha mão escorrega. — Com força, Monty. Pressione com força.

Percy segura minha mão e pressiona nossas palmas juntas, uma sobre a outra, na lateral de minha cabeça. Sangue se acumula contra a palma de minha mão e escorre em filetes entre os dedos e pelo braço. É patético o quanto ver meu próprio sangue me deixa zonzo. Ou talvez tenha a ver com o fato de que o sangue parece jorrar do corpo. Começo a respirar mais rápido, sem querer. O ar parece muito rarefeito.

Então Felicity grita:

— Lá estão eles!

Em meio à névoa cinza, o *Eleftheria* paira como a silhueta de uma catedral contra o alvorecer, dois pequenos veleiros a seguem pateticamente.

Minha irmã solta os remos e manobra direto na direção da proa, até que duas cordas desçam do convés. Ela pega uma e Percy a outra, com as mãos escorregadias de sangue, então nos amarram. As cordas ficam escarlate entre as palmas dele.

— Puxem! — grita alguém do alto, e o barco embica para cima até sermos jogados no convés, o qual parece mais alagado do que a capela.

Tento permanecer acordado, mas minha mente fica afundando, como se estivesse caindo no sono. Alguém pressiona algo contra a lateral de meu rosto e, Nossa Senhora, dói muito.

Os marinheiros estão todos aglomerados em volta de nós. Cada passada no piso de tábuas me chacoalha até os dentes.

— Cristo...

— ... muito sangue.

— ... na lateral dele.

— ... Está respirando? Não acho que ele...

— Deixem a Srta. Montague passar! — A voz de Scipio ruge por cima das deles.

— Monty. — Percy me sacode. Parece que está falando do fundo de um poço. No entanto, está bem próximo, me segurando firme deitado de lado. — Monty, olhe para mim. Tente ficar acordado. Mantenha os olhos abertos... vamos lá, querido, olhe para mim. Por favor.

Ele tem sangue por toda a camisa, e o material úmido se agarra ao peito dele.

— Você está ferido — murmuro, erguendo a mão para puxar a roupa.

— Não, não estou.

Ah, então esse sangue é *meu*. Fantástico. Um soluço patético escapole de mim.

— Está tudo bem — diz ele, baixinho, com a outra mão se entrelaçando na minha. — Respire. Você vai ficar bem. Por favor, respire.

Então, quando vejo, estou deitado de costas na cama da cabine de Scipio, a lanterna acima oscila conforme o navio se inclina. Percy está no chão ao lado, com as pernas puxadas até o peito, dormindo com a testa contra os joelhos e a mão na minha. O ângulo da posição torce meu pulso para cima, mas não me mexo.

Minha visão está embaçada e em uma de minhas orelhas ainda soa aquele apito metálico. Todo meu rosto lateja. Ao me mexer, a dor irradia pela cabeça e estala atrás dos olhos, como se estivesse levando um tiro de novo. Grito sem querer, e Percy se levanta com um salto.

— Monty.

— Oi, querido. — Minha voz parece enferrujada, e a pele na lateral do rosto repuxa quando falo.

— Está acordado. — Ele se agacha ao lado e toca meu queixo com o polegar. A voz está abafada, como se eu o estivesse ouvindo com um travesseiro na cabeça. Se não estivesse olhando diretamente para Percy, observando os lábios dele formarem as palavras, não teria certeza de onde elas vêm.

— Você parece preocupado — murmuro.

— Sim, bem, é culpa sua, sabe.

Rio fraquinho, o que acaba se tornando mais um tremor do corpo.

— Acho que levei um tiro.

— Quase levou mesmo.

— *Quase?* Isso é menos assustador do que esperava.

Ergo a mão — que está mais pesada do que deveria — e toco a cabeça. Sinto uma faixa apertada de ataduras em torno dela toda, e o ponto acima da orelha está úmido.

— Parece feio?

— Não... parece muito bonito, não — diz Percy, com cautela. — Está queimado e inchado, mas isso vai sumir. Embora a orelha tenha meio que... — Ele puxa o lobo da própria orelha.

— Meio o quê?

— Se perdido. Tenha meio que... se perdido.

— Quer dizer que só tenho...

— Não toque. — Percy segura minha mão antes que eu arranque as ataduras.

— Só me resta uma orelha?

— A maior parte dela foi estourada e o resto estava um pouco... destruído. Felicity a tirou cuidadosamente. Tem sorte de a pólvora não ter estragado seus olhos também.

— Onde está Felicity?

— Ela está bem.

— Não, onde ela está? Vou arrancar a orelha *dela* e ver se gosta.

— Eu deveria avisar a ela que você acordou. Está ficando louca por sua causa. Não sabia que Felicity gostava tanto de você até quase bater as botas.

— Imagino que nada aproxima mais duas pessoas do que uma experiência de quase morte.

Percy esfrega as têmporas. Sei que está tentando fazer isso parecer casual, mas devo ter ficado muito ruim se ele está se sentindo tão culpado.

— Quando Scipio nos contou que Bourbon estava com você, e então você levou um tiro...

— *Quase* um tiro.

— Minha nossa, Monty, e se a última coisa que tivéssemos feito fosse brigar?

— Tem últimas palavras melhores para me dizer? Poderia dizer agora, caso as coisas deem errado de novo.

Percy coloca a mão em meu joelho, com o cobertor entre nós, e subitamente sinto como se estivesse tentando o destino com essa pergunta, mas então ele diz:

— Desculpe.

— Ah, querido — respondo, colocando a mão sobre a dele —, não tem nada por que pedir desculpas.

Ainda não ouço direito, o que começa a passar de irritante para preocupante. A voz de Percy está abafada, e a minha ecoa no fundo da mente, como se eu estivesse falando em um salão amplo e vazio. Talvez sejam as ataduras que abafam tudo, mas quando estalo os dedos ao lado da orelha direita — a que aparentemente não está mais comigo —, parece que vem do outro lado do quarto.

Então percebo.

Tento me sentar e o quarto se inclina — quase caio de costas de novo. Percy me segura antes que eu tombe.

— Calma.

Consigo pressionar uma das mãos sobre a orelha que me resta, tapando-a, e estalo os dedos novamente ao lado da que está faltando.

E... nada. Nenhum som.

Percy me observa, com as sobrancelhas franzidas.

— Se foi? — pergunta ele.

Minha garganta está um pouco trêmula, então apenas assinto.

Isso acaba me afetando muito mais intensamente do que acho que deveria. Tenho muita sorte por estar vivo — não deveria chorar por perder a audição de um lado. Percy parece entender, no entanto — ele passa um braço por minha cintura e me deixa pressionar a lateral do rosto que não virou carne moída contra o peito dele.

— Sinto muito — diz ele.

— Tudo bem — murmuro, tentando parecer tão insípido quanto leite e fracassando espetacularmente. — Poderia ter sido pior.

— Sim. Poderia ter sido muito pior. — Percy ri, da forma como sempre faz quando algo o assusta de verdade. Consigo sentir o coração dele batendo no peito, bem contra o meu. — Estou apenas tão, tão feliz por você estar vivo. — A voz de Percy falha um pouco na última palavra, e ele leva os lábios ao alto de minha cabeça, tão suavemente que parece quase imaginário.

E não tenho certeza do que é. Mas é alguma coisa.

Oia, Santorini

Depois de sete dias no mar, o *Eleftheria* aporta na pequena e montanhosa ilha de Santorini, no mar Egeu. Os penhascos parecem pintados com casas escavadas em pedras vulcânicas e com construções brancas de telhado azul-cobalto. Moinhos com telhado de sapé despontam entre elas, as pás parecem raios de sol. O próprio sol é algo vívido, mais brilhante nesse canto do Continente. O mundo inteiro parece, de alguma forma, mais iluminado.

Scipio e os homens dele ficam com o navio, mas ele ajuda Felicity, Percy e eu a encontrar um apartamento nos penhascos acima do mar, com um telhado de cobalto próprio e pisos de pedra e um senhorio amigo do capitão disposto a aceitar nossas liras italianas. Os quartos estão aquecidos pelo sol e limpos; o pátio está cheio de figueiras em torno de uma pequena fonte risonha. O mar parece estar por todo lado.

Os primeiros dias são atribulados e frenéticos, ocupados com reconhecimento do terreno, venda da carga, obtenção de suprimentos e reparos para o navio, além da busca por um médico decente que fale pelo menos uma das línguas que falamos e que possa olhar meu rosto. Basicamente tem sido apenas Felicity cuidando de mim desde que velejamos de Veneza — minha audição não parece inclinada a voltar, e junto com a bala que arrancou minha orelha, recebi a descarga de pólvora da arma, o que deixou queimaduras espessas salpicadas em trechos aleatórios desde a linha do cabelo até a clavícula. Não me vi em um espelho ainda, mas suspeito que a metade direita de meu rosto vá ficar esbranquiçada e com cicatrizes pelo resto da vida.

Meu melhor atributo, arruinado.

— Não acho que pode reivindicar o rosto inteiro como seu melhor atributo — diz Felicity. — Deveria ter mais discernimento.

Estamos à mesa no pátio, e ela desfaz as ataduras para poder olhar como os ferimentos estão cicatrizando. Quando o médico grego veio, toda instrução dele foi recebida por um "Sim, eu sei" de Felicity, embora Scipio não tenha traduzido isso. O homem também a elogiou pelos pontos, algo pelo qual ela vem se vangloriando desde então.

— Bem, é difícil escolher quando se tem tantas boas opções. — Passo a mão pelo lado direito, esquecendo-me momentaneamente que o zumbido surdo que substituiu todos os outros sons não é um inseto que posso abanar para longe. — Felizmente minha orelha direita era a menos bonita do par.

— Felizmente, ou você ficaria arrasado.

Alguns meses antes, eu teria ficado. Estaria mentindo se dissesse que não estou um pouco de luto pela perda. Mas ainda estamos vivos, e ainda juntos, então parece estranhamente como sorte.

Minha irmã deixa as ataduras caírem no colo, sobre o conjunto cirúrgico, então faz um inventário meticuloso da desfiguração.

— Parece... melhor.

— Essa pausa carregada discorda.

— Parece! O inchaço diminuiu, embora precisemos atentar para infecções. Vamos deixar sem as ataduras por um tempo para poder respirar. — Ela semicerra os olhos por mais um momento, então diz, com um sorriso um pouco arrogante: — Esses meus pontos ficaram realmente impressionantes.

— Eu diria que você é muito boa nesse negócio de medicina como um todo.

Felicity ergue o rosto enquanto embrulha o conjunto.

— O que está fazendo? Ah, não, está tentando ser amigável comigo? Precisamos ser amigos agora?

— O quê? Não. É claro que não.

— Ainda bem.

— *Amigos*. Não seja absurda.

Ouvimos um arranhar no portão do pátio e Scipio entra no jardim, com um casaco jogado por cima das vestes de marinheiro, embora o calor esteja sufocante.

— Bom dia — diz Felicity, deslizando pelo banco para abrir espaço para ele. — Estávamos prestes a tomar café da manhã.

— Onde está o Sr. Newton? — pergunta ele ao se juntar a nós.

— Ainda na cama — respondo. — Como estão seu querido navio e a impiedosa tripulação?

— A tripulação e o navio estão ansiosos para zarpar — responde Scipio, pegando uma caneca do lugar que espera por Percy e se servindo da jarra de chá de flor de lima.

— Querem partir? — pergunto conforme Felicity ergue o rosto.

— E gostaríamos que viessem conosco — explica ele. — Levaremos vocês para casa, para a Inglaterra e, se Thomas Powell puder, de fato, ser persuadido a exercer influência, iremos coletar nossas cartas de corso. Gostaríamos de velejar com alguma legitimidade.

— Para casa? — indago, incapaz de evitar que a voz fique esganiçada nessa palavra, como um guardanapo amassado. Aqui estava eu começando a me acostumar com a luz otimista do sol e esse negócio de exílio no Éden, e já vamos fazer as malas de novo, dessa vez para a Grã-Bretanha. De volta para meu pai. — Quanto tempo até partirem?

Scipio gesticula com os ombros.

— Quatro dias. Antes do fim da semana, no máximo.

— Não podemos ficar um pouco mais? — peço. — Acabo de sofrer um ferimento grave, afinal de contas.

Os olhos de Felicity se voltam para os meus.

— Ah, você está ótimo. Eu o limpei tão bem que não apenas vai se curar sem problemas, mas a orelha faltante fará maravilhas para o ego.

— Epa, calma aí... — Devo estar suficientemente recuperado, pois Felicity já começou a sentir que é apropriado me alfinetar por conta disso.

Scipio a observa por cima da borda da caneca, então pergunta:

— Quer um emprego? Precisamos de uma cirurgiã a bordo. A gangrena levou um dos nossos no fim do inverno.

— Difícil não ver a ironia nisso — observo.

Felicity ri, embora Scipio pareça sincero.

— Boa piada.

— Não era a intenção — responde ele.

— Seus homens aceitariam uma mulher entre eles? Isso dificilmente é apropriado para qualquer das partes.

— Muitas mulheres zarpam ao mar. Minha mãe velejou a costa africana com o pai dela quando era jovem. Já ouviu falar de Grace O'Malley? Ou Calico Jack? Ele tinha duas damas a bordo.

— E as duas teriam sido enforcadas com ele se não tivessem alegado gravidez — conclui minha irmã. — Sim, ouvi a história.

— A diferença é que se vocês cumprirem com sua parte do acordo, não seremos piratas por muito tempo. Não seria enforcada.

Felicity ri de novo.

— Não posso ser cirurgiã! Não recebi treinamento algum.

— Você aprenderia.

— Em você e em seus homens.

— Todos nos empenharemos para nos ferir frequentemente pelo benefício de sua educação.

Ela parece tão chocada — uma expressão que raramente estampa, que chega até a ser alarmante. Em vez de responder, ela fica de pé e diz:

— Eu ia fazer o café da manhã.

Scipio também se levanta, seguindo-a até a cozinha.

— Apenas pense a respeito, Srta. Montague. — Ouço-o dizer conforme caminham. — Não precisa decidir até chegarmos à Inglaterra. Os rapazes são inúteis, mas eu aceitaria você.

Eu teria abaixado o rosto nas mãos dramaticamente com a notícia de que vamos para casa se não tivesse recentemente me despedido de uma parte desse mesmo rosto. Não sei o que estava esperando que acontecesse no fim de tudo isso, mas de alguma forma não era um retorno para casa. Ou pelo menos não tão rápido. Não sei o que Percy vai fazer — se virá conosco, ou se ainda irá para a Holanda. Apesar do quanto estivemos juntos desde que saímos de Veneza, não estive bem o bastante ou sozinho com ele por tempo o suficiente para ter uma boa conversa.

Scipio e Felicity se ocupam na cozinha enquanto me sento no degrau de terracota do pátio — sinceramente o único benefício de minha quase morte é que temporariamente me desqualificou para todas as tarefas de casa. Conversa baixa flui pela janela aberta, primeiro apenas Scipio e Felicity trocando piadas leves sobre mulheres a bordo de navios piratas, então a voz de Percy se junta a eles. O capitão passa a mesma mensagem a ele que passou para nós — a notícia da partida. Meu coração dá um salto.

Ouço passadas atrás de mim e me afasto, mas é Percy, semivestido e ainda com os cabelos despenteados da cama.

— Bom dia, querido — digo conforme ele se senta a meu lado, com os dedos dos pés descalços se fechando em volta dos tufos de grama que crescem entre as pedras. — Argh, não se sente desse lado. Não consigo ouvir nada. — Sinto uma leve pontada de luto ao dizer isso em voz alta. E me pergunto se algum dia deixará de ser estranho esse assobio vazio de um dos lados da cabeça, ou a forma como qualquer coisa, exceto conversas frente a frente, parece quase impossível de decifrar. Felicity diz que me acostumarei com o tempo, embora também fique espreitando por meu lado surdo e quase me matando de susto.

— Esqueci. Desculpe. — Percy desce do degrau e se senta diante de mim, com os joelhos puxados até o peito e os braços em volta deles.

Resisto à vontade de coçar o lado dilacerado do rosto. Queimaduras, no fim das contas, coçam insuportavelmente depois que a dor passa.

— Não toque — diz ele.

— Não estou tocando!

— Estava pensando nisso.

Eu me sento nas mãos. Considero franzir o nariz para Percy também, embora tenha medo que caia.

— Isso vai atrapalhar significativamente minhas perspectivas românticas futuras.

— Não necessariamente.

— Com certeza desencorajará a abordagem inicial. Precisarei começar a contar apenas com minha personalidade. Graças a Deus as covinhas sobreviveram.

— Graças a Deus. Porque não tem mais nada a seu favor mesmo. E como sabe em que estado está? Não pode ver.

— Tenho uma noção, pois é minha cabeça, e sei que se tornará uma cicatriz imensa e feia da qual ninguém jamais poderá desviar os olhos.

— Não.

— Não o quê?

— Não ficará feia. — Percy segura meu queixo quando desvio o olhar, então levanta meu rosto. Consigo sentir o sol na pele como um segundo conjunto de dedos entrelaçado aos dele. Percy traceja meu maxilar com o polegar, depois dá um sorriso enorme, inclinando a cabeça para o lado. — Ainda está lindo, sabia.

Ouvimos um clangor na cozinha, um prato de latão caindo na pedra, e Percy e eu nos sobressaltamos. As mãos dele descem de meu rosto.

— Está firme o bastante para caminhar? — pergunta ele.

Ando bastante desequilibrado desde que me despedi da audição — aparentemente as duas coisas estão relacionadas de uma forma que apenas Felicity entende.

— Se formos devagar. Algum lugar em especial para onde gostaria de ir?

— Tenho uma ideia, se confiar em mim.

— Confio em você — digo, e Percy me coloca de pé, segurando minha mão.

Ele me leva pela cidade até a beira dos penhascos, onde tomamos o caminho íngreme e sinuoso até a praia. Não dizemos muito além do ocasional resmungo bem-humorado sobre como vai ser um suplício subir de novo essa montanha. Permaneço do lado direito dele, e Percy mantém uma das mãos em meu cotovelo, apoiada ali, mas sem tocar direito, e pronto para me segurar se eu tombar.

Ao nível do mar, o Egeu é quase radiante demais para ser real, no tom turquesa vívido das pintas do ovo de um tordo. Não há vivalma além de nós nesse trecho de areia — imagino que ninguém mais seja tolo o bastante para fazer a caminhada que desce dos penhascos —, então Percy e eu tiramos os casacos e os coletes e os deixamos amontoados, amarrotando na praia. Faço uma cena de tirar os sapatos, chutando-os em um arco alto e deixando que fiquem onde caem, o que faz Percy rir. Ele é muito mais civilizado ao tirar os dele, empacotando as meias ali dentro antes de caminhar até o mar. Eu o sigo, ladeando o limite das ondas e dançando para longe sempre que uma se aproxima demais.

— Entre na água — chama Percy de onde está, com o mar na altura dos joelhos.

— Não, obrigado. Estou ferido, lembra-se?

— Venha, seu covarde. Não vou obrigá-lo a nadar.

Ele avança aos tropeços de volta para a praia, vindo em minha direção e tentando pegar meu braço. A areia afunda sob os pés dele conforme as ondas batem. Desvio, e Percy segura a parte de trás de minha camisa, me puxando atrás de si até eu encontrar o mar e ser obrigado a molhar os dedos dos pés. Faço menção de me desvencilhar da mão dele, mas uma onda súbita de tonteira me derruba. Cambaleio, mas ele me segura, abrigando subitamente minha cintura com as mãos enquanto agarro um punhado da camisa dele. Nossos rostos se aproximam.

— Calma — diz Percy.

Pisco com força algumas vezes, tentando limpar a mente.

— Estou pronto para essa fase terminar para que eu possa seguir em frente e ser parcialmente surdo.

— Talvez possa comprar uma bela trombeta auditiva quando chegar em casa.

— E nessa época, no ano que vem, todos terão uma.

— Henry Montague, o exemplo de uma nação.

Após me equilibrar, acho que Percy vai se afastar, porque a última vez que nos apoiamos um contra o outro acabou em gritos, mas ele coloca os braços em volta de meu pescoço. Embora minha visão esteja firme, oscilamos juntos conforme uma onda nos atinge, ensopando os joelhos de nossas calças culote. É algo parecido com uma dança.

Quando não consigo pensar em mais nada, digo:

— É lindo aqui. — Então imediatamente me encolho, porque, meu Deus, será que chegamos a um ponto tão morto de nosso relacionamento que estou reduzido a fazer observações sobre o entorno apenas para iniciar uma conversa? Se for esse o caso, precisarei encontrar uma concha afiada na praia para cortar os punhos bem ali.

Mas Percy apenas sorri.

— As ilhas gregas não estavam em nosso itinerário.

— Ah, acho que a esta altura estamos bastante fora de curso. Vivemos um romance de aventura em vez de um *Tour*.

Ele estende a mão e coloca uma mecha solta de meu cabelo atrás da orelha.

— O que acha que todos dirão? Seremos a vergonha de nossas famílias.

— Ah, acho que meu pai mantém esse título. Pelo visto, sou um belo bastardo. — Quando Percy me olha de forma inquisidora, forneço os detalhes sobre a noiva francesa abandonada de meu pai. — Se alguém descobrisse, ele perderia tudo — concluo. — A propriedade, o título, o dinheiro, a posição. Provavelmente seria preso também. Até mesmo um boato a esse respeito o destruiria.

— Então, o que vai fazer? — pergunta Percy.

Um bando de gaivotas alça voo da praia e pousa no mar, oscilando como veleiros na corrente enquanto reclamam umas com as outras. Andei pensando muito a respeito disso no espaço entre Veneza e a Grécia, na questão do que poderia acontecer se eu revelasse os esqueletos que meu pai guardou no armário. O dano que causaria a ele, uma vingança adequada pelos anos que passou me espancando.

— Nada — digo, porque não sou o único que precisaria viver com esses fantasmas.

— Então simplesmente vai para casa? Como se nada tivesse mudado?

— Bem, eu estava pensando... Estava pensando em não voltar. De vez. E talvez você e eu pudéssemos ir a algum lugar juntos em vez disso.

Percy desvia os olhos dos meus.

— Não precisa dizer isso.

— Eu quero...

— Espere, ouça. Eu não deveria ter pedido aquilo de você, fugirmos juntos. Foi demais. Pedir que jogasse fora a vida inteira em um impulso como aquele. Apenas fiquei ansioso por termos... sentimentos semelhantes um pelo outro e por haver uma chance de eu não ser internado e ver se talvez esses sentimentos poderiam se transformar em alguma coisa. Mas está tudo bem. Prometo. Sei que teria que abrir mão de muito. É sua vida inteira.

— Mas eu faria isso. Por você.

— Não precisa...

— Eu quero. Vamos fugir.

— Tudo bem. Para onde iremos, então?

— Londres, talvez. Ou podemos nos mudar para o campo. Viver como solteirões.

— Enlouquecer as moças locais?

— Algo assim. — O vento sopra a mecha de meu cabelo que Percy tinha afastado e a joga sobre a testa de novo, bem sobre as queimaduras. Dói um pouco. — Mas antes acho que deveria ficar sóbrio. Parar de festejar tanto e pensar direito.

— Isso seria bom.

Ele sorri, e viro o rosto na direção do mar e dos barcos pesqueiros pintados que se reúnem no horizonte. Alguns veleiros de grande porte com os gurupés apontados para o Egeu balançam onde as ondas se formam.

— Por que continuou do meu lado? — pergunto. — Há um tempo ando tão perdido e... Meu Deus, Perc, eu mal suportava ficar comigo mesmo. Ainda é muito difícil às vezes.

— Porque é isso que se faz quando... por seus amigos. — Percy se encolhe um pouco, e uma ruga se forma entre as sobrancelhas, então ele corrige: — Quando se ama alguém. Era o que eu queria dizer. Quando amamos alguém, ficamos ao lado daquela pessoa. Mesmo que ele esteja sendo um pouco canalha.

— Mais do que um pouco.

— Não o tempo todo.

— Durante a maior parte dos últimos anos...

— Talvez, mas você tinha...

— Eu teria me abandonado há muito tempo. Teria me chutado para uma vala e pronto.

— Monty...

— Parado de atender à porta, no mínimo...

— Cale a boca, está bem? — Percy cutuca a lateral da minha cabeça com o nariz. — Apenas aceite.

Apoio a bochecha no ombro dele, e ele apoia o queixo no alto de minha cabeça. Ficamos assim por um tempo, nenhum de nós fala. O Egeu nos une, com sua água aquecida pelo sol e suave como veludo.

— Não precisa vir comigo — diz Percy, baixinho. — Se acha que tem alguma obrigação comigo porque...

— Não é uma obrigação. Perc, amo você. — As palavras saem aos tropeços de mim, e consigo sentir a garganta começar a queimar, mas mergulhei nisso, então prossigo: — Amo você, mas não sei como ajudar. Ainda não sei! Sou um delinquente emocional e digo coisas erradas o tempo todo, mas quero ser melhor para você. Prometo isso. Não importa para mim que esteja doente e não importa se preciso abrir mão de tudo, porque você vale a pena. Vale a pena porque é magnífico, de verdade. Magnífico e lindo e brilhante e carinhoso e bom e eu apenas... amo você, Percy. Eu amo você pra cacete.

Ele abaixa o rosto para a água, então se volta para mim de novo, e meu coração se alegra como a maré se enchendo. Aquele olhar me faz sentir coragem.

— E preciso saber — continuo. — Preciso saber o que tem pensado. Independentemente da resposta, se quer que eu dê as costas agora e deixe você, posso fazer isso. Ou se quer morar junto comigo em um apartamento com quartos separados, ou se quer... mais do que isso. Sei que seria difícil, porque nós dois somos homens e começaríamos com absolutamente nada, mas se quiser fugir comigo, vamos fugir. Estou pronto.

Percy não diz nada pelo que é provavelmente apenas um minuto, mas parece se estender por vários anos. As mãos deslizam do abraço em torno de meu pescoço e descem por meus braços antes de finalmente pararem nos pulsos, e parece subitamente que ele está se afastando, que as ondas nos separam. Pesar começa a percorrer meu corpo, como fumaça entre tábuas de madeira, porque esse desvio proposital do olhar pelo visto é o prelúdio de um carinhoso *não, obrigado*. Perdi minha chance naquele beco encharcado de chuva em Veneza.

Preparo o coração para uma queda do céu quando Percy começa a falar:

— Monty, sempre gostarei de você. Espero que saiba disso. Talvez se tivéssemos sido mais diretos um com o outro, ou talvez se tivéssemos confiado mais um no outro, isso poderia ter se tornado alguma coisa mais cedo. Mas não confiamos. Então agora estamos aqui.

Por Deus, acho que está tentando me dispensar carinhosamente e, em vez disso, é como se começasse uma execução arrancando minhas unhas. Aceitaria a bala de novo no lugar disso. Pegaria aquela bala com os dentes dezenas de vezes antes disso.

Percy ainda não olha pra mim, mas para o chão, preparando-se para partir meu coração, e não aguento, então interrompo:

— Apenas diga logo, Perc. Por favor, não estenda mais isso, apenas diga que não me quer. Está tudo bem.

— O quê? — Ele ergue o rosto. — Não. Não! Não é isso o que eu... Estou tentando dizer que amo você, seu idiota.

Meu coração dá um salto descontrolado.

— Você... o quê?

— Maldição. — Percy inclina o rosto para o céu com um gemido — Preparei esse discurso todo na cabeça... estou planejando há semanas, esperando por um momento a sós...

— Ah, não, estraguei tudo então?

— Estragou completamente.

— Desculpe!

— E era *tão bom*!

— Desculpe mesmo!

— Não conseguiu manter essa boca fechada por dois minutos. Jesus.

— Bem, foi um jeito estúpido de começar! Achei que estava seguindo na outra direção e entrei em pânico.

— Sim, bem, não estava.

— Sim, bem, sei disso *agora*. — Ambos estamos com o rosto vermelho, ambos gargalhando, embora paremos ao mesmo tempo, trocando um olhar que parece seda contra minha pele. Toco a lateral de Percy com o cotovelo. — Diga mesmo assim.

— Completo?

— Pelo menos a parte importante.

— A parte importante era que se agir pelas minhas costas, juro por Deus, vou esfolar você vivo...

— Não agirei...

— ... assassinarei você, então ressuscitarei você usando alquimia para poder assassiná-lo de novo...

— Não vou, Percy. Não vou, não vou, prometo, não vou. — Coloco as mãos em cada lado do rosto dele e o puxo para mim, ficando nas pontas dos pés para estarmos separados por um sopro apenas. — Agora diga o resto.

A expressão de Percy fica tímida, os olhos se abaixam, então encaram os meus de novo.

— Sim, Monty — diz ele, sorrindo com meu nome. — Amo você. E quero ficar com você.

— E você, Percy — respondo, levando o nariz ao dele —, é o grande amor de minha vida. O que quer que aconteça daqui em diante, espero que isso seja a única coisa que jamais mude. — Estou com as mãos no rosto dele, no mesmo lugar em que levarei cicatrizes vermelhas e inchadas pelo resto da vida. Sob os olhos de Percy, parecem importar menos. Não somos coisas quebradas, nenhum dos dois. Somos cerâmica rachada reparada com verniz e flocos de ouro, inteiros como somos, completos um no outro. Completos e valiosos e tão amados.

— Posso beijar você? — pergunto.

— Sim, absolutamente— responde Percy.

Então o beijo.

Caro pai,

Ao escrever estas palavras, estou sentado à janela de um pequeno apartamento em uma pequena ilha que está definitivamente fora do caminho que planejou para mim, tendo sido deixado aqui por um grupo de piratas (embora esse bando seja melhor denominado como aspirantes a corsários) depois de sair de Veneza como fugitivo. Não tenho certeza de qual dessas coisas o deixará mais horrorizado.

Caso queira se sentir mais escandalizado, prossiga.

No pátio abaixo de mim, está Felicity, que parece bastante feliz — e aqui estava eu começando a crer que a testa franzida de minha irmã fosse permanente —, e a meu lado está Percy, e se eu não estivesse completamente ocupado com esta missiva e ele com seu violino indestrutível, estaríamos de mãos dadas. Talvez até um pouco mais do que isso. Certamente riscarei essa parte antes de mandar a carta, mas precisava escrever isso. Ainda não acredito que seja real.

Eu me tornei a história de terror do Grand Tour, *um conto de advertência para os pais antes de mandarem os rapazes deles para o Continente. Perdi meu tutor, fui sequestrado por piratas e atacado por ladrões de estrada. Humilhei seu bom nome diante da corte francesa, corri pelado pelos jardins de Versalhes, revirei cadáveres e afundei uma ilha — uma maldita ilha inteira. Você deve estar pelo menos um pouco impressionado com tudo isso. Além disso, agora me falta uma orelha (tenho certeza de que crescerá de novo, embora Felicity pareça menos confiante).*

Mas pelo menos não apostei toda minha fortuna em jogos, não fugi com uma jovem francesa e então a abandonei. Isso, sim, seria escandaloso.

Você mal me reconheceria se eu voltasse para casa. O que não pretendo fazer. Não agora, de toda forma. Talvez nunca mais. Percy e eu ficaremos na Grécia por enquanto, e quem sabe aonde iremos depois, ou que tipo de vida levaremos... mas a levaremos juntos, de acordo com nossas regras. Nós dois. O primeiro passo será desaprender todas as coisas que você me ensinou a vida toda. Precisei de muitos milhares de quilômetros para começar a acreditar que sou melhor do que as piores coisas que já fiz. Mas estou começando.

Nossos amigos piratas partem em breve, e preciso entregar essa carta antes de irem. Mandarei notícias depois que nos instalarmos, e quem sabe algum dia nos veremos de novo, mas por enquanto, saiba que estamos seguros, e bem, e saiba que estou feliz. Talvez pela primeira vez na vida. Tudo antes disso parece murcho e pálido em comparação ao agora. E não me importo com o que diz ou com o que pensa ou com o que estou deixando para trás... o Trasgo pode ficar com tudo. Daqui em diante, pretendo ter uma vida realmente boa. Não será fácil, mas será boa.

Nesse momento, Percy acaba de me abraçar e Santorini e o mar se estendem como um banquete diante de nós e o céu corre até o horizonte.

E que céu.

Henry Montague

Nota da autora

Aprendi sobre o conceito de *Grand Tour* da Europa quando trabalhava como assistente de docente em um curso de pesquisa em humanidades na graduação. Fiquei fascinada pelo conceito porque tinha acabado de voltar de meu *Tour*, de certa forma — um ano fora fazendo pesquisa para uma tese que acabaria escrevendo depois, entremeado por passeios frequentes por qualquer que fosse a cidade europeia para a qual a Ryanair estivesse fazendo promoção. A ideia de jovens por conta própria no Continente no século XVIII pareceu solo fértil para o tipo de romance de aventura clichê que sempre quis escrever.

Mas ficção histórica é sempre uma mistura de real e imaginário. Então aqui tentarei separar fato de fantasia e dar contexto às coisas a que não dei na história.

Me acompanhe conforme fazemos essa última perna da viagem juntos.

O *Grand Tour*

Na definição mais simples, o *Grand Tour* era uma viagem pelas cidades proeminentes da Europa, feita por rapazes de classe média alta e classe alta, normalmente depois de concluírem a educação formal. A tradição prosperou dos anos 1660 até os anos 1840 e costuma ser creditada como o nascimento do turismo moderno.

O *Tour* tinha dois propósitos: em parte, se expandir culturalmente por meio de atividades como aperfeiçoar habilidades linguísticas, observar arte, arquitetura e marcos históricos, além de se enturmar com os altos escalões da sociedade, e, em parte, libertar o lado selvagem, tirar do caminho a bebedeira, as festas e a jogatina antes de voltar para casa e se tornar um membro produtivo da sociedade. Viajantes faziam esse tour sob vigilância de um guia, chamado de tutor ou *pastor de urso* (um termo advindo da infeliz prática de guiar ursos encoleirados pelo ringue em uma briga de ursos), e a viagem poderia durar desde vários meses a vários anos, dependendo dos recursos financeiros. O *Grand Tour* era um luxo limitado a homens ricos, ou àqueles que podiam encontrar um patrocinador, e era dominado pelos ingleses, embora durante os anos 1800 algumas moças também o tenham feito e as nacionalidades tenham se multiplicado. Alguns americanos até mesmo cruzavam o oceano para fazer a viagem.

Os locais mais comumente visitados eram as cidades consideradas culturalmente mais importantes — Paris e Roma eram as duas obrigatoriedades. Essas visitas eram entremeadas com outras cidades importantes, como Veneza, Turino, Genebra, Milão, Florença, Viena, Amsterdã e Berlim. Poucos viajantes iam à Grécia ou à Espanha, considerados países toscos e inóspitos em comparação com as muito percorridas rotas setentrionais. A riqueza da maioria dos viajantes permitia que seguissem em grande estilo (inclusive sendo carregados pelos Alpes em liteiras), embora a jornada tivesse seus perigos e suas dificuldades. As complicações que Monty, Percy e Felicity encontram são todas adequadas ao período — piratas mediterrâneos e ladrões de estrada incluídos. Poucos viajantes, no entanto, tinham o azar de se deparar com ambos.

Para mais informações sobre o *Grand Tour*, eu recomendaria *The British Abroad: The Grand Tour in the Eighteenth Century*, de Jeremy Black; *The Age of the Grand Tour*, de Anthony Burgess e Francis Haskell; e, entre as histórias mais detalhadas sobre a vida de um rapaz durante o *Grand Tour* dele, os diários de James Boswell (pelo qual Monty anacronicamente se faz passar — o verdadeiro James Boswell só nasceu em 1740, mas não pude resistir a prestar homenagem a minha fonte primária preferida).

Política

Nos anos 1720, a coroa francesa estava nas mãos de Luís XV, um menino-rei jovem e doente controlado por um círculo de conselheiros poderosos, inclusive Luís Henrique, duque de Bourbon e chefe da casa francesa dos Bourbon. O duque queria evitar que a família do regente anterior, Filipe, duque de Orleans, ascendesse ao trono caso o rei morresse. Ele procurava garantir tanto a própria posição quanto a de sua família, pois tinham presença nas cortes de muitos poderes europeus. O duque desfez o casamento arranjado por seu predecessor entre o rei Luís e a infanta espanhola Mariana Vitória, porque a infanta era oito anos mais jovem do que Luís e, portanto, incapaz de gerar filhos a tempo. Pouco depois, ele foi dispensado da posição de primeiro-ministro.

Além do noivado, a política nas cortes francesa e espanhola era indissociavelmente intricada. A Guerra de Sucessão Espanhola, que durou de 1701 até 1714, foi deflagrada quando o rei Carlos II da Espanha morreu sem filhos e tanto a casa francesa de Bourbon quanto os Habsburgo da Áustria reivindicaram o trono. No leito de morte, Carlos II entregou toda a herança espanhola a Filipe, duque de Anjou, neto do rei Luís XIV da França, o que colocava a coroa espanhola nas mãos da Casa de Bourbon. Muitos políticos os viram como uma ameaça à estabilidade europeia, colocando em risco o equilíbrio de poder, e eles tinham muitos inimigos.

O poder era algo frágil na Europa do século XVIII, e fiz o melhor possível para representar o clima político como era no início dos anos 1700 – embora algumas linhas temporais tenham sido ajustadas e condensadas, pois a história raramente obedece à estrutura dos romances.

Epilepsia

Epilepsia, ou "a doença das quedas" (o mais comum de muitos nomes utilizados nos anos 1700), é uma doença da qual humanos estão cientes e a qual estudam desde a antiguidade, mas no século XVIII ainda era muito pouco compreendida. A ideia de que a epilepsia era uma desordem espiritual e de que as convulsões eram causadas por possessão demoníaca, popularizada durante a Idade Média, caiu em desuso, mas ainda não havia real entendimento de sua causa, ou de que parte do corpo ela afetava. Até mesmo a palavra *convulsão* nesse sentido ainda não existia. Todos os tratamentos mencionados no romance são verdadeiros tratamentos para a epilepsia dos anos 1700 – inclusive spas de cura, purificadores sanguíneos, vegetarianismo e perfuração de orifícios na cabeça, que é uma prática conhecida como *trepanação* –, assim como as causas especuladas. (Uma das crenças mais comuns era que as convulsões epiléticas eram causadas pela masturbação. Valeu, história.)

Até o século XX, os epiléticos eram, na maioria, párias sociais, isolados pela sociedade, e a doença era classificada junto com a insanidade. Muitos eram confinados em sanatórios, em geral mantidos em alas separadas, longe de outros pacientes, porque se acreditava que a epilepsia era contagiosa. Na segunda metade do século XIX, havia instituições criadas especificamente para epiléticos. Leis impedindo que epiléticos se casassem persistiram tanto nos Estados Unidos quanto na Grã-Bretanha até os anos 1970.

O estigma social e o isolamento existem até hoje, embora nossa compreensão e o tratamento para a epilepsia tenham progredido significativamente. Graças à medicina moderna, muitos epiléticos podem controlar as convulsões deles, mas a maior parte da população geral ainda tem um conhecimento muito limitado da condição. Mitos prejudiciais persistem, como a ideia de que uma pessoa pode engolir a própria língua durante a convulsão. Há muitos tipos diferentes de convulsões além daquelas mostradas no livro, e os recursos para primeiros-socorros e mais informações a respeito da epilepsia podem ser encontrados junto à Epilepsy Foundation, em www.epilepsy.com.

Relações raciais na Europa do século XVIII

Pessoas negras vivem na Grã-Bretanha há séculos, embora as circunstâncias tenham variado muito, dependendo do período histórico, do local e da situação econômica. A situação de Percy como um rapaz birracial criado entre as classes altas da Inglaterra do século XVIII teria sido rara, mas não inexistente. Embora as relações sexuais (tanto consensuais quanto não consensuais) frequentemente ocorressem entre aristocratas brancos e criadas e escravas negras, o casamento inter-racial era raro na alta sociedade. Era muito mais comum entre as classes trabalhadoras, e a Inglaterra do século XVIII teve uma crescente geração de pessoas birraciais como resultado disso. Comunidades negras e miscigenadas surgiram pelo país, principalmente em áreas metropolitanas como Londres e Liverpool.

Pessoas negras e birraciais tinham poucas oportunidades de emprego além da servidão — embora a escravidão não tivesse base legal na Inglaterra, a lei não evitava que pessoas mantivessem africanos escravizados e não foi oficialmente abolida até 1833. A Grã-Bretanha também teve amplo papel no comércio triangular de escravos, além de o trabalho escravo ter impulsionado a economia das colônias britânicas. Pessoas negras e birraciais eram banidas de muitas condições empregatícias, e a captura de criados que fugiam dos mestres em geral acompanhava uma recompensa. No entanto, segurança e união podiam ser encontradas entre as classes mais baixas, e não apenas em comunidades negras, mas também entre pessoas brancas pobres. A divisão racial costumava aumentar conforme se subia na sociedade.

No entanto, muitos membros respeitados das classes mais altas tinham ancestrais africanos ou eram birraciais, entre eles Olaudah Equiano, um escritor e abolicionista que ajudou a eliminar o comércio de escravos na Inglaterra; Ignatius Sancho, uma celebridade literária na Inglaterra Georgiana; e Dido Elizabeth Belle, na qual a situação de Percy como uma criança birracial em um lar branco e aristocrático é livremente baseada. Há também muitas figuras históricas proeminentes nesse período que os livros de história não costumam mencionar que eram birraciais, como Alexander Hamilton e Alexandre Dumas.

Scipio e o bando de piratas dele são inspirados em uma tripulação real de homens africanos escravizados e forçados a trabalhar como marinheiros, os quais se revoltaram contra os mestres brancos e se tornaram piratas. O século XVIII foi a era de ouro da pirataria, e piratas da Costa Bárbara — nos dias atuais: Marrocos, Argélia, Tunísia e Líbia — tornaram as águas do Mediterrâneo traiçoeiras para viajantes (embora o alcance deles se estendesse ao longo da costa africana do Atlântico e em alguns lugares tão longe quanto a América do Sul). Navios que quisessem fazer comércio ali precisavam pagar uma taxa aos piratas para proteção, ou arriscar serem tomados. A maioria desses piratas não comercializava apenas mercadorias roubadas, mas também carregamento humano, tomando os passageiros capturados como escravos para serem vendidos na África, ou os mantendo para que fossem devolvidos às famílias mediante pagamentos de resgates em grandes quantias. Do século XVI até o XIX, entre um milhão e 1.250.000 europeus foram capturados por piratas e vendidos como escravos. O problema saiu tanto ao controle que os Estados Unidos declararam guerra contra os Estados Bárbaros duas vezes no início dos anos 1800 devido a essa questão.

Cultura *Queer*

A história da sexualidade é complicada de estudar e ainda mais complicada para escrever, pois o próprio conceito de sexualidade é moderno. No século XVIII, a população geral não teria vocabulário ou compreensão de qualquer identidade além de cisgênero e heterossexual, e até mesmo essas palavras não eram reconhecidas (e nomeadas) porque eram de uma universalidade presumida. *Sodomia* — o termo mais formal para homossexualidade na época, retirado da Bíblia — era uma referência ao próprio ato de sexo homossexual, e não à atração ou à identidade. Cada país tinha suas leis, mas na maior parte da Europa, a homossexualidade era tanto um pecado quanto ilegal, e punível com multas, prisão ou às vezes morte. De acordo com o Ato de Sodomia de 1533 — que só foi rechaçado em 1828 —, sodomia era um crime capital na Inglaterra.

Mas, apesar da ilegalidade, muitas cidades europeias tinham prósperas subculturas *queer*, principalmente para homens (relacionamentos entre mulheres na época eram amplamente não registrados e quase nunca legalmente processados). Londres, particularmente, tinha mais pubs e boates gay nos anos 1720 do que nos anos 1950. "Casas Molly", o equivalente do século XVIII aos bares gay (*molly* sendo uma das muitas gírias da língua inglesa que precedeu *gay*), eram espaços nos quais homens *queer* podiam se encontrar, ter relacionamentos, travestir-se e simular casamentos uns com os outros. A mais famosa era Mother's Clap, em Londres, que sofreu uma batida policial em 1726. Alguns casais *queer* encontraram uma forma de construir uma vida juntos além do submundo, e uns poucos até chegaram a ser reconhecidos como parceiros românticos pela comunidade deles. (Para ler mais sobre o assunto, sugiro *Charity and Sylvia: A Same-Sex Marriage in Early America*, de Rachel Hope Cleves, e os ensaios de Rictor Norton, um historiador cujo trabalho se concentra prioritariamente em homens *queer* na história.)

No século XVIII, o conceito de *amizade romântica* – um relacionamento íntimo não sexual entre dois amigos de mesmo gênero que em geral envolvia dar as mãos, carícias, beijos e compartilhar uma cama – prosperou. Embora o termo não fosse cunhado até o século XX, é usado por historiadores modernos para expressar relacionamentos íntimos de mesmo gênero antes de a homossexualidade existir como uma identidade reconhecida. Não há como saber quantas dessas amizades românticas eram realmente não sexuais e quantas eram de casais *queer* acobertando o relacionamento com o véu da amizade – embora o conceito seja distinto da homossexualidade, ambos podem ter coexistido. Relacionamentos físicos íntimos entre amigos do mesmo gênero, como Monty e Percy, eram comuns, mas levá-los além da amizade teria requerido segredo e discrição, e na maioria dos lugares teria sido inaceitável.

O que leva à pergunta: será que um relacionamento romântico duradouro entre dois homens ingleses de classe alta durante o século XVIII teria sido uma possibilidade real? Não sei. Provavelmente não teriam sido capazes de se relacionarem abertamente. Mas a otimista dentro de mim quer acreditar que o século XXI não é a primeira vez na história em que pessoas *queer* foram capazes de ter vidas românticas e sexuais plenas com as pessoas que amam.

E se isso me torna uma anacrônica, que seja.

Este livro foi composto na tipologia ITC Legacy Serif Std,
em corpo 12/17,15, e impresso em papel off-white,
no Sistema Cameron da Divisão Gráfica
da Distribuidora Record.